»Also gut: Mir fehlen die letzten beiden Monate meines Lebens. Ich war im Keller eines Krankenhauses eingeschlossen und habe dort einen Arzt niedergeschlagen. Ich bin halbnackt durch die Straßen von Regensburg gelaufen und habe mich von einer netten, aber verrückten älteren Dame nach Hause bringen lassen, um hier von meinem Mann zu erfahren, dass er nicht mein Mann ist und ich gar nicht ich bin. Ich kann ihn überzeugen, mich zumindest anzuhören, um dann in meinem Schlafzimmer ein Bild zu finden, das meinen Mann bei unserer Hochzeitsreise zeigt. Mit einer anderen Frau an der Stelle, an der ich gestanden habe. Was um alles in der Welt ist passiert?«

Der Weg durch den nächtlichen Park, der Überfall – all das weiß sie noch, als sie aus dem Koma erwacht. Ihre Erinnerung ist völlig klar: Sie heißt Sibylle Aurich, ist 34 Jahre alt, lebt mit Mann und Kind in Regensburg. Sie scheint fast unversehrt. Und doch beginnt mit ihrem Erwachen eine albtraumhafte Suche nach sich selbst … Zwar hat Sibylle ihr Gedächtnis behalten, die Welt aber hat offenbar die Erinnerung an Sibylle verloren: Ihr Mann kennt sie nicht, und niemand hat je von ihrem Sohn Lukas gehört! Wurde er entführt? Hat er nie existiert? Und wem kann sie überhaupt noch trauen?

Unsere Adresse im Internet: www.fischerverlage.de

ARNO STROBEL

DER TRAKT

Psychothriller

Fischer Taschenbuch Verlag

6. Auflage: Oktober 2010

Originalausgabe
Veröffentlicht im Fischer Taschenbuch Verlag,
einem Unternehmen der S. Fischer Verlag GmbH,
Frankfurt am Main, Mai 2010

Dieses Werk wurde vermittelt durch
die Literarische Agentur Thomas Schlück GmbH, 30827 Garbsen.

Satz: pagina GmbH, Tübingen
Druck und Bindung: CPI – Clausen & Bosse, Leck
Printed in Germany
ISBN 978-3-596-18631-0

Für Heike

1

Als Sibylle sah, wie ihr Junge auf den Beifahrersitz des fremden Autos gezogen wurde, erstarrte sie. Einen Moment lang dachte sie, ihr Herz würde aufhören zu schlagen. Sie hörte noch den erstickten Schrei, den Lukas ausstieß, bevor ein tätowierter Arm aus dem Inneren des Wagens auftauchte und die Tür mit einem Ruck zuzog. Sibylle registrierte, dass die blaue Tätowierung über den gesamten Unterarm bis auf den Handrücken reichte. Als der Wagen Sekunden später mit quietschenden Reifen davonschoss, fiel die Starre endlich von ihr ab, und schreiend rannte sie los.

Das Heck des Wagens wurde schnell kleiner. Ihre Lunge brannte, sie sog japsend die Luft ein und hatte doch das Gefühl, den Sauerstoff nicht schnell genug in den Brustraum pumpen zu können. Das Bild der Straße vor ihr bekam unscharfe Schlieren und verschwamm schließlich zu einem konturlosen Durcheinander. Mit einer schnellen Bewegung wischte sie sich mit dem Unterarm über die Augen und konzentrierte sich ganz auf den stampfenden Rhythmus ihrer Beine. Sekunden später war das Fahrzeug hinter einer Straßenbiegung verschwunden, und mit ihm ihr Kind.

»Lukas …« Sibylle blieb stehen. Sie spürte ein unangenehmes Ziehen an verschiedenen Stellen des Kopfes und der Brust. Das Brennen in ihren Lungen hatte aufgehört, und auch der Schmerz in den Beinen war verschwunden.

Alles war mit einem Mal seltsam irreal. Ihre Wahrnehmung wurde wie an einem langen, bis zum Äußersten gedehnten Gummiband weggerissen von der fürchterlichen Szene und trudelte für einen kurzen Moment durch die Halbwelt zwischen Traum und Wirklichkeit.

Irritiert öffnete Sibylle die Augen und schüttelte den Kopf, um ihre erstarrten Gedanken wieder in Gang zu setzen. Sie lag in einem abgedunkelten Raum, der von einem grünen Lichtschimmer durchzogen wurde.

Ein Traum. Sie hatte nur geträumt, aber die Erleichterung darüber stellte sich nur zögernd ein, denn das dumpfe Gefühl der Angst hatte sie noch immer nicht ganz aus seinem brutalen Griff entlassen. Und sie wusste nicht, wo sie sich befand.

Sie drehte den Kopf zur Seite, ihr Blick fiel auf zwei Monitore, die neben dem Krankenhausbett, in dem sie lag, auf einem Gestell aufgebaut waren. Helle Punkte wanderten auf grünem Hintergrund nervös von links nach rechts und zogen dabei Schweife hinter sich her wie kleine Kometen. Aus jedem der Geräte wuchs seitlich ein Strang, der sich nach wenigen Zentimetern in unzählige dünne Kabel zerfaserte, die direkt neben ihrem Oberkörper unter der Bettdecke verschwanden. Sie hob den Kopf an und spürte wieder dieses Ziehen, von dem sie aufgewacht war. Vorsichtig tastete sie ihre Kopfhaut ab und stellte fest, dass einige der Kabel dort angebracht waren. Eine unsichtbare Hand legte sich um ihre Kehle und drückte zu. Das Atmen fiel ihr schwer. Sie spürte, wie eine dumpfe Panik unter der Oberfläche ihres Bewusstseins zu brodeln begann, schloss die Augen und konzentrierte sich darauf, gleichmäßig zu atmen, den Strom durch ihre Lungen gedanklich zu verfolgen, zu spüren, wie der Sauerstoff ihrem Körper Ruhe und Kraft gab.

Der Druck um ihren Hals lockerte sich ein wenig. *Warum bin ich im Krankenhaus? Überwachungsgeräte … Wieso … wie bin ich hierher … –? Und warum? Und … Lukas, was ist mit Lukas? Geht es ihm gut?* Sie hoffte inständig, dass er zu Hause bei seinem Vater war, was immer mit ihr auch geschehen sein mochte.

Ein Unfall. Sie musste einen Unfall gehabt haben, das war die einzige Erklärung.

Vorsichtig richtete Sibylle sich auf, wobei eines der Kabel wie eine dünne, kalte Schlange unangenehm über die nackte Haut ihres Rückens huschte, dort, wo das Krankenhaushemd auseinanderklaffte. Mit einem Gefühl des Schauderns schlug sie das weiße Laken zurück. Ihre Beine waren nackt, Verletzungen waren keine zu erkennen. Sie bewegte die Zehen und die Füße, zog die Beine an und streckte sie wieder aus. Dann hob sie das Leinenhemd an und betrachtete ihre kleinen, nackten Brüste und die Saugnäpfe darunter, an denen vier der Kabel endeten. Auch hier – keine Verletzung. Der Slip, den sie trug, war blütenweiß. Nachdem sie schließlich mit den Fingerspitzen beider Hände vorsichtig ihr Gesicht abgetastet und auch dort nichts Ungewöhnliches festgestellt hatte, ließ sie sich langsam wieder auf das Kissen sinken.

Also gut, Sibylle, nur keine Panik. Was auch immer passiert ist, du hast es offenbar ohne große Verletzungen überstanden.

Aber was … –? Dieser furchtbare Traum fiel ihr wieder ein und jagte ihr augenblicklich einen heißen Strom durch den Körper. War es am Ende gar kein Traum gewesen? War sie vor Erschöpfung zusammengebrochen, nachdem sie dem Wagen nachgerannt war, in dem dieser Kerl mit der Tätowierung ihr Kind entführt hatte?

Sie riss die Augen auf. Binnen Sekunden legte sich ein

Schweißfilm auf ihre Stirn. Die Panik, die kurz zuvor schon einmal im Anmarsch gewesen war, kehrte mit Riesenschritten zurück.

Denk nach, Sibylle, du musst nachdenken. Kann das sein?

Sie musste sich zusammenreißen und sich an Einzelheiten erinnern. Aber die Bilder blieben bruchstückhaft, verwaschen. Und da war etwas anderes, das sich in ihrer Erinnerung einen Platz ganz vorne erkämpfen wollte.

Den Blick gegen die Decke gerichtet, auf die sich der grüne Schimmer der Monitore als phosphoreszierender Film gelegt hatte, versuchte sie sich darauf zu konzentrieren, was sie zuletzt getan hatte, bevor sie in diesem Zimmer aufgewacht war? *Ich habe …* –, sie spürte, dass die Erinnerung zum Greifen nah war, es hatte nichts mit Lukas zu tun.

Wieder schloss sie die Augen, und da endlich huschten erste Szenen an ihrem Inneren vorbei, schemenhaft noch und zu schnell, als dass sie sich an einem von ihnen festhalten konnte. Doch dann, ganz langsam, kristallisierten sich erkennbare Fragmente heraus und reihten sich zu einer Sequenz aneinander.

Es ist Abend. Ich hab mit Elke beim Griechen in Prüfening gegessen und bin zu Fuß auf dem Weg nach Hause. Es ist fast Mitternacht und noch sehr warm, mindestens 20 Grad. Elke hat mir angeboten, mich mit dem Auto nach Hause zu bringen, aber ich wollte lieber zu Fuß. Sie blinzelte. *Die Abkürzung … durch den kleinen Park … hohe Hecken. Das wenige Licht, vom Halbmond milchig durch die dünnen Wolken gedrückt, macht sie zu tiefschwarzen Wänden. Hinter mir knirschende Schuhe auf dem Schotterweg … ich drehe mich …* –

Sibylles Atem ging schneller, während sie krampfhaft versuchte, sich weiter zu erinnern. Sie hörte sich selbst aufstöhnen und riss die Augen wieder auf.

Was war in dem Park geschehen? War sie überfallen worden? Hatte man sie vielleicht sogar ... Mit einer hastigen Bewegung tauchte ihre Hand unter die Bettdecke, strich über ihren flachen Bauch nach unten, dorthin, wo sie vielleicht Schmerzen haben musste, falls ...

Es fühlte sich alles unversehrt an.

Sie zog ihre Hand zurück, spürte dabei aber einen stechenden Schmerz dort, wo das Laken über den Handrücken rieb. Sie hob die Hand und betrachtete den fast kreisrunden Bluterguss mit dem kleinen, dunklen Punkt in der Mitte, wo offenbar eine Infusion nicht sauber angelegt worden war.

Sie lag also ohne erkennbare Verletzungen in einem Krankenhaus und hatte offensichtlich an einer Infusion gehangen. Kein Mensch war weit und breit, den sie hätte fragen können, nicht einmal Johannes. Überhaupt – wenn sie überfallen worden war oder einen Unfall gehabt hatte – wieso stand Hannes nicht besorgt an ihrem Bett, für den Fall, dass sie aufwa... – *Weil er sich um Lukas kümmern muss. Lukas.*

Aber wo waren die Ärzte und Schwestern, die sich um *sie* kümmerten? Und wie spät mochte es eigentlich sein?

Die Klingel. An jedem Krankenhausbett gab es eine Klingel. Sie suchte über, hinter und neben sich nach einem Knopf oder etwas, das nach einer solchen Vorrichtung aussah. Sie fand nichts dergleichen und ließ sich in das Kissen zurücksinken.

Was war das für ein seltsames Krankenzimmer, in dem sie lag? Ohne Fenster und ohne eine Möglichkeit für den Patienten, sich bemerkbar zu machen?

Wie in einer Gruft, dachte sie und stöhnte ungewollt laut auf. Die imaginäre Hand an ihrem Hals drückte wieder zu, und dieses Mal meinte sie es ernst. Die Luft, die Sibylle in kurzen, schnellen Zügen einsog, konnte nicht mehr bis in die Lungen vordringen. Einem Impuls folgend wollte sie aufspringen und sich alles vom Körper reißen, sich von allem Ballast befreien in der Hoffnung, dann wieder durchatmen zu können. *Ich muss …* – Das Geräusch einer Tür, die geöffnet wurde, ließ sie erschrocken herumfahren. Auf der rechten Seite des Raumes zeichneten sich vor einer Lichtflut die dunklen Umrisse einer Gestalt ab. Es sah gespenstisch aus, wie ein Scherenschnitt, aber zumindest war sie nicht mehr alleine. Der Druck auf ihre Kehle wurde schwächer, das Gefühl des Erstickens ebbte ab.

»Sie sind wach, wie schön«, sagte eine dunkle, angenehme Männerstimme, während die schwarze Gestalt sich in Bewegung setzte. Zwei Sekunden später erkannte Sibylle mit klopfendem Herzen das schmale Gesicht eines etwa fünfzigjährigen Mannes unter einem vollen, schwarzen Haarschopf. Er lächelte sie an.

Die fast zierliche Gestalt, die nicht so recht zu der sonoren Stimme passen wollte, war in den weißen Kittel eines Arztes gehüllt, der mindestens zwei Nummern zu groß war. Die Schulternähte hingen bis über die Oberarme herab, die Enden der Ärmel waren mehrfach umgeschlagen. Aus der Tasche hing das Bruststück eines Stethoskops. Das Namensschild auf seiner Brusttasche wies ihn als Dr. E. Muhlhaus aus.

Der Mann blieb stehen und betrachtete sie interessiert, als warte er auf eine Reaktion von ihr.

»Wo … wo bin ich hier? Was ist passiert?« Sie empfand ihre eigene Stimme als dünn und brüchig.

Das Lächeln des Mannes wurde breiter. »Im Krankenhaus. Sie sind gerade aus einer tiefen Bewusstlosigkeit erwacht. Ich werde Ihnen gleich alles erklären, aber es ist wichtig, dass Sie mir zuerst ein paar Fragen beantworten.«

Sibylle schüttelte den Kopf, soweit es die Kabel zuließen. »Nein, bitte, sagen Sie mir doch, was mit mir los ist. Was ist passiert?«

Eine zartgliedrige Hand legte sich vorsichtig auf ihren Handrücken mit dem Bluterguss. »Gleich. Erst müssen Sie mir bitte meine Fragen beantworten.«

Sibylle ließ den Kopf auf das Kissen zurücksinken und starrte gegen die Decke.

»Also gut. Fragen Sie.«

»Können Sie mir bitte Ihren Namen sagen?«

»Sibylle Aurich.«

»Wo wohnen Sie?«

»In Prüfening.«

Muhlhaus nickte, noch immer lächelnd. »Sehen Sie mich doch bitte einmal genau an. Kennen Sie mich?«

Sie musterte ihn genau. »Nein, nicht dass ich wüsste. Was soll die Frage? Sollte ich Sie denn kennen?«

Er schüttelte den Kopf. »Nein, Frau Aurich, es ist sehr unwahrscheinlich, dass Sie mich kennen. Ich bin Chefarzt dieses Krankenhauses und versuche mit meinen Fragen lediglich herauszufinden, ob mit Ihnen alles in Ordnung ist. Was offensichtlich der Fall zu sein scheint.«

»Nichts ist in Ordnung«, fuhr Sibylle auf und merkte selbst, dass ihre Stimme schrill klang. »Ich bin in diesem dunklen Raum ohne Fenster aufgewacht und weiß immer noch nicht, wieso. Ich … ich bin verkabelt wie ein Messgerät, und es gibt hier nicht mal eine Klingel und … Herrgott, jetzt sagen Sie mir doch endlich, was mit mir passiert ist!« Sie konnte nichts dagegen tun, dass ihr Tränen über die Wangen liefen.

Dr. Muhlhaus nickte verständnisvoll und hob die Hand. »Frau Aurich, was ist denn das Letzte, an das Sie sich erinnern können?«

Schluchzend erzählte sie ihm von dem Abend beim Griechen und ihrem Heimweg durch den Park. Als sie am Ende ihrer Schilderung angekommen war, zeigte Muhlhaus sich zufrieden. Er zog einen Stuhl herbei, der oberhalb ihres Kopfendes gestanden hatte, und setzte sich.

»Man hat Sie in dem Park mit einem stumpfen Gegenstand niedergeschlagen und sie ausgeraubt«, erklärte er. Als er sah, wie Sibylle zusammenzuckte, fügte er schnell hinzu: »Sie sind nicht vergewaltigt worden. Aber der Schlag auf den Kopf war so stark, dass Sie lange Zeit nicht bei Besinnung waren, Sie ha… –«

»Wie lange?«, unterbrach sie ihn.

Er betrachtete seine manikürten Fingernägel, bevor er sie wieder ansah. »Sehr lange, Frau Aurich. Knappe zwei Monate.«

Sein Blick hatte sich verändert, während er das sagte, er schaute jetzt kritisch, taxierend wie ein Forscher, der die Reaktion eines Versuchstieres auf eine Injektion beobachtet.

Sibylle hatte das Gefühl, als ob das Krankenhausbett mit ihr darin zu schaukeln beginne. Sie legte sich die Hand auf den Mund und flüsterte gegen die Handfläche: »Zwei Monate? Oh mein Gott.«

Dr. Muhlhaus saß stumm und nahezu bewegungslos neben ihr, während Sibylle versuchte zu verstehen. Acht Wochen lang sollte sie nicht bei Bewusstsein gewesen sein? Was konnte in acht Wochen alles geschehen? *Was ist mit …* – »Wo ist mein Sohn? Ist er bei meinem Mann? Geht es ihm gut? Und Johannes auch?«

Der Gesichtsausdruck des Arztes veränderte sich schlagartig, und eine Faust bohrte sich in Sibylles Magen.

»Was ist mit Ihnen? Warum sehen Sie mich so seltsam an? Ist was mit Lukas?«

Dr. Muhlhaus steckte die Hände in die Taschen des geöffneten Arztkittels, der zu beiden Seiten des Stuhls bis fast auf den Boden herabhing, und legte den Kopf ein wenig schräg. »Erzählen Sie mir von dem Jungen«, forderte er sie in einem Tonfall auf, der Sibylle überhaupt nicht gefallen wollte.

So sprach ein Vater mit einem kleinen Kind, das er trösten wollte. *Oder ein Psychiater mit seiner Patientin.*

Mit einem Ruck setzte sie sich auf. Dabei zog sie sich einige der Kabel ab, die an ihrem Kopf mit einem Zeug befestigt gewesen waren, das sich nun in Krümeln auf der Bettdecke verteilte. Einige Haare hatte sie sich wohl auch ausgerissen, aber sie ignorierte den kurzen Schmerz ebenso wie den überraschten Blick des Arztes.

»Warum beantworten Sie meine Frage nicht? Was ist mit meinem Jungen?«

Muhlhaus schien abzuwägen, wie viel er ihr sagen konnte, während ihr Herz das Blut wie verrückt durch ihren Körper jagte. Endlich sagte er mit der gleichen Psychiaterstimme: »Frau Aurich, Sie müssen Geduld haben. Der Schlag auf den Kopf und die lange Zeit, die Sie im Koma gelegen haben … Es kann möglicherweise noch öfter passieren, dass Sie durcheinander sind. Aber mit der Zeit … –«

»Was reden Sie da, verdammt, und warum beantworten Sie keine einzige meiner Fragen?«, unterbrach sie ihn und befürchtete im gleichen Moment, er würde ihr gar nichts mehr sagen, wenn sie noch wütender wurde. Sie schloss die Augen, atmete tief durch und legte die Hände zusammen, als wolle sie beten. Leise sagte sie: »Bitte. Bitte, sagen Sie mir jetzt, ob es meinem Sohn gutgeht.«

Muhlhaus beugte sich nach vorne und legte seine Hand auf ihre. »Frau Aurich, ich kann nicht sagen, warum … ich meine, wo diese Gedanken herkommen. Vielleicht hat der Schlag auf den Kopf sie ausgelöst, aber … Frau Aurich, Sie irren sich. Sie haben keinen Sohn.«

Sie starrte ihn an, während ihr Verstand gleichzeitig versuchte zu begreifen, was sie gerade gehört hatte, und sich dagegen zu wehren. Sekunden vergingen und verloren ihre Wertigkeit. Sie wusste nicht, wie lange sie sich stumm gegenübergesessen hatten, bis ihr Verstand ihr endlich eine akzeptable Lösung für die unbegreifliche Situation anbot.

»Herr Doktor, ich weiß nicht, woher Sie Ihre Informationen über mich haben, aber offensichtlich sind sie unvollständig. Mein Sohn heißt Lukas und ist sechs Jahre alt. Das heißt, wenn ich tatsächlich so lange im Koma gelegen habe, wie Sie sagen, ist er mittlerweile sogar schon sieben. Er wurde am 19. August 2001 in …« – sie stockte einen Moment, bevor sie weitersprach, alles fühlte sich so seltsam an, »… in München geboren, Klinikum rechts der Isar. Dr. Blesius hieß der Gynäkologe. Wir haben damals in Bogenhausen zur Miete gewohnt.« Als sie ihre ehemalige Wohnung erwähnte, beschlich sie ein sonderbares Gefühl. Fast so, als hätte sie etwas gesagt, das sie gar nicht hatte sagen wollen. Sie schüttelte den Kopf, als könne sie diesen seltsamen Gedanken damit vertreiben, und sah zu dem Arzt auf, der noch immer stumm neben dem Bett saß. *Was hab ich … –? WO haben wir gewohnt?* Sie konnte sich nicht erinnern. *Der Schlag auf den Kopf* … Aber es war auch egal.

»Reicht das, Dr. Muhlhaus, oder möchten Sie noch mehr hören? Denken Sie, ich hätte mir das alles in diesem Moment aus den Fingern gesogen?«

Muhlhaus wiegte den Kopf hin und her und zeigte mit einem missglückten Lächeln eine Reihe gepflegter Zähne. »Nein, nein, Frau Aurich, ich bin sicher, dass Sie das, was Sie mir gerade erzählt haben, für real halten. Aber es ändert nichts an der Tatsache, dass es das Resultat des Schlages ist, durch den Ihr Gehirns in Mitleidenschaft gezogen worden ist. Wissen Sie«, er räusperte sich, »das menschliche Gehirn ist zu ganz unfassbaren Leistungen fähig. Aber ebenso unfassbar sind die Streiche, die es uns spielen kann, wenn es durcheinandergerät. Und je eher Sie das akzeptieren, umso größer sind die Chancen, dass Sie schnell wieder ganz gesund werden. Sie sollten auf keinen Fall … –«

Wortlos schlug Sibylle das Laken zurück und hob das dünne Hemdchen hoch. Dass sie dabei ihre Brüste vor dem Arzt entblößte, kümmerte sie nicht. Mit schnellen Griffen riss sie sich sämtliche Kabel vom Körper. Die Saugnäpfe hinterließen rote Flecken auf ihrer Haut. Dr. Muhlhaus reagierte nicht, doch die hellen Punkte auf den Monitoren quittierten die Aktion mit einem wilden Tanz, der von einem eindringlichen, hohen Piepton untermalt wurde. Als Sibylle die Beine aus dem Bett schwang, ging Muhlhaus ohne jede Hast um das Bett herum und schaltete mit geübten Griffen die Geräte aus. Sofort verschwand der grünliche Schimmer, und der Raum wurde nur noch durch das Licht aus dem Korridor und von einer kleinen Wandlampe hinter dem Kopfteil des Bettes erhellt.

»Ich werde mich jetzt anziehen und dieses seltsame

Krankenhaus verlassen«, erklärte Sibylle und war bemüht, sich ihre Angst nicht anmerken zu lassen und Entschlossenheit in ihre Stimme zu legen. »Haben Sie meinen Mann schon darüber informiert, dass ich aufgewacht bin? Oder wollen Sie mir auch einreden, dass ich nicht verheiratet bin? Und was ist mit der Polizei? Wäre es nicht normal, dass die Polizei hierher kommt, um mir Fragen zu stellen?«

»Wir … wir werden natürlich Ihren Mann darüber informieren, dass Sie wieder bei Bewusstsein sind, Frau Aurich. Und die Polizei auch – sobald ich Sie für vernehmungsfähig halte.«

»Ich fühle mich gut und möchte meinen Sohn sehen.«

Die fast provokante Ruhe, die Muhlhaus die ganze Zeit an den Tag gelegt hatte, fiel langsam von ihm ab.

»Sie brauchen vor allem eines, und das ist absolute Ruhe«, erklärte er in nun deutlich schärferem Ton. Und bevor Sibylle irgendetwas darauf entgegnen konnte, wandte er sich ab und verließ den Raum.

Ihre Augen brauchten einige Zeit, bis sie sich an das schwache Licht der kleinen Lampe gewöhnt hatten. Sie konnte kaum etwas an den Wänden erkennen, aber neben der Tür musste ein Lichtschalter sein. Entschlossen setzte sie sich in Bewegung, blieb aber nach zwei Schritten abrupt stehen. *Acht Wochen Koma* … Wie war es möglich, dass sie ohne Probleme aufstehen konnte, wieso konnte sie ganz normal gehen, als hätte sie sich vor wenigen Stunden erst hingelegt? *Ich muss hier raus.* Womöglich würden die Johannes gar nicht anrufen, und er erfuhr überhaupt nicht, dass sie aufgewacht war und es ihr gutging. *Wenn er überhaupt weiß, wo ich bin.*

Mit zwei großen Schritten war sie an der Tür und suchte die Wände links und rechts mit den Händen nach einem Lichtschalter ab, aber sie konnte keinen finden. Also tastete sie nach dem Türgriff, doch dort, wo sie einen Griff vermutet hatte, glitten ihre Finger nur über die schmale, längliche Vertiefung eines Zylinderschlosses. Sie ließ die Arme sinken und lehnte sich mit der Stirn gegen das kühle, glatte Material der Tür.

Eingesperrt. Seit sie in diesem Raum aufgewacht war, schien ihr Leben nur noch aus Seltsamkeiten zu bestehen. Dieser Arzt, das angeblich wochenlange Koma, dieses abgedunkelte Krankenzimmer, in dem sie eingeschlossen war …

Hatte man sie vielleicht entführt und mit Drogen außer Gefecht gesetzt, bis man sie in diesem Raum sicher untergebracht hatte? Das konnte auch eine Erklärung für den Bluterguss auf ihrem Handrücken sein. Was aber sollten dann diese Monitore, an die sie angeschlossen gewesen war? Und was sollte dieser makabre Scherz mit Lukas, den es angeblich nicht gab? Sibylle zog den Kopf zurück und starrte gegen die dunkle Fläche der grifflosen Tür.

Lukas! Sie musste sofort zu ihrem Sohn. Mit einem Mal war alle Resignation verflogen. Sie ballte die Hände zu Fäusten und hämmerte gegen die Tür, so fest sie konnte, aber das dicke Holz schluckte die Schläge fast komplett. Außer einem dumpfen Dröhnen war nichts zu hören. Sie machte trotzdem weiter und schrie dazu aus Leibeskräften. Unzählige Schläge später ließ sie die schmerzenden Hände sinken, drehte sich um und lehnte sich schwer atmend mit dem Rücken gegen die Tür. Langsam ließ sie sich daran entlang nach unten gleiten, bis sie auf dem Boden saß.

»Lukas«, flüsterte sie mit Tränen in den Augen. »Lukas.«

2

Sie wusste nicht, wie lange sie an die Tür gelehnt auf dem Boden gesessen hatte, als sie einen Stoß in den Rücken bekam.

Mit einem Satz war Sibylle auf, ging einige schnelle Schritte von der Tür weg und drehte sich wieder um. Dr. Muhlhaus sah erst durch einen schmalen Spalt herein, bevor er den Raum betrat und die Tür hinter sich wieder schloss.

Ein Schlüssel, dachte Sibylle. *Er muss einen Schlüssel bei sich tragen.*

Er konnte wohl an ihrem Gesichtsausdruck erkennen, dass sie gereizt war, denn er hob beschwichtigend eine Hand und sagte sanft: »Frau Aurich, bitte, bleiben Sie ruhig. Ich möchte Ihnen helfen, das müssen Sie mir glauben.«

»Helfen? Sie haben mich hier eingeschlossen und lügen mich an. Soll das Ihre Hilfe sein? Geben Sie mir meine Sachen und lassen Sie mich sofort hier raus. Das ist die einzige Hilfe, die ich von Ihnen möchte.«

Er schüttelte mit ernster Miene den Kopf. »Das erlaubt Ihr Zustand leider nicht.« Als sich Sibylles Körper spannte, fügte er schnell hinzu: »Wenn Sie vernünftig sind und mit mir zusammenarbeiten, sind Sie schnell wieder hier raus, das verspreche ich Ihnen.«

»Wo ist mein Sohn? Und wo ist mein Mann?«, fragte Sibylle eindringlich, woraufhin Muhlhaus den Kopf schüttelte und in einer theatralischen Geste schnaubend ausatmete.

»Sie haben keinen Sohn, Frau Aurich. Und solange Sie das nicht einsehen, kann ich Sie wirklich unmöglich gehen lassen. Sie wären eine Gefahr für sich und Ihre Mitmenschen. Also ruhen Sie sich aus, bitte.« Mit diesen Worten wandte er sich langsam um.

Wenn er jetzt geht, ist alles aus. Denk an dein Kind!

Drei Schritte nur trennten Muhlhaus von der Tür. Sibylle sah sich verzweifelt in dem Halbdunkel um, ohne auch nur die leiseste Ahnung zu haben, nach was sie suchte.

Zwei Schritte.

Lukas …!

Noch ein Schritt. Mit dem Mut der Verzweiflung warf sie sich nach vorne und prallte mit voller Wucht gegen den Rücken des Arztes. Der schmächtige Körper wurde gegen die Tür geschleudert und fiel zu Boden. Sibylle nutzte seine Überraschung aus, wollte sich auf ihn stürzen, doch Muhlhaus lag still. Er schien bewusstlos zu sein.

Breitbeinig blieb Sibylle über ihm stehen und atmete hastig. *Der rührt sich nicht mehr, ich hab* – Zitternd streckte sie die andere Hand nach unten aus und legte ihm zwei Finger auf die Halsschlagader. Sein Puls war deutlich zu spüren. Erleichtert machte sie einen Schritt zur Seite, wischte sich die Tränen aus den Augen und betrachtete die grauen Konturen des reglosen Körpers. *Der Schlüssel!* Sie musste sich beeilen, eine solche Chance würde sie nicht wieder bekommen.

Sie musste nicht lange suchen. In der gleichen Kitteltasche, in der auch das Stethoskop steckte, das sie achtlos auf den Boden warf, fand sie einen Bund mit vier Schlüsseln. Ein kurzes Gefühl des Triumphes durchströmte sie, als sie ihn in der Hand hielt.

Sie ging um Muhlhaus herum, der so vor der Tür lag,

dass sie sich nur ein kleines Stück würde öffnen lassen, weit genug, um hindurchzuschlüpfen. Auf keinen Fall wollte sie den Kerl noch einmal anfassen.

Hastig probierte sie die Schlüssel aus. Schon der zweite passte. Als die Tür nach innen aufschwang, hätte Sibylle beinahe einen Jubelschrei ausgestoßen. Vorsichtig machte sie einen Schritt nach vorne und streckte den Kopf aus der Tür. Das grelle, kalte Licht, das eine Reihe Neonröhren an der niedrigen Decke ausstrahlte, zwang sie dazu, die Augen zusammenzukneifen. Nachdem sie sie vorsichtig wieder geöffnet hatte, blickte sie in einen kahlen, etwa fünf Meter langen Flur. Das Zimmer, in dem sie eingeschlossen gewesen war, lag an der Stirnseite. An der gegenüberliegenden Seite gab es eine weitere Tür. Die grau getünchten, schmucklosen Wände dazwischen waren fenster- und türlos.

Nicht gerade der typische Krankenhausflur, dachte sie und machte einen weiteren Schritt in den Gang.

Sie fröstelte, und sie wurde sich bewusst, dass sie nichts trug als ein dünnes Hemdchen. Einen Moment lang dachte sie darüber nach, in den Raum zurückzukehren und nach ihrer Kleidung zu suchen, verwarf den Gedanken aber gleich wieder. Wenn der Kerl aufwachte, während sie nach ihren Sachen suchte, war alles umsonst gewesen. Ein weiteres Mal würde er sich bestimmt nicht überrumpeln lassen. Sie musste schnellstmöglich verschwinden, alles andere war erst mal nebensächlich. So leise wie nur möglich zog sie die Tür hinter sich zu, damit Muhlhaus sie nicht verfolgen konnte, wenn er zu sich kam.

Das Geräusch, das ihre nackten Füße auf dem kalten Betonboden erzeugten, kam ihr so unnatürlich laut vor, dass sie die letzten Schritte auf Zehenspitzen zurücklegte.

Die Tür am Ende des Ganges hatte ebenfalls keinen Griff. Dieses Mal passte erst der letzte Schlüssel, den sie probierte.

Mit pochenden Schläfen betete sie, dass sie keinem Kollegen von diesem Dr. Muhlhaus in die Arme lief, und zog die Tür auf.

Der Raum dahinter war etwa zehn Meter lang und fast ebenso breit, wie ein großer Kellerraum. Blanke Neonröhren, ungemütliches Licht, kein Fenster. Scheinbar wahllos verteilt standen verschieden große Kisten auf dem Boden herum. Ansonsten war der Raum leer.

Sibylle atmete auf und durchquerte ihn mit schnellen Schritten. Als sie durch den Durchgang auf der gegenüberliegenden Seite trat, fand sie sich in einem düsteren, engen Treppenhaus mit unverputzten Betonwänden wieder.

Mit klopfendem Herzen setzte sie ohne Zögern ihren nackten Fuß auf die unterste Stufe.

Nach vier kurzen Treppen mit jeweils etwa zehn Stufen endete ihr Weg vor einer grauen Stahltür. Etwa zwanzig Sekunden und zwei Schlüssel später wurde sie vom Sonnenlicht geblendet, das durch die geöffnete Tür in das Treppenhaus strömte.

Die Wärme, die sich schmeichelnd um ihren Körper legte, erzeugte ein Wohlgefühl auf ihrer Haut, und sie musste sich zusammenreißen, um nicht vor Glück aufzuschreien.

Vor ihr erstreckte sich ein verwilderter Garten, dessen Seiten von Bäumen und Hecken gesäumt waren. Ein Weg aus verwitterten und teils zerbrochenen Waschbetonplatten, zwischen denen Unkraut wucherte, führte bis zu einer etwa einen Meter breiten Lücke in der Hecke auf der gegenüberliegenden Seite. Sibylle drehte sich um. Die

Rückseite des dreistöckigen Gebäudes bestand zum Großteil aus Fensterreihen und sah tatsächlich aus wie ein Krankenhaus. Ein Krankenhaus, in dessen Keller sie eingesperrt gewesen war.

Sie lief los, über den unebenen Plattenweg, und zuckte zweimal zusammen, weil sie auf kleine Steine getreten war.

Die Straße, die hinter dem Grundstück verlief, kam ihr nicht bekannt vor, aber sie stellte mit großer Erleichterung fest, dass die Autos, die in ihrer unmittelbaren Nähe geparkt waren, Regensburger Kennzeichen hatten.

Ein älteres Paar kam auf dem Gehweg auf sie zu. Sibylle machte zwei schnelle Schritte zurück in den Garten und stellte sich hinter die Hecke. Während sie darauf wartete, dass die beiden vorbeigingen, überlegte sie, was sie nun tun sollte. *Lukas … Johannes … ich muss einfach nur nach Hause, irgendwie.* Sobald sie sicher sein konnte, dass es ihrem Sohn gutging, würde sie gemeinsam mit ihrem Mann zur Polizei gehen.

Sie stockte. Bei dem Gedanken an Lukas und Johannes hatte sie wieder dieses seltsame Gefühl, fast wie ein schlechtes Gewissen, so intensiv, dass es ihr ein Ziehen im Bauch verursachte. *Was zum Teufel* – Zumindest in diesem Punkt schien dieser Dr. Muhlhaus recht gehabt zu haben: Irgendetwas stimmte nicht mit ihr. *Mein Kopf* … Aber warum hatte er versucht ihr einzureden, sie hätte keinen Sohn? Wollte er Lukas am Ende vor seiner verrückten Mutter schützen? War sie gefährlich und zu Recht eingesperrt?

Blödsinn. Das konnte nicht sein.

Von einer unverständlich murmelnden Männerstimme wurde Sibylle aus ihren Gedanken gerissen, als das Paar auf der anderen Seite der Hecke an ihr vorbeiging. Sie wartete noch eine Minute, dann traute sie sich wieder auf die Straße. Schnell sah sie sich nach beiden Seiten um. Niemand war zu sehen, sie konnte sich auf den Weg machen.

Obwohl sie keine Ahnung hatte, wo sie eigentlich war, musste sie den Weg bis nach Hause schaffen, ohne in ihrem Krankenhaushemdchen allzu viel Aufsehen zu erregen. Vielleicht konnte sie jemanden um Hilfe bitten oder um ein Mobiltelefon für einen Anruf zu Hause? Während sie darauf achtete, mit ihren nackten Füßen nicht auf Steine oder Scherben zu treten, warf sie immer wieder einen Blick auf jedes der Häuser und die großzügig angelegten Vorgärten. Die meisten der Gebäudefronten zeigten steinerne Verzierungen um Fenster, Türen und unter den Dächern.

Nach zwei Minuten erreichte sie eine Kreuzung und stellte zu ihrer Erleichterung fest, dass sie die breite, viel befahrene Querstraße kannte. Es war die Adolf-Schmetzer-Straße, die nach links zum Ostentor führte.

Nun wusste sie auch, dass sie tatsächlich im Keller eines Krankenhauses gewesen war. Sie war bislang nur zwei- oder dreimal daran vorbeigefahren und noch nie im Inneren des Gebäudes gewesen, aber es war ein Krankenhaus, dessen war sie sich sicher, und sie glaubte auch zu wissen, dass es eine Privatklinik war.

Bis zu ihr nach Hause waren es etwa vier Kilometer.

Auf der gegenüberliegenden Seite der Kreuzung waren drei Jugendliche auf sie aufmerksam geworden und stehengeblieben. Sie zeigten auf Sibylle und grölten ihr über die Straße irgendetwas Obszönes zu. Das veranlasste weitere Passanten, die fast nackte Frau anzustarren. Manche von ihnen warfen ihr nur einen verwunderten Blick zu und gingen dann schnell weiter, andere blieben stehen und gafften ungeniert. Sibylle fühlte sich so schutzlos wie noch nie zuvor. Sie machte ein paar Schritte rückwärts, bis sie mit dem Rücken gegen eine Wand stieß. Fest drückte sie sich dagegen, presste die Oberschenkel zusammen und versuchte, das kurze Hemdchen zumindest so weit herunterzuziehen, dass der Slip bedeckt war. Die Jugendlichen nahmen dies zum Anlass für erneutes Gegröle.

Panik stieg in Sibylle auf. Sie würde es niemals bis nach Hause schaffen. Sie kam ja keine fünfhundert Meter weit, ohne einen Menschenauflauf zu verursachen.

Sibylle schrak heftig zusammen, als direkt vor ihr ein rotes Auto anhielt und hupte. Einem ersten Impuls folgend wollte sie weglaufen, aber was hätte das genützt? Als das Fenster auf der Beifahrerseite nach unten glitt, zögerte sie noch einen Moment, ging dann aber mit kleinen Schritten auf den Wagen zu, bückte sich und sah ins Innere.

Eine korpulente Frau um die sechzig mit kurzen Haaren in dem knalligsten Rot, das Sibylle je auf einem Kopf gesehen hatte, und einer unmöglichen, grün geränderten Brille im Stil der 60er saß hinter dem Steuer und sah sie besorgt an.

»Mein Gott, Kindchen, wie läufst du denn hier rum? Du bringst dich in Schwierigkeiten.«

Sibylle brauchte nur einen Moment um zu erkennen, dass das ihre Chance war, schnell und ohne großes Aufsehen nach Hause zu kommen. Ihre Gedanken rasten.

»Ja, ich weiß«, antwortete sie. »Ich hab … mich mit meinem Mann gestritten und bin so, wie ich war, einfach weggelaufen. Ich bin nur gerannt und gerannt, und jetzt –«

»Und jetzt bist du offensichtlich zu einer Attraktion geworden«, antwortete die Frau mit einem Seitenblick zu den grölenden Jugendlichen. »Los, steig ein!« Sie beugte sich über den Beifahrersitz und öffnete die Tür von innen, wobei ihr gewaltiger Busen sich gegen den Schalthebel presste.

Sibylle zögerte nur einen Moment, ehe sie einstieg und die Tür zuschlug. Sekunden später fuhr der Wagen zügig an, und es kümmerte die Frau hinter dem Steuer offenbar wenig, dass der Fahrer eines von hinten ankommenden Wagens scharf bremsen musste und dafür wild auf seiner Hupe herumhämmerte.

Sibylle wischte sich den Schweiß von der Stirn und schloss die Augen. Sofort sah sie das Bild eines blonden Jungen vor sich. Er lächelte sie an und zeigte dabei die süßeste Zahnlücke, die man sich vorstellen konnte.

3

Er sah dem Auto nach, in das sie gerade eingestiegen war und das beim Losfahren fast einen Unfall verursacht hatte. Als er es zwischen den anderen Fahrzeugen nicht mehr erkennen konnte, zog er das Telefon aus der Tasche und drückte die Wahlwiederholung.

Sein Gesprächspartner musste mit dem Hörer in der Hand auf den Anruf gewartet haben, denn er meldete sich nach dem ersten Klingeln.

»Ich bin's«, sagte er knapp und gab in wenigen Worten seinen Bericht durch.

Als er fertig war, sagte der andere: »Gut, Hans. Dann fahr jetzt zu dem Haus.« Damit war das Gespräch beendet.

Hans klappte das Telefon zu, steckte es wieder in die Tasche seiner Jeans und ging los.

Sein Wagen stand auf dem Parkplatz vor der Klinik. Auf dem Weg zurück wäre er fast auf eine Bananenschale getreten, die jemand achtlos auf den Bürgersteig geworfen hatte. Im letzten Moment sah er sie und setzte seinen Fuß daneben. Beim Weitergehen dachte er darüber nach, was es bedeutet hätte, wenn er ausgerutscht und hingefallen wäre und sich dabei etwas gebrochen hätte. Ein Ereignis mit vielleicht weitreichenden Folgen. Für den Doktor. Für *sie* …

Hans dachte oft über solche Dinge nach. Das ganze Leben bestand aus Ereignissen. Aus Menschen, Tieren und Dingen, die sich in jeder Sekunde milliardenfach strahlenförmig aufeinander zubewegten. Jedes Aufeinandertreffen war ein Ereignis, und jedes einzelne war es wert, darüber nachzudenken, denn wenn nur ein einziges der Elemente aus seiner Bahn gelenkt wurde, konnte das die Welt verändern.

Wenn der Hund, der eigentlich mit einem Papierfetzen, einem verwelkten Ahornblatt, vielen Staubkörnern und vielleicht einigen Dreckklumpen auf dem Bürgersteig zusammentreffen sollte, plötzlich von einem Fußtritt auf die Straße befördert wurde, dann kam es nicht zu diesem Ereignis, sondern zu einem ganz anderen Aufeinandertreffen – vielleicht zwischen dem Hund, vielen anderen kleinen Dingen und einem Auto, auf dessen Beifahrersitz ein Junge saß, der eigentlich vierzig Jahre später einmal ein guter Bundeskanzler werden sollte. Der das aber nicht mehr werden konnte, weil der Fahrer des Autos bei dem Versuch, dem Hund auszuweichen, frontal auf ein entgegenkommendes Auto prallte.

Vierzig Jahre später würde dadurch vielleicht jemand zum Bundeskanzler gewählt, bei dem der Wahnsinn knapp unter der dünnen Decke der Genialität nur darauf wartete, auszubrechen und großes Unheil in der ganzen Welt anzurichten. Alles nur, weil sich das Element Hund aus einem kleinen Ereignis verändert hatte.

Hans dachte über diese Dinge nach, weil es öfter vorkam, dass er die Ereignisse veränderte, indem er eines oder mehrere ihrer Elemente beeinflusste. Nicht etwa, dass er Hunde mit Fußtritten auf die Straße beförderte. Das würde ihm im Traum nicht einfallen, denn er war sehr tierlieb. Es waren eher menschliche Elemente, die er aus einer durchaus möglichen Abfolge von Ereignissen vorab entfernte.

Er hatte seinen Wagen erreicht. Als er hinter dem Steuer saß, hielt er einen Moment inne und fragte sich, wann er auf *sie* entscheidenden Einfluss würde nehmen müssen. Sie war das Element, das der Doktor ›Jane Doe‹ nannte.

»Jane«, murmelte Hans und dachte an den Trakt.

4

»Sag mir, wo du wohnst, Kindchen. Ich bringe dich nach Hause. Du wirst dich mit deinem Prinzen wieder vertragen.«

Sibylle öffnete die Augen und sah zu der Frau herüber. Trotz der sehr gewöhnungsbedürftigen Haarfarbe und der unmöglichen Brille war sie ihr sympathisch.

Sibylle erklärte, wo sie wohnte, und die Frau nickte: »Kenn ich. Ich heiße übrigens Rosemarie Wengler«, sagte sie und sah dabei so lange grinsend zu ihr herüber, dass sie ihrem Vordermann aufgefahren wäre, hätte Sibylle nicht aus den Augenwinkeln den schnell näher kommenden Schatten bemerkt und »Vorsicht!« gerufen.

Mit einer Vollbremsung kamen sie nur wenige Zentimeter hinter dem blauen Golf zum Stehen, und Rosemarie redete weiter, als sei nichts geschehen.

»Meine Liebhaber dürfen aber Rosie zu mir sagen.« Sibylle sah zu ihr herüber. »Und du natürlich auch.«

Obwohl Sibylle sich schrecklich fühlte und die Sorge um ihren Jungen ihr fast den Verstand raubte, musste sie lächeln.

»Ich heiße Sibylle«, sagte sie. »Ich bin Ihnen sehr dankbar, dass Sie mir geholfen haben.«

Rosie winkte ab. »Ach, papperlapapp. Wir jungen Mädels müssen doch zusammenhalten, oder?« Nach einem kurzen Seitenblick lachte sie und sagte: »War ein Scherz.«

Während der restlichen Fahrt redete Rosie fast pausenlos, und obwohl Sibylle die meiste Zeit nur mit einem Ohr zuhörte, erfuhr sie Einzelheiten über Rosies Liebhaber, Hitzewallungen nach den Wechseljahren und eine Boutique in der Regensburger Altstadt, in der es tolle Kleider für kräftige Mädchen gab, wie sie es ausdrückte. Dabei stellte sie Sibylle keine einzige Frage zu ihrer Person, worüber sie sehr erleichtert war.

Schließlich hielten sie vor dem schmucken, weißen Einfamilienhaus, das Johannes und sie zwei Jahre zuvor von einem Paar gekauft hatten, das die Raten nicht mehr zahlen konnte, nachdem der junge Mann seinen Job verloren hatte.

Sibylle betrachtete die Fassade durch die Seitenscheibe und spürte, wie sich ihr Herzschlag beschleunigte. *Johannes. Lukas.* Sie hoffte, dass die beiden zu Hause waren. Das Geräusch von Papier, das zerrissen wurde, ließ sie herumfahren.

»Hier!« Rosie hielt ihr einen kleinen Zettel entgegen, den sie offenbar aus dem Notizblock gerissen hatte, der auf ihrem Schoß lag. »Meine Telefonnummer. Wenn er dich ärgert und du wieder einmal das Bedürfnis hast, halbnackt einen Ausflug zu machen, ruf mich an. Ich ziehe mich dann auch aus, und wir machen zusammen eine Sause.«

Sibylle nahm den Zettel. »Sie haben –«

»Du.«

»Ich danke dir, Rosie.«

Sie öffnete die Tür und wollte schon aussteigen, als Rosie sagte: »Warte!« Umständlich und unter lautem Ächzen griff sie hinter sich, zog einen dunklen Mantel in Fischgrätmuster vom Rücksitz und hielt ihn Sibylle hin. »Den habe ich immer im Auto liegen. Für alle Fälle. Ist zwar nicht ganz passend für die Jahreszeit, aber besser als das da.« Sie deutete auf das Krankenhaushemd. Als Sibylle ihr den Mantel abnahm, fragte Rosie: »Welche Schuhgröße hast du?«

»38, warum?«

Statt einer Antwort beugte sie sich nach vorne, kramte etwas im Fußraum herum und hielt ihr gleich danach ihre Schuhe hin. Es waren flache, türkisfarbene Mokassins, die bequem aussahen. »Hier, die sind zwar Größe 40, aber das sollte gehen. Besser zu groß als zu klein.« Sibylle zögerte. Rosie drückte die Schuhe auf den Mantel. »Nun nimm schon. Ich kann auch barfuß fahren. Und jetzt geh zu deinem Mann.«

Sibylle nahm Rosies Hand und hielt sie für einen Moment fest. Dann stieg sie aus, bückte sich und zog die Schuhe an die nackten Füße.

Den Mantel knöpfte sie trotz der sommerlichen Temperaturen zu. Er war ihr mindestens drei Nummern zu groß und hing schwer auf ihren Schultern.

Das Geräusch des wegfahrenden Wagens hinter ihr registrierte sie nur nebenbei, weil in dem Augenblick dieses seltsame Gefühl wieder seine Klauen nach ihr ausstreckte. Diese Ahnung, dass etwas ganz und gar nicht stimmte. Selbst ihr Haus kam ihr mit einem Mal nicht mehr vertraut vor. Es war, als betrachte sie nicht das gewohnte Heim, in dem Lukas, Johannes und sie schon so viele glückliche Stunden erlebt hatten, sondern eine Kopie, die zwar ähnlich aussah, aber voller kleiner Fehler war und mit ihr und ihrer Familie nichts zu tun hatte.

Was ist nur mit dir los, Sibylle Aurich? Die Angst, dass sie tatsächlich den Verstand verlor oder schon verloren hatte, war so real, dass sie hätte schreien können.

Von einer Sekunde zur nächsten hatte sie das Gefühl,

nicht mehr stehen bleiben zu können. Sie gab sich einen Ruck und ging auf die Haustür zu.

Im Garten, den man durch einen schmalen Weg an der rechten Seite des Hauses vorbei erreichen konnte, lag unter einem Blumentopf ein Ersatzschlüssel, aber sie hielt es für besser, zu klingeln. Wenn sie auch sicher wusste, dass sie keine zwei Monate im Koma gelegen hatte, so hatte sie doch kein Gefühl dafür, wie lange sie nicht bei ihrer Familie gewesen war. Sie wollte Lukas oder Johannes nicht zu Tode erschrecken, wenn sie plötzlich im Wohnzimmer stand.

Zaghaft, als könne sie etwas damit zerstören, drückte Sibylle auf den Klingelknopf neben der Tür. Der gewohnte Gong ertönte, und ihr Herz schlug so heftig, dass sie glaubte, das Blut in den Ohren rauschen zu hören.

Bitte, Gott, bitte, lass sie zu Hause sein.

Als aus dem Haus Schritte zu hören waren, bekam sie vor Aufregung feuchte Augen. Die Tür öffnete sich, und Johannes stand vor ihr. Ohne eine Reaktion von ihm abzuwarten, rief sie »Hannes«, und fiel ihm um den Hals. Sie wollte ihn drücken, ihn küssen, seine Nähe in sich aufnehmen … – doch statt sich zu freuen, statt sie in den Arm zu nehmen und an sich zu drücken, stieß er sie mit solcher Wucht von sich weg, dass sie fast hingefallen wäre.

»Sind Sie verrückt?«, schrie er sie an. »Wer zum Teufel sind Sie und was wollen Sie von mir?«

Sibylle stand da wie gelähmt. Sie konnte nichts tun und nichts sagen. In ihrem Kopf war mit einem Schlag ein Vakuum entstanden, in dem die Wörter implodierten, bevor die Gedanken fertig gedacht waren. Schwindel ließ ihr Bild von Johannes hin und her schaukeln, der in einer überflüssigen Geste seinen Pullover glattzog. Es war der rote mit dem V-Ausschnitt, den sie ihm letztes Jahr zum 38. Geburtstag geschenkt hatte.

Er betrachtete sie wie eine Außerirdische, ließ dabei den Blick über den zu weiten Mantel zu den türkisfarbenen Schuhen und wieder zurück zu ihrem Gesicht wandern.

»Sind Sie von einer dieser Sekten oder so?«, fragte er. Sibylle starrte ihn an, noch immer nicht fähig, sich zu bewegen. »Sorry, aber da sind –«

»Hannes!«, stieß Sibylle hervor. Ihre Stimme klang so heiser, dass sie ihr selbst fremd vorkam. »Aber … Hannes, was … Ich bin es doch, Sibylle.«

Er zog die Brauen hoch, so dass sich auf seiner Stirn tiefe Falten zeigten. »Sibylle? Welche Sibylle? Und wieso nennen Sie mich Hannes?«

Mit einem Mal fielen die Lähmung und das Entsetzen von ihr ab. Dafür stieg mit der Wucht eines Vulkans die blanke Wut in ihr hoch.

»Mensch, Hannes! Jetzt hab ich aber endgültig genug von diesem Blödsinn!«, schrie sie den Mann an, mit dem sie verheiratet war und der plötzlich so tat, als hätte er sie noch nie gesehen. »Sind denn plötzlich alle total übergeschnappt? Schau mich an, Johannes Aurich. Vor dir steht deine Frau, Sibylle Aurich, geborene Fries. Mit dir verheiratet seit dem 25. Juni 1999. Gerade in einem Keller aufgewacht, wo man sie einsperren wollte. Jetzt sag mir bitte, dass du verdammt nochmal weißt, wer ich bin, und dir bloß einen schlechten Scherz erlaubt hast. Und dann lass uns endlich ins Haus gehen, mir geht's nicht gut, und ich hab viele Fragen. Außerdem möchte ich sofort Lukas sehen. Wo ist er? Geht es ihm gut?«

Johannes sah sie mit offenem Mund an.

»Sie … Sie sind wer?« Er legte sich die Hand auf die Stirn und schüttelte immer wieder den Kopf.

Sie fing an zu weinen. Langsam ging sie einen Schritt auf ihn zu, während die Tränen nasse, kitzelnde Striche auf ihre Wangen zeichneten.

»Hannes, ich weiß nicht … du … du machst mir Angst. Große Angst. Kannst du jetzt damit aufhören, bitte? Ich weiß nicht, was genau mit mir passiert ist. Ich weiß nur noch, dass ich nach dem Abend mit Elke durch den Park gegangen bin. Und da bin ich überfallen worden. Das Nächste, woran ich mich erinnern kann, ist, dass ich vor zwei Stunden in einem Keller im Krankenhaus aufgewacht bin. Bitte, Hannes, ich halte das nicht mehr länger aus. Lass mich wenigstens zu Lukas.«

Nun erst schien er zu registrieren, dass sie ihm immer näher gekommen war. Er machte einen großen Schritt zurück, beugte den Oberkörper ein wenig nach vorne und stützte die Hände auf den Oberschenkeln ab, als sei er erschöpft von einem Lauf. Langsam hob er dann den Kopf und sagte leise: »Wer sind Sie, und was zum Teufel treiben Sie hier für ein abartiges Spiel? Meine Frau … Sibylle wurde tatsächlich überfallen. Niemand weiß … – sie ist seitdem verschwunden.« Seine Stimme wurde noch leiser. »Das ist jetzt fast zwei Monate her.«

5

Sibylles Beine gaben nach. Nicht mit einem Schlag, sondern so, als wären ihre Knochen aus Wachs, das zu warm geworden war. Ohne etwas dagegen tun zu können ging sie wie in Zeitlupe in die Hocke und saß dann auf den sandfarbenen Pflastersteinen des Weges.

Zwei Monate. Muhlhaus hatte also tatsächlich die Wahrheit gesagt. Zumindest in diesem Punkt. *Aber wie kann das sein?* Und warum behauptete Hannes, sie nicht zu kennen?

»Hannes, ich weiß nicht, was mit dir los ist, aber … – vielleicht hatte ich einen Unfall und sehe jetzt tatsächlich anders aus. Warum auch immer du mich nicht erkennst – lass mich doch bitte irgendwie beweisen, dass ich es bin. Kannst du mir nicht irgendwelche Fragen stellen, bitte? Hannes? Frag mich was, das nur … nur deine Frau Sibylle wissen kann. Okay?«

Als er keine Reaktion zeigte, sagte sie noch einmal: »Bitte.«

Noch immer starrte er sie an, und die Sekunden dehnten sich zu einer Ewigkeit, bis er den Kopf senkte und ein humorloses Lachen ausstieß. »Das ist doch ein schlechter Scherz.«

Als er sie aber wieder ansah, war sein Gesicht wie versteinert. »Sagen Sie mir, wo Sibylle ihr Münzalbum aufbewahrt.«

Sie lächelte erleichtert. »Münzalbum? Ich hatte nie eins, es gibt nur eins im Haus, das gehört dir und liegt in der Kommode im Schlafzimmer in der untersten Schublade.«

»An welchem Fuß habe ich ein Muttermal?«

»Links, an der Ferse. Es ist etwas größer geworden, und du hast dir schon im letzten Jahr vorgenommen, es wegmachen zu lassen. Aber du hast immer neue Ausreden gefunden, damit du nicht zum Hautarzt musstest.«

Sein Gesichtsausdruck zeigte jetzt Überraschung.

»Weiter, Hannes«, forderte sie ihn auf und dachte dabei unentwegt an Lukas. Sie *musste* ins Haus.

»An dem Tag, an dem Sibylle verschwunden ist, habe ich ihr morgens einen Artikel aus der Zeitung vorgelesen. Ähm, worum ging –«

»Das war kein Artikel, sondern mein Horoskop, das du mir vorgelesen hast. Du fandest es lustig, weil mir für diesen Tag die Begegnung mit meiner großen Liebe vorausgesagt wurde.«

Sibylle sah die Verblüffung in seinem Gesicht und wartete einen Moment, bevor sie fragte: »Glaubst du mir jetzt? Hannes?«

Er schien einen inneren Kampf auszutragen. Unentwegt sah er sie an, bis er schließlich mit monotoner Stimme sagte: »Kommen Sie rein.«

»Danke.« *Oh, Lukas. Endlich. Lukas!*

Sie betrat das Haus, zog im Flur Rosies Mantel aus und hängte ihn an die Garderobe. Dabei fiel ihr auf, dass sie noch immer den Zettel mit Rosies Telefonnummer in der Hand hielt. Sie wusste nicht, warum es ihr widerstrebte, ihn aus der Hand zu geben. Kurz entschlossen schob sie den Zettel seitlich unter ihren Slip.

Als sie sich umdrehte, stand Johannes vor ihr und starrte mit großen Augen auf das dünne Hemdchen.

»Das erkläre ich dir später«, sagte sie und ging ins Wohnzimmer. »Hannes – wo ist Lukas?«

Er zögerte. »Lukas?«

Himmel, Hannes, was ist mit dir?

»Ja, Lukas, unser Sohn.«

»Ah ja, ähm … Lukas, der ist nicht hier«, erwiderte er zögernd, »er ist bei einem Freund.«

»Geht es ihm gut? Bei wem ist er? Kannst du da bitte anrufen? Ich möchte ihn sprechen.«

»Er ist … bei einem Jungen, den er erst vor ein paar Tagen kennengelernt hat. Sehr nett. Gutes Elternhaus, sehr gut.«

Sibylle konnte ein leises Stöhnen nicht unterdrücken. Sie war fassungslos darüber, wie seltsam Hannes redete, wie er sich benahm. Sie schien durch eine fremde Welt zu wandeln, in der nicht die kleinste Kleinigkeit so war, wie sie sein sollte. Sie bemühte sich, mit möglichst fester Stimme zu sprechen: »Ich mache dir einen Vorschlag. Ich gehe kurz nach oben und ziehe mir was Anständiges an, und du rufst in der Zeit bei diesem Jungen an und sagst Lukas, dass seine Mama wieder da ist. Und dann möchte ich bitte mit ihm reden.«

Als er nickte, verließ sie das Wohnzimmer. Auf der Hälfte der Treppe, die im Flur nach oben führte, musste sie stehen bleiben und sich an der Wand anlehnen, weil ein starkes Schwindelgefühl sie beherrschte. *Mein Kopf … Was ist das für ein Albtraum.* Sie betrachtete die wenigen Treppenstufen, die sie noch vom oberen Stockwerk trennten, und spürte das dringende Bedürfnis, in das Zimmer ihres Sohnes zu gehen und dort irgendetwas in die Hand zu nehmen, das ihm gehörte, das nach ihm roch.

Entschlossen stieg sie nach oben, doch als sie in dem kleinen Flur der ersten Etage stand, zögerte sie. *Was will ich – wo …* Sie fühlte sich plötzlich, als hätte sie zu viel

Alkohol getrunken, so viel, dass Dinge, die in einem Moment noch furchtbar wichtig erschienen waren, schon im nächsten Augenblick so nebensächlich wurden, dass man sie vergaß.

Sibylle vergaß, in das Zimmer ihres Sohnes zu gehen, sie wandte sich ab und ging in ihr Schlafzimmer.

Vor der verspiegelten Tür des breiten Schrankes sah sie sich zum ersten Mal, seit sie wieder im Leben angekommen war, und fand die Frau, die ihr von dort entgegensah, befremdlich. Nicht, dass sie sich nicht erkannt hätte, ihr Gesicht war vertraut, aber es wirkte wie das einer engen Freundin oder einer Schwester auf sie. Die schulterlangen, zart gelockten, blonden Haare gehörten zweifelsohne genau so zu ihr wie die Sommersprossen um die Nase. In dem Spiegel wirkte sie größer als 1,70 m, aber das lag wahrscheinlich daran, dass die Tür etwas geneigt war. Das dort im Spiegel war eindeutig sie, und für ihre 34 Jahre sah sie auch noch recht gut aus aber … *irgendwie auch seltsam. So seltsam wie alles im Moment.*

Sie öffnete die Schranktür, zog Jeans und ein weißes T-Shirt an und musste dabei feststellen, dass sie in den letzten beiden Monaten wohl einige Kilos verloren hatte. Die Hose war mindestens eine Nummer zu groß und hing ihr schlaff am Körper. Aber sie war auch ein Stück zu kurz. Johannes musste sie in der Zwischenzeit gewaschen und das falsche Waschprogramm gewählt haben. *Egal. Endlich nicht mehr halbnackt durch die Gegend hetzen wie eine Psychiatriepatientin.* Sie zog noch eine dünne Baumwolljacke über und schlüpfte wieder in Rosies Mokassins, die sehr bequem waren.

Beim Hinausgehen fiel ihr Blick auf ein Foto, das auf dem Nachttisch auf Hannes' Bettseite stand, und sie stockte. Sie kannte die Aufnahme. *Während unserer Hochzeitsreise, auf Kreta.* Hannes hatte die Kamera einem jungen, sehr gutaussehenden Griechen in die Hand gedrückt und ihn gebeten, ein Foto von ihnen zu machen.

Mit einem zärtlichen Lächeln ging sie auf den Nachttisch zu, nahm den Holzrahmen in die Hand und betrachtete die Fotografie. Fast im gleichen Moment fiel sie ihr aus den mit einem Mal kraftlos gewordenen Fingern und blieb mit der Vorderseite nach oben auf dem Teppichboden liegen.

Sibylle stand da, starrte auf das Foto und horchte in sich hinein. Sie suchte nach Anzeichen dafür, dass ihre Psyche der Situation nicht mehr gewachsen war und sich ein Nervenzusammenbruch ankündigte.

Langsam ging sie in die Hocke und betrachtete die dargestellte Szene genau. Die Umgebung stimmte, und auch Hannes sah so aus wie jetzt, nur eben ein wenig jünger. Aber die Frau, die er im Arm hielt – das war nicht sie. Diese Frau war zwar ebenfalls blond, aber es war ganz eindeutig jemand anderes. Sibylle hatte das deutliche Gefühl, sie schon einmal gesehen zu haben, aber sie wusste weder ihren Namen, noch konnte sie einordnen, wo oder wann sie ihr begegnet war. *Wie kommt diese Frau auf ein Bild von unserer Hochzeitsreise? Mit Johannes, meinem Mann.*

Sie richtete sich ein Stück auf und setzte sich auf die Bettkante.

Also gut, fassen wir zusammen: Mir fehlen die letzten beiden Monate meines Lebens. Ich war im Keller eines Krankenhauses eingeschlossen und habe dort einen Arzt niedergeschlagen. Ich bin halbnackt durch die Straßen von Regensburg gelaufen und habe mich von einer netten, aber verrückten älteren Dame nach Hause bringen lassen, um hier von meinem Mann zu erfahren, dass er nicht mein

Mann ist und ich gar nicht ich bin. Ich kann ihn überzeugen, mich zumindest anzuhören, um dann in meinem Schlafzimmer ein Foto zu finden, das meinen Mann bei unserer Hochzeitsreise zeigt. Mit einer anderen Frau an der Stelle, an der ich gestanden habe.

Die Schlafzimmerwand, auf die sie den Blick gerichtet hatte, wurde undeutlich durch die Tränen, die ihr in die Augen stiegen. Sibylle erhob sich und verließ das Zimmer wie eine Schlafwandlerin. Das trocken knackende Geräusch, als sie mit einem Fuß auf den Fotorahmen trat, nahm sie kaum wahr.

Als sie das Wohnzimmer betrat, saß Johannes in ihrem Fernsehsessel. Sie bemerkte, dass er zusammenzuckte, was daran liegen mochte, dass sie mit der zu weiten und zu kurzen Hose ein wenig seltsam aussah.

»Hast du schon angerufen?«, wollte sie wissen. *Ich frage ihn nicht nach dem Foto. Besser nicht.*

»Ja«, antwortete er viel zu schnell. »Die Eltern des Jungen bringen ihn gleich. In ein paar Minuten wird er hier sein.« Er lächelte dabei völlig unpassend.

Sibylle setzte sich auf die Couch und sagte: »Gut. Ja, das ist gut«, obwohl es in diesem Moment rein gar nichts gab, was sie als gut hätte bezeichnen können.

Das Foto, dieses seltsame Verhalten … Das Gefühl, dass Hannes ihr etwas vorspielte, wurde immer mehr zur Gewissheit. Es würde vielleicht nötig sein, dass sie die erstbeste Gelegenheit nutzte, um mit ihrem Sohn zu verschwinden. Um alles andere konnte sie sich Gedanken machen, wenn sie und Lukas erst einmal in Sicherheit waren. *Aber wohin soll ich –? Und wie? Ich hab überhaupt kein … – die alte Zuckerdose, oben im Küchenschrank!* Seit über zwei Jahren schon zweigte sie jeden Monat etwas Geld ab, weil sie Johannes zu seinem 40. Geburtstag im nächsten Jahr seinen großen Traum hatte erfüllen wollen, die Fluglizenz für Ultralight-Flugzeuge. Darauf würde er nun wohl verzichten müssen.

So beiläufig wie möglich sagte sie: »Ich hol mir was zu trinken, soll ich dir was mitbringen?«

»Nein … nein, danke.«

In der Küche fiel ihr erster Blick auf die Uhr an der Wand: 12 Uhr 40. Bis gerade eben hatte sie nicht einmal gewusst, ob es Vormittag oder Nachmittag war. Sie ging zu dem Schrank neben der Spüle und öffnete ihn. Mit klopfendem Herzen schob sie einige Konserven zur Seite in der Hoffnung, dass Johannes das Versteck nicht zwischenzeitlich entdeckt hatte. Die Blechdose mit den bunten Blumen darauf stand noch an ihrem Platz ganz hinten im Regal. Sibylle zog sie heraus und öffnete sie mit nervös zuckenden Fingern. Erleichtert fiel ihr Blick auf die vielen Geldscheine. Sie griff hinein, stopfte sich das Geld in die Hosentaschen, verschloss die Dose und stellte sie wieder zurück. Sie wusste nicht genau, wie viel sie mittlerweile angespart hatte, aber es mussten etwa 1000 Euro sein. Das würde erst mal genügen.

Als sie den Kühlschrank öffnete, hörte sie Schritte im Flur und das Gemurmel gedämpfter Stimmen.

Ihr Herz machte einen Satz. *Lukas, oh Gott, endlich!* Sie lachte befreit auf und wollte aus der Küche stürmen, doch direkt vor der Tür prallte sie zurück. Im Flur standen zwei Männer und sahen sie mit ernsten Gesichtern an. Derjenige, der unmittelbar vor ihr stand, hatte kurzes, blondes Haar. Die deutlich hervortretenden Wangenknochen ließen sein schmales, leicht gebräuntes Gesicht sehr männlich wirken. Er mochte vielleicht Anfang dreißig sein. Den anderen schätzte sie auf Mitte vierzig. Ein dünner, von Silberfäden durchsetzter, dunkler Haarkranz verlief um seine schon recht fortgeschrittene Glatze.

»Das ist sie, das ist diese Frau«, sagte Johannes und zeigte auf sie. Seine Stimme klang hysterisch.

»Hannes!«, stieß sie aus. »Wo ist Lukas? Und wer sind –?«

»Guten Tag«, unterbrach sie der jüngere der beiden Männer. »Kriminalkommissar Martin Wittschorek. Mein Kollege hier ist Kriminaloberkommissar Oliver Grohe. Würden Sie uns bitte Ihren Namen sagen?«

»Ich heiße Sibylle Aurich, und ich wohne hier«, erklärte sie mit bemüht ruhiger Stimme. »Aber was tun Sie hier? Ist was mit meinem Jungen?«

»Wir wissen nichts von Ihrem Jungen«, erklärte Grohe. »Wir sind hier, weil Herr Aurich uns angerufen hat.«

Johannes? Warum? Aber natürlich! Ich war zwei Monate verschwunden, er musste *die Polizei informieren, und* natürlich *wollen die mich jetzt befragen.*

»Ich werde Ihnen alles sagen, was ich weiß, aber bitte, mein Sohn wird jeden Moment gebracht. Ich möchte zuerst sehen, dass es ihm gutgeht.«

Grohe zog die Stirn in Falten. »Alles, was Sie worüber wissen?«

»Na, über meine Entführung.«

Die Polizisten sahen sich erst gegenseitig an, um dann Johannes einen schwer zu deutenden Blick zuzuwerfen.

»Ich habe doch gesagt, diese Frau ist verrückt«, erklärte Johannes. »Sie weiß die unglaublichsten Dinge von uns. Sie muss mit der Sache zu tun haben. Sie hätte mich sogar fast dazu gebracht zu glauben, dass … dass meine Frau zurückgekehrt ist und aus irgendwelchen Gründen anders aussieht. Sie drückt sich auch genau so aus wie

Sibylle. Die müssen sie die ganze Zeit über ausgequetscht haben, um das alles zu erfahren. Aber«, sein Gesichtsausdruck veränderte sich, »meine Frau hat sie in eine Falle tappen lassen.«

Nicht nur die beiden Polizisten, auch Sibylle sah ihn nun fragend an. Die Sekunden verstrichen, und es schien, als koste er den Moment aus, während er ihr in die Augen sah.

»Sibylle hat dieser Dame offensichtlich weisgemacht, wir hätten einen Sohn namens Lukas, und darauf ist sie reingefallen.«

In diesem Moment versank die Welt hinter einem schwarzen Schleier.

Noch bevor sie die Augen öffnete, hörte sie, wie eine Stimme sagte: »Sie kommt zu sich.«

Es klang, als redete jemand gegen eine Wand aus Watte.

Sie lag in ihrem Wohnzimmer auf der Couch. Der jüngere der Polizisten, dessen Namen sie vergessen hatte, hockte neben ihr auf der Kante. Sie drehte den Kopf ein wenig zur Seite und erkannte Johannes, der mit dem anderen Beamten vor dem Kamin stand. Die beiden unterhielten sich flüsternd.

»Wie geht es Ihnen?«, wollte der Mann neben ihr wissen.

»Schlecht«, antwortete sie und richtete sich vorsichtig auf. Der Polizist erhob sich und setzte sich wieder, nachdem sie ihre Beine an ihm vorbei von der Couch gezogen hatte.

Sie fuhr sich mit den gespreizten Fingern beider Hände durch die Haare und sah den Mann an. Verrückterweise war er ihr sympathisch.

»Bitte, können Sie mir sagen, was passiert ist? Mein Mann ist so … – Wissen Sie, wo mein Kind ist?«

Er wiegte den Kopf hin und her. »Wir haben uns eigentlich von Ihnen erhofft, dass Sie uns darüber aufklären, was Ihr Auftritt hier soll. Das heißt, Sie werden zuerst uns einige Fragen beantworten müssen. Was Ihr Kind betrifft – um Ihnen dazu etwas sagen zu können, müsste ich erst mal wissen, wer Sie sind.«

Sibylle fuhr sich mit einer Hand über das Gesicht, als würde sie Schmutz abwaschen. Dann seufzte sie und sagte: »Jetzt geht das wieder los. Ich hab's Ihnen doch schon gesagt: Ich heiße Sibylle Aurich und wohne hier, auch wenn mein Mann das abstreitet. Aber ich möchte jetzt endlich wissen, wo Lukas ist. Hören Sie? Ich möchte zu meinem Kind, sofort.« Ihre Stimme war lauter geworden.

Der Kommissar warf seinem Kollegen rasch einen Blick zu. Als der nickte, sagte er mit ruhiger Stimme: »Sie sind nicht Sibylle Aurich. Wir bearbeiten den Fall schon seit Frau Aurichs Verschwinden vor zwei Monaten und haben in dieser Zeit einige Fotos von ihr gesehen. Nicht nur hier, sondern auch bei Freunden und Verwandten. Auf allen diesen Fotos war die gleiche Frau, und diese Frau waren definitiv nicht Sie. Und noch eines wissen wir mit ziemlicher Sicherheit: Sibylle Aurich hat kein Kind.«

»Wir werden Sie mitnehmen müssen«, ergänzte Kommissar Wittschorek, dessen Name ihr gerade wieder eingefallen war.

Mitnehmen. Sibylle reagierte nicht darauf. Ihr Verstand suchte fieberhaft nach einem Ausweg aus dieser Situation, *Sibylle Aurich hat kein Kind,* nach einer anderen Erklärung als der, dass sie geisteskrank war. Aber es wollte ihr einfach keine einfallen.

6

Der Doktor hatte recht behalten, Jane hatte sich zu dem Haus bringen lassen.

Hans kannte ihren richtigen Namen gar nicht. Das war schade. Der Doktor hatte ihr den Namen Jane Doe gegeben, so wie in Amerika unbekannte Frauen oder auch nicht identifizierte weibliche Leichen genannt wurden. Hans hatte noch nie eine Entscheidung des Doktors in Frage gestellt, aber dieser Name widerstrebte ihm, und er konnte nichts dagegen tun.

Seit einer halben Stunde saß er in seinem Wagen, den er ein Stück entfernt am Straßenrand geparkt hatte, und beobachtete. Er hatte Jane zwar nicht hineingehen sehen, dazu war er zu spät angekommen, aber er hatte keine Sekunde daran gezweifelt, dass sie sich im Inneren des Hauses aufhielt. Und dann kamen auch schon die beiden Polizisten.

Die Voraussagen des Doktors waren in jedem einzelnen Punkt ganz präzise gewesen. Aber Hans hatte auch nichts anderes erwartet; alles, was der Doktor tat, funktionierte so, wie er es sich vorgestellt hatte.

Es konnte noch dauern, bis sich dort drüben vor dem Haus etwas tat. Hans lehnte sich zurück. Dabei entging ihm nicht die kleinste Bewegung in der direkten Umgebung des Hauses.

Hans war dem Doktor das erste Mal 2002 begegnet, wenige Wochen nachdem er freiwillig aus der Fremdenlegion ausgeschieden war, nach über 20 Jahren im aktiven Dienst.

Er war 1991 am Golf gegen Hussein dabei gewesen, in Somalia und später im Kosovo, in Bosnien und in Mazedonien. Und plötzlich hatte er nicht mehr für den Krieg getaugt.

Beim Häuserkampf in Grbavica, einem hart umkämpften Stadtteil Sarajevos, war er im Kellergeschoss eines mehrstöckigen Hauses verschüttet worden. Drei Tage und Nächte hatte er im Schutt gelegen, in der schwärzesten Dunkelheit, die man sich vorstellen konnte, den rechten Unterarm und das Becken mehrmals gebrochen, mit einem schweren Betonklotz auf der verwundeten Hüfte. Am Anfang hatte er geschrien. Nicht vor Schmerzen, das war ihnen schon während der Ausbildung abgewöhnt worden, nein, er hatte versucht, die Kameraden auf sich aufmerksam zu machen, damit sie ihn befreiten und er so bald wie möglich wieder kämpfen konnte.

Irgendwann war kein Ton mehr aus seinem Mund gekommen, und so hatte er gewartet und gewartet. Dann, nach einer unendlich langen Zeit in seiner winzigen, schwarzen Höhle aus Schutt, in der die Luft so dick geworden war, dass sie beim Einatmen wie altes Öl durch die Luftröhre kroch und die Lungen verklebte, hatte er in all der Schwärze etwas spüren können, das nicht zu sehen war. Vielleicht als Resultat der ungewöhnlichen Situation war seine Wahrnehmungsfähigkeit in einem Maße gesteigert gewesen, wie es sicher nur ganz wenigen Menschen je vergönnt war. Mit einem Schlag hatte sich ihm seine Umgebung, sein Leben in der einzig wahren Gestalt offenbart: als Ansammlung von Ereignissen, die aus vielen Elementen bestanden, die tausendfach in jeder Sekunde aufeinandertrafen. Diese Erkenntnis war so überwältigend gewesen, dass er laut gegen den Schutt angelacht hatte mit seiner wunden Stimme.

So hatte er damit begonnen, zum ersten Mal in seinem Leben über die wirklich wichtigen Dinge nachzudenken.

Irgendwann war er dann von einem gleißenden Lichtblitz getroffen worden. Kameraden hatten ihn gefunden.

Eine lange Zeit hatte er in Krankenhäusern verbracht. Selbst dann noch, nachdem seine Knochen schon wieder einigermaßen verheilt waren. Immer wieder hatte er sich mit Ärzten unterhalten und immer wieder die gleichen, seltsamen Fragen beantworten müssen.

Irgendwann durfte er dann doch wieder zurück.

Aber sie hatten sich alle verändert. Sein Capitaine hatte ihm erklärt, für ihn seien die Kriege vorbei. Neue Aufgaben in der Schreibstube würden auf ihn warten. Und die Kameraden? Sie hatten ihm plötzlich nicht mehr zuhören wollen. Bei jedem seiner Versuche, sein neues Wissen mit ihnen zu teilen, waren sie einfach weggegangen, hatten ihn stehenlassen wie einen Aussätzigen. Gegen die großen Narben auf dem Unterarm hatte er etwas tun können, gegen die in seinem Inneren aber nicht.

Nach Jahren der Demütigungen hatte er Nîmes und seine Kameraden vom 2ème Régiment Étranger d'Infanterie dann verlassen, ohne auch nur den Hauch einer Ahnung zu haben, wie sein Leben weitergehen sollte.

Laut dem Kodex der Légion étrangère würde er zwar zeit seines Lebens zur großen Familie gehören, und die Legion zahlte ihm auch eine kleine Pension, weil er mehr als 18 Jahre gedient hatte, aber was nützte ihm das? Zurück in Deutschland hatte er festgestellt, dass das Leben sehr schwer war, wenn man niemanden hatte, auf dessen

Befehle man sich verlassen konnte. Die meisten Menschen hatten keine Ehre und keinen Respekt.

Als er nach einer Kneipenschlägerei mit drei schwächlichen Kerlen in den Fängen der deutschen Justiz landete, lernte er den Doktor kennen. Kurz vor der Verhandlung wegen Körperverletzung stand dieser Mann vor der Tür seiner kargen, penibel aufgeräumten Wohnung am Stadtrand von München: Er könne ihm vielleicht einen Job anbieten, ob er Interesse habe. Der Doktor besaß Autorität, das hatte Hans beim ersten Blick in seine Augen gespürt, und dass es ihn glücklich machte, einem Mann wie ihm gegenüberzusitzen. Fast wäre er aufgesprungen und hätte ihm geantwortet: ›Oui, mon Capitaine!‹

Der Doktor hatte sich bei der Verhandlung für ihn eingesetzt und der Richterin erklärt, dass er eine feste Arbeitsstelle als Sicherheitsbeauftragter bei ihm habe. Die Aufgabe, die sich hinter dieser Stellenbeschreibung verbarg, bestand aus dem bedingungslosen Erfüllen von Aufträgen, die er ausschließlich vom Doktor bekam.

Hans richtete sich auf. Schräg gegenüber öffnete sich die Haustür, und die Polizisten kamen mit Jane heraus.

Einer der Männer hatte sie am Arm gepackt und dirigierte sie zu dem Wagen, mit dem die beiden gekommen waren. Jane sah verwirrt und ängstlich aus. Hans rieb sich mehrmals über das Gesicht und fuhr sich dann mit der flachen Hand über den Kopf mit den millimeterkurzen, blonden Haaren, so, wie er es immer getan hatte, wenn er das Képi blanc abgesetzt hatte.

Als sie losfuhren, wartete er noch einen Moment, bevor er den Motor startete und ihnen folgte.

7

Sibylle saß im Fond des Wagens, den Kommissar Wittschorek fuhr, und sah aus dem Seitenfenster. Letztlich hatte sie sich nicht dagegen gewehrt, als die beiden Polizisten sie aufgefordert hatten, mit ihnen zu kommen. Vielleicht war es sogar gut so und sie würden endlich Licht in diese furchtbare Situation bringen können. Johannes war zu Hause geblieben. Der Blick, mit dem er sie bedacht hatte, als sie, begleitet von den beiden Polizisten, aus dem Haus gegangen war, war hasserfüllt gewesen, aber im Moment war er ihr egal.

Von draußen starrten ihr die Betongesichter der Vorstadthäuser entgegen. Begleitet von Knacken und Rauschen hörte sie in unregelmäßigen Abständen Stimmen aus einem Lautsprecher irgendwo im vorderen Bereich des Wagens. Wie in weiter Ferne in einen Blecheimer gesprochen, unverständlich, nicht für ihre Ohren bestimmt. Die Häuserfronten verschwammen vor ihren Augen. Sie zog sich zurück aus der Welt, die aus unerfindlichen Gründen nicht mehr ihre Welt war. Ihre Gedanken drehten sich nur noch um Lukas.

Sie sah ihn vor sich, er lag auf dem Boden des Wohnzimmers auf einer weichen Decke. Damals hatten sie noch im ersten Stock eines Mehrfamilienhauses zur Miete gewohnt.

Sie hörte seine ungeduldigen Rufe, wenn er ein ums andere Mal versuchte, sich aufzurichten und dabei immer wieder auf den Hintern plumpste. Es war ihm nicht schnell genug gegangen mit dem Laufen. Es war ihm nie schnell genug gegangen. Wenn sie beim Füttern den Löffel nicht rechtzeitig mit Brei nachfüllte, tatschte er mit seinen kleinen, süßen Fingerchen danach und schimpfte heftig in seiner Babylautsprache mit ihr. Auch später, als er das Fahrradfahren lernte, ging es ihm immer zu langsam. Wie er weinen musste, als es nicht auf Anhieb funktionierte. Sie musste neben ihm herlaufen und ihn am Gepäckträger des kleinen Rades aufrecht halten, immer und immer wieder. Es wurde schon dunkel, als es endlich funktionierte und er alleine seine Runden drehen konnte.

Die Bilder verschwammen – *Lukas. Mein Lukas* – und machten Platz für eine andere Szene: *Unser Ausflug mit dem Schiff, damals, Lukas ist gerade erst drei, sitzt auf den Schultern seines Vaters und betrachtet mit offenem Mund die Uferkulisse. In der Mitte über dem Deck eine lange Leine, bunte Fähnchen gespannt, die im Fahrtwind tanzen. Mein Sohn …*

Deutlich sah sie das Gesicht ihres Jungen, in dem diese ungetrübte, offene Bewunderung für die Welt geschrieben stand, wie sie nur Kinder zeigen konnten. Der Spot ihrer Erinnerung richtete sich auf den Mann, auf dessen Schultern Lukas saß, und sie erschrak. Dort, wo Hannes' Augen, Nase und Mund hätten sein müssen, starrte ihr eine konturlose, ovale Fläche entgegen. Sie versuchte, in der Erinnerung Details zu erkennen, doch das Bild wurde immer undeutlicher, je mehr sie sich darauf konzentrierte. Und mit einem Mal – ganz verschwunden. Statt eines Bildes war da nur noch Schneerauschen.

Schneerauschen.

»Was ist mit Ihnen? Geht es Ihnen nicht gut?«

Sibylle riss die Augen auf. Grohe hatte sich zu ihr umgedreht, während Wittschoreks Blick im Sekundentakt zwischen dem Rückspiegel und der Straße wechselte.

Sie hatte wohl laut aufgestöhnt. »Nein … Doch.«

Grohe sah sie unverwandt an, und sein Blick drückte dabei kein Wohlwollen aus.

»Bitte«, sagte sie flehend, »können Sie zu dem Krankenhaus in der Nähe des Ostentors fahren? Ich zeige Ihnen den Kellerraum, in dem ich eingesperrt war. Und diesen Dr. Muhlhaus … Mein Gott, wenn man verrückt ist und sich einbildet, jemand anderes zu sein, kann man sich doch nicht an jede Kleinigkeit aus diesem eingebildeten Leben erinnern. Und mein Sohn … Lukas … seine Geburt, die Taufe, … das – Verstehen Sie, ich erinnere mich an jeden Moment seines Lebens. Ich bilde mir doch mein eigenes Kind nicht ein, verdammt nochmal! Ich weiß nicht, was mit mir passiert ist, aber mein Junge, der kann doch nichts dafür. Bitte, helfen Sie mir doch.«

»Sie stehen unter dem Verdacht, etwas mit dem Verschwinden von Frau Aurich zu tun zu haben«, erklärte Grohe mit teilnahmsloser Stimme. »Wir werden jetzt zuerst zum Präsidium fahren und Ihre Aussage aufnehmen. Danach sehen wir weiter.«

»Natürlich habe ich etwas mit dem Verschwinden zu tun!«, brauste Sibylle auf, »weil ich die Sibylle Aurich bin, die verschwunden ist. Oh Gott, das ist doch total verrückt.«

Mit tiefem Schnaufen wandte Grohe sich ab und sah wieder nach vorne. Nach einer Weile warf Wittschorek ihm einen Blick zu und sagte: »Was spricht dagegen, dem Krankenhaus einen kurzen Besuch abzustatten? Dann haben wir zumindest in diesem Punkt Klarheit. Das kann uns eine Menge Zeit sparen.«

Grohe antwortete zuerst nicht darauf. Dann drehte er sich nochmals zu ihr um. »Also gut. Aber während wir dorthin fahren, erzählen Sie uns in allen Einzelheiten, was man in diesem Krankenhaus angeblich mit Ihnen gemacht hat.«

Sibylle nickte eifrig, begann ihre Schilderung mit dem Traum und endete zehn Minuten später mit dem Moment, in dem sie vor ihrem Haus angekommen war, als Wittschorek den Zündschlüssel umdrehte und der Motor erstarb. Sibylle hatte in allen Einzelheiten ihre Erlebnisse dieses Tages erzählt, aus einem unbestimmten Gefühl heraus aber Rosies Namen verschwiegen. Nun sah sie durch die Seitenscheibe nach draußen und erkannte das Krankenhaus.

»Also gut, dann lassen Sie uns mal nachsehen, was es mit diesem Kellerraum auf sich hat.« Wittschorek zwinkerte ihr aufmunternd zu, und Sibylle war ihm dankbar dafür.

Sie wollte aussteigen, doch die Tür ließ sich nicht öffnen. Grohe öffnete ihr die Tür von außen und sagte: »Ich bin schon sehr gespannt auf das furchtbare Verlies, in das man Sie eingeschlossen hat.«

Am Informationsschalter in der Eingangshalle des Krankenhauses lächelte ihnen eine junge, pausbäckige Frau mit dunklem Pagenkopf hinter einem U-förmigen Tresen freundlich entgegen. Der dünne Bügel eines Headsets ragte seitlich an ihrer Wange vorbei bis vor den Mund.

Grohe zog seinen Ausweis aus der Gesäßtasche und hielt ihn der Frau entgegen. »Oberkommissar Oliver Grohe, Kriminalpolizei. Wir möchten einen Dr. Muhlhaus sprechen.«

Das unverbindliche Lächeln verschwand aus ihrem Gesicht und machte einem dienstbeflissenen Ausdruck Platz.

Während sie auf der riesigen Telefonanlage vor sich eine Nummer wählte, sagte sie: »Ich muss nachhören, ob er im Hause ist. Worum geht es bitte?«

»Das geht Sie nichts an«, antwortete Grohe, woraufhin sie beleidigt auf die Tastatur vor sich starrte. Nach einem kurzen Telefonat sagte sie: »Herr Dr. Muhlhaus wird in wenigen Minuten hier sein. Sie können so lange da vorne Platz nehmen.«

Grohe wandte sich wortlos ab und ging auf die Gruppe orangefarbener Plastikstühle in der Mitte der Halle zu. Wittschorek lächelte die Frau an und bedankte sich, was sie offensichtlich wieder etwas milder stimmte, denn sie lächelte zurück.

Sibylle schaffte es nicht, ruhig zu bleiben. Mit jeder Minute, die verging, wurde ihre Nervosität größer. Sie war gespannt, wie dieser Muhlhaus reagieren würde, wenn sie plötzlich wieder vor ihm stand. Er musste eine anständige Beule davongetragen haben.

Als sie zum wiederholten Male nach ihm Ausschau hielt, fiel ihr ein Mann mit dunklen, an den Seiten bis über die Ohren reichenden Haaren auf, der neben dem kleinen Krankenhauskiosk an der Wand lehnte und sie unentwegt anstarrte. Er mochte Mitte dreißig sein, hatte eine sportliche Figur und trug eine helle Baumwollhose und ein weißes T-Shirt. Als sie ihn nun direkt ansah, hielt er ihrem Blick stand. Wenn sie es auf die Entfernung richtig deutete, lag in seinen Augen so etwas wie Mitgefühl oder Mitleid. *Meint der mich? Kenne ich den oder müsste ich ihn kennen?* Sibylles Puls ging schneller. Sie sah zu Wittschorek herüber, der zwei Stühle neben ihr saß, und wollte ihn auf den Mann aufmerksam machen, doch der deutete mit dem Kopf zum Informationsschalter. Dort unterhielt sich ein großer, etwas fülliger Mann im weißen Kittel mit der jungen Frau, die in diesem Moment zu ihnen herüberzeigte. Er nickte und kam dann auf sie zu. Muhlhaus hatte offensichtlich einen seiner Ärzte geschickt, um sie abzuholen. Der Mann blieb vor ihnen stehen und wandte sich an den Oberkommissar. »Guten Tag«, sagte er freundlich, »Muhlhaus, was kann ich für Sie tun?«

Sibylle starrte den Mann an. *Dieser Albtraum.* Sie sprang auf und sagte: »Sie … Sie sind nicht der Dr. Muhlhaus, den ich meinte. Wo ist der andere Dr. Muhlhaus, der heute Morgen hier war? Der Chefarzt?«

Als der Mann die beiden Polizisten fragend ansah, erhob Grohe sich und sagte: »Ich bin Oberkommissar Grohe, mein Kollege Kommissar Wittschorek. Wir werden Ihre Zeit nur kurz in Anspruch nehmen, Dr. Muhlhaus. Kennen Sie diese Frau?«

Der Arzt musterte Sibylle eingehend und schüttelte den Kopf. »Nein, ich kenne sie nicht.« Sein Blick wanderte zurück zu ihren Augen. »Was meinten Sie mit dem ›anderen Dr. Muhlhaus‹? Es gibt außer mir hier niemanden, der so heißt. Und der Chef des Hauses ist Professor Dr. Kleinschmitt.«

Grohe warf seinem Kollegen einen triumphierenden Blick zu. »Na, zufrieden? Können wir jetzt fahren?«

»Nein!«, rief Sibylle entsetzt. »Bitte. Dann hat sich jemand anderes als Dr. Muhlhaus ausgegeben. Der Mann ist schlank, nicht sehr groß, um die fünfzig, schwarzes Haar. Der Keller. Wir müssen in den Keller gehen, dann sehen Sie, dass ich die Wahrheit gesagt habe.«

Wittschorek wandte sich an den großen Mann. »Wäre es möglich, einen Blick in den Keller des Hauses zu werfen?«

»Das ist doch lächerlich«, warf Grohe ein, bevor Dr. Muhlhaus antworten konnte. Wittschorek ignorierte den Einwand und sah den Arzt fragend an. Der war sichtlich verwirrt. »Nun, ja, sicher. Was möchten Sie sehen? Die Pathologie oder den Leichenkeller? Oder die Bäderabteilung? Wir haben hier zwei Kellergeschosse. Wonach suchen Sie eigentlich, wenn ich fragen darf?«

»Wir müssen hinten rum«, sagte Sibylle schnell, »durch den Garten. Den Raum, den ich meine, erreicht man glaube ich nur durch das Treppenhaus, vom Garten aus, auf der Rückseite.«

»Jetzt reicht's aber.« Grohes Gesicht war rot angelaufen.

Wittschorek sagte ruhig: »Wenn wir schon mal hier sind, kann es doch nichts schaden, uns den Keller mal anzuschauen.«

»Wenn Sie möchten, lasse ich Ihnen den Hausmeister kommen«, bot Muhlhaus an. »Wenn jemand die Kellerräume hier unten kennt, dann er.«

Sibylle sah Wittschorek hoffnungsvoll an. Als der nach einem kurzen Blick zu seinem Kollegen nickte, verdrehte Grohe in einer übertriebenen Geste die Augen, sagte aber nichts mehr.

Dr. Muhlhaus wandte sich ab und ging mit wehendem Kittel zur Information. Als Sibylle sich wieder auf den Stuhl fallen ließ, fiel ihr der Mann am Kiosk ein. Der Platz, an dem er gestanden hatte, war leer. Sie suchte die ganze Eingangshalle ab, doch er war nirgends zu entdecken. Wahrscheinlich hatte sie sich geirrt und er wollte nur ein wenig mit ihr flirten. Mit einem Seufzer senkte sie den Kopf und sah auf den Boden vor ihren Füßen.

Es dauerte höchstens zwei Minuten, bis der Hausmeister vor ihnen stand. Der Mann konnte 45, ebenso gut aber auch 50 sein, war ungefähr so groß wie dieser angebliche Dr. Muhlhaus, aber deutlich schlanker. Der graue Kittel, den er über Jeans und einem rot karierten Hemd trug, hing über seinen knochigen Schultern wie auf einem Drahtkleiderständer und verlieh ihm ein schlaksiges Aussehen.

Er begrüßte sie freundlich und stellte sich als Heiko Feith vor. Nachdem Wittschorek ihm erklärt hatte, wonach sie suchten, verabschiedete sich Dr. Muhlhaus mit der Begründung, es warteten noch ambulante Patienten auf ihn, und Wittschorek, Grohe und Sibylle folgten dem Hausmeister ins Treppenhaus, wo er sie erst eine Etage nach unten und anschließend durch Gänge und Räume führte, die alle ähnlich aussahen. Sibylle hatte schon nach kurzer Zeit die Orientierung verloren. Das Gefühl, sie würde nie wieder alleine dort herausfinden, wurde mit jeder weiteren Tür und jedem weiteren Flur intensiver. Schließlich blieb Feith vor einer massiven Eisentür stehen und versuchte sie zu öffnen. Er musste mehrmals fest daran ziehen, bis sie sich mit einem schleifenden Geräusch öffnen ließ. Sie gingen hindurch und standen in dem düsteren Treppenhaus, das Sibylle vom Vormittag her kannte. Sie waren auf einer kleinen Plattform herausgekommen, die sich in der Mitte zwischen den vier kurzen Treppen befand. Sibylle hatte die Tür bei ihrer Flucht am Morgen nicht bemerkt, was sie aber nicht wunderte. »Hier! Hier müssen wir runter!«, erklärte sie aufgeregt und quetschte sich an Feith vorbei. Ohne sich noch einmal umzusehen, rannte sie die Stufen der beiden Treppen herunter. Die Schritte der anderen konnte sie hinter sich hören.

Unten blieb sie am Durchgang zu dem großen Kellerraum stehen und warf einen Blick hinein. Es sah noch genau so aus wie Stunden zuvor. Erleichtert zeigte sie über Kisten hinweg auf die geschlossene Tür gegenüber und sagte, an Grohe gewandt: »Dahinter ist ein kleiner Flur, der zu dem Raum führt, in dem die mich … – Jetzt werden Sie jedenfalls gleich sehen, dass ich nicht gelogen habe.«

Mit schnellen Schritten ging sie zwischen den Kisten hindurch, gefolgt von Feith und den beiden Polizisten. Auch diese Tür war nicht verschlossen, doch als Sibylle sie öffnete, hatte sie einen dunklen Gang vor sich. Sie stockte und sah sich hilfesuchend nach dem Hausmeister um. Der nickte und ging an ihr vorbei, gleich darauf flammten die Neonröhren an der Decke auf und tauchten den kurzen Flur wieder in dieses kalte Licht. Ihr fiel auf, dass die Tür auf der anderen Seite ungewöhnlich breit war, beinahe bedrohlich, wie das Auge eines Zyklopen.

»Da ist es«, sagte sie leise, machte aber keine Anstalten weiterzugehen.

Als sich auch einige Sekunden später noch niemand bewegt hatte, sagte Grohe mürrisch: »Wollen wir die Tür anstarren, oder schauen wir uns an, wo diese Dame angeblich eingesperrt war?«

Heiko Feith kam der Aufforderung nach, ging auf die Tür zu, drehte an dem vergammelten Messingknopf, der auf dieser Seite als Griff über dem Schloss angebracht war, und drückte dann gegen die Tür. Sie ließ sich öffnen.

Sibylle merkte, wie sich ihr Herzschlag beschleunigte. Es war gut möglich, dass der falsche Dr. Muhlhaus noch dort drinnen war. *Vielleicht ist er noch besinnungslos. Oder sogar …*

»Na also, wie ich es mir gedacht habe«, unterbrach

Grohe ihre Gedanken. Er war an ihr vorbei als Erster in den Raum gegangen, nachdem Feith einen Lichtschalter betätigt hatte. Beim Anblick der wenigen Kisten, die in dem ansonsten leeren Raum herumstanden, verließen Sibylle vollends ihre Kräfte. *Das – kann – nicht – sein.* Grohe stand dicht vor ihr und sah ihr in die Augen. »Wenn Ihnen nicht bald eine außergewöhnlich gute Erklärung für das alles einfällt, sehe ich für Ihre nähere Zukunft nur zwei Optionen: eine Zelle im Gefängnis oder eine in der Psychiatrie.«

Sibylle ließ sich mit dem Rücken einfach gegen die kahle Wand fallen und starrte wortlos vor sich hin, während Wittschorek langsam zwischen den Kisten hindurchschritt und ab und zu in die Hocke ging und den Boden betrachtete, als suche er nach Spuren an einem Tatort.

»Wann waren Sie denn zuletzt hier unten, Herr Feith?«, hörte sie den Kommissar fragen. Der Hausmeister überlegte. »Hm … Das muss schon zwei oder drei Monate her sein. Hier kommt nicht oft jemand her.«

»Wer hat sonst noch Zugang zu dem Raum?«

»Na, jeder. Die Tür ist von außen nie abgeschlossen. Nur wenn man da drin ist und hat keinen Schlüssel, dann sollte man aufpassen, dass die Tür nicht zufällt.« Er grinste breit. »Wenn wir länger hier bleiben, sollten wir eine Kiste vor die Tür stellen. Der Schlüssel hängt oben in meinem Büro im Schlüsselkasten.«

Sibylle erwachte aus ihrer Starre. *Ich hab nicht gelogen. Verdammt, ich hab nicht* – Ohne darüber nachzudenken stieß sie sich von der Wand ab. Sie warf Wittschorek einen schnellen Blick zu und sah in seinem Gesicht, dass ihm genau im selben Moment wie ihr selbst klar wurde, was sie vorhatte. Aber entweder glaubte er, zu weit von der

Tür weg zu stehen, um noch etwas tun zu können, oder er sah bewusst reglos zu, wie sie sich abwandte und mit zwei großen Schritten im Flur stand. Der überraschte Ausruf Grohes ging in dem Knall unter, mit dem die Tür ins Schloss fiel.

Schnell atmend wandte Sibylle sich ab und flüchtete zum zweiten Mal an diesem Tag aus dem Krankenhauskeller.

Nachdem sie einigen Gängen und Abzweigungen gefolgt war, von denen sie glaubte, dass sie sie kurz zuvor in die andere Richtung benutzt hatten, hatte sie sich verlaufen. Die dicken Rohre und Kabelstränge, die an der Decke direkt über ihrem Kopf verliefen, waren ihr auf dem Hinweg nicht aufgefallen. Während sie den Gang entlang weiterlief und dann ohne lange darüber nachzudenken nach rechts abbog, fiel ihr ein, was der Arzt oben in der Eingangshalle gesagt hatte: ›Was möchten Sie sehen? Die Pathologie oder den Leichenkeller?‹

Keine Panik, der Leichenkeller ist sicher abgeschlossen. Zumindest wird ein Schild an der Tür hängen, ganz bestimmt. Denk an was Schönes! Lukas … Vorsichtig ging sie weiter. Nicht nur aus den Rohren über ihrem Kopf kamen die seltsamsten Geräusche, auch vor und hinter ihr knackte und knarrte es, und nachdem das Wort Leichenkeller sich einmal in ihrem Kopf festgesetzt hatte, hörten sich diese Geräusche sehr unheimlich an. Nach ein paar Schritten sah sie sich mit klopfendem Herzen um, ohne zu wissen, wer oder was hinter ihr hätte her sein können. *Ich muss hier raus, verdammt … Lukas …* Als sie sich das Gesicht ihres Sohnes vorstellte, wurde sofort jeder Gedanke an den Leichenkeller oder irgendwelche Geräusche bedeutungslos.

Sie musste aus diesem Labyrinth heraus und ihren Jungen finden, der sich vielleicht in Gefahr befand. Ihre Schritte wurden schneller. Nur wenige Türen später stand sie in dem hellen, freundlichen Treppenhaus und 14 Stufen später in der Eingangshalle des Krankenhauses.

Betont langsam durchquerte sie das Foyer und hoffte, dass ihr Gesichtsausdruck möglichst gleichgültig wirkte. Als sie endlich vor dem großen Gebäude stand, atmete sie tief durch und sah sich nach allen Seiten um. Als Erstes musste sie von diesem unseligen Krankenhaus weg. Sie entschied sich dafür, nach links zu gehen, um zur Adolf-Schmetzer-Straße zu kommen, an der Rosie sie aufgelesen hatte.

Rosie! Sibylle fiel ein, dass der Zettel mit der Telefonnummer noch immer in ihrem Slip steckte. Sie hatte keine Vorstellung davon, wie es weitergehen sollte, aber bei der etwas verrückten Dame wäre sie für den Moment zumindest in Sicherheit. Irgendwie musste sie in Erfahrung bringen, wo ihr Sohn war und wie es ihm ging. Sie musste eine Telefonzelle finden – nein, zuerst ein Geschäft, in dem sie Geld wechseln konnte, ein Münzfernsprecher würde wohl keinen 20-Euro-Schein akzeptieren.

Etwa 100 Meter vor der großen Kreuzung, die sie Stunden zuvor von der Parallelstraße aus erreicht hatte, kam sie an einem Lebensmittelladen vorbei, einem der gemütlich anmutenden, immer selteneren Tante-Emma-Läden. Hinter einer kleinen Theke stand ein überraschend junger Mann und lächelte ihr freundlich entgegen. Er war höchstens Ende zwanzig und mochte vielleicht einer der wenigen Söhne sein, die bereit waren, den Laden ihrer Eltern zu übernehmen.

Neben einer modernen Registrierkasse waren unter einer Art Kuchenglocke aus Plexiglas belegte Brötchen aufgetürmt. Als Sibylle sie sah, wurde ihr bewusst, dass sie überhaupt noch nichts gegessen hatte, seit sie aufgewacht war. Das flaue Gefühl im Magen hatte sie in den vergangenen Stunden verdrängt, oder es war in dem Druck untergegangen, der permanent auf ihrer Magengegend lastete, seit sie von einem Albtraum in den nächsten zu fallen schien.

Sie entschied sich für ein Käsebrötchen, zahlte mit einem Zwanziger, und nachdem sie das Wechselgeld in ihre Hosentasche gesteckt hatte, wurde sie von dem jungen Mann so überschäumend verabschiedet, als hätte sie gerade den halben Laden leer gekauft. »Und beehren Sie mich bald wieder«, rief er ihr noch nach, als sie schon zur Tür heraus war.

Sie ging bis zu der Kreuzung und wandte sich dort nach rechts, weil sie so die Straße nicht überqueren musste. Zwischendurch biss sie immer wieder in das Brötchen und stellte dabei fest, wie köstlich ein simples Käsebrötchen sein konnte. Etwa einen Kilometer weit musste sie an der Reihe Wohnhäuser vorbeilaufen, die nur hier und da durch die Fensterfronten von Geschäften unterbrochen wurde, bis sie endlich entdeckte, wonach sie gesucht hatte.

Sibylle hatte schon seit Jahren kein öffentliches Telefon mehr benutzt und wunderte sich darüber, dass der Apparat nicht in einer geschlossenen Zelle hing, sondern einfach an einer pinkfarbenen Säule, die am hinteren Rand des Bürgersteiges aufgestellt war. Nach einem kurzen Blick nach allen Seiten öffnete sie die Jeans und suchte mit zwei Fingern an der Stelle in ihrem Slip, wo sie den Zettel mit Rosies Telefonnummer eingesteckt hatte. Glücklicherweise war er nicht verrutscht, so dass sie nicht lange suchen musste. Die Zahlen waren zwar etwas verschmiert, weil der Zettel wohl von ihrem Schweiß ein we-

nig feucht geworden war, aber sie konnte die Telefonnummer noch problemlos entziffern. Es klingelte nur zweimal.
»Rosemarie Wengler, einen schönen guten Tag.«

Vor Erleichterung atmete Sibylle tief durch. »Hallo, Rosi«, sagte sie zaghaft. »Ich bin's, Sibylle … Aurich. Wissen Sie … weißt du noch, wer ich bin?«

Rosie antwortete mit einem herzhaften Lachen. »Aber sicher weiß ich das. Ist es schon so weit? Möchtest du wieder einen kleinen Ausflug machen? Sag mir, wo wir uns treffen. Ich ziehe mich nur schnell bis auf das Höschen aus und komme dich abholen. Das wird ein Spaß!«

Sibylle musste trotz der unwirklichen Situation, in der sie sich befand, tatsächlich lächeln.

»Nein, ich mache keinen Ausflug, und ich hab auch wieder ganz normale Sachen an. Es ist nur so, dass …«

Sie zögerte, und Rosie beendete den Satz. »… dass du schon wieder Krach mit deinem Herzchen hast? Ist es so? Soll ich kommen und mir den jungen Mann mal zur Brust nehmen? Im übertragenen Sinne natürlich.« Wieder stieß sie ihr tiefes, kehliges Lachen aus.

»Nein, es … es ist viel schlimmer. Ich kann das jetzt nicht erklären, aber ich bin in großen Schwierigkeiten und weiß gerade außer dir niemanden, an den ich mich wenden kann. Kannst du … ich meine, ich wäre dir sehr dankbar, wenn wir uns sehen könnten.«

»Du bist in Schwierigkeiten? Sag Rosie, wo du bist, und sie ist in wenigen Minuten bei dir.«

»Ungefähr da, wo du mich heute schon einmal aufgelesen hast.«

»Hm«, machte Rosie, »gib mir zwanzig Minuten!« Damit legte sie auf.

Zum Glück. Wenigstens ein Mensch, der mir glaubt.

Jetzt brauchte Sibylle ein Telefonbuch, aber so etwas gab es an diesen modernen Säulen offensichtlich nicht mehr. Dafür fand sie oberhalb des Gerätes einen großen Aufkleber mit der Nummer der Auskunft. Sie steckte eine Euromünze in den Schlitz und ließ sich mit dem Krankenhaus verbinden, was sich erst als nicht einfach erwies. Da sie weder Namen noch Adresse der Klinik kannte, fragte sie nach dem Krankenhaus in der Nähe des Regensburger Ostentores. Die Frau am anderen Ende erklärte, dass sie einen Straßennamen oder den Namen des Krankenhauses haben müsse. Erst als Sibylle ihr sagte, es handele sich um einen dringenden Notfall, erklärte sie, sie wolle sehen, was sie tun könne. Nach einer endlos scheinenden Pause meldete sie sich schließlich wieder und sagte, bei dem Krankenhaus, das Sibylle suche, müsse es sich um die private Monsert-Klinik handeln. Dann ließ sie die Nummer durchsagen. Sibylle wählte, und Sekunden später meldete sich eine weibliche Stimme, die Sibylle als die der Frau vom Informationsschalter identifizierte.

»Hallo«, sagte sie, »hier spricht Sibylle Aurich. Im Keller Ihres Hauses, den man vom Garten aus erreicht, ist Ihr Hausmeister mit zwei Polizisten eingeschlossen. Fragen Sie Dr. Muhlhaus, welcher Keller gemeint ist. Der Schlüssel hängt im Hausmeisterbüro.«

»Das weiß ich längst«, sagte die Frau nach kurzem Zögern schnippisch. »Wer sind Sie? Etwa die Frau, die …« Weiter kam sie nicht, denn Sibylle hatte eingehängt, nachdem ihr schlagartig klargeworden war, woher die Frau schon von den Männern im Keller wusste. *Handys, logisch.* Zumindest die beiden Polizisten hatten mit Sicherheit Telefone dabei, und offenbar hatten die sogar im Keller ein Netz empfangen.

Während sie sich umdrehte und sich auf den Weg zurück zu der Kreuzung machte, an der Rosie sie abholen würde, wurde ihr klar, dass sie nur durch großes Glück nicht schon im Krankenhaus erwischt worden war. Sie sah den Ausdruck in Wittschoreks Gesicht vor sich, als sie aus dem Keller geflüchtet war. Hatte er geahnt, was sie tun würde? Und wenn es so war, warum hatte er nicht versucht sie aufzuhalten, sondern zugesehen, wie sie ihn zusammen mit seinem unsympathischen Kollegen und dem Hausmeister eingeschlossen hatte? *Wollte er mir etwa die Gelegenheit geben zu beweisen, dass ich die Wahrheit gesagt habe? Aber das ist nicht sein Job … Und wie kann ich beweisen, wer ich bin, wenn sogar mein Ehemann behauptet, ich lüge? Warum, Hannes, warum?*

Je mehr Sibylle darüber nachdachte, umso sicherer wurde sie, dass Hannes wusste, wo Lukas sich aufhielt. Warum aber hatte man sie entführt und sie auf eine mysteriöse Art zwei Monate im künstlichen Koma gefangen gehalten? Und wer war der Mann, der sich als Dr. Muhlhaus ausgegeben hatte? War er überhaupt Arzt, und wie hatte er die Einrichtung im Keller innerhalb kürzester Zeit verschwinden lassen können?

Sie hatte die Kreuzung erreicht und lehnte sich an der gleichen Stelle an die Hauswand wie wenige Stunden zuvor.

So viele Fragen, und bislang noch keine einzige Antwort. *Warum das alles? Und warum ich, Sibylle Aurich, Angestellte im Büro eines Versicherungsmaklers, weder vermögend noch Geheimnisträgerin oder sonst was, ich hab doch nie … –*

Das Hupen aus dem roten Wagen erschreckte sie ebenso sehr wie beim ersten Mal. Sibylle sah sich instinktiv nach allen Seiten um, stieß sich dann von der Hauswand ab und erreichte mit ein paar schnellen Schritten Rosies Auto. »Schön, dich wiederzusehen, Sibylle.« Rosie lachte sie an. »Ich freue mich, dass du mich angerufen hast.« Mit einem ausgiebigen Blick auf Sibylles Jeans fügte sie hinzu: »Oh, gab's die nicht mehr in deiner Größe?«

Sibylle lächelte zaghaft zurück und sagte: »Ich denke, die ist in der Länge etwas eingelaufen. Außerdem hab ich in den letzten Wochen wohl ein paar Kilo abgenommen. Danke, dass du gleich gekommen bist.« Rosie winkte ab und fuhr los.

Kurz bevor er aus dem Sichtbereich der Seitenscheibe verschwand, entdeckte Sibylle im Vorbeifahren noch den Mann, der an einem Verkehrsschild lehnte und ihnen nachsah. Obwohl sie ihn höchstens noch zwei Sekunden lang sah, erkannte sie ihn sofort. Es war der Mann aus der Eingangshalle des Krankenhauses.

Aufgeregt wollte sie Rosie bitten anzuhalten, damit sie aussteigen und den Mann fragen konnte, warum er sie verfolgte, doch sie ließ es bleiben. So, wie ihr bisheriger Tag verlaufen war, würde sich wahrscheinlich herausstellen, dass er hier nur auf den Bus wartete, dass er das Krankenhaus noch nie betreten und dass er Sibylle Aurich kein einziges Mal zuvor gesehen hatte.

8

Als Jane alleine aus dem Krankenhaus kam, dachte er kurz daran, den Doktor über die veränderte Situation zu informieren, ließ es dann aber erst einmal sein. Dass er ihr folgen würde, war klar, aber anders als zuvor wusste er dieses Mal nicht, was sie als Nächstes tun würde.

Er ging ihr mit genügend großem Abstand nach und wartete hinter einem Mauervorsprung, bis sie den kleinen Laden wieder verließ. Ein-, zweimal drehte sie sich während des Gehens um, aber er war weit genug entfernt und schien sie nicht zu interessieren.

Als sie an der Telefonsäule anhielt, rief er den Doktor an. Dessen Stimme klang auch noch ruhig, nachdem Hans ihm die Situation geschildert hatte.

»Kommst du so nah an sie heran, dass du hören kannst, was sie sagt?«, wollte der Doktor wissen.

Hans warf einen Blick herüber. Sie telefonierte noch.

»Nein, sie würde mich bemerken.«

»Wo hast du dein Auto geparkt?«

»Vor dem Krankenhaus.«

»Bleib in ihrer Nähe, ich schicke Joachim mit einem Wagen. Wenn du deinen Standort veränderst, sag ihm Bescheid.«

Das Gespräch war beendet.

Hans steckte das Telefon in die Hosentasche und vergrößerte den Abstand zu Jane noch ein wenig, damit sie keinen Verdacht schöpfte.

Als sie aber nicht neben dem Telefon stehen blieb,

nachdem sie aufgelegt hatte, sondern auf ihn zukam, blieb er einfach stehen und betrachtete betont gelangweilt die Umgebung. Erst Sekunden bevor sie ihn erreicht hatte, sah er sie an.

Er hätte nur den Arm ausstrecken müssen, um Jane zu berühren. Der Gedanke ließ Hans erschauern. Sie hingegen schien ihn nicht einmal wahrzunehmen. Ihrem Gesichtsausdruck nach zu urteilen, war sie tief in Gedanken versunken. Es wunderte ihn nicht.

Er wechselte die Straßenseite und blieb schräg hinter ihr, bis sie die Kreuzung erreicht hatte, an der sie in den roten Golf gestiegen war. Sein Blick suchte die Umgebung ab, und er entdeckte den Mann in weißem T-Shirt, der ein Stück von ihr entfernt lässig mit der Schulter gegen den Pfosten eines Parkverbotsschildes lehnte. Jane hatte sich mittlerweile an eine Hauswand gedrückt. Sie schien zu warten. Hans wählte Joachims Nummer und erklärte ihm, wo er sich befand. Er war nur noch wenige Minuten entfernt.

Als der rote Wagen vor Jane am Straßenrand anhielt und hupte, suchte Hans sich eine Lücke im fließenden Verkehr und wechselte mit schnellen Schritten wieder die Straßenseite. In der Fahrbahnmitte musste er stehen bleiben, um den Wagen, in dem sie saß, passieren zu lassen.

Nur Sekunden nachdem er auf der anderen Seite angekommen war, hielt Joachims grauer BMW vor ihm und er stieg wortlos ein.

Seitdem sie so nah an ihm vorbeigegangen war, hatte Hans überlegt, wann der Doktor ihm wohl den Befehl geben würde, Jane Does Ausflug zu beenden.

9

Rosie bewohnte ein kleines, pastellgelb verputztes Häuschen in Burgweinting, etwa fünf Kilometer von der Stelle entfernt, an der Sibylle eingestiegen war. Während der Fahrt hatten sie wenig gesprochen, was Sibylle sehr recht gewesen war. Sie bewunderte Rosies Einfühlungsvermögen und musste sich eingestehen, diese in jeder Hinsicht außergewöhnliche Frau unterschätzt zu haben.

Rosie parkte den Wagen in der gepflasterten Einfahrt. Sibylle folgte ihr ins Haus und fand sich in einem Flur wieder, dessen Wände in einem satten Orange gestrichen waren. Rosie warf den Autoschlüssel auf eine mit dünnen bunten Tüchern verzierte Kommode und strahlte Sibylle an: »So, Kindchen, nun wollen wir es uns erst mal im Wohnzimmer gemütlich machen. Und wenn du Lust hast, erzählst du mir einfach alles, was du auf dem Herzen hast.«

Sibylle lächelte ein wenig verlegen: »Wenn es dir nichts ausmacht, wäre ich dir dankbar, wenn du mich Sibylle nennen würdest. Einer meiner Lehrer hat mich früher immer Kindchen genannt, und den mochte ich gar nicht.«

Rosie nickte und schob sie dabei ins Wohnzimmer, Sibylle setzte sich auf ein großes Sitzkissen, das gegenüber der Couch an einem niedrigen Glastisch stand. »Sibyllekindchen, ich hole uns einen leckeren Weißwein und höre dir dann so lange zu, wie du möchtest.«

Als Rosie gegangen war, sah Sibylle sich in dem Zimmer um. Die Wände waren in einem zarten Apricot gehalten, zu dem das helle Ahornholz der Schränke und des großen Bücherregals an der Stirnwand sehr gut passte. Sibylle wunderte sich, dass nirgendwo in dem Raum Fotos aufgehängt oder aufgestellt waren. Keine junge Rosie, die glücklich von einem Regal heruntersah, kein Hochzeitsbild an einem besonderen Platz aufgehängt, kein festgehaltenes Kinderlachen, nichts.

»So, gleich wirst du dich schon besser fühlen.« Rosie trug ein rundes Tablett, mit einer Flasche Weißwein und zwei Gläsern. Nachdem sie die Gläser abgestellt und gefüllt hatte, setzte sie sich Sibylle gegenüber auf die Couch und hob ihr Glas. »Auf uns Mädels.«

Sibylle hätte fast aufgestöhnt, so wohltuend war das Gefühl des eiskalten Weines, als er durch ihre Kehle rann.

Rosie lehnte sich zurück und sah sie auffordernd an. »So, jetzt erzähl mir, was dich bedrückt, Kin… – Sibylle.«

Und Sibylle erzählte ihr alles, was sie wusste. Sie begann mit dem furchtbaren Traum und endete bei dem Anruf im Krankenhaus. Rosie zog hier und da die Brauen hoch und legte sich, als Sibylle von ihrer Begegnung mit Johannes erzählte, eine Hand auf den Mund, aber sie unterbrach sie kein einziges Mal. Erst, als Sibylle nach einem großen Schluck aus ihrem Glas stumm vor sich auf den Tisch starrte, gab Rosie einen tiefen Seufzer von sich: »Das ist mit Abstand die verrückteste Geschichte, die ich je gehört habe.«

Sibylle konnte nichts dagegen tun, dass sich ihre Augen mit Tränen füllten: »Du glaubst mir auch nicht, oder?«

Lange sahen sie sich an, und Sibylle hatte zum ersten Mal, seit sie diese ungewöhnliche Frau kennengelernt hatte, das Gefühl, dass sie ernsthaft über etwas nachdachte. Als sie endlich bedächtig nickte, drückte sich jedes Mal, wenn sie das Kinn in Richtung Brust bewegte, eine Hautfalte ihres Doppelkinns nach außen.

»Ich denke, diese Geschichte ist so unglaublich, dass sie wahr sein muss. So verrückt kannst du gar nicht sein, dass du dir das alles ausgedacht hast.«

Obwohl damit noch keines ihrer Probleme gelöst war, spürte Sibylle eine große Erleichterung. Die Welt, die ihr seit diesem Morgen so irreal und fremd erschien, hatte ein kleines Stück ihres Schreckens verloren, weil sie nun nicht mehr ganz alleine darin war.

»Ich danke dir. Du kannst dir gar nicht vorstellen, wie viel … Weißt du, ich … Also, in den letzten Stunden habe ich mir selbst schon ein paarmal die Frage gestellt, ob ich nicht wirklich krank im Kopf bin. Aber könnte ich mich dann an jede Einzelheit der letzten Jahre erinnern? An jedes Erlebnis, das ich mit Johannes hatte, an jeden Wortwechsel? An jedes kleinste Detail in unserem Haus? An mein Kind …«

Rosie winkte ab. »Danken kannst du mir, wenn wir deinen Sohn gefunden haben. Und was das Verrücktsein betrifft, lass dir eines von einer jungen Frau mit 61-jähriger Lebenserfahrung gesagt sein: Ein Verrückter denkt niemals darüber nach, ob er vielleicht verrückt sein könnte.«

Sibylle beobachtete ihren rechten Mittelfinger, mit dem sie immer wieder an dem Rund des Weinglasrandes entlangstrich. »Wenn ich weiß, dass es Lukas gutgeht, wird sich alles andere finden.«

Rosie schlug sich mit beiden Händen auf die kräftigen Oberschenkel und stand auf, wobei sie zweimal ansetzen musste, bis sie tatsächlich hochkam. »Ich hole jetzt Papier und einen Stift, dann notieren wir erst mal die wichtigsten Fakten und die Fragen, die wir klären müssen, bevor wir diesen Typen auf die Pelle rücken.«

Sibylle sah ihr dabei zu, wie sie aus einer Kommodenschublade einen Notizblock und einen Kugelschreiber zog und sich damit bewaffnet wieder auf ihren Platz setzte.

»Fangen wir also mit dem Letzten an, an das du dich erinnern kannst, bevor dieser Blödsinn begann.«

Sibylle nickte. »Das war der Abend beim Griechen mit Elke. Dreizehnter Juli. Auf dem Nachhauseweg durch den Park hab ich ein Geräusch hinter mir gehört und mich umgedreht. Von da an weiß ich nichts mehr. Das muss kurz vor Mitternacht gewesen sein.«

»Diese Elke – wie gut kennst du sie?«

»Sehr gut. Sie war … sie *ist* meine beste Freundin.«

»Hast du heute schon versucht, sie zu erreichen?«

Sibylles Augen wurden groß. »Nein, daran habe ich noch gar nicht gedacht.«

Rosie schrieb in die obere linke Ecke des Blattes ein großes Pluszeichen und malte einen Kreis darum, darunter schrieb sie ELKE!

»Wem außer dieser Elke kannst du noch vertrauen?«

Sibylle dachte kurz nach und sagte: »Dir natürlich. Und Lukas. Vielleicht noch meiner Schwiegermutter. Mit der habe ich mich immer gut verstanden. Selbst wenn ich mich mit Hannes gestritten habe, hat sie mir oft beigestanden. In letzter Zeit ist sie aber ein bisschen sonderbar geworden.«

»Habt ihr euch oft gestritten, dein Mann und du?«

Sibylle schüttelte den Kopf. »Nicht öfter als andere Paare, eher weniger.«

Rosie schrieb die SCHWIEGERMUTTER unter ELKE!

»Was ist mit deinen Eltern?«

»Mein Vater hatte Krebs, ist vor neun Jahren gestorben. Meine Mutter knappe zwei Jahre später. Sie wollte nicht ohne ihn leben.«

Rosie nickte. »Das tut mir leid.« Nach einem Moment des Schweigens fuhr sie fort: »Sonst noch jemand? Geschwister?«

Sibylle schüttelte den Kopf. »Nein. Ich bin ein Einzelkind. Eigentlich hätte ich ja meinen Mann als Ersten nennen müssen, aber …« Sie machte eine Pause, um ein Schluchzen zu unterdrücken. »Warum tut er so, als ob er mich nicht kennt? Und warum retuschiert er das Foto von unserer Hochzeitsreise? Wer ist diese Frau auf dem Foto? Ich verstehe das alles nicht. Ich dachte immer, wir führen eine gute Ehe. Und was ich auch nicht verstehe, ist diese Sache mit der Polizei. Dieser Kommissar, also der nettere von den beiden, hat gesagt, sie hätten auch bei Freunden und Verwandten schon mehrere Fotos gesehen, und auf all diesen Fotos sei eine andere Frau zu sehen gewesen. Das würde aber doch bedeuten, dass alle irgendwie mit dieser Sache zu tun haben, ich meine, das kann doch nicht sein, oder?«

Rosie ließ unter SCHWIEGERMUTTER ein Stück frei und malte etwa in der Hälfte des Blattes ein Minuszeichen mit Kreis darum. Darunter schrieb sie JOHANNES. Dann schob sie den Block ein Stück zurück, legte die Hände auf den Tisch und rollte den Stift waagerecht zwischen Daumen und Zeigefingern hin und her. »Wer weiß, wie viele Fotos die wirklich gesehen haben. Die erste Frage, die sich stellt, ist: Was ist in den zwei Monaten passiert, die dir fehlen? Haben die dich wirklich so lange schlafen gelegt? Dann die Sache mit deiner Flucht. Was immer die mit dir vorhatten – warum macht man es dir nach zwei Monaten so leicht zu fliehen?«

»Na ja«, warf Sibylle ein, »leicht fand ich das nicht gerade.«

Rosie wiegte den Kopf hin und her. »Aber du musst zugeben, dass es zumindest ungewöhnlich ist, dass das Opfer einer so groß angelegten Geschichte so einfach entkommen kann, ohne dass jemand den Keller bewacht hat. Und dass dein Mann als einer der möglichen Mitverschwörer die Polizei ruft, statt dich sofort aus dem Verkehr zu ziehen, finde ich ebenfalls seltsam.«

Sibylle dachte darüber nach. Als sie sich die Hand auf die Stirn legte, sah Rosie sie fragend an. »Mein Gott. Du hast recht, Rosie. Vielleicht waren das gar keine echten Polizisten? Ich habe keine Ausweise gesehen. Nur der Frau im Krankenhaus hat dieser ekelhafte Kerl seinen Ausweis gezeigt, und wer Fotos von Hochzeitsreisen fälscht, kann doch bestimmt auch Ausweise nachmachen, oder? Das wäre auch eine Erklärung für die Sache mit den anderen Fotos: Die haben das erfunden, um mich zu verunsichern, es gibt überhaupt keine weiteren Fotos, die eine andere Frau zeigen, wo ich eigentlich sein sollte.«

Rosie zog den Block wieder zu sich heran, ließ unter JOHANNES wieder ein Stück frei und malte ein Fragezeichen mit Kreis darum. Darunter schrieb sie: POLIZISTEN ECHT?

Dann sah sie wieder zu Sibylle auf. »Weißt du noch, wie die Polizisten hießen?«

»Der ältere hieß Grohe. Ich glaube, er ist Oberkommissar. Den anderen Namen vergesse ich immer. Warte … vielleicht fällt er mir noch ein.«

Rosie schrieb OBERKOM. GROHE auf. »Schon gut, Sibylle, wir haben ja wenigstens einen. Was ist mit dem Kerl im Krankenhaus? Bist du sicher, dass er dich wirklich beobachtet hat?«

»Ja, ganz sicher. Er war es, und er hat mich auch wieder beobachtet, als du mich abgeholt hast.«

Der FREMDE MANN bekam daraufhin seinen Platz auf dem Blatt unter den Polizisten.

»Gut. Da haben wir doch schon einiges zusammen. Du solltest jetzt vielleicht zuerst diese Elke anrufen. Ich bin gespannt, wie sie reagiert. Wie gut kennt sie eigentlich deinen Mann?«

»Ziemlich gut. Sie kennt Hannes genauso lange wie ich.«

Rosie nickte. »Also wackelt sie.«

»Was tut sie?«, fragte Sibylle irritiert.

»Na, sie wackelt für dich als Vertrauensperson. Du musst damit rechnen, dass sie auch … –«

»Das glaube ich nicht!«, fiel Sibylle ihr ins Wort. *Nicht Elke, nein.* »Wir waren schon zusammen in der Schule. Das würde sie mir nicht antun.«

Rosie griff neben die Couch, wo auf einem Beistelltischchen das Telefon lag. Sie reichte den Hörer über den Tisch und sagte: »Na dann … Ich wollte nur vermeiden, dass du vielleicht wieder enttäuscht wirst.«

Sibylle tippte mit zitternden Fingern die Nummer ihrer Freundin ein. Nach dreimaligem Läuten schaltete sich ein Anrufbeantworter ein und erklärte mit Elkes Stimme, dass niemand zu Hause sei, man aber nach dem Piepton eine Nachricht und die Telefonnummer hinterlassen könne, sie würde schnellstmöglich zurückrufen. Erst wollte Sibylle eine Nachricht hinterlassen, ließ es dann aber doch bleiben. Sie konnte sich zwar nicht vorstellen, dass Elke etwas mit dieser fürchterlichen Sache zu tun hatte, aber sie ging lieber auf Nummer sicher. *Wer weiß, wer Elkes Anrufbeantworter abhört …* Sie drückte die rote Taste und legte den Hörer auf dem Tisch vor sich ab. »Niemand da«, erklärte sie tonlos.

»Tja«, sagte Rosie und warf einen Blick auf das Papier vor sich. »Wo lebt deine Schwiegermutter?«

»Im Altenheim, zwanzig Kilometer von hier.«

»Gut, lass uns der alten Dame einen Besuch abstatten.«

Ohne eine Antwort abzuwarten stand sie auf und zupfte ihr Kleid zurecht. »Wann warst du zum letzten Mal zusammen mit deinem Sohn bei deiner Schwiegermutter?«

Sibylle setzte zu einer Antwort an, stockte aber im gleichen Augenblick. Sie suchte in ihrer Erinnerung nach einer Szene, in der Lukas und Else zusammen vorkamen, doch sie konnte keine finden.

Schneerauschen.

Es gab so viele Begegnungen mit der Mutter ihres Mannes, an die sie sich bis ins kleinste Detail erinnern konnte, aber auf keinem einzigen dieser gedanklichen Bilder war die alte Frau gleichzeitig mit ihrem Sohn Lukas zu sehen. *Hab ich Lukas nie mitgenommen zu seiner Oma ins Altenheim? Warum nicht?*

»Na, ist es schon so lange her?«, wollte Rosie wissen, und Sibylle stöhnte leise auf. »Ich verstehe das nicht, aber … es fällt mir nicht ein. Ich kann mich einfach nicht daran erinnern.«

Eine Hand legte sich auf ihre Schulter. »Hey, keine Panik. Du hast böse was auf den Kopf bekommen und warst zwei Monate weggetreten, auf welche Art auch immer. Trotz dieser üblen Geschichte bist du bemerkenswert klar im Kopf. Wenn du jetzt einen kleinen Aussetzer bei deiner Schwiegermutter hast, ist das gar nicht schlimm. Ich hätte früher sonst was dafür gegeben, wenn ich die alte Giftspritze hätte vergessen können.«

Sibylle sah zu Rosie hoch. »Und wenn ich nun doch … ich meine, wenn mit mir wirklich etwas nicht stimmt?«

Statt einer Antwort machte Rosie mit der Hand eine ungeduldige Geste und sagte: »Jetzt komm, lass uns zu der Schwiegermama fahren, dann sehen wir weiter.«

Sibylle nickte schließlich und stand auf.

Sie war sicher, in Rosies Gesicht Verwirrung zu sehen.

10

»Und was mache ich, wenn Else auch behauptet, nichts von Lukas zu wissen?« Sibylle sah zu Rosie herüber, die sich auf den Verkehr konzentrierte.

»Hmm, du hast eben erwähnt, dass deine Schwiegermutter etwas sonderbar geworden ist. Was genau hast du damit gemeint?«

»Ach, sie vergisst öfter mal Namen oder erkennt jemanden nicht sofort.«

»Das heißt, es könnte sein, dass sie dich nicht erkennt?«

Sibylle zögerte. »Ja, das könnte schon sein, aber bisher war es meistens so, dass sie nach kurzer Zeit dann doch wieder wusste, wer vor ihr steht.«

»Hm«, machte Rosie nur.

»Was heißt dieses ›Hm‹?«

»Also, wenn wir davon ausgehen, dass dein Mann in diese Geschichte verwickelt ist, dann gibt es nach deiner Aussage nur vier Menschen, denen du glaubst, vertrauen zu können: dein Sohn, von dem wir nicht wissen, wo er ist, deine Freundin, die du nicht erreichen kannst, dann mich, die ich überhaupt nichts von deiner Vergangenheit wissen kann, und eine alte Frau, die wohl an Demenz leidet und dich eventuell gar nicht erkennen kann. Vorsichtig ausgedrückt, würde ich sagen, es sieht ziemlich beschissen für dich aus, Kindchen, weil es keinen einzigen Menschen zu geben scheint, der deine Geschichte bestätigen kann.« Sibylle traute sich nicht, etwas zu sagen, weil sie spürte, dass Rosie noch nicht fertig war. »Ich kann dir und auch mir selbst nicht ansatzweise erklären, warum es so ist, aber ich glaube trotz alledem, dass du die Wahrheit sagst.«

Eine Welle der Erleichterung fuhr durch Sibylles Körper. »Ich danke dir. Mir ist klar, dass das alles ziemlich verrückt klingt, und ich … herrje, ich weiß ja selbst nicht mehr, was ich glauben soll. Vor allem die Sache mit Lukas … Es ist zum Verzweifeln.«

Rosie löste eine Hand vom Lenkrad und tätschelte sanft Sibylles Oberschenkel. »Kein Grund zum Verzweifeln. Wer immer hinter dieser Sache steckt, hat nicht damit rechnen können, dass ein altes Mädchen sich mit dir verbündet, das verdammt hartnäckig ist. Wir werden deinen Sohn finden und verdammt nochmal rauskriegen, wer dir das alles angetan hat.«

»Und warum«, fügte Sibylle leise hinzu.

»Und warum«, wiederholte Rosie mit grimmiger Miene. »Selbst wenn das alles noch so gut organisiert ist – man kann die Existenz eines Menschen nicht einfach auslöschen, indem man ein paar falsche Bilder verteilt und behauptet, ihn nicht zu kennen.«

Sibylle nickte. »Das macht mir am meisten Angst, Rosie. Wer auch immer dahintersteckt, der muss das wissen und hat es trotzdem getan.« *Warum … warum nur?*

Das Gebäude lag in einem weitläufigen, aber nicht sehr gepflegt aussehenden Park und wies sich auf einer verblichenen Holztafel neben der Zufahrt als »Haus Herbstregenbogen« aus.

Der Name kam Sibylle ziemlich albern vor, und sie wunderte sich, dass ihr das früher noch nie aufgefallen war. Als sie Rosie darauf ansprach, während die den Wagen gerade auf einen der vielen freien Schotterparkplätze neben dem Gebäude lenkte, verdrehte die die Augen: »Wenn ich irgendwann in ein Alter komme, in dem ich mich nicht mehr selbst versorgen kann, werde ich eher von einer hübsch hohen Brücke hüpfen, als in ein Haus zu gehen, das *Herbstregenbogen* heißt.« Und mit einem Augenzwinkern fügte sie hinzu: »Aber es sind ja Gott sei Dank noch mindestens dreißig Jahre bis dahin.«

In dem kleinen Eingangsbereich saß ein junger Mann mit unregelmäßigem Bartflaum hinter einem altmodischen Schreibtisch, der schräg vor die Ecke rechts neben der Tür gestellt worden war. Er sah sie stumm und mit unbewegter Miene an, als sie an ihm vorbeigingen. Sibylle rechnete fest damit, dass er sie aufhalten würde, aber als sie einen schnellen Blick zurückwarf, bevor sie in einen weiß getünchten Flur einbogen, sah sie, dass er sich in seinem Stuhl zurückgelehnt hatte und angestrengt in einer Autozeitschrift las, die er in beiden Händen hielt.

Vor der letzten Tür auf dem Flur blieb Sibylle stehen.

»Hier ist es«, flüsterte sie, und als Rosie ihr aufmunternd zunickte, klopfte sie an, wartete kurz und öffnete dann die Tür. Rosmarie betrat hinter ihr das Zimmer und blieb neben dem Eingang stehen.

Else Aurich saß reglos in einem Rollstuhl vor einer geschlossenen, hohen Glastür, durch die man auf eine kleine Terrasse gelangen konnte. Das schräg einfallende Sonnenlicht hüllte sie in einen goldenen Schimmer. Sibylle erinnerte sich, dass sie schon oft mit ihrer Schwiegermutter dort draußen in der Sonne gesessen und grünen Tee getrunken hatte.

Die alte Frau hatte den Kopf gesenkt und sah auch nicht auf, als Sibylle auf sie zuging. Einige dünne Strähnen ihrer weißen Haare hingen seitlich herunter und verbargen ihr von tiefen Falten durchsetztes Gesicht wie ein zerfaserter Vorhang. Sibylle dachte erst, sie würde schlafen, aber als sie neben ihr stand, hob Else doch den Kopf und sah sie lächelnd an.

»Guten Tag, Else«, sagte sie sanft und legte ihr eine Hand auf die Schulter. »Wie geht es dir?«

Die Frau nickte, immer noch lächelnd. »Gut. Mir geht es gut. Es ist sehr schönes Wetter. Ich muss noch in den Garten.«

In Sibylle keimte Hoffnung auf, und sie warf Rosie einen Blick zu, den die lächelnd erwiderte.

»Ich muss noch in den Garten«, wiederholte Else Aurich.

»Ja, Else, du kannst noch in den Garten, ganz bestimmt.«

Sie zögerte einen Moment, bevor sie vorsichtig fragte: »Weißt du, wer ich bin, Else?«

Das faltige Gesicht veränderte sich nicht, während die trüben, braunen Augen Sibylle eingehend musterten.

»Aber ja, natürlich«, sagte sie schließlich und nickte mehrmals zur Unterstreichung. Sibylle konnte nicht anders, sie beugte sich herunter und umarmte die alte Frau. Wieder liefen Tränen über ihre Wangen, aber dieses Mal waren sie Ausdruck einer ungeheuren Erleichterung. »Sie sind die nette Schwester, die mich immer in den Garten bringt«, sagte Else Aurich, und nicht nur, weil Sibylles Ohr sich direkt neben ihrem Mund befand, schreckte sie zurück und sah die alte Frau entsetzt an.

Auf dem Gesicht ihrer Schwiegermutter lag unverändert das freundliche Lächeln. »Ich muss noch in den Garten. Bringen Sie mich jetzt in den Garten? Es ist so schönes Wetter heute.«

Sibylle war zu keiner Reaktion fähig. Erst ein deutliches Räuspern riss sie aus der entsetzten Starre. Als sie sich Rosie zuwandte, deutete die mit dem Kopf zu einem etwa hüfthohen Schränkchen neben sich, auf dem ein Foto in einem dunklen Eicherahmen stand. Sibylle kannte es, obwohl auf die Entfernung keine Einzelheiten erkennbar waren: ihr Hochzeitsfoto.

Mit zitternden Beinen legte Sibylle die vier Schritte bis zu dem Schrank zurück. Sie ahnte, was sie gleich auf dem Foto sehen würde. Als sie nahe genug heran war, um Einzelheiten erkennen zu können, stieß sie einen spitzen Schrei aus. Die Frau im Brautkleid, die dort Johannes Aurich glücklich lächelnd ansah und dabei den kleinen, aber sündhaft teuren Strauß aus roten Rosen vor sich hielt, an den sie sich noch so gut erinnern konnte, war … sie.

Keine Fremde, die anstatt ihrer hineinretuschiert war, sondern sie selbst, Sibylle Aurich. Die Angst, den Verstand zu verlieren, diese unglaubliche Last des Unmöglichen, die seit dem Morgen auf ihr gelegen hatte, fiel mit einem Mal von ihr ab. *Ich* … Sie hatte das Gefühl, vor Erleichterung Zentimeter über dem Boden zu schweben, als sie den Rahmen in die Hand nahm und ihn Rosie lächelnd entgegenhielt. »Siehst du, das ist der Beweis. Oh Gott, endlich. Rosie, siehst du das?«

Noch während sie sich über den seltsamen Gesichtsausdruck wunderte, mit dem Rosie abwechselnd das Foto und sie betrachtete, wurde die Tür geöffnet und eine Frau, vielleicht Anfang fünfzig, betrat das Zimmer mit einem Tablett, auf dem eine Teekanne und eine Tasse standen. Als sie Rosie und Sibylle sah, stockte sie so abrupt, dass die Kanne mit einem klingelnden Geräusch gegen die Tasse stieß und fast umgefallen wäre.

»Guten Tag.« Sie hatte eine ungewöhnlich dunkle Stimme. »Darf ich fragen, wer Sie sind?«

»Guten Tag. Selbstverständlich dürfen Sie das.« Bevor Rosie etwas sagen konnte, fuhr Sibylle fröhlich fort: »Ich bin Sibylle Aurich, die Schwiegertochter von Frau Aurich, und die nette Dame hier neben mir ist Rosemarie Wengler.«

Die Frau warf Rosie einen kurzen, irritierten Blick zu und stellte das Tablett auf dem kleinen, braunen Holztisch in der Mitte des Raumes ab. Dann sah sie Sibylle mit hochgezogenen Brauen an und sagte: »Sie … sind wer?«

»Sibylle, die Schwiegertochter von Else Aurich. Hier, sehen Sie, das Foto, da bin ich drauf, mit dem Sohn von Frau Aurich.« Noch immer lächelnd hielt sie der Frau das Foto entgegen. »Das ist mein Mann, Johannes.« Während die Pflegerin das Foto mit verständnisloser Miene betrachtete, fragte Sibylle: »Entschuldigung, Sie sind sicher neu hier, oder? Ich glaube, wir sind uns bisher noch nicht begegnet.«

Offensichtlich war die Frau sehr verwirrt, denn sie schüttelte nur stumm den Kopf und sah Sibylle dabei an, als käme sie von einem anderen Planeten.

»Nein«, sagte sie schließlich, und ihre Stimme klang dabei noch eine Nuance dunkler als davor, »wir … wir sind uns noch nicht begegnet. Entschuldigen Sie bitte, ich muss Ihre … Ihre Schwiegermutter kurz zur Blutabnahme mitnehmen. Aber Sie können ruhig hier warten. Dauert nur ein paar Minuten.«

Mit zwei hastigen Schritten war sie bei der alten Frau und bugsierte den Rollstuhl am Tisch mit dem Tablett vorbei. Dabei stieß sie gegen einen Stuhl und drückte ihn einfach mit dem Fußteil des Rollstuhls ein Stück zurück. Als die Tür sich hinter ihnen geschlossen hatte, kam Bewegung in Rosie. »Los!« Sie machte eine Handbewegung, die Sibylle dazu auffordern sollte, sich zu beeilen. »Gehen wir.«

»Aber warum denn?«

»Weil diese Pflegerin definitiv glaubt, dass du den Verstand verloren hast!«

»Ich … –«

»Mensch, Sibylle!«, wurde sie von Rosie barsch unterbrochen, »ich weiß ja nicht, was plötzlich mit dir los ist, aber ich weiß ganz sicher, dass wir jetzt hier verschwinden sollten, denn diese Altenpflegerin wird mit ziemlicher Sicherheit gerade ein Telefonat mit der Polizei führen.« Sie zeigte auf die Fotografie, die Sibylle noch immer in der Hand hielt. »Denn das, mein Kind, bist ganz bestimmt nicht du.«

Sibylle verstand nicht, was plötzlich mit Rosie los war. »Aber was redest du da? Natürlich bin … –«

Weiter kam sie nicht. Sie hatte die Fotografie ein Stück angehoben und starrte nun darauf. Dort, wo sie eben noch eindeutig sich selbst erkannt hatte, lächelte ihr nun das glückliche Gesicht der Frau entgegen, die sie auch zu Hause schon auf dem Foto in ihrem Schlafzimmer gesehen hatte.

Nicht ich …

Zum zweiten Mal an diesem Tag fiel ihr eine gerahmte Fotografie aus der Hand, aber anders als zuvor zersprang das Glas dieses Mal mit einem lauten Geräusch, als der Rahmen auf dem Boden aufschlug.

»Aber … eben war ich auf dem Foto. Ganz bestimmt. Und jetzt … Wie ist das möglich?«

Ohne weitere Worte packte Rosie sie am Arm und zog sie hinter sich her aus dem Zimmer.

Als Rosie sich seufzend auf den Fahrersitz fallen ließ und die Tür zuzog, sahen sie sich an, und Sibylle glaubte in diesem Gesicht, das ihr nach der kurzen Zeit, die sie sich erst kannten, schon geradezu verblüffend vertraut erschien, ehrliche Sorge zu erkennen.

»Bin ich verrückt?«, fragte sie zaghaft, und als Rosie den Motor startete und den Wagen aus der Parklücke steuerte statt eine Antwort zu geben, fügte sie hinzu: »Ich war mir eben absolut sicher, dass ich mich selbst auf dem Bild gesehen habe, und jetzt kann ich mich noch nicht mal mehr an den Moment erinnern. Du hast das Bild doch zuerst gesehen …«

Rosie bog in die Hauptstraße ein und sagte: »Nun mach dir mal keine Sorgen. Das wird schon wieder. Du hast dir wahrscheinlich so sehr gewünscht, dass du auf diesem Foto zu sehen bist.«

»Als du das Bild entdeckt hast, da war also auch schon …«

Rosie lenkte den Wagen an den rechten Straßenrand, wo sie ihn zum Stehen brachte. Sie nahm die Hände vom Lenkrad, runzelte die Stirn und sah ihr tief in die Augen.

»Also, wenn du mir jetzt erzählst, du hältst es ernsthaft für möglich, dass zuerst du auf dem Foto zu sehen warst und anschließend – schwuppdiwupp – diese andere Frau darauf erschienen ist, dann fahren wir sofort in die nächste Psychiatrie.«

Sibylle schluckte. Rosie nahm ihre Hände und hielt sie mit sanftem Druck fest. »So, und jetzt sag mir, wo ich dich hinbringen soll: zu mir nach Hause oder in die Klapsmühle?«

Die Tränen in Sibylles Augen schwappten über, und für einen Moment wunderte sie sich darüber, dass sie überhaupt noch Tränenflüssigkeit hatte. »Nein, schon gut, Rosie. Mir ist schon klar, dass das unmöglich ist. Es war … es war nur so real. Ich hätte schwören können, dass … –«

»Papperlapapp«, machte Rosie, ließ ihre Hände los und fuhr wieder an. »Deine Augen haben dir einen kleinen Streich gespielt. Ich möchte jetzt nichts mehr davon hören. Wir werden nach Hause fahren, und du schläfst einfach mal zwei Stunden. Danach entwerfen wir einen Schlachtplan.«

Sibylle entgegnete nichts darauf. *Es war so real.*

11

Sibylle entdeckte ihn, bevor Rosie in die schmale Einfahrt ihres Hauses einbog. Er saß mit angezogenen Beinen, die Unterarme lässig auf den Knien liegend, neben einem weiß blühenden Busch auf der kleinen Wiese, die durch eine hohe Hecke von Rosies Grundstück abgegrenzt wurde. *Fremder Mann.*

Sibylle starrte ihn durch das Seitenfenster an, und er legte einen Zeigefinger vor die geschlossenen Lippen und schüttelte den Kopf. Dabei lag etwas in seinem Blick, das Sibylle tatsächlich davon abhielt, Rosie auf ihn aufmerksam zu machen. Das Herz schlug ihr mit einem Mal wieder bis zum Hals.

Als der Wagen vor dem Haus zum Stehen kam, konnte sie den Unbekannten nicht mehr sehen. Sie betrachtete Rosies Gesicht, konnte aber keine Anzeichen dafür erkennen, dass sie ihn bemerkt hatte.

Sibylles Gedanken rasten. Der Mann hatte offensichtlich auf sie gewartet. *Aber woher weiß er, wo Rosie –?*

Sibylle hatte sie doch selbst erst wenige Stunden zuvor kennengelernt.

Ich muss mit ihm reden.

»He, Sibylle«, wurden ihre Gedanken unterbrochen, »was ist los? Möchtest du im Auto übernachten?«

Sibylle lächelte flüchtig. Sie mochte diese ungewöhnliche Frau zwar, aber es bestand die Möglichkeit, dass der Mann etwas über sie und damit vielleicht auch darüber wusste, wo Lukas sich befand.

Sie stieg aus und folgte Rosie ins Haus. Noch im Flur sagte sie: »Rosie, ich glaube, bevor ich mich ein bisschen schlafen lege, mache ich noch einen kleinen Spaziergang. Wird mir guttun.«

»Frische Luft tut immer gut. Also gut – lass uns gehen.«

Sibylle schüttelte den Kopf. »Bitte sei mir nicht böse, aber ich muss jetzt ein paar Minuten alleine sein und nachdenken. Ich bin dir wirklich sehr dankbar für alles, was du für mich tust, aber ich denke, ich … –«

»Schon gut. Kein Problem.« Mit einer großzügigen Geste winkte sie ab. »Du musst dich nicht rechtfertigen. Aber pass auf, dass du dich nicht verläufst.« Sie zwinkerte aufmunternd. »Und lass dich nicht von fremden Männern ansprechen, hörst du?«

Sibylle schmunzelte ein wenig gequält und verabschiedete sich.

Auf dem Bürgersteig wandte sie sich nach links, passierte die Hecke und ging zuerst ein Stück an der Wiese vorbei, bis sie sicher war, dass Rosie sie nicht mehr sehen konnte, wenn sie noch vor der Tür stand. Dann lief sie in einem Bogen zurück und auf den Busch zu. Kurz bevor sie ihn erreicht hatte, trat der Mann seitlich dahinter hervor und sah ihr ernst, aber freundlich entgegen.

»Danke, dass Sie gekommen sind.«

»Wer sind Sie? Was wollen Sie von mir?« Sie bemerkte, dass ihre Stimme zitterte.

»Mein Name ist Christian Rössler«, antwortete er. Als sie ihn nur stumm ansah, fügte er hinzu: »Ich weiß, in welcher Situation Sie sich befinden und kann Ihnen –«

»Sie wissen, in welcher Situation ich mich befinde? Woher? Gehören Sie etwa zu denen, die mir das antun? Wissen Sie etwas über mein Kind?«

Er hob beide Hände, die Innenflächen ihr zugewandt, langsam, als müsste er darauf achten, sie nicht zu erschrecken. »Nein, ich habe nichts mit denen zu tun. Im Gegenteil, ich möchte Ihnen helfen.«

»Warum? Ich kenne Sie nicht. Welchen Grund sollten Sie haben, mir zu helfen? Wie kommen Sie überhaupt darauf, dass ich Hilfe brauche?«

Rösslers Stimme wurde noch leiser. »Weil ich glaube, dass Sie in der gleichen Situation sind wie meine Schwester Isabelle, und weil wir gemeinsam eine größere Chance haben herauszufinden, wer oder was dahintersteckt.«

Schwester? Situation? Sibylle schossen so viele Dinge gleichzeitig durch den Kopf, dass sie nicht in der Lage war, etwas davon zu Ende zu denken. Sie brachte kein einziges Wort heraus, stand nur da und rieb die zitternden Hände gegeneinander. Rössler schien zu ahnen, was in ihr vorging. »Glauben Sie mir, ich weiß, wie Sie sich fühlen.«

»Wie … Woher wollen Sie … –?« Es fiel ihr noch immer schwer, die Worte zu einem sinnvollen Satz zusammenzufügen. »Wo … wo ist denn Ihre Schwester?«

Er bedachte sie mit einem traurigen Lächeln. »Ich werde Ihnen alles erzählen, was ich weiß. Was haben Sie dieser Frau gesagt, wo Sie jetzt hingehen?«

Sibylles Verwirrung wurde immer größer. »Warum wollen Sie das wissen?«

»Bitte, was haben Sie ihr gesagt? Es ist wichtig.«

Es klang beschwörend. »Ich habe gesagt, dass ich einen Spaziergang mache. Aber warum –«

»Das ist gut. Aber Sie müssen zurück, bevor sie Verdacht schöpft.«

Sibylle machte instinktiv einen Schritt zurück.

»Verdacht? Was soll das denn heißen? Hören Sie, diese

Frau ist im Moment der einzige Mensch, dem ich vertrauen kann.«

Er schnaubte und warf einen schnellen Blick zu der Hecke, die die Sicht auf Rosies Haus verdeckte.

»Wenn Sie ihr wirklich so sehr vertrauen, warum haben Sie ihr dann nichts von mir gesagt?«

»Weil ich …« *Ja, warum. Er hat recht, verdammt.*

»Hören Sie, ich kann Ihnen das alles jetzt nicht erklären, aber glauben Sie mir bitte, dass diese Frau Ihnen ganz bestimmt nicht helfen möchte. Sie …« Er stockte, sprach aber schnell weiter, als Sibylle zu einer Entgegnung ansetzte. »Hinter der ganzen Sache muss eine große Organisation stecken, und für die scheint es wichtig zu sein, jeden Schritt zu kennen, den ihre Opfer machen. Dazu ist es notwendig, dass jemand von denen immer in Ihrer Nähe ist. Jemand, dem Sie vertrauen.«

Opfer? Bin ich –? »Was denn für eine Organisation? Was reden Sie da? Sie wollen mir weismachen, Rosie könnte …« Sibylle schüttelte energisch den Kopf. »Das ist doch komplett verrückt. Niemals.«

Wieder machte sein Blick einen schnellen Abstecher zu der Hecke. »Wann und wie haben Sie diese Frau kennengelernt?«

»Das geht Sie nichts an. Woher wussten Sie überhaupt, wo ich bin?«

»Ich bin Ihnen nachgefahren, als Sie zu ihr ins Auto gestiegen sind. Bitte, ich möchte Ihnen doch nur klarmachen, in welcher Gefahr Sie sich befinden.«

Sibylle zögerte noch einen Moment, sagte aber schließlich: »Ich habe Rosie heute Morgen erst kennengelernt. Sie hat mir geholfen. Aber wie sind *Sie* überhaupt auf mich –«

Er winkte ab: »Später. Sie müssen jetzt wirklich zurück. Wenn diese Frau uns zusammen sieht, kann das für Sie und vielleicht auch für meine Schwester schlimme Konsequenzen haben, glauben Sie mir das bitte. Denken Sie einfach darüber nach, unter welchen Umständen Sie sich kennengelernt haben, und stellen Sie sich selbst die Frage, ob das Verhalten dieser Frau auch nur halbwegs normal ist. Bei meiner Schwester war es auch so, dass ihr eine Frau ganz überraschend geholfen hat, verstehen Sie?«

»Und was bitte soll daran schlimm sein, dass es Menschen gibt, die anderen helfen?« Sibylle versuchte erst gar nicht, ihre Gereiztheit zu verbergen.

Rössler sah ihr unbeirrt in die Augen. »Vor drei Tagen ist meine Schwester wieder verschwunden. Kurz zuvor war ich gemeinsam mit ihr bei dieser Frau, und ich hatte gehofft, sie wäre vielleicht wieder bei ihr. Ich komme also zu der Wohnung, da öffnet mir ein älterer Herr, ich frage ihn nach der Frau – sie nannte sich Johanna –, er sagt, er kennt niemanden mit diesem Namen und erklärt mir, dass er Witwer ist und schon seit Jahren alleine wohnt.« Rössler flüsterte jetzt beinahe. »Dieser Mann hatte für ein paar Tage seine Tochter besucht und war an dem Tag erst wieder zurückgekommen. Verstehen Sie? Diese Wohnung, in der ich diese Frau mit Isabelle zusammen besucht hatte, gehörte ihr gar nicht.« Er kramte in seiner Hosentasche und zog einen zerknitterten Zettel heraus. »Unter dieser Telefonnummer können Sie mich erreichen. Tag und Nacht. Wenn Sie erfahren möchten, was wir bisher über diese Sache herausgefunden haben, rufen Sie mich morgen an. Wenn Sie mir nicht glauben, ist das sehr schade, aber nicht zu ändern. Ich werde nicht mehr herkommen und Sie auch nicht mehr belästigen. Tun Sie mir bitte nur den Gefallen und erzählen dieser Frau so oder so nichts von mir, sonst hätte ich wahrscheinlich gar keine Chance mehr herauszufinden, wo meine Schwester ist und was hinter dieser Sache steckt.«

Diese Sache, welche Sache, welche Sache, das ist verrückt, so verrückt. Sibylle versuchte krampfhaft nachzudenken, aber sie schaffte es nicht einmal im Ansatz, sich zu konzentrieren. Am liebsten hätte sie laut aufgeschrien. Rössler hielt ihr den Zettel entgegen, und da sie keine Anstalten machte, ihn anzunehmen, fragte er: »Würden Sie mir Ihren Namen sagen?«

»Sibylle. Ich heiße Sibylle.«

»Und suchen Sie auch jemanden, den anscheinend niemand außer Ihnen selber kennt, Sibylle?«

Sie hatte das Gefühl, einen Schlag in den Magen bekommen zu haben. »Lukas«, hörte sie sich selbst flüstern. »Hat … hat Ihre Schwester auch …?«

»Ja, sie hat ganz verzweifelt ihren Sohn gesucht.«

»Oh mein Gott. Und … hat sie ihn gefunden?«

Rössler senkte den Kopf. Als er wieder aufsah, glaubte Sibylle Tränen in seinen Augen zu sehen.

»Sie hatte nie einen Sohn.«

Sibylle starrte noch lange auf die Stelle, an der der Mann verschwunden war, ehe sie sich langsam bückte und den Zettel aufhob, den Rössler fallen gelassen hatte. Ohne einen Blick darauf zu werfen stopfte sie ihn in ihre Hosentasche.

Sie hatte nie einen Sohn. Nie … Lukas?

»Nein!«, sagte sie so laut, dass sie selbst erschrak, schüttelte den Kopf und setzte sich in Bewegung. *Nein.*

Sie bog vom Gehweg ab auf die Zufahrt und bemerkte

Rosie erst, als sie sie schon fast erreicht hatte. Sie stand im Hauseingang und hatte offensichtlich auf sie gewartet.

›Denken Sie einfach nur darüber nach, unter welchen Umständen Sie sich kennengelernt haben und ob das Verhalten dieser Frau auch nur halbwegs normal ist.‹

Ein breites Lächeln legte sich auf Rosies Gesicht. »Na, Kindchen, hat der Spaziergang dir gutgetan?«

12

Hans stand in einem Vorgarten hinter einer Kirschlorbeerhecke genau gegenüber der Wiese mit dem Busch, vor dem die beiden sich unterhielten.

Er hatte das weiße T-Shirt schon von weitem gesehen. Das Auto hatte er etwa fünfzig Meter weiter geparkt, war gemütlich zurückgegangen wie ein Spaziergänger. Er hatte diesen hervorragenden Platz hinter dem Kirschlorbeer gefunden, und sobald er sicher war, dass er von seinem Standort aus alles sehen konnte, ging er zu der Haustür und drückte den Klingelknopf. Als auch nach längerem Warten und einem erneuten Klingeln niemand öffnete, ging er zufrieden zurück zu seinem Beobachtungsplatz.

Nachdem Joachim den Frauen bis zu dem Haus gefolgt war, hatte er Hans den BMW überlassen und war zu Fuß verschwunden. Hans hatte gewartet, war den Frauen zu diesem Altenheim gefolgt, hatte zwischendurch mit dem Doktor telefoniert und von ihm den Befehl bekommen, sich weiter im Hintergrund zu halten.

Nach dem Besuch im Altenheim hatte Jane sehr verwirrt ausgesehen, sie hatte Angst gehabt, ganz deutlich. Hans hatte das Bedürfnis, in dieses Altenheim zu gehen und sich mit demjenigen zu beschäftigen, der Jane solche Angst eingejagt hatte.

Und auch in diesem Moment schien sie wieder sehr verwirrt zu sein, als sie alleine auf der Wiese zurückblieb, verängstigt und bewegungslos, bis sie sich endlich bückte und einen Zettel vom Grasboden aufhob.

Hans merkte sich ihren Gesichtsausdruck, die Art ihrer Bewegungen und ihre Reaktionen genau. Er wusste, je verwirrter sie war, umso näher kam der Moment, an dem er würde eingreifen müssen, weil der Trakt … – Hans schob den Gedanken beiseite.

13

Sie lag in einer Hälfte des großen Doppelbettes in Rosies Schlafzimmer und starrte zur Decke.

Sibylles Augen brannten wie Feuer und fühlten sich geschwollen an. Sie konnte nicht mehr weinen, obwohl ihr die ganze Zeit zum Weinen zumute war.

›Du hattest keine Tränen mehr …‹

Wieso komme ich jetzt auf – Sie wusste beim besten Willen nicht, wie sie in ihrer Situation an Peter Maffay denken konnte. War das verrückt? Ja, vielleicht.

Es tat gut, wenn sie die Augen zwischendurch für ein paar Sekunden schloss, und doch riss sie sie wieder auf, sobald sie das Gefühl hatte, in den Schlaf abzugleiten. Sie hatte Angst vor dem, was vielleicht kommen mochte, wenn sie einschlief.

›Ich glaube nicht,
dass ich nur einem Menschen fehlen würde,
denn dem ich fehlen möchte,
der macht sich nichts aus mir.‹

Sie stieß ein kurzes Lachen aus. *Ja, verrückt.* Sie wusste nicht, wo und wie sie die letzten beiden Monate verbracht hatte, sie hatte keine Ahnung, wo sich ihr Kind in diesem Moment aufhielt und ob es ihm gutging. Sie begann, an allem zu zweifeln, was einmal unumstößliche Wahrheit für sie gewesen war, selbst an ihrem Verstand. Aber der Text eines Liedes von Peter Maffay, der fiel ihr ein. Sie kannte jede Zeile. Und nicht nur von diesem Lied.

›Wie eine Festung ist dein Haus
und ich klopf' an deine Tür. Mach auf!
Alle Fenster sind ohne Leben
und ich fühl' es, du wohnst nicht mehr hier.‹

Sie schüttelte den Kopf, um diese unsinnigen Gedanken zu vertreiben, und drehte sich ein wenig zur Seite. Sekunden später spukte dieser Christian Rössler durch ihren Kopf und die absurde Geschichte mit seiner Schwester. ›Sie hatte nie einen Sohn.‹ *Wie ist der Typ überhaupt auf mich gekommen? Ich hab ihn doch zum ersten Mal im Krankenhaus … Von seinem Platz aus kann er unmöglich irgendwas von den Gesprächen mit den Polizisten oder dem Arzt gehört haben, unmöglich. Also … er hat mich schon vorher gesehen! Aber wo soll das gewesen sein, um Himmels willen? Nirgends – weil er lügt. Er lügt.* Sibylle atmete tief ein und nahm sich vor, Rosie von Christian Rössler zu erzählen. *Nachher. Nachher.*

14

Es war sehr hell, und sie brauchte einen Moment, bis sie blinzelnd ihre Umgebung erkennen konnte. Direkt vor ihr lächelte Rosies rundes Gesicht sie freundlich an. Sie stand neben dem Bett, hatte sich zu ihr heruntergebeugt und streichelte ihr nun über den Kopf.

»Nun komm, Kindchen, das Frühstück ist fertig. Es gibt Rührei mit Speck, das weckt deine Lebensgeister.«

Sibylle richtete sich auf und sah sich um. Die Digitalziffern des Weckers zeigten 7 Uhr 23.

Das Sonnenlicht drückte sich in breiten, dünnen Bahnen durch die Zwischenräume der Jalousie, die noch zur Hälfte heruntergelassen war, und hauchte die friedliche Atmosphäre eines Sommermorgens in den Raum. Es war schon recht warm drinnen, angenehm warm. Es fühlte sich fast an wie zu Hause, wenn sie am Wochenende aufwachte und in das lachende Gesicht ihres Sohnes blickte, das nur Zentimeter von ihrer Nasenspitze entfernt auf ihrem Kopfkissen ruhte. Wenn Lukas samstags oder sonntags vor ihr aufwachte, was fast immer der Fall war, kam er in ihr Schlafzimmer geschlichen und kuschelte sich ganz vorsichtig neben sie, um sie nicht zu wecken. So blieb er dann geduldig liegen, bis sie aufwachte. Dann aber gab es für ihn kein Halten mehr, es wurde gekuschelt, gekitzelt und geschmust. Nicht selten gipfelte die Aufwachzeremonie in einer wilden Kissenschlacht, in die auch das Federbett und alles andere einbezogen wurde, das greifbar und weich war, begleitet von lautem Gekreische und Gelächter, bis sie sich schließlich beide ermattet und glücklich in die Federn fallen ließen.

»Ach, jetzt wein doch nicht. Komm, lass uns frühstücken!«

Sibylle erschrak und sah Rosie an, die ihr aufmunternd zunickte. Sie hatte die Tränen gar nicht bemerkt.

Mit schnellen Bewegungen wischte sie sich die feuchten Spuren von den Wangen: »Schon gut, Rosie. Ich weine nicht mehr. Ich … ich stehe sofort auf.«

Da war etwas an der wundervollen Kissenschlachtszene, das sie störte. *Lukas …? Nein, nicht Lukas. Es war etwas anderes. Es war … aber natürlich: Johannes. Er hat nicht mit uns getobt, er war … Wieso war Johannes nicht dabei?* Jetzt, wo sie darüber nachdachte, sah sie das Bild deutlich vor sich, wie er aussah, wenn er mit verknautschtem, stoppeligem Gesicht und wirren Haaren neben ihr im Bett lag. Aber eben erst jetzt. Das war alles sehr seltsam.

Rosie machte auf sich aufmerksam, indem sie übertrieben laut ausatmete. Sie stand in der Nähe der Tür, die Arme vor dem gewaltigen Busen verschränkt, und sah sie mit schief gelegtem Kopf auffordernd an.

Sibylle schwang die Beine aus dem Bett. »Ich komme ja schon.«

Wenige Minuten später saßen sie sich an einem Tisch gegenüber, der bequem für vier Leute Platz geboten hätte.

Die Küche machte einen fast sterilen Eindruck, selbst von den Krümeln, die beim Aufschneiden der Brötchen immer entstanden, war nichts zu sehen. Der gedeckte Tisch war der einzige Zeuge dafür, dass diese Küche benutzt wurde, was nach Sibylles Gefühl einfach nicht zu der flippigen Frau passen wollte, die sie kennengelernt hatte.

Rosie hatte ihr nach dem Aufstehen eine noch verpackte Zahnbürste gegeben. Sie musste immer mindestens eine frische Zahnbürste im Haus haben, hatte sie erklärt, für den Fall, dass einer ihrer Liebhaber bei ihr übernachtete.

Nun stocherte sie in dem Berg Rührei herum, den Rosie ihr auf den Teller getan hatte, und zwang sich immer wieder, eine Gabel voll in den Mund zu stecken, obwohl sie überhaupt keinen Appetit hatte.

»Rosie?«

»Ja?«

»Ich war gestern gar nicht spazieren.« Sie wandte den Blick nicht von dem Rührei ab.

»Du warst was nicht?«

Nun sah Sibylle doch auf. »Gestern Nachmittag. Bevor ich mich hingelegt habe, da war ich nicht spazieren.«

Verblüffung und Unverständnis legten sich auf Rosies rundliches Gesicht. »Aber … wo warst du sonst, wenn nicht spazieren?«

»Ich habe mich mit dem Mann getroffen, der mich beobachtet hat, im Krankenhaus und später in der Adolf-Schmetzer-Straße. Als du mich abgeholt hast. Ich hab dir doch von ihm erzählt.«

Rosie legte die Gabel auf dem Teller ab und lehnte sich zurück, was ihr Stuhl mit einem kläglich knarrenden Geräusch quittierte. »Aber wie … wie ist der denn hierhergekommen? Und was wollte er von dir?«

Sibylle setzte das Stochern in ihrem Rührei fort. »Er hat hier gewartet. Und als wir zurückgekommen sind, da hat er mir ein Zeichen gegeben.«

Rosie schüttelte den Kopf. »Na so was. Erzählt mir etwas von Spazierengehen und trifft sich dann wie ein verliebter Teenager mit einem Mann hinter den Hecken.«

Sie hatte es kaum ausgesprochen, da spürte Sibylle schon ein unangenehmes Ziehen in der Magengegend. Gleichzeitig bemerkte sie, dass Rosie kurz die Augen schloss.

»Woher weißt du das, Rosie?«

»Hm?«

»Ich habe nicht gesagt, wo ich mich mit ihm getroffen habe.«

Sie sah der rothaarigen Frau fest in die Augen und hatte dabei das Gefühl, dass das letzte, kleine Rettungsboot in diesem Ozean aus Lügen, durch den sie seit dem Vortag trieb, gerade in eine gefährliche Schieflage geriet.

»Ach, das … das war geraten. Ich meine, wo sonst sollte er auf dich gewartet haben?«

Es war überdeutlich, dass sie log, und sie merkte wohl gleich, dass Sibylle ihr nicht glaubte. Mit trauriger Miene langte sie über den Tisch und wollte ihre Hand auf die von Sibylle legen, aber sie zog sie weg.

»Es tut mir leid, Sibylle. Ich hatte ihn gesehen, als wir ankamen, hab ihn erst nicht weiter beachtet, aber als du plötzlich alleine spazieren gehen wolltest und dann auch noch in seine Richtung abgebogen bist, wurde ich nachdenklich. Gleich neben dem Haus ist in der Hecke eine kleine, freie Stelle, durch die man die Wiese sehen kann. Ich … habe euch beobachtet. Ich weiß, das war nicht richtig und ich hätte es dir sagen müssen, aber ich habe mich geschämt und wollte nicht, dass du das Gefühl hast, ich spioniere dir nach, außerdem war ich mir ganz sicher, dass du es mir erzählen würdest.«

›Glauben Sie mir bitte, dass diese Frau Ihnen ganz bestimmt nicht helfen möchte … Hinter der ganzen Sache muss eine große Organisation stecken … Es ist notwendig, dass jemand von denen immer in Ihrer Nähe ist. Jemand, dem Sie vertrauen.‹

»Du beobachtest mich durch eine Lücke in deiner Hecke und möchtest nicht, dass ich das Gefühl habe, du spionierst mir nach? Was sollte ich denn deiner Meinung nach für ein Gefühl dabei haben, Rosie?«

»Herrje, ich kenne dich erst seit 24 Stunden, aber ich fühle mich für dich verantwortlich.«

Sibylle sah sie nur an und schwieg.

»Du hast mir vertraut, sonst hättest du nicht ausgerechnet mich angerufen, als du nicht mehr wusstest, wohin du sollst. Das macht mich stolz, aber es gibt mir auch das Gefühl, dass ich auf dich aufpassen muss. Ich habe dich gestern nicht beobachtet, weil ich so furchtbar neugierig bin, sondern weil ich sichergehen wollte, dass dir nichts geschieht. Und dass ich dich nicht darauf angesprochen habe, hat auch ein bisschen damit zu tun, dass ich herausfinden wollte, ob du mir davon erzählst. Ob du mir vertraust.« Rosies Stimme klang ruhig und weich. »Sibylle, ich glaube dir deine Geschichte, obwohl manche Dinge, die du erzählt hast, gelinde gesagt ziemlich verrückt klingen und du außerdem noch vor der Polizei abgehauen bist, die wahrscheinlich schon überall nach dir sucht. Ich möchte dir helfen, dein Kind wiederzufinden, obwohl ich mich damit vielleicht sogar strafbar mache. Aber … na ja, wir kennen uns eben erst seit gestern. Vielleicht kannst du mich ja ein bisschen verstehen.«

Sibylle schob mit der Gabel einen Klumpen Rührei auf dem Teller hin und her und beobachtete, wie er dabei in immer kleinere Bröckchen zerfiel. Schließlich atmete sie tief durch und riss ihren Blick vom Teller los. »Du hast recht, Rosie. Ich denke, ich bin im Moment einfach überempfindlich.«

Im Nu wurde aus der traurigen, älteren Frau wieder

die gutgelaunte Rosie, die sie kennengelernt hatte. »Ach, papperlapapp. Du bist nicht überempfindlich. Ist doch vollkommen klar, dass du misstrauisch wirst, wenn ein altes Mädchen wie ich sich hinter eine Hecke stellt und dich heimlich beobachtet. Möchtest du mir verraten, was der Mann von dir wollte?«

Sibylle überlegte, wie viel sie von ihrem Gespräch erzählen wollte. Sie entschied sich für eine Kurzversion ohne zu erwähnen, was Rössler in Bezug auf Rosie vermutete. »Seine Schwester ist verschwunden, und nachdem er in diesem Krankenhaus irgendwie mitbekommen hat, dass ich auch in Schwierigkeiten bin, dachte er, ich könne ihm vielleicht helfen, sie wiederzufinden.«

Rosie zog die dünnen, tiefbraunen Striche hoch, die dort aufgemalt waren, wo sich normalerweise die Augenbrauen befanden. »Wie kommt er auf die Idee, dass du ihm helfen kannst? Zumal, wenn er der Meinung ist, dass du selbst Probleme hast?«

»Tja, er glaubt, die Leute, die mich in diese Situation gebracht haben, sind auch für das Verschwinden seiner Schwester verantwortlich.«

»Hm … Ich weiß nicht, aber das klingt mir alles doch sehr weit hergeholt. Wie kann er wissen, in welcher Situation du bist? Woher wusste er, wo er dich finden kann? Und warum tut er so geheimnisvoll?«

»Er sagte, er wäre hinter uns hergefahren, als du mich abgeholt hast. Er traut im Moment wohl kaum jemandem.«

Rosie stieß ein kehliges Lachen aus. »Außer dir. Und was ist mit der Polizei? Traut er der auch nicht? Für mich sieht es eher so aus, als ob dieser Kerl selbst etwas mit der Sache zu tun hat und jetzt mit dieser Masche versucht, in deine Nähe zu kommen, um dich im Auge zu behalten.«

Sie behaupten beide, mir helfen zu wollen, dachte Sibylle. *Und beschuldigen sich dabei gegenseitig. Es wird immer verrückter.* Mit einem Ruck schob sie ihren Stuhl zurück und stand auf. »Egal. Ich muss Lukas suchen. Ich weiß nicht, *wo* ich ihn suchen soll, aber irgendwas muss ich unternehmen.«

»Du hast recht, nichts ist jetzt wichtiger als dein Sohn.«

Sibylles Blick richtete sich wieder auf das rundliche Gesicht. »Hast du eigentlich Kinder?«

War Rosie bei der Frage zusammengezuckt, oder hatte sie sich das nur eingebildet? Erst nach einigem Zögern antwortete sie: »Nein. Leider nicht.«

Gleich darauf ließ sie die flache Hand auf den Tisch fallen, dass die Messer und Löffel auf dem Geschirr klirrten. »Also los, lass uns keine Zeit verlieren.«

Sie hätte gerne Kinder gehabt und konnte keine bekommen. »Zeigst du mir ein Foto von deinem Mann? Ich wüsste gerne, wie er ausgesehen hat.«

»Mein Mann?«, fragte Rosie, und zum ersten Mal, seit sie diese Frau kannte, erschien es Sibylle, als ob etwas in ihrer Stimme mitschwang, das nach Angst klang. Sie schien sich aber schnell wieder zu fangen und winkte ab. »Ach … Der ist doch jetzt wirklich nicht wichtig. Wir müssen uns um deinen Sohn kümmern.«

Sie möchte nicht, dass ich ihn sehe. Oder sie sagt mir nicht die Wahrheit. Sibylle wunderte sich im gleichen Moment darüber, dass sie plötzlich so leicht bereit war, an Rosie zu zweifeln. Sie musste dieser Frau einfach vertrauen, selbst für den Fall, dass sie ihr nicht immer die Wahrheit sagte. *Wenn ich ihr nicht vertraue, wem dann? Wem denn dann?*

15

Im Wohnzimmer setzte sie sich auf den Boden vor das Sitzkissen und lehnte den Rücken dagegen, während Rosie nebenan den Tisch abräumte. Sie schloss die Augen und hörte dem Klappern und Klirren zu, das aus der Küche zu ihr herüberdrang.

Ihre Gedanken glitten ab, entfernten sich aus diesem bizarren Horrorfilm, zu dem ihr Leben mit einem Mal geworden war, suchten die friedlichen Bilder der Vergangenheit, um sie wie kühlende Umschläge um ihre fiebrige Seele zu legen.

Manch einer hätte ihr Leben der letzten Jahre vielleicht als langweilig empfunden. Sie war verheiratet mit einem Mann, der sich weder zu wöchentlichen Skatabenden in irgendwelchen Kneipen traf noch mit Freunden grölend vor dem Fernseher saß und sich stundenlang Fußballspiele anschaute. Bei ihm lief schon von jeher alles in sorgsam geordneten und geplanten Bahnen, und im Laufe der Jahre hatte sie ganz selbstverständlich sein Lebensmodell übernommen.

Hier und da besuchten sie gemeinsam ein Theaterstück oder gingen zum Essen in ein nettes Restaurant, ansonsten machten sie es sich zu Hause gemütlich. Bevor sie sich kennengelernt hatten, war Sibylles Leben turbulenter verlaufen. Sie war ständig unterwegs gewesen, hatte keine Party verpasst und – dessen war sie sicher – vor ihrer Hochzeit mehr Erfahrungen gesammelt als Hannes. Aus ihrem damals riesigen Freundes- und Bekanntenkreis waren aber nach ihrer Heirat nur ganz wenige übrig geblieben. Im Grunde genommen nur Elke, die …

Elke! Sibylle riss die Augen auf und richtete den Oberkörper ein Stück weit auf. Sie versuchte dabei, sich mit den Ellenbogen seitlich abzustützen, was aber fast unmöglich war, weil die Kissenfüllung sich unter ihren Armen teilte und seitlich wegdrückte.

Ihr Blick suchte schnell die Wände des Wohnzimmers ab, aber eine Uhr gab es dort ebenso wenig wie Bilderrahmen mit Fotos. Mühevoll befreite sie sich aus der Umklammerung der Kügelchen und hatte es gerade geschafft, sich aufzurichten, als Rosie aus der Küche kam. »Wie spät ist es?«, fragte Sibylle und strich eine Haarsträhne zurück, die ihr vor den Augen hing.

»Viertel nach acht.«

»Ich muss noch mal versuchen, Elke zu erreichen. Vielleicht ist Lukas ja bei ihr.«

Rosie war schon am Beistelltisch neben der Couch und hielt Sibylle den Telefonhörer entgegen. Sie tippte schnell Elkes Nummer ein, zu schnell, wie sich herausstellte, denn es meldete sich eine mürrische Frau mit dem Namen Kleinbauer, die auf Sibylles Nachfragen knapp erklärte, sie kenne keine Elke Sowieso. Dann legte sie wieder auf.

Sibylle versuchte es noch einmal, dieses Mal aber langsamer und mit pochendem Herzen in der Hoffnung, dass sie sich tatsächlich verwählt hatte. Nach nur zweimaligem Klingeln hörte sie die vertraute Stimme sagen: »Elke Berheimer?« Sibylle hätte am liebsten aufgeschrien vor Freude, brachte aber keinen Ton heraus.

»Hallo?«, fragte Elke ungeduldig nach.

»Elke … Hier ist Sibylle.«

Stille. Sekundenlang. Dann, so leise, dass sie es fast

nicht verstand: »Was? Wer spricht da? Sibylle? Sibylle Aurich? Bist du das wirklich?«

Es war definitiv Elkes Stimme, aber sie klang heiser und auf eine seltsame Art fremd.

»Ja, Elke, ich bin es. Ist Lukas bei dir?«

»Aber wo … ich meine … was ist passiert?«

»Ich bin überfallen worden – und entführt. Gestern Morgen bin ich in einem Keller aufgewacht. Ich konnte fliehen, und eine sehr nette Frau hat mir geholfen. Und Hannes hat mich …«

»Moment!«, wurde sie von Elke unterbrochen. »Du bist in einem Keller aufgewacht? Eine Frau hat dir geholfen? Bist du jetzt bei ihr?«

»Ja, aber –«

»Wo ist das? Wie heißt diese Frau?«

»Rosemarie«, antwortete Sibylle und sah dabei irritiert zu der Genannten herüber, die plötzlich mit den Händen herumwedelte und leise und mit übertriebenen Mundbewegungen sagte: »Nein. Nicht meinen Namen.« Dabei bewegte sie den Kopf zur Unterstreichung hin und her.

»Rosemarie?« Elkes Stimme, an ihrem Ohr. Sibylle riss ihren Blick von Rosie los.

»Elke, sag mir bitte, ob Lukas bei dir ist.«

Sie hatte langsam und eindringlich gesprochen. Wieder folgte wortlose Stille. Eine Sekunde, eine weitere …

»Elke! Was ist los, verdammt?«

»Nein«, kam zögerlich die Antwort. »Er … er ist nicht hier.«

Sibylle hörte deutlich ihren Herzschlag. Nicht langsam ansteigend, nein, ihr Kopf dröhnte vom schnellen, dumpfen Pumpen, mit dem das Blut in Schüben durch ihren Körper gejagt wurde.

»Oh Gott, Elke … Bitte sag mir, dass ihm nichts passiert ist. Sag mir, dass du weißt, wo mein Junge ist und dass es ihm gutgeht. Bitte.«

»Ja, es … es ist alles in Ordnung.«

Sibylle ließ sich auf das Sitzkissen sinken und konnte dabei ein lautes Aufstöhnen nicht unterdrücken.

»Gott sei Dank.« Sie wusste nicht, ob sie die Worte tatsächlich gesagt oder nur gedacht hatte. Sie räusperte sich. »Wo ist er?«

»Das möchte ich am Telefon nicht sagen. Es geht ihm gut. Kannst du zu mir kommen?«

Sibylle unterdrückte ein Schluchzen und antwortete: »Ich komme. Bis gleich!« *Lukas. Endlich!*

Sie ließ den Hörer sinken. Aus ihrer anfänglichen Freude war eine Gefühlsmixtur aus unsäglicher Erleichterung auf der einen und dumpfer Angst auf der anderen Seite geworden.

Elke klingt seltsam … Dieses Gefühl, von der wahren, realen Welt ausgeschlossen zu sein und durch ein bizarres Land zu wandeln, in dem nur hier und da jemand auftauchte, der entfernt an eine Person erinnerte, die ihr nahestand, war auch nach dem Telefonat kaum schwächer geworden.

»Was ist?«, wollte Rosie wissen. »Wie hat sie reagiert? Was hat sie gesagt? Hat *sie* dich nach meinem Namen gefragt?«

»Ich … ich weiß es nicht … ja. Irgendwie war das ganz komisch. Zuerst war sie natürlich überrascht, aber dann … Ach, ich weiß nicht, was es war, aber es ist mir auch egal. Das Wichtigste ist, dass es Lukas gutgeht, und sie weiß, wo er ist. Wir müssen sofort zu ihr, sie wartet auf uns.«

Ohne Zögern zeigte Rosie zur Tür. »Dann los!«

16

Elke wohnte in Stadtamhof, einer von der Donau umflossenen Insel im nördlichen Regensburg, die über die Steinerne Brücke direkt mit der Altstadt verbunden ist. Rosie fuhr gleich hinter Burgweinting auf die Autobahn. In den ersten Minuten saßen sie stumm nebeneinander, und Sibylle ging in Gedanken immer wieder das Gespräch mit Elke durch. Natürlich musste ihre Freundin vollkommen überrascht sein, nach zwei Monaten plötzlich etwas von ihr zu hören, aber selbst die Art, wie sich diese Überraschung ausdrückte, war seltsam. Was, wenn sie gar nicht wirklich überrascht war?

Und wieso interessiert Elke sich für Rosies Namen? In dieser Situation?

»Warum wolltest du eigentlich nicht, dass ich Elke deinen Namen sage?« Sie sah zu Rosie herüber, die sich mit ernster Miene auf den Verkehr zu konzentrieren schien.

»Ach, das war so ein Gefühl«, antwortete die, ohne den Blick von der Straße zu nehmen. »Ich habe mich einfach nur gewundert. Nach zwei Monaten, die du verschwunden warst, in denen man fest hatte damit rechnen müssen, dass du einem Verbrechen zum Opfer gefallen bist, meldest du dich plötzlich wieder, und deine enge Freundin interessiert sich für eine fremde Frau, während du krank vor Angst nach deinem Kind fragst.«

Ganz kurz, für höchstens eine Sekunde, sah Rosie zu ihr herüber. »Ich möchte deiner Freundin Elke wirklich nicht zu nahe treten, aber ich finde diese Reaktion von ihr reichlich merkwürdig.«

»Du hast ja recht. Aber aus welchem Grund verhält sie sich so?« *Ich verstehe das nicht, ich verstehe das alles einfach nicht.*

Rosie atmete schnaubend aus, antwortete aber nicht.

»Du denkst, sie steckt mit Hannes unter einer Decke, oder?«, hakte Sibylle nach. »Du glaubst, Hannes hat sie angerufen und gewarnt, als er erfahren hat, dass ich diesen beiden Polizisten entwischt bin. Hab ich recht?«

Als Rosie weiterhin schwieg, wandte Sibylle sich ab und lehnte die Stirn an die Seitenscheibe.

›Wir begegnen uns im Traum,
fernab von den Stürmen der Welt.
Ich will in deine Augen schau'n,
bis du in meine Arme fällst,
denn ich weiß, dass es dich gibt.
Früher, später,
jeden Tag etwas näher,
denn all mein Irren ist der Weg zu dir.‹

Sie hörte die Stimme von Peter Maffay so deutlich, als säße er direkt neben ihr und würde sein Lied nur für sie singen.

Woher kommen diese Lieder? Sie konnte sich nicht daran erinnern, zu irgendeinem Zeitpunkt ein Fan von Peter Maffay gewesen zu sein, und doch kannte sie viele seiner Texte, Zeile für Zeile. *Woher nur?*

Die glatte Kühle der Glasscheibe tat gut. Sie sah dabei zu, wie in einer endlosen scheinenden Reihe Bäume und Büsche auf der linken Seite auftauchten und im Bruchteil einer Sekunde rechts wieder aus ihrem Sichtfeld verschwanden. Sie versuchte, einzelne Bäume mit den Augen auf ihrem kurzen, schnellen Weg entlang des Fensters einzufangen und sie zu verfolgen, aber es wollte ihr nicht gelingen. Sie waren einfach zu schnell.

Nach und nach verschmolzen Büsche und Bäume zu einem grünbraunen Fluss, der allen Naturgesetzen zum Trotz in einem vertikalen Flussbett direkt vor dem Seitenfenster mit einer irrsinnigen Geschwindigkeit vorbeischoss. Gleich darauf veränderte sich das Bild erneut, die Bäume kamen zurück. Nein, es waren andere Bäume. Diese hier flogen nicht vorbei, sie standen ruhig und majestätisch auf einer kitschig grünen Wiese. Bunte Girlanden waren an ihren tief hängenden Zweigen befestigt, und unter diesen Bäumen standen Tische und Stühle, geschmückt mit Luftschlangen und Luftballons. Der Wind spielte mit ihnen, ließ sie sanft hin und her pendeln, um ihnen plötzlich einen kräftigen Stoß zu versetzen, der sie gegen die Lehnen der Stühle prallen ließ.

Sibylle hatte die Szene erst von schräg oben gesehen, doch mittlerweile war sie zu einem Teil davon geworden, sah lachende Kinder und lächelnde Erwachsene, sah sie wie … *wie aus den Augen eines Teilnehmers dieser … Geburtstagsfeier?* Einer der Tische war besonders bunt geschmückt, und vor dem Platz am Kopfende stand ein Namensschild in Form einer goldenen Krone. Sibylle wusste, welcher Name auf dem Schild stand, bevor sie ihn lesen konnte. Sie wusste auch sicher, dass sie den Namen selbst geschrieben hatte.

Lukas. Diese goldene Pappkrone war das Namensschild, das an seinem sechsten Geburtstagsfest auf dem Tisch vor ihm gestanden hatte. *Aber wo ist er? Wo ist mein Junge?*

Sie versuchte sich umzusehen, ihn zu suchen, aber weder der Blickwinkel noch der Ausschnitt dieses Gartens, den sie einsehen konnte, veränderten sich. Sie betrachtete die Gesichter der großen und kleinen Gestalten, die ausgelassen um sie herum standen oder sprangen, suchte darin vertraute Züge und fand keine. Sie wirkten leblos, obwohl die Münder darin sich bewegten, sich erzählten, lachten, es war, als wären diese Kinder und Erwachsenen in eine unsichtbare Hülle gepackt, an der das reale, das fühlbare Leben einfach abprallte.

Und doch hatte jedes einzelne dieser Gesichter etwas an sich, das ihr bekannt vorkam. Wie konnte das sein?

Auch der Garten, in dem diese Feier stattfand, war nicht ihr Garten zu Hause. Sie glaubte aber dennoch, ihn schon einmal gesehen zu haben. *Auf einem Foto? Bei jemandem, den ich besucht habe? Ich – weiß – es – nicht.*

Aber dieses Gefühl, dass …

Die bunten Luftballons verschwanden, und auch die Männer, Frauen und Kinder lösten sich in Luft auf. Die Bäume wurden zu einer formlosen, grünen Masse, bevor sie sich wieder als einzelne Objekte herauskristallisierten, die, sobald Sibylle sie wahrgenommen hatte, auch schon wieder vorbeigehuscht waren.

»Sibylle? Alles in Ordnung?«

Erschrocken sah sie zu Rosie herüber, die ihr einen kurzen, besorgten Blick zuwarf.

»Ja, ich … ich war in Gedanken.«

»Wer will dir das verübeln? Aber du musst mir jetzt trotzdem sagen, wie ich fahren soll.«

Sibylle sah sich um und brauchte eine Weile, ehe sie erkannte, wo sie sich gerade befanden. Rosie hatte die Autobahn an der richtigen Abfahrt verlassen und fuhr nun auf der Frankenstraße.

»Da vorne müssen wir links ab. Es ist nicht mehr weit.«

Sie lotste Rosie das letzte Stück, und knappe fünf Minuten später standen sie vor dem Mehrfamilienhaus, in dessen drittem Stock sich Elke auf 80 Quadratmetern gemütlich eingerichtet hatte.

Parkplätze gab es vor dem Haus keine, und so stellte Rosie den Wagen einfach mit zwei Rädern auf dem Bürgersteig ab. »Ich bleibe sitzen«, erklärte sie, als Sibylle sie fragend ansah. »Nicht, dass mein Auto noch abgeschleppt wird. Außerdem ist es wahrscheinlich sowieso besser, du sprichst alleine mit deiner Freundin.« Sibylle nickte, ohne weiter darüber nachzudenken, und stieg aus.

Die schwere, hölzerne Tür war nur angelehnt, sie führte in einen schummrigen Flur, in den nur wenig Tageslicht durch ein Oberlicht über der Tür fiel. Zwei Fahrräder lehnten hintereinander an der Wand und wirkten wie riesenhafte Insekten von einem anderen Planeten.

Einen Aufzug gab es nicht. Sibylle nahm immer zwei der grauen Steinstufen auf einmal und stand nach kurzer Zeit schnell atmend vor der dunkelbraunen Wohnungstür im dritten Stock.

Elke Berheimer war auf den Streifen Papier gedruckt, der unter das Plexiglasstück neben der Klingel geschoben war.

Noch bevor Sibylle dazu kam, auf den Klingelknopf zu drücken, wurde die Tür geöffnet und Elke stand vor ihr, ein paar Zentimeter kleiner als sie selbst, sympathisch aussehend, vielleicht einige wenige Kilos zu viel auf den Hüften.

Und mit einem Mal war es wieder da, dieses Gefühl, dass etwas nicht richtig war. Das sie schon vom Vortag kannte, als Rosie sie zu Hause abgesetzt hatte.

Aber dieses Mal war es konkreter. Sibylle wusste sogar

ganz genau, was ihr falsch vorkam: Wieso war Elke kleiner als sie? Sie waren doch in etwa gleich groß. Oder erinnerte sie sich auch daran nach den zwei Monaten nicht mehr richtig? *Aber – egal! Es gibt weiß Gott wichtigere Dinge. Ob Elke wohl genau so reagieren wird wie Johannes? So tun, als ob sie mich nicht kennt und …*

»Hallo Sibylle, schön, dich zu sehen«, sagte Elke.

Sibylles Herz klopfte ihr bis zum Hals. Elke stand einfach nur da und lächelte auf eine ganz seltsame Art.

Sibylle sah in das von blonden Locken umspielte Gesicht, das ihr so vertraut und in diesem Moment doch so unendlich fremd vorkam, und wusste nun, dass Johannes ihre Freundin zumindest angerufen hatte. Wahrscheinlich war es noch schlimmer.

Elke, die Elke, die *sie* kannte, hätte in dieser Situation nie und nimmer so ruhig in der Tür gestanden. Ihre Elke wäre ihr um den Hals gefallen, hätte geweint, sie geherzt und gedrückt.

Sibylles Gedanken rasten. Sollte sie einfach weglaufen? Doch Elke schien zu spüren, was in ihr vorging: »Ich … Entschuldigung, ich kann das nicht. Dazu ist die Sache viel zu ernst. Johannes hat mich angerufen, Johannes Aurich. Aber das haben Sie sich sicher schon gedacht, oder?«

Es klang nicht aggressiv, aber die seltsame Freundlichkeit war sowohl aus der Stimme als auch aus ihrem Gesicht verschwunden und hatte einer deutlichen Unsicherheit Platz gemacht. Oder war es Angst?

Sibylle spürte das Pochen ihres Herzens am Hals und in den Schläfen. Sie entschloss sich für den Angriff: »Du gehörst also auch dazu, Elke?« Sie bemühte sich um einen betont ruhigen Klang ihrer Stimme. »Ausgerechnet du? Warum tut ihr mir das an? Kannst du mir das wenigstens erklären? Worum geht es hier? Geld? Ich meine … – Oder hast du ein Verhältnis mit Hannes? Was zum Teufel wollt ihr, Elke? Was?«

Beim letzten Satz war sie sehr laut geworden, so laut, dass Elke zusammenzuckte und einen schnellen Blick den kurzen Flur entlang warf. »Bitte, kommen Sie doch rein«, sagte sie, und es klang fast flehend, »bitte.«

17

Die Nacht war kühl gewesen. Nicht kalt. Kalt war anders. Wenn in der Sahara nach Sonnenuntergang der Quarzsand seine Hitze innerhalb kürzester Zeit ins Weltall abgab und die Temperatur um 50 Grad sank, dann war es kalt. Hans wusste, was wirklich kalte Nächte waren.

Nachdem die letzten Lichter im Haus erloschen waren, hatte er noch eine Stunde gewartet und sich dann erlaubt, ein wenig zu schlafen.

Der Sitz des BMW war bequemer als der seines alten französischen Kleinwagens, aber er war bei jedem kleinsten Geräusch, das durch das zu einem Viertel geöffnete Seitenfenster ins Wageninnere gedrungen war, sofort hellwach gewesen. Eine Gewohnheit, von der er wahrscheinlich nie mehr loskommen würde. Selbst von dem sanft schleifenden Geräusch, mit dem sich eine Katze um sieben Minuten nach drei durch die Buchsbaumhecke neben ihm gedrückt hatte, war er aufgeschreckt.

Gegen fünf Uhr stellte er dann die Rückenlehne wieder senkrechter. Er dachte an Jane.

Viel später kamen die Frauen dann aus dem Haus und setzten sich ins Auto. Hans ahnte schon, wo sie als Nächstes hinfahren würden. Den Besuch in diesem Altenheim hatte der Doktor zwar nicht vorausgesagt, dafür aber einen anderen.

Seine Vermutung verstärkte sich, als sie auf die Autobahn fuhren, und wurde zur Gewissheit, als sie sich Stadtamhof näherten.

Die Parkmöglichkeiten in der Nähe des Hauses, vor dem der rote Wagen anhielt, waren schlecht. Hans bog in eine kleine Seitengasse ein und fand einen freien Platz, der für Anwohner reserviert war. Das Risiko eines Strafzettels konnte er eingehen, er war mit Joachims Wagen unterwegs. Sein eigenes Auto stellte er niemals an einer Stelle ab, an der er vielleicht einen Strafzettel bekommen könnte. Es war wichtig, dass er keinerlei Kontakt zur Polizei bekam, durch den er vielleicht als Element aus einer wichtigen Ereigniskette herausgerissen wurde. Das konnte verheerende Folgen haben.

Wenn ihn in diesem Moment zum Beispiel ein Polizist aufhalten würde und er dadurch nicht sehen könnte, was dort drüben geschah, würde vielleicht Jane etwas geschehen, das er, Hans, unter allen Umständen hätte verhindern müssen, dann aber nicht mehr würde beeinflussen können.

Als Folge davon würde Jane vielleicht Dinge tun, die dazu führten, dass sie von Vorgängen erfuhr, von denen sie keinesfalls hätte erfahren dürfen. Darüber würde der Doktor sehr zornig werden, denn er könnte Schwierigkeiten dadurch bekommen. Eine ganze Menge Schwierigkeiten.

Der Doktor würde ihm vielleicht befehlen, etwas mit Jane zu tun, das er nicht tun konnte. Und dann würde vielleicht etwas ganz Entsetzliches passieren.

Also würde er, Hans, den Polizisten mit einem kurzen, schnellen Stich in den Nacken töten müssen, damit die Ereignisse um Jane Doe so stattfinden konnten, wie der Doktor das geplant hatte. Durch den Tod des Polizisten allerdings würden sich wiederum andere Abfolgen von Ereignissen ergeben, die … –

Hans musste aufhören, darüber nachzudenken.

Normalerweise versuchte er, diese Dinge immer bis zum bitteren Ende durchzudenken. Aber das dauerte meist sehr lange und führte auch manchmal dazu, dass er laut schreien musste, weil er die unglaubliche Menge an Auswirkungen einfach nicht mehr überblicken konnte, die sich durch einen kleinen Eingriff in den Lauf der Dinge ergab.

Als er wieder in die Straße einbog, in der das Haus lag, stellte er zu seiner Erleichterung fest, dass das rote Auto noch an der gleichen Stelle stand. Hinter dem Steuer saß eine Person, und Hans wusste auch, wer das war.

Hans hockte sich in einer Entfernung von etwa 50 Metern auf den Rand eines steinernen Blumenkübels und wartete.

Nach etwa zehn bis zwölf Minuten kam ein Polizeifahrzeug von links. Sekunden später folgte von rechts mit hoher Geschwindigkeit ein Zivilfahrzeug und hielt direkt hinter dem Streifenwagen, der aus der gleichen Richtung gekommen war.

Zwei Männer stiegen aus und unterhielten sich hektisch mit einem der Uniformierten, der aus dem grün-weißen Fahrzeug regelrecht herausgesprungen war.

Hans kannte die Polizisten in Zivil. Einen davon noch besser als den anderen.

18

Sibylle glaubte, Elkes Blick in ihrem Rücken zu spüren, als sie zielstrebig auf die kleine, gemütliche Küche zuging. Dort saßen sie meistens zusammen, tranken Cappuccino, redeten, lachten …

Sie setzte sich an den kleinen Tisch auf den Stuhl, auf dem sie immer saß, und sah Elke an, die ihr gefolgt war.

»Kann ich bitte einen Cappuccino haben?«

Elke nickte mit sorgenvoller Miene. »Ja, natürlich. Mit zwei Löffeln Zucker?«

Sibylle stieß ein kurzes Lachen aus. »Du weißt genau, dass ich keinen Zucker im Cappuccino mag. Kannst du diese Spielchen bitte sein lassen?«

Ohne Vorankündigung brach Elke in Tränen aus. Sie legte sich eine Hand vor den Mund, ließ sich auf den Stuhl gegenüber Sibylle sinken und beugte sich so weit nach vorne, dass ihre Stirn fast die Tischplatte berührte. Sibylle sah sie an, sah, wie ihre Schultern zuckten, und konnte nicht anders als ihr eine Hand auf den Kopf zu legen und ihr sanft über die Locken zu streicheln. »Du scheinst doch noch etwas für mich übrig zu haben, Bella.«

Langsam hob sich das tränennasse Gesicht. »Bella? So hat mich Sibylle immer genannt. Woher wissen Sie –«

Mit einem schnellen Ruck zog Sibylle ihre Hand zurück.

»Seid ihr denn alle komplett verrückt geworden? Schau mich doch an, Elke. Schau mich genau an. Hier«, sie zeigte mit gespreiztem Zeige- und Mittelfinger auf ihre

Augen, »schau hier hin. Ich weiß nicht, ob mit meinem Gesicht irgendetwas passiert ist, keine Ahnung! Aber schau in meine Augen, Elke. Wir kennen uns so lange, du musst mich doch wenigstens an meinen Augen erkennen.«

Lange sahen sie sich an. Elke kniff die Lider ein wenig zusammen. Dann wischte sie sich mit dem Handrücken über das Gesicht und zog die Nase geräuschvoll hoch.

»Ich weiß nicht, was ich noch glauben soll. Sie sehen nicht aus wie Sibylle, aber Ihre Art zu sprechen … wie sie. Sogar Ihre Stimme klingt ähnlich. Und Sie bewegen sich wie sie, und offensichtlich wissen Sie auch sehr viel über sie. Was haben Sie mit ihr gemacht?«, schluchzte sie. »Und warum? Was … was wollen Sie?«

Sibylle musste ihre Wut und ihre Verzweiflung unterdrücken. Sie würde nichts erreichen, wenn sie Elke anschrie oder sie beschimpfte, das wusste sie. Elke würde dann komplett dichtmachen und gar nichts mehr sagen.

Sie stützte die Ellbogen auf dem Tisch ab und beugte sich ein Stück weit nach vorne. »Ich bin ziemlich verzweifelt, Elke, und ich verstehe nicht einmal ansatzweise, was hier gerade passiert. Mein gesamtes Leben scheint sich in Luft aufzulösen, und ich beginne ernsthaft, an meinem Verstand zu zweifeln. Was immer du von mir wissen möchtest, wir können über alles reden, aber zuerst musst du mir – bitte – eine Frage beantworten: Wo ist Lukas?«

Den letzten Satz hatte sie langsam ausgesprochen, hatte jedes einzelne Wort betont.

Elke ließ sich mit dem Rücken gegen die Stuhllehne fallen und schüttelte den Kopf. »Johannes hat mir schon am Telefon gesagt, dass Sie etwas von einem Jungen erzählt haben. Er denkt, dass Sie und Ihre … Ihre Komplizen Sibylle entführt haben. Und dann haben Sie sie mit

Drogen dazu gebracht, dass sie Ihnen alles erzählt. Alles, was Sie jetzt über sie wissen. Johannes denkt, Sibylle hat Ihnen diese Geschichte von einem Sohn namens Lukas erzählt, damit Sie sich verraten.«

Sibylle horchte in sich hinein und stellte verwundert fest, dass da nur eine große Leere war. Es kam ihr so vor, als wären mit einem Schalter alle Wut, alle Verzweiflung, alle Gefühle ausgeschaltet worden.

»Und was denkst du, Elke?«

»Ich glaube das nicht. Also, das mit dem Jungen. Wenn es so wäre, hätten Sie gestern bei ihm merken müssen, dass etwas an der Sache mit dem Jungen nicht stimmt. Warum sollten Sie mir dann das Gleiche erzählen? Das wäre unlogisch. Ich wundere mich sowieso, dass Sie hierher gekommen sind. Sie wussten doch, dass Johannes mich anrufen wird. Was, wenn hier die Polizei auf Sie warten würde?«

Sibylle zuckte kurz zusammen. »Und? Wartet sie auf mich?«

»Nein.«

»Könntest du bitte damit aufhören, mich zu siezen? Das ist unerträglich.«

»Aber ich fände es unerträglich, wenn ich so tun würde, als wären Sie meine Freundin, verdammt! Sibylle … sie ist seit zwei Monaten spurlos verschwunden, und ich weiß noch nicht mal, ob sie überhaupt noch am Leben ist. Verstehen Sie das nicht?«

Hoffnungslos. Jede Minute hier ist verlorene Zeit. Ich muss hier weg, bevor ich den Verstand verliere und anfange zu schreien. Weg, aber wohin? Egal, wohin. Weg. Lukas finden.

Ohne ein weiteres Wort stand sie auf. Nach einem letzten, langen Blick auf Elke, die ihr auswich, verließ sie die Küche und ging auf die Wohnungstür zu.

Als sie die Wohnung gerade verlassen wollte, hörte sie hinter sich Elkes Stimme. »Geh nicht.«

Sie stockte und drehte sich um.

Elke lehnte mit vor der Brust verschränkten Armen an der Flurwand und machte ein Gesicht wie ein Kind, das beim Lügen erwischt worden war.

»Ich weiß nicht, wer du bist, aber ich möchte es wissen. Vielleicht mache ich einen Fehler, aber ich glaube nicht, dass du lügst. Jedenfalls nicht absichtlich.«

Will sie mich hinhalten, bis die Polizei kommt? Nein, Elke ist ein herzensguter Mensch, und sie würde sich binnen einer Minute verraten.

Sibylle schloss die Tür und drehte sich um, ging auf Elke zu und blieb dicht vor ihr stehen. In den grünen Augen standen noch immer Tränen. Und noch etwas konnte sie darin sehen, einen fast flehenden Ausdruck.

»Ich bleibe.« Sibylle konnte den Blick nicht von Elkes Augen abwenden. »Und ich werde dir alles erzählen, was ich weiß. Oder was ich glaube zu wissen.«

»Möchtest du noch immer einen Cappuccino haben?«, wollte Elke wissen, als Sibylle kurz darauf wieder am Küchentisch saß.

Sie nickte und sah ihr dabei zu, wie sie Tassen aus dem Schrank nahm und den modernen Kaffeevollautomaten bediente. Was immer auch Elke mit dieser Geschichte zu tun hatte, sie war offensichtlich umgefallen, sie konnte es wohl doch nicht ertragen, ihrer ältesten und besten Freundin so etwas anzutun. *Aber irgendwie hat sie mit dieser Sache zu tun.*

»Und jetzt … –« Mehr konnte Sibylle nicht verstehen, weil Elke in diesem Moment ein verchromtes Kännchen unter die Aufschäumdüse hielt, die mit ohrenbetäubendem Lärm ihren heißen Dampf in die Milch zischen ließ.

Sibylle schüttelte den Kopf und wartete, bis der Krach vorüber war: »Wie soll ich dich verstehen, wenn du redest und gleichzeitig die Milch aufschäumst? Zumindest in Punkto Schusseligkeit hast du dich nicht verändert.«

Elke stellte die dampfenden Tassen auf dem Tisch ab und setzte sich. Der Anflug eines Lächelns zeigte sich auf ihrem Gesicht.

»Ich mach das ja nicht extra. Mir passieren häufig solche Dinge. Letztes Jahr auf Sylt, in einem Restaurant –«

»Da hast du versucht, eine Wasserflasche aufzufangen, gegen die du gestoßen bist, und hast den gesamten Tisch mitsamt Riesenhummer und der sündhaft teuren Flasche Weißwein abgeräumt, und dann hast du vor Schreck auch noch deinen Stuhl so heftig zurückgestoßen, dass du mit ihm nach hinten umgekippt bist. Und weil du dich an irgendetwas festhalten wolltest, hast du nach dem Tischtuch vom Nebentisch gegriffen und …«

Beide mussten lachen, und dieses Lachen, dieser kurze Moment der Unbefangenheit, tat unendlich gut.

Für eine Sekunde war alles in Ordnung. Sie saßen in Elkes Küche, tranken Cappuccino und lachten. Wie früher. *Wie früher?* Sibylles Lachen erstarb.

»Ich war doch dabei, Elke. Ich habe dir gegenübergesessen und hatte den Hummer auf dem Schoß liegen.«

Auch Elkes Lachen hörte abrupt auf, und ihre Augen wurden wieder feucht.

»Ja«, sagte sie leise, und dann noch einmal: »Ja.« Dann sah sie sie an, auf ihre ganz eigene, fast schon hilflose Weise. »Und im Jahr davor, an Weihnachten, beim Abendessen, die Sache mit der Gans, weißt du noch?«

Sibylle neigte den Kopf zur Seite.

»Wir haben seit Jahren nicht mehr an Weihnachten zusammen gegessen, Elke. Genau genommen, seit ich verheiratet bin.«

Elke senkte den Blick. »Es kann … entschuldigen Sie – entschuldige, es kann nicht sein! Du bist nicht Sibylle. Auch nicht Sibylle nach einem Unfall und einer Gesichts-OP. Du … du bist größer als Sibylle, und schlanker bist du auch.«

Größer als Sibylle. Sie dachte an die Situation vor Elkes Wohnungstür und hätte am liebsten losgeheult, aber sie riss sich zusammen. Sie musste Elke klarmachen, dass sie Sibylle Aurich war, ihre Freundin. Die Mutter von Lukas.

»Ich verstehe es genauso wenig wie du, was da passiert ist. Wer weiß, eine Seelenwanderung oder so? Vielleicht, ja vielleicht stecke ich jetzt in einem anderen Körper oder so was, ich hab keine Ahnung. Aber ich weiß, wer ich bin. Gott, ich … ich weiß doch, wer ich bin!«

Sie sahen sich an, und beiden standen die Tränen in den Augen. Sibylle versuchte, in Elkes Gesicht zu lesen, und sie konnte deutlich den Kampf sehen, der in ihrem Inneren tobte.

»Es ist so … so verrückt.« Sie legte ihre Hand auf die von Sibylle, zögernd.

»Ich weiß doch selbst nicht, was mit mir passiert ist. Wir waren zusammen beim Griechen, und auf dem Weg nach Hause habe ich wohl einen Schlag auf den Kopf bekommen. Gestern bin ich in einem seltsamen Raum aufgewacht, der eingerichtet war wie ein Krankenzimmer, aber keines war. Ein Kellerraum. Ein noch seltsamerer Arzt, der vielleicht gar keiner war, erzählt mir etwas von einer Kopfverletzung, und dass er mich einsperren muss, bis ich wieder *normal* bin. Ich konnte fliehen und bin von einer netten Frau nach Hause gebracht worden. Du kannst dir nicht vorstellen, was für ein Gefühl das war, als Johannes so getan hat, als würde er mich nicht kennen. Aber noch schlimmer, noch viel schlimmer ist … Warum verhaltet ihr alle euch so seltsam, wenn es um meinen Jungen geht? Ihr tut gerade so, als ob es Lukas nicht geben würde. Warum, Elke?«

Mit einem Ruck zog Elke ihre Hand zurück.

»Du lügst doch. Sag mal, schämst du dich gar nicht? Sibylle wünscht sich schon seit Jahren so sehr ein Kind, und es klappt nicht. Und jetzt kommst du daher und … Wie konnte ich nur so dumm sein, mich von dir einwickeln zu lassen? Seelenwanderung! So ein Blödsinn.«

Sibylle hätte vor Verzweiflung schreien können. »Elke! Das war doch nicht ernst gemeint. Du weißt doch, dass ich an so einen Quatsch nicht glaube. Es ist doch nur … Ach verdammt, ich weiß es doch auch nicht. Ich werde wirklich bald verrückt.« Die letzten beiden Sätze hatte sie doch geschrien, so laut, dass Elke erschrocken aufsprang. Sie stand da und rieb die Hände über die Oberschenkel, als wolle sie die Handflächen an der Jeans abwischen. Das tat sie immer, wenn sie sehr nervös war. »Ich möchte, dass Sie jetzt gehen.«

Sibylle schüttelte den Kopf, während Elke in die Ecke der Küche zurückwich und den Telefonhörer in die Hand nahm, der dort lag.

»Nein, bitte, Elke. Du musst mir glauben. Ich brauche doch deine Hilfe. Ich –«

»Ich rufe die Polizei, wenn Sie jetzt nicht gehen.«

Vorbei. Sibylle wusste, dass sie nun keine Chance mehr hatte, Elke von irgendetwas zu überzeugen. Langsam schob sie den Stuhl zurück und stand auf. Elke drückte sich ein wenig fester gegen die Arbeitsplatte und hob demonstrativ die Hand mit dem Telefonhörer. Sibylle schwankte, sie spürte das plötzlich aufkommende, brennende Bedürfnis, auf ihre Freundin Elke zuzustürmen, ihr die Hände um den Hals zu legen und zuzudrücken, immer fester und unerbittlich, so lange, bis sie ihr sagte, wo ihr Sohn steckte. *Unerbittlich.*

19

Ihre Gedanken überschlugen sich und malten ihr die verrücktesten Bilder, während sie mit gesenktem Kopf ihre Füße dabei beobachtete, wie sie Stufe um Stufe der Steintreppe nahmen, mechanisch, als führten sie ein Eigenleben.

»Hallo«, sagte eine männliche Stimme hinter ihr und erschreckte sie damit fast zu Tode. Sie hatte das Ende der Treppe erreicht und stand nun mit wummerndem Herzen in dem schummrigen Flur. Die Stimme kam ihr bekannt vor. »Bitte, haben Sie keine Angst. Ich bin es, Christian Rössler.«

Sibylle wirbelte herum. Er stand einige Schritte hinter ihr, war aber nahe genug, dass sie ihn trotz des spärlichen Lichts erkennen konnte. Er trug Jeans und ein schwarzes T-Shirt mit einem kurzärmeligen, grau-weiß gestreiften Hemd darüber, das offen stand und über der Hose hing.

»Was … Was tun Sie hier? Woher wussten Sie, dass ich hier bin?« Sibylle bemerkte, dass ihre Stimme verängstigt klang, und ärgerte sich darüber.

»Ich bin Ihnen nachgefahren, weil ich genau das befürchtet habe, was jetzt eingetroffen ist. Draußen wartet die Polizei auf Sie.«

»Was? Die Polizei? Aber Elke hat doch gesagt, sie –«

»Ich weiß nicht, bei wem Sie waren, und ich weiß auch nicht genau, wer die Polizei gerufen hat. Fest steht, die sind da draußen, und wenn Sie jetzt rausgehen, werden Sie verhaftet.«

»Aber …« Sibylle war so verwirrt, dass sie keinen klaren Gedanken mehr fassen konnte.

Rössler zeigte über seine Schulter nach hinten. »Ich hab mich ein bisschen umgesehen. Da geht es in den Hof. Über eine kleine Mauer können wir auf das angrenzende Grundstück klettern. Es sieht so aus, als ob man von da problemlos zu der Parallelstraße kommt. Ich hab meinen Wagen in der Nähe abgestellt, kommen Sie!«

Sibylle schüttelte den Kopf. »Nein, ich … Oh mein Gott, ich kann nicht mehr denken. Da draußen wartet Rosie auf mich. Ich kann nicht einfach weglaufen, ohne ihr Bescheid zu sagen.«

Rössler machte zwei große Schritte und packte sie fest, aber nicht schmerzhaft an den Oberarmen, ehe sie etwas dagegen unternehmen konnte.

»Sie müssen hier weg, und zwar sofort. Beantworten Sie mir eine Frage: Haben Sie dieser Rosie von mir erzählt?«

Sibylle wand sich in seinem Griff, aber sie tat es nur halbherzig, und schließlich gab sie es ganz auf.

»Warum? Wieso interessiert Sie das jetzt?«

Er sah ihr fest in die Augen. »Ich möchte Ihnen wirklich helfen, aber dazu muss ich wissen, ob Sie ihr von mir erzählt haben.«

»Ich … – Ja, hab ich! Na und? Versetzen Sie sich mal in meine Situation. Rosie hat mir schon sehr viel geholfen. Sie reden immer nur davon.«

Rössler lockerte seinen Griff und ließ dann die Arme sinken.

»Dachte ich mir. Das erklärt natürlich alles.«

In seiner Stimme schwang Resignation mit. Auf ihre letzte Bemerkung ging er überhaupt nicht ein.

»Das erklärt was?«, wollte Sibylle wissen, und als er nicht gleich antwortete, wiederholte sie: »Was erklärt das bitte schön?«

»Heute früh sind zwei Typen in meine Wohnung eingedrungen, maskiert, haben mich überwältigt und gefesselt. Die haben gesagt, wenn ich nicht aufhöre, mich in fremde Angelegenheiten zu mischen, tun sie meiner Schwester was an, und wenn ich noch einmal in der Nähe des Hauses von Frau Wengler auftauchen sollte, würde es mir anschließend sehr leid tun.«

Er sprach jetzt sehr leise, fast war es ein Flüstern. »Verstehen Sie, was das bedeutet? Diese Leute haben sich die ganze Zeit über nicht für mich interessiert. Selbst als ich versucht habe, meiner Schwester zu helfen, sind die nie in meine Nähe gekommen. Kaum erzählen Sie aber dieser Frau von mir, werde ich überfallen und massiv bedroht.«

»Sie behaupten immer noch, Rosie hätte mit dieser ganzen Sache etwas zu tun?«

Rössler schüttelte den Kopf. »Nein, nicht immer noch. Gestern war's nur eine Vermutung, erst seit heute Morgen bin ich sicher.«

Sibylle sah in dieses Gesicht, das vom Flurlicht wie mit einem schmutziggrauen Weichzeichner überzogen war, und versuchte darin einen Hinweis darauf zu finden, ob sie ihm glauben konnte, aber es war schwierig, überhaupt etwas zu erkennen.

Was mach ich jetzt, was soll ich denn jetzt bloß machen? Wie durch Blitzlichter aus der Dunkelheit gerissen, tauchten in schneller Abfolge Bilder vor ihr auf: ein fast schon biederes Wohnzimmer, kahle Wände ohne Fotos, ein verstorbener Ehemann, den es nur in Erzählungen zu geben schien, Nervosität bei der einfachen Frage nach Kindern … *Wer bist du, Rosie Wengler?*

Sibylle spürte, wie die Verzweiflung wieder in ihr aufstieg. Alles in ihr wehrte sich dagegen, aber es war nicht von der Hand zu weisen, dass Rosie zumindest in einigen Punkten rätselhaft war. Aber selbst wenn – warum sollte Rosie die Polizei rufen, ausgerechnet hier, vor dem Haus, in dem Elke wohnte? Hätte sie das nicht einfacher zu Hause haben können?

Und wenn Rössler lügt? Wenn vor dem Haus überhaupt keine Polizisten auf mich warten?

Mit einem Ruck wandte Sibylle sich ab und hatte mit einigen schnellen Schritten die schwere Eingangstür erreicht. Sie war darauf gefasst, dass Rössler versuchen würde, sie aufzuhalten, aber als sie sich kurz nach ihm umsah, stand er noch immer bewegungslos an der gleichen Stelle.

Vorsichtig zog sie die Tür einen Spalt auf, gerade so weit, dass sie bis zu der Stelle sah, an der Rosies Auto parkte. Sie musste die Wange dazu fest gegen die kalte Mauer pressen.

Rössler hatte die Wahrheit gesagt. Neben Rosies Wagen stand der unsympathische Oberkommissar, dieser Grohe, er hatte sich nach vorne gebeugt, sah durch das Seitenfenster der Beifahrerseite und schien sich mit Rosie zu unterhalten. Sibylle musste an Rosies Zettel denken: *Polizisten echt?*

Vorsichtig zog Sibylle die Tür noch ein Stück weiter auf und versuchte herauszufinden, ob auch der jüngere Kommissar dabei war, dessen Namen sie schon wieder vergessen hatte.

Einige Meter von Rosies Wagen entfernt standen drei uniformierte Polizisten. Zwei von ihnen hörten dem dritten mit ernsten Gesichtern zu. Er deutete mehrmals auf das Haus, während er redete. In diesem Moment tauchte von links ein Streifenwagen auf und bremste hart hinter Rosies Fahrzeug. Grohe richtete sich auf und sah erst zu dem Fahrzeug und dann direkt zu der Tür herüber, hinter der Sibylle stand. Sie zog schnell den Kopf zurück, hielt die Tür aber mit klopfendem Herzen weiterhin einen Spalt geöffnet. Falls Grohe sie noch nicht entdeckt hatte, wollte sie sich nicht durch die Bewegung der Tür verraten.

Sie wandte sich zu Rössler um. »Sie hatten recht. Da draußen wimmelt es von Polizisten. An Rosies Wagen steht einer der Kommissare, denen ich gestern entkommen konnte. Kann sein, dass er mich gesehen hat.«

Rössler winkte sie zu sich. »Jetzt kommen Sie endlich, lassen Sie uns verschwinden!«

Nur mühsam konnte Sibylle dem Drang widerstehen nachzusehen, was Grohe nun tat und ob er sie gesehen hatte oder nicht. Einen Moment noch zögerte sie, dachte an Rosie. *Mache ich einen Riesenfehler? Aber was hab ich für eine Wahl?* Dieser Oberkommissar würde sie mit großer Genugtuung sofort festnehmen, wenn sie das Haus durch die Vordertür verließ, und dafür sorgen, dass sie ihm kein zweites Mal entwischte.

»Also gut«, sagte sie, während sie auf Rössler zuging. »Was machen wir jetzt?«

Er legte ihr die Hand auf den Rücken und schob sie mit leichtem Druck an sich vorbei auf die Tür zu, die in den Hinterhof führte. »Wir verschwinden schnellstmöglich von hier. Ich wundere mich sowieso, dass die Polizisten noch nicht reingekommen sind.«

Der Hof war eine etwa quadratische Betonfläche mit

vielleicht zehn oder zwölf Metern Seitenlänge, die auf der linken Seite mit einer etwa zwei Meter hohen Kirschlorbeerhecke und rechts mit einem brusthohen Maschendrahtzaun auf bröckelndem Steinsockel von den Nachbargrundstücken abgegrenzt war.

Gegenüber sah Sibylle die »kleine Mauer«, von der Rössler gesprochen hatte: Sie war ein paar Zentimeter höher als der Zaun.

»Kommen Sie, wir müssen uns beeilen.« Wieder spürte sie den leichten Druck von Rösslers Handfläche in ihrem Rücken.

Mit schnellen Schritten überquerten sie den Hof. Die letzen Meter lief Sibylle an, legte dann die Hände auf den Mauersims und stieß sich vom Boden ab. Nur kurz ließ sie ihr Gewicht auf den ausgestreckten Armen ruhen, bevor sie mit einem Ruck auf der Mauer saß. Noch während sie ihre Beine über die Mauer schwang, wunderte sie sich, mit welcher Leichtigkeit sie das geschafft hatte.

Sekunden später kam sie auf dem Boden des Nachbargrundstücks auf. Rössler landete mit einem Satz neben ihr und warf ihr einen gehetzten Blick zu. »Los, weg hier!«

Sie hatten Glück. Das Gelände, auf dem sie sich befanden, war kein privater Garten, sondern schien vor einiger Zeit einmal eine Art Biergarten gewesen zu sein: Ein kreisförmiger Teil war gepflastert, einige Tische standen oder lagen noch herum. Auf der linken Seite stapelten sich entlang einer hohen, schmutzigen Mauer leere Getränkekisten, große, verbogene Gastronomiesonnenschirme mit verblichenen Werbeaufdrucken und zerbrochene Kunststoffstühle.

Rechts führte ein schmaler Weg an dem Gebäude vorbei.

Sie liefen los und standen kurz danach vor der Kneipe »Zum Stadteck«.

Sibylle sah sich um. In einer langen Schlange waren zu beiden Seiten der Straße Fahrzeuge geparkt, jeweils zur Hälfte auf dem Gehweg. Auf der anderen Straßenseite, etwa 100 Meter links von ihr, stand ein Mann. Er starrte vor sich auf den Boden und schien auf jemanden zu warten.

Im gleichen Moment, in dem sie sich des Gefühls bewusst wurde, dass er ihr bekannt vorkam, wusste sie auch, wer er war. Und sogar sein Name fiel ihr dabei ein. Wittschorek. Der Kommissar, der es nicht verhindert hatte, dass sie ihn mit seinem Kollegen und dem Hausmeister im Krankenhauskeller eingeschlossen hatte. Ihr Herzschlag, der in den letzten Minuten deutlich an Geschwindigkeit zugelegt hatte, beschleunigte sich noch mehr.

»Wir müssen sofort weg!«, stieß sie hervor und deutete nach rechts, »da lang! Da vorne steht einer von den Polizisten, die mich gestern mitgenommen haben.« Sie ließ Wittschorek dabei nicht aus den Augen.

»Sie sind von Polizisten mitgenommen worden?«, fragte Rössler überrascht. »Wann war –«

»Nicht jetzt!«, unterbrach sie ihn. »Lassen Sie uns gehen.« Sie riss ihren Blick von Wittschorek los, der offensichtlich noch immer keine Notwendigkeit sah, seine Umgebung zu beobachten, machte einen Schlenker an Rössler vorbei und marschierte mit schnellen Schritten los, ohne sich noch einmal umzudrehen.

Nach wenigen Sekunden hörte sie seine Schritte näher kommen, dann war er neben ihr. »Mein Auto steht zwar in der anderen Richtung, aber das kann ich auch später noch holen. Ich habe in einem kleinen Hotel in der Nähe der Altstadt ein Zimmer gemietet, nachdem diese Kerle mich heute Morgen zu Hause überfallen haben. Da wären Sie erst mal sicher.«

Sibylle dachte an Rosie und ob sie noch immer in ihrem Auto vor dem Haus stand und auf sie wartete? *Hat sie mittlerweile gemerkt, dass was nicht stimmt, und ist verschwunden? Oder hat Rosie von Anfang an gewusst, was passieren würde, weil sie selbst die Polizei gerufen hat?*

»Ich kann mir vorstellen, was im Moment in Ihnen vorgehen muss«, störte Rössler ihre Gedanken.

»Glaube ich kaum«, sagte Sibylle, »ich weiß es ja selbst nicht. Können Sie bitte mal nachsehen, ob der Kommissar immer noch an der gleichen Stelle steht?«

Rössler wandte sich um, ging noch ein paar Schritte weiter, den Blick über die Schulter nach hinten gerichtet, und blieb dann stehen. »Er ist weg.«

Auch Sibylle hielt an und drehte sich um. Wittschorek war tatsächlich nirgendwo mehr zu sehen. Schnell suchte sie beide Straßenseiten ab, aber zu folgen schien er ihnen auch nicht.

»Wie es aussieht, haben wir Glück gehabt«, meinte Rössler. Sibylle hatte ihre Zweifel, ob es wirklich Glück war, dass Wittschorek sie nicht bemerkt hatte.

»Ja, das hatten wir wohl«, sagte sie und wandte sich wieder um. Sie wollte Rössler nichts von ihrer Vermutung sagen, noch nicht.

Sie bogen nach wenigen Metern rechts in eine schmalere Straße ab. Von dort dauerte es nicht lange, und sie standen an einer kleinen Kreuzung vor dem Marktplatz, in dessen Verlängerung die Steinerne Brücke über die Donau zur Regensburger Altstadt führte.

Sibylle blieb stehen und sah sich zum wiederholten Male um: weit und breit kein Polizist. Sie blickte wieder nach vorne, betrachtete die Kulisse der bunten Hausfassaden, die sie von diversen Besuchen auf dem Straßenmarkt kannte, und doch … Da war wieder dieses seltsame Gefühl. Als blicke sie durch den Helm eines luftdichten Schutzanzuges auf ihre Umwelt. Die Männer und Frauen, die teils geschäftig den Platz überquerten, teils gemütlich schwatzend vor einer der Kneipen oder vor der Pizzeria schräg gegenüber saßen, gehörten zu dieser Welt. Sie *waren* diese Welt. Sibylle dagegen war nur ein Beobachter. Fremd, ausgeschlossen.

Und wieder zog Rössler sie aus ihrer Gedankenwelt zurück. »Wir müssen los … Mir fällt gerade auf, dass ich noch nicht mal weiß, wie Sie heißen.«

Sie sah ihn an, betrachtete die von den Stoppeln eines unregelmäßigen Ein- oder vielleicht Zweitagebartes dicht überzogenen Wangen, und entschloss sich, ihm zumindest ein Stück weit zu vertrauen. *Was bleibt mir jetzt auch anderes übrig.* »Sibylle Aurich.«

Rössler nickte und schien überrascht, dass sie ihm ihren vollen Namen tatsächlich gesagt hatte.

Sie gingen über den kopfsteingepflasterten Marktplatz auf die Steinerne Brücke zu. Eine Gruppe von etwa zehn Männern und Frauen, einige von ihnen mit Fotoapparaten um den Hals, kam ihnen lachend entgegen und beachtete sie nicht.

Keiner von beiden sprach ein Wort, bis sie fast das Bruckmandl erreicht hatten, ein steinernes Männchen, das auf der dachähnlichen Spitze eines Steinsockels am Scheitelpunkt der Steinernen Brücke saß. Eine Hand zum Schutz vor der Sonne über die Augen haltend, schaute es hinüber zur Regensburger Altstadt.

»Werden Sie mir erzählen, was Sie seit gestern alles erlebt haben, Frau Aurich?«, wollte Rössler wissen.

»Ja, aber zuerst möchte ich, dass Sie mir erzählen. Sie sind mir schließlich gefolgt, weil Sie denken, dass Sie mir helfen können, meinen Sohn zu finden. So, wie die Dinge im Moment liegen, sind Sie wohl der Einzige, der das vielleicht kann.«

»Das habe ich so nicht gesagt.«

»Was?« Sibylle blieb abrupt stehen. Schlagartig spürte sie Wut in sich aufsteigen. »Haben Sie mir gestern etwa nicht vor Rosies Haus aufgelauert und mir erzählt, Sie wollten mir helfen? Und vor ein paar Minuten schon wieder, oder nicht? Und jetzt wollen Sie das so nicht gesagt haben? Wissen Sie was, Christian Rössler? Ich habe langsam wirklich genug davon, dass jeder denkt, er kann mit mir umgehen, wie's ihm gerade passt!«

Ein älteres Paar war einige Meter vor ihnen stehen geblieben und hatte sich nach ihnen umgedreht. Sibylle registrierte es, aber es war ihr egal. Auch Rössler merkte wohl, dass Sibylle rundum Aufmerksamkeit erregte.

»Nein, bitte, Frau Aurich … Sibylle«, beschwichtigte er sie leise und machte einen Schritt auf sie zu, »bleiben Sie doch ruhig. So war das nicht gemeint. Natürlich möchte ich Ihnen helfen.«

»Ach, jetzt also doch. Und was hatten Sie dann bitte nicht so gemeint?«

Rössler sagte so leise, dass nur sie es hören konnte: »Ich habe mit keinem Ton gesagt, ich könne Ihnen helfen, Ihren Sohn zu finden. Ich –«

»Na toll!«, unterbrach sie ihn schroff, »und was tue ich dann hier? Oh, ich weiß, was ich jetzt tun werde. Ich gehe zurück zu diesem Kommissar. Sein Kollege wird mich zwar verhaften, aber was macht das für einen Unterschied? Das heißt, einen Unterschied macht es schon. Dieser Kommissar … Kommissar Dingsda ist der einzige Mensch außer Rosie, der mir bisher wirklich geholfen hat. Ich muss jetzt endlich wissen, was mit meinem Jungen ist. Dann versuche ich es eben über die Polizei, auch wenn ich dabei verhaftet werde.«

Sie sah ihm fest in die Augen. »Wenn das nicht auch nur so von Ihnen dahergesagt war, haben Sie doch erlebt, was diese Menschen mit Ihrer Schwester gemacht haben. Sie müssten doch am allerbesten verstehen, dass ich Angst um mein Kind habe.«

»Bitte … hören Sie mir doch zu, es ist wichtig.« Sie winkte ab und ging in die Richtung los, aus der sie gerade gekommen waren. Rössler lief hinter ihr her und sagte: »Ich schwöre Ihnen, ich kann Ihnen wirklich etwas sagen.« Wieder blieb Sibylle stehen. Er war nun neben ihr und sah sie beschwörend an. »Bitte, kommen Sie mit mir.«

»Also gut. *Was* wissen Sie? Ich gehe keinen einzigen Meter, bis Sie mir sagen, was Sie über Lukas wissen.«

Mit einem Mal veränderte sich sein Gesichtsausdruck. Alle Hilflosigkeit, alles Bitten und Flehen war plötzlich daraus verschwunden. Er kam noch ein Stück näher an sie heran.

»Ich werde Ihnen alles erzählen, was ich weiß, sobald wir im Hotel in Sicherheit sind. Wenn Sie das nicht möchten und sich lieber verhaften lassen, bitte, gehen Sie. Sie können sich auch darauf verlassen, dass Sie mich nicht mehr wiedersehen. Ich habe keine Lust, mir von Ihnen die Polizei auf den Hals hetzen zu lassen, dann finde ich meine Schwester vielleicht nie. Also, entweder Sie kommen jetzt mit, oder Sie lassen's bleiben.«

Damit ließ er sie stehen und machte sich auf den Weg in Richtung Altstadt. Sibylle hätte schreien können. Vor Wut? Vor Verzweiflung? Wäre sie ein Mann gewesen, hätte sie das Wissen über ihren Sohn jetzt sofort aus ihm herausgeprügelt. Aber sie war eine Frau. Eine Frau, die in diesem Moment keinen einzigen Menschen hatte, den sie noch hätte um Hilfe bitten können.

Sie folgte Rössler mit schnellen Schritten und hatte ihn nach wenigen Metern erreicht. Stumm ging sie neben ihm her, bemüht, ein Schluchzen zu unterdrücken.

Am Ende der Brücke kamen sie am Salzstadel vorbei, überquerten die Straße und tauchten gemeinsam mit Touristen und Einheimischen in die Regensburger Altstadt ein. Sibylle betrachtete das monumentale Wandgemälde des zinnengekrönten Goliathhauses, auf dem David, die Steinschleuder in der Hand, zum Kampf gegen den Riesen antritt. Eine junge Frau posierte lächelnd vor dem Gebäude, während ihr Begleiter sie fotografierte. Als er das Foto geschossen hatte, nahm er sie in den Arm und sagte etwas zu ihr, woraufhin beide loslachten. Die ausgelassene Stimmung der beiden, diese Sorglosigkeit, bereitete Sibylle fast körperliche Schmerzen. Wie lange war es schon her, dass sie selbst so unbeschwert gewesen war?

Sie wandte sich von der Szene ab. »Wie weit noch?«

»Nicht weit.« Rössler deutete nach rechts. Seine Stimme hatte wieder den unverbindlich freundlichen Klang angenommen, den sie von ihm kannte.

»Wir müssen zum Haidplatz, von da sind's nur noch fünf Minuten.«

Zum Haidplatz. Natürlich kannte Sibylle den Haidplatz. Er musste ganz in der Nähe sein, das wusste sie auch, aber sie konnte sich in diesem Moment nicht einmal annäherungsweise vorstellen, wie man dort hinkam.

Kann doch nicht sein, oder? Regensburg ist meine Stadt, meine Heimat. Die Worte dieses falschen Dr. Muhlhaus kamen ihr wieder in den Sinn. ›*Der Schlag auf den Kopf und die lange Zeit, die Sie im Koma gelegen haben … Es kann möglicherweise noch öfter passieren, dass Sie durcheinander sind.*‹

20

Der Polizist in Zivil stand eine Zeitlang gebeugt an der Beifahrertür des roten Autos und unterhielt sich mit der Frau, die hinter dem Steuer saß.

Hans überlegte, worüber sie wohl redeten.

Nach kurzer Zeit war das Gespräch beendet. Der Motor des Wagens wurde gestartet, die Frau fuhr davon. Hans sah, dass sie in die gleiche Seitenstraße einbog, in die der andere Polizist gefahren war.

Lange Zeit passierte nichts. Die Uniformierten hatten sich zu beiden Seiten des Eingangs postiert und taten das Gleiche, das auch Hans tat. Sie warteten.

Irgendwann zog der Beamte in Zivil sein Telefon aus der kleinen Tasche an seinem Gürtel und hielt es sich ein paar Sekunden ans Ohr.

Als er es wieder wegsteckte, winkte er seine Kollegen zu sich und redete mit ihnen. Danach ging nur einer von ihnen an seinen Platz neben dem Eingang zurück, die anderen verteilten sich auf die beiden Streifenwagen und fuhren davon.

Hans nahm sein Telefon und drückte die Kurzwahltaste. Es war Zeit für ein Gespräch mit dem Doktor.

»Ja?«

Hans berichtete, was er beobachtet hatte, und der Doktor befahl ihm zu warten, bis er neue Befehle bekommen würde. Dann sagte er: »Ich habe das Gefühl, dass wir bald wissen, wann du aktiv werden wirst. Wenn es gut läuft, wird es noch ein wenig dauern. Andernfalls kann es sein, dass du die gute Jane Doe in Kürze zu mir bringen musst. Du weißt, dass auch hier noch eine Aufgabe auf dich wartet.«

»Ja, Doktor. Ich weiß.«

Hans legte auf.

Diese andere Aufgabe, die noch auf ihn wartete, gefiel ihm auch nicht. Gar nicht. Aber wann hatte schon einmal jemand danach gefragt, was ihm gefiel? Artikel 6 des Ehrencodex lautete: *Der Auftrag ist Dir heilig, Du führst ihn aus … wenn nötig, unter Einsatz Deines Lebens.*

21

Den Haidplatz hatten sie schon nach wenigen Minuten erreicht. Weiße Sonnenschirme spendeten zu beiden Seiten Schatten für die Gäste der Kneipen und Restaurants.

Sibylle blieb stehen und sah sich auf dem Platz um, der die Form eines großen Dreiecks hatte. Hinter ihnen ragte das rote Gebäude der *Neuen Waag* auf. Wie zwei riesige Nadeln, die den Dachfirst von innen durchstochen hatten, zeigten die Turmspitzen des dahinter liegenden Regensburger Doms in den Himmel.

»Bitte, kommen Sie«, sagte Rössler, nachdem auch er sich nervös umgesehen hatte. Sein Blick war suchend, er schien zu befürchten, dass sie von jemandem verfolgt wurden.

Sibylle setzte sich wieder in Bewegung, sie wollte schnellstmöglich in das Hotel. Sie ließen den Justitia-Brunnen hinter sich und gingen an dem burgähnlichen Gebäude des Goldenen Kreuzes vorbei, um den Platz dann über die Ludwigstraße zu verlassen, die die Verlängerung der Dreiecksspitze bildete.

Sibylles Verwirrung wurde immer größer. Wie war es möglich, dass sie alle Gebäude an einem Punkt der Regensburger Altstadt kannte, ohne dass sie den Weg dorthin gefunden hätte?

Nach etwa 200 Metern lenkte Rössler sie nach links in eine Seitenstraße: »Da lang, wir sind gleich da.«

Sibylle wischte die Gedanken über Wege und Gebäude, über Erinnerungen und Verwirrungen beiseite und beschleunigte ihre Schritte. Je eher sie in diesem Hotel ankamen, umso schneller würde sie etwas über Lukas hören, und das war im Moment alles, was zählte.

›Halte mich fest,
hab mehr Vertrau'n,
denn ich lass dich nie mehr
aus meinem Arm.
Hab keine Angst, schau mich nur an.
Ich will dich vor allem bewahr'n.‹

Wieder einer dieser Songtexte. *Wieso ausgerechnet –? Ich versteh's einfach nicht.* Aber sie musste sich im Moment weiß Gott über wichtigere Dinge Gedanken machen als über die Lieder von Peter Maffay, die sie zudem nicht besonders mochte.

Ein paar Minuten später hatten sie ihr Ziel erreicht. Es war ein unscheinbares Haus, dem man erst auf den zweiten Blick ansah, dass es sich um ein Hotel handelte. Neben dem schmalen Eingang gab es nur ein kleines Kunststoffschild, auf dem in schnörkelloser Schrift Hotel Krombusch geschrieben stand. Unter dem Namen waren drei kleine Sterne aufgedruckt.

Der Empfang bestand aus einer winzigen Theke, die sich in die linke Ecke des kleinen, mit terrakottafarbenen Steinplatten ausgelegten Eingangsbereiches drückte. Dahinter saß eine hagere Frau unbestimmten Alters, die mit irgendwelchen Dingen beschäftigt war, die von der erhöhten Empfangstheke verdeckt wurden.

Erst als Rössler sie freundlich grüßte, sah sie auf und grüßte zurück, wobei sie ihnen unverbindlich zulächelte. Sibylle überlegte, dass die Frau 60 sein konnte, aber ebenso gut auch 70. Um den Hals trug sie an einer langen, goldenen Kette eine altmodische Lesebrille, deren Rand ebenfalls golden schimmerte. Ein Schild auf der rechten Seite der Theke wies sie als Fr. Krombusch aus, offenbar die Eigentümerin des Hotels.

Rössler zeigte am Empfang vorbei zu einem kleinen Flur, in dem die Aufzugtür silbern schimmerte. Die Frau musterte Sibylle noch einmal kurz und beschäftigte sich dann wieder mit den Dingen, die vor ihr lagen.

Das geräumige Zimmer lag auf der zweiten Etage und war zweckmäßig und schlicht eingerichtet. Sibylle ließ sich auf dem vorderen der beiden Betten nieder, die durch zwei Nachttischchen voneinander getrennt waren. Auf dem anderen lag eine geschlossene, schwarze Sporttasche.

Rössler blieb stehen und sah sie an, als warte er darauf, dass sie etwas sagte.

»Erzählen Sie mir jetzt endlich, was Sie über Lukas wissen?«, fragte sie nervös.

Er nickte. »Möchten Sie was trinken?«

Sibylle schüttelte den Kopf, obwohl ihr ein kaltes Getränk gutgetan hätte. Rössler zog einen der beiden Stühle heran, die hinter ihm an einer schmalen Holzplatte standen, die wohl als Schreibtisch dienen sollte. Er setzte sich verkehrt herum auf den Stuhl, als wolle er darauf durch das Zimmer reiten, und legte die Unterarme auf der Kante der niedrigen Rückenlehne ab. Einige Sekunden lang drehte er die Hände hin und her und betrachtete seine Fingernägel, dann atmete er tief durch und sah sie an.

»Bitte lassen Sie mich ein bisschen ausholen, bevor ich auf Ihren Sohn zu sprechen komme. Ich –«

»Nein«, unterbrach Sibylle ihn. »Alles andere können Sie mir später erzählen. Erst möchte ich jetzt wissen, was Sie über Lukas wissen.«

»Bitte«, versuchte er es noch einmal, »glauben Sie mir, es ist wichtig, dass Sie die Hintergründe kennen.«

Sibylle stand mit einem Ruck auf und sah ihn kampfeslustig an. »Sie haben mich lange genug hingehalten. Also: Was wissen Sie über mein Kind? Geht es Lukas gut?«

Er schien mit sich zu ringen, doch schließlich gab er nach: »Also gut, aber Sie müssen mir etwas versprechen. Sie werden danach nicht gehen. Es ist wichtig, dass Sie sich anhören, was ich weiß, und mir anschließend erzählen, was Sie bisher über Ihre Situation wissen.«

»Gut, und jetzt reden Sie.« Sie spürte, dass ihre Knie mit einem Mal zitterten, und setzte sich wieder auf das Bett.

Rössler warf noch einen Blick auf seine Fingernägel und sagte dann: »Es wird sich für Sie ungeheuerlich und absolut irrsinnig anhören, das ist mir völlig klar, und ich kann Ihnen auch gleich erklären, warum das so ist. Trotzdem ist das, was ich Ihnen jetzt sage, die Wahrheit. Sibylle … Also, Lukas ist … – Ich weiß mit ziemlicher Sicherheit, dass Sie, genau wie meine Schwester, kein Kind haben. Sie haben nie eins gehabt.«

22

Rösslers Worte trafen sie wie ein Schlag, aber es war ein Schlag, auf den sie vorbereitet gewesen war, wie ihr in diesem Moment klarwurde.

Erst jetzt, wo es tatsächlich ausgesprochen war, wusste sie, dass sie die ganze Zeit damit gerechnet hatte, dass er genau das sagen würde. Er konnte gar nichts anderes über Lukas wissen – glauben zu wissen – als das.

Seine Schwester Isabelle hatte auch plötzlich nach einem Kind gesucht, nach ihrem Kind, das es nicht gab. Da er davon ausging, dass man Sibylle das Gleiche angetan hatte wie seiner Schwester, lag es auf der Hand, was er dachte. Denken musste. Sie hatte es im Grunde schon am Vortag gewusst, in dem Moment, als er ihr von seiner Schwester erzählt hatte. Sie hatte es wohl verdrängt.

Sie sah an ihm vorbei auf die Zimmerwand. Die beigefarbene, schmucklose Tapete wirkte mit einem Mal nicht mehr nur einfach, sie wirkte trist.

»Soll ich Ihnen jetzt erklären, warum Sie glauben, einen Sohn zu haben?«, fragte Rössler.

Ihr Blick richtete sich wieder auf ihn, suchte in seinen Augen, ohne zu wissen, wonach.

»Es ist seltsam«, sagte sie und registrierte nebenbei, wie emotionslos ihre Stimme sich selbst für sie anhörte.

»Sie haben mir gerade gesagt, dass mein Kind Ihrer Meinung nach nicht existent ist. So, wie mir das in den letzten beiden Tagen schon einige andere vor Ihnen gesagt haben. Sogar mein Mann und meine beste Freundin.

Das ist ungefähr so abwegig, als würde ich Ihnen jetzt ernsthaft klarmachen wollen, dass Sie schon lange tot sind und es nur noch nicht mitbekommen haben. Können Sie sich das vorstellen? Nein, das können Sie nicht, verdammt! Hören Sie, ich hab versucht, denen klarzumachen, dass man sich das gesamte Leben eines Kindes doch nicht einfach einbilden kann wie … wie eine Krankheit. Dass es unmöglich ist, sich an jede einzelne Minute aus sieben gemeinsamen Jahren erinnern zu können, wenn es diese sieben Jahre gar nicht gegeben hat. Kapieren Sie das, Herr Rössler?«

Sie horchte einen Moment in sich hinein. Es fiel ihr unendlich schwer, sich auf das zu konzentrieren, was sie sagen wollte.

»Ich müsste jetzt eigentlich weinen, oder?« Wieder machte sie eine kurze Pause, in der sie nicht tatsächlich eine Antwort auf ihre Frage erwartete, sondern darüber nachdachte, was sie eigentlich sagen wollte.

Rössler sah sie nur unverwandt an.

»Jedenfalls hat mir noch niemand zuvor das Angebot gemacht, mir zu erklären, warum ich mir meinen Sohn angeblich nur einbilde. Ja, doch, erzählen Sie mir, was Sie denken. Ich bin sehr gespannt.«

Noch immer regte Rössler sich nicht, und langsam wurde ihr sein Blick unangenehm. Sie fühlte sich schutzlos und verletzbar, fragte sich aber im gleichen Moment, womit man sie noch verletzen könnte. Als sie aufstehen wollte, um diesem Blick zu entgehen, sagte er: »Sie sind mit ziemlicher Sicherheit genau wie Isabelle einer Gruppe von Leuten in die Hände gefallen, die … Versuche an Ihnen durchgeführt haben. Gefährliche Versuche, bei denen sie an Ihrem Gehirn herummanipuliert haben.«

Mit einem Schlag zog eine heiße Welle über Sibylles Gesicht. *Versuche?* Sie sah den Kellerraum vor sich, in dem sie gelegen hatte. *Da waren diese Monitore, die Kabel. Der falsche Dr. Muhlhaus. Der Bluterguss …*

Mit einem Ruck hob sie die Hand und betrachtete die noch immer gut sichtbare blaue Stelle auf dem Handrücken. Als sie aufsah, nickte Rössler. »Das ist von der Infusionsnadel. Man hat Ihnen Chemikalien eingeflößt, die die Experimente unterstützen.«

»Experimente? Am Gehirn??« Sibylle spürte, dass ihre Hände zitterten, und drückte die Handflächen fest zusammen. »Wie meinen Sie das? Woher wissen Sie das überhaupt? Was genau haben die mit mir gemacht, und wie kann es sein, dass –«

»Moment.« Rössler hob eine Hand. »Bitte, eins nach dem andern.«

Sibylle konnte keine Sekunde länger sitzen bleiben. Sie sprang auf und lief einige Male in dem Zimmer auf und ab, bevor sie sich wieder an die gleiche Stelle setzte. »Woher wissen Sie das alles?«

»Isabelle konnte denen entkommen, weil ihr jemand geholfen hat. Eine Krankenschwester, die anfangs mitgemacht hat, weil man ihr eine Menge Geld in Aussicht gestellt hatte. Aber als sie gesehen hat, was diese Leute Isabelle antun, hat sie ihr geholfen zu fliehen. Einen Tag später ist sie bei mir zu Hause aufgetaucht und hat mir alles erzählt, was sie selbst wusste.«

Wieder beschleunigte sich Sibylles Puls. »Wo ist diese Frau? Ich muss sie sehen.«

»Ich weiß es nicht«. Rössler schüttelte langsam den Kopf. »Ich habe sie danach nicht wieder gesehen.«

Was auch sonst. Langsam verlor sie den Glauben daran,

dass irgendwer ihr wirklich würde helfen können. *Manipulationen am Gehirn …*

»Nach dem, was diese Krankenschwester erzählt hat, setzen diese Leute einen neuen chemischen Stoff ein, der Isabelle intravenös verabreicht worden ist und sie in einen Zustand versetzt hat, in dem das Gehirn alles ungefiltert aufnimmt, was es vorgesetzt bekommt. Dann wurde ihr das komplette Leben eines Kindes regelrecht implantiert. Ich glaube, das Verfahren heißt audiovisuelles Irgendwas. Die haben Isabelle auf einer Trage festgeschnallt …« Er stockte, zitternd. Für einen kurzen Moment vergaß Sibylle ihre eigene Situation. Sie lehnte sich nach vorne und legte ihm eine Hand auf die Schulter.

»Schon gut, danke.« Er atmete tief durch und erzählte weiter, ohne Sibylle dabei direkt anzusehen. »Sie haben Isabelle also festgeschnallt und ihr dann in einer wochenlangen Prozedur Tag und Nacht ununterbrochen immer wieder die gleichen Bilder vorgesetzt, Tausende Bilder, die das Leben eines Kindes Tag für Tag von der Geburt bis zum Alter von fünf Jahren in ihr Gehirn hämmern sollten. Gleichzeitig haben sie ihr dazu passend die Kinderstimme vorgespielt. Geschlafen hat Isabelle während der ganzen Zeit angeblich nicht, weil das Gehirn in diesem Zustand keinen Schlaf braucht.«

Sibylle erinnerte sich an die Situation im Keller des Krankenhauses und sagte: »Das können die bei mir nicht so gemacht haben, ich konnte auf Anhieb problemlos laufen, als ich aufgestanden bin. Das wäre nach zwei Monaten liegen unmöglich.«

Rössler nickte. »Isabelle durfte alle paar Stunden aufstehen, damit sie zur Toilette gehen und ein paar Runden laufen konnte. Dieses chemische Zeugs lief dabei die ganze Zeit in ihre Adern, sie konnte sich nicht dagegen wehren und hat alles gemacht, was die von ihr verlangten. Diese Frau meinte, man kann sich diesen Zustand grob vorstellen wie Schlafwandeln.«

»Aber warum hat die Krankenschwester bis zum Ende zugesehen, wenn sie … – Warum hat sie ihr nicht schon vorher geholfen?«

»Hat sie – angeblich. Sie war für die nächtliche Überwachung zuständig und hat Isabelle nach drei Wochen abends die Nadel aus der Vene gezogen und die Apparate abgestellt, die auf sie einhämmerten. Nach einigen Stunden war Isabelle dann wohl so weit, dass sie selbst laufen konnte. Sie hat ihr geholfen, aus dem Keller zu flüchten, den Sie ja wohl auch kennengelernt haben. Ihren Chefs hat sie irgendein Märchen erzählt, warum Isabelle flüchten konnte. Sie war sehr nervös, als sie bei mir zu Hause war. Sie wollte sich am nächsten Tag wieder bei uns melden, hat sie aber nicht getan. Ich fürchte, sie hat Ärger bekommen.«

»Und Ihre Schwester? Die hat zu diesem Zeitpunkt geglaubt, sie hätte einen Sohn?«

»Ja. Und sie war ebenso wenig davon abzubringen wie Sie. Selbst nachdem diese Frau uns alles erzählt hatte, war Isabelle nicht bereit, auch nur darüber nachzudenken. Und hat exakt so argumentiert wie Sie: Es wäre doch wohl unmöglich, sich in allen Einzelheiten an ein eigenes Kind zu erinnern, das es in Wahrheit gar nie gegeben hat.«

Er streckte plötzlich die Arme aus und nahm ihre Hände in seine. Sie ließ es geschehen.

»Aber ich weiß ganz bestimmt, dass ich keinen Neffen habe oder hatte, Sibylle. Verstehen Sie? Es muss wahnsinnig schwer sein, das zu akzeptieren, aber deshalb weiß ich auch, dass Sie keinen Sohn haben.«

Sibylle sah ihm an, dass er mit einem erneuten Ausbruch von ihr rechnete.

»Und wie ist es zu erklären, dass mein eigener Mann mich angeblich nicht mehr kennt? Und meine beste Freundin auch nicht?«

Sie hatte den Satz noch nicht ganz zu Ende gesprochen, da sah sie Rössler schon an, dass er darauf keine Antwort wusste. Seltsamerweise verspürte sie dabei so etwas wie einen Triumph und legte nach.

»Jemandem ein Kind, das es gar nicht gibt, einzuimpfen, klingt ja schon sehr verrückt. Aber mein Leben mit Johannes, mit Elke, meiner Schwiegermutter und all den anderen Menschen … Wie soll das funktionieren?«

»Ich weiß es ehrlich gesagt nicht«, gestand Rössler, und sie konnte ihm das Unbehagen deutlich ansehen, das er dabei zu empfinden schien. »Bei Isabelle sind die ja offenbar nicht so weit gekommen, weil diese Frau ihr geholfen hat. Aber wenn die sie jetzt wieder in ihrer Gewalt haben …«

»Ich muss über das, was sie mir da erzählt haben, erst mal nachdenken«, erklärte sie ihm. Und aus einer Eingebung heraus fügte sie hinzu: »Und ich möchte mit Rosie telefonieren.«

Er zog die Stirn kraus. »Werden Sie ihr erzählen, was ich Ihnen gerade gesagt habe?«

»Spricht etwas dagegen?«

Nun stand Rössler auf. Er ging zum Fenster und stützte sich auf der Holzfensterbank ab. »Ja, es spricht einiges dagegen«, sagte er. Sibylle hatte Mühe, ihn zu verstehen, weil er ihr den Rücken zugewandt hatte. »Wenn Sie ihr von unserem Gespräch erzählen und sie gehört zu diesen Verbrechern, wovon ich überzeugt bin, dann wissen die anschließend ganz genau, wie viel ich weiß und können sich darauf einstellen. Sie werden damit auch Ihre eigenen Chancen zunichte machen herauszufinden, was man mit Ihnen gemacht hat und vor allem, wer das mit Ihnen gemacht hat.«

Sibylle erhob sich ebenfalls, sie ging zu Rössler und stellte sich neben ihn an das Fenster. Der Blick durch den grobmaschigen Gardinenstoff zeigte, dass das Zimmer nach vorne zur Straße heraus lag.

»Glauben Sie, was ich Ihnen erzählt habe?«, fragte er, das Gesicht noch immer dem Fenster zugewandt.

Sibylle überging die Frage: »Wer auch immer dafür verantwortlich ist – was hat er davon?«

Seufzend wandte Rössler sich ihr wieder zu. »Ich denke, es geht bei diesen Experimenten grundsätzlich darum, Menschen durch das Einpflanzen von falschen Erinnerungen zu manipulieren. Wenn man das politisch einsetzen würde … Sie spüren doch gerade am eigenen Leib, wie gut es funktioniert. Menschen handeln aufgrund von Erfahrungen, die sie gemacht haben. Stellen Sie sich vor, man könnte Politikern oder hohen Militärs beliebige Erinnerungen eingeben, die sie dann für ihre eigenen halten.«

Sibylle dachte nach, aber sie war in diesem Moment nicht in der Lage zu verstehen, worauf Rössler hinauswollte. Immer wieder drängte sich das Bild eines gerade siebenjährigen Jungen in den Vordergrund, und dieses Bild war so deutlich, sein Lachen so vorbehaltlos glücklich.

Rössler betrachtete sie eine Weile stumm, dann hob er den Arm und sah auf seine Uhr. »Es ist Mittagessenszeit. Ich mache Ihnen einen Vorschlag: Ich werde uns was zu essen besorgen, Sie legen sich in der Zeit einfach hier auf das Bett und denken in Ruhe über alles nach. Und wenn Sie der Meinung sind, Sie sollten diese Rosie anrufen, werde ich Sie nicht daran hindern können. Ich bitte Sie nur, sich noch einmal gut zu überlegen, was dieser Anruf auch für Sie bedeuten könnte, falls ich recht habe.«

Sibylle nickte. Hunger hatte sie zwar keinen, aber sie war ihm dankbar dafür, dass er sie eine Weile alleine lassen wollte. Sie sah ihm nach, als er sich umdrehte und das Zimmer verließ.

Mit hämmerndem Herzen starrte sie auf die Tür, so lange, bis sie dachte, er müsse nun im Aufzug sein. Dann war sie mit ein paar schnellen Schritten an der Tür, drehte den Knauf um und zog. Sie ließ sich problemlos öffnen.

Sie ging zu dem Bett, setzte sich und überlegte, ob sie die Schuhe ausziehen sollte. Noch immer trug sie die türkisfarbenen Mokassins, die Rosie ihr am Tag zuvor gegeben hatte. Sie sah sich nach dem Telefon um. Es stand auf dem Nachttischchen neben dem anderen Bett, so dass sie wieder aufstehen musste.

Den Zettel mit Rosies Nummer hatte sie leider nicht mehr. Die Frau von der Auskunft fragte, ob sie gleich mit dem Teilnehmer verbunden werden wolle, nachdem sie ihr den Namen und den Ort gesagt hatte. Den Straßennamen wusste sie nicht, aber es gab zum Glück nur eine Rosemarie Wengler in Burgweinting.

Als die Nummer gewählt war und Sibylle das monotone Rufzeichen hörte, ließ sie es aber nur zweimal klingeln und legte dann schnell auf. *Was mache ich da eigentlich? Was soll ich Rosie denn überhaupt sagen? ›Du, sag mal, liebe Rosie, kann es sein, dass du mit den Verbrechern unter einer Decke steckst, die mir am Kopf herumexperimentiert haben? Die schuld daran sind, dass ich langsam, aber sicher durchdrehte, weil dieser Junge … –‹* Sibylle schaffte es nicht einmal, den Satz bis zum Ende zu denken.

Sie ging zu dem Bett zurück und legte sich auf den Rücken. Die Zimmerdecke war direkt über ihr von zwei dünnen, gezackten Rissen durchzogen, an denen entlang die weiße Farbe hier und da stückchenweise abgeblättert war. Doch die Risse verschwanden innerhalb kürzester Zeit, sie verblassten und wurden schließlich ganz überlagert von dem Bild eines Kreißsaals, in dem sie lag. In dem man ihr ein blutverschmiertes Baby auf den Bauch legte, das noch über die Nabelschnur mit ihr verbunden war. Sibylle nahm diesen einzigartigen Geruch in sich auf, den ein kleiner Mensch verströmt, der gerade das Licht dieser Welt erblickt hat. Sie sah ihr Zimmer auf der gynäkologischen Station, sah Dr. Blesius, einen großen, hageren Mann, der neben ihrem Bett steht und ihr sagt, Lukas hat einen etwas zu niedrigen Blutzuckerspiegel, nichts, was Besorgnis erregend wäre, aber er will auf Nummer sicher gehen und ihn zwei Tage lang beobachten, auf der Säuglingsstation der angeschlossenen Poliklinik, weil bei ihr im Zimmer nicht die technischen Möglichkeiten zur Verfügung stehen. Zwei lange Tage liegt er verkabelt in einer Art Glasbettchen, ernährt über einen Schlauch in der winzigen Nase. Sie fühlt sich so alleine, so … –

Warum? Warum verlassen? Wo war Hannes? Sie überlegte angestrengt, versuchte, sich an eine Szene zu erinnern, in der er sie besucht, sie getröstet hatte.

War er überhaupt bei der Geburt dabei?

Mit einem Ruck setzte sie sich auf. *Der Arzt, die Hebamme, zwei Pflegerinnen … Nein, er war ganz sicher nicht dabei. Aber warum nicht? Wann haben wir darüber gesprochen, dass er die*

Geburt seines Sohnes nicht miterleben wollte? Wann hab ich Hannes überhaupt gesagt, dass ich schwanger bin? Und wie hat er darauf reagiert?

Schneerauschen.

Sibylle spürte, dass sich ein unangenehm kribbelnder Schweißfilm auf ihrer Stirn bildete, und tief in ihrem Inneren kroch die Ahnung einer Angst hoch, deren elementares Ausmaß die Grenzen ihrer Vorstellungskraft überschritt.

Mit einem Mal fühlte sie sich schutzlos, ihr war kalt.

Mit schnellen Bewegungen streifte sie die Mokassins von den Füßen und zog die Bettdecke unter sich heraus, legte sich auf die Seite, zog die Knie bis fast an die Brust heran und deckte sich bis zu den Ohren zu, wobei sie darauf achtete, dass zwischen ihrem Hals und der Decke kein kleinster Spalt offen blieb. Ihre Hände knautschten dazu die Decke von innen unter ihrem Kinn fest zusammen. Schon als Kind hatte sie sich auf diese Art in ihrem Bett eingeigelt, wenn sie Angst vor der Dunkelheit gehabt hatte. Das Bett wurde zu ihrem Nest, die Decke zu einem Kokon, der sie nach außen hin gegen alles Böse abschirmte.

Um den Schutz noch perfekter zu machen, hob sie die Beine mit Schwung so weit an, dass das untere Ende der Decke unter ihren Füßen einklappte, die sie dann auf diesem eingeschlagenen Teil ablegte. So klemmte sie die Decke fest. Nun war auch nach unten alles dicht abgeschlossen.

Ruhig lag sie da und horchte auf ihren Atem, der sich nach den hastigen Bewegungen nur langsam wieder beruhigte.

Rosies Frage vom Vortag fiel ihr ein. Bevor sie zu Else ins Altenheim aufgebrochen waren. *›Wann warst du zum* *letzten Mal zusammen mit deinem Sohn bei deiner Schwiegermutter?‹*

Sie hatte es nicht geschafft, sich an eine Szene mit Lukas und Else zu erinnern.

Schneerauschen.

Und was ist mit Elke? Es muss doch viele Gelegenheiten gegeben haben, in denen ich Lukas zu meiner besten Freundin mitgenommen habe? Sibylle durchforstete ihr Gedächtnis. Sie fand keine einzige.

Gibt es außer meiner Erinnerung an Lukas überhaupt einen Beweis für seine Existenz? Nur eine einzige Situation in meinen Erinnerungen, irgendeinen besonderen Tag, an dem Lukas mit irgendwem, Familie oder Bekannte … –

Und wieder – *Schneerauschen.*

Ohne Vorwarnung wurde sie von einem Weinkrampf geschüttelt. Das, was Christian Rössler ihr erzählt hatte, was ihr mehr Angst machte, als sie jemals zuvor in ihrem Leben empfunden hatte, schien tatsächlich wahr zu sein. Man hatte ihr künstliche Erinnerungen an einen Sohn eingepflanzt, den sie nie gehabt hatte. *Nie.*

Sie, Sibylle Aurich, hatte sich ihr Kind die ganze Zeit nur eingebildet.

23

Ein polterndes Geräusch ließ sie zusammenfahren. Sie wusste nicht, wie lange sie so auf dem Bett gelegen hatte, eng in die Decke eingewickelt.

Das Poltern schien vom Flur gekommen zu sein.

Als ein Kinderlachen und die mahnenden Worte einer Frau folgten, ließ sie den Kopf wieder auf das Kissen sinken.

Wie geht's jetzt weiter? Soll ich zusammen mit Christian Rössler nach den Leuten suchen, die mir das angetan haben? Und was, wenn wir sie tatsächlich finden würden?

Und was macht das alles noch für einen Sinn, jetzt, wo ich akzeptieren muss, dass das, was ich für meinen Lebensmittelpunkt gehalten habe, nichts war als eine Illusion? Sie wälzte sich unter der Decke. *Aber irgendetwas muss ich tun, ich werde mich nicht damit abfinden, dass ich nicht weiß, welche Erinnerungen echt sind und welche nur das Produkt einer abartigen Phantasie. Aber wer soll mir glauben, dass –? Beweise, ich brauche einen Beweis dafür, dass Lukas tatsächlich nur in meinem Kopf existiert. Gewissheit, so oder so – sonst werde ich für den Rest meines Lebens keine Ruhe mehr finden. Gewissheit.*

Sibylle schlug die Bettdecke zurück und setzte sich auf. Ihr Entschluss stand fest. Sie musste diesen Kommissar anrufen, der sie schon zweimal hatte entkommen lassen. Wenn sie überhaupt eine Chance haben wollte, dann nur über ihn.

Sie stand auf und ging zum Telefon, wählte wieder die Nummer der Auskunft. Dieses Mal meldete sich ein

Mann mit einer jungen, sympathischen Stimme. Erst in diesem Moment wurde ihr bewusst, dass sie nicht wusste, mit wem sie eigentlich verbunden werden wollte. »Ähm, guten Tag …« Sie hatte schon wieder den Namen des Kommissars vergessen und wusste nicht einmal, wo seine Dienststelle war. Der Name hatte irgendwie polnisch geklungen. Und er hatte mit einem W begonnen. »Entschuldigen Sie, ich möchte …«

»Ja?«

Der andere, dieses Ekelpaket, hieß Oliver Grohe, *das* wusste sie noch. *Polnisch, polnisch … Denk nach … irgendwas mit W …* Nachdem sie gedanklich einige Kombinationen durchgegangen war, fiel er ihr endlich wieder ein. »Ja! Sibylle Aurich. Können Sie mich bitte mit der Polizei in Regensburg verbinden?«

»Möchten Sie mit der Notrufnummer verbunden werden oder mit einer Polizeiinspektion?«

»Nein, nein, es handelt sich nicht um einen Notfall, ich muss mit einem bestimmten Beamten der Kriminalpolizei sprechen.«

»Soll ich Sie direkt mit der Kriminalpolizeiinspektion Regensburg verbinden?«

»Gibt es nur eine oder mehrere?«

»Soweit ich es hier sehen kann, gibt es nur eine in der Bajuwarenstraße.«

»Dann verbinden Sie mich bitte dorthin, danke.«

Während sie wartete, wunderte sie sich, wie ruhig sie in diesem Moment war. Immerhin rief sie als polizeilich Gesuchte gerade bei der Polizei an.

Es wurde abgehoben, und es meldete sich ein Mann, der sich als Kriminalobermeister Gorges vorstellte.

»Guten Tag«, sagte sie freundlich. »Mein Name ist Sibylle Aurich. Ich möchte bitte mit Kommissar Wittschorek sprechen.«

Einen Moment lang herrschte Stille, dann räusperte der Mann sich: »Wer spricht da bitte? Frau Aurich? Sibylle Aurich?«

Erst war Sibylle verwirrt, doch dann dämmerte ihr, dass inzwischen vermutlich fast jeder Polizist in Regensburg wissen musste, wer sie war. Am liebsten hätte sie sofort wieder aufgelegt, aber sie musste sich mit diesem Kommissar unterhalten, wenn sie wenigstens eine kleine Chance haben wollte.

»Hören Sie«, sagte sie unter Aufbietung aller Willenskraft, »ich möchte bitte mit Kommissar Wittschorek sprechen, mit niemandem sonst. Ist er da oder nicht?«

»Er ist unterwegs«, antwortete der Beamte. »Aber bleiben Sie bitte dran, ich versuche, ihn zu erreichen.«

Die klassische Musik der Warteschleife war für Sibylles Empfinden viel zu laut. Sie hielt den Telefonhörer einige Zentimeter vom Ohr weg, doch schon wenige Sekunden später hörte die Musik abrupt auf und wurde ersetzt durch mehrfaches Knacken, woraufhin Sibylle den Hörer schnell wieder ans Ohr presste.

»Wittschorek?«

Die Hintergrundgeräusche ließen darauf schließen, dass er irgendwo im Freien an einer Straße stand. Sie musste sich konzentrieren, um ihn zu verstehen.

»Sibylle Aurich.« Sie bemühte sich, ihrer Stimme einen festen Klang zu geben. »Ich weiß, dass Sie denken, ich wäre nicht ich selbst, sondern eine andere Frau, aber ich hoffe, Sie geben mir trotzdem eine Chance, Ihnen zu erklären, was ich herausgefunden habe.«

Sibylle merkte, dass sie viel zu schnell gesprochen hatte.

»Von wo aus rufen Sie an?«

»Ich dachte, das kann die Polizei innerhalb von ein paar Sekunden herausfinden?«

»So einfach geht das nicht. Außerdem bin ich nicht in der Dienststelle.«

»Ist Ihr unfreundlicher Kollege auch in der Nähe?«

»Nein, warum möchten Sie das wissen?«

»Ich habe Sie vorhin gesehen.«

»Ja, das denke ich mir. Sie hatten es ja auch plötzlich furchtbar eilig.«

Er sagte es im Plauderton und schien nicht im Geringsten überrascht zu sein. Sibylle stutzte und wunderte sich über seine Reaktion.

»Warum haben Sie mich nicht daran gehindert?«

Es dauerte einen Moment, bis er antwortete. »Ich drücke es mal so aus: Es gibt Indizien, dass Sie zumindest in manchen Punkten die Wahrheit gesagt haben könnten.«

»Indizien? Welche Indizien?«

Wieder entstand eine Pause, und Sibylle nahm an, dass er darüber nachdachte, was er ihr sagen konnte.

»Zum Beispiel dieser Krankenhauskeller. Der Boden war absolut staubfrei und offensichtlich frisch geputzt. Seltsam für einen Kellerraum, der nur ab und zu betreten wird. Aber man hat sich mit dem Putzen wohl sehr beeilt, in einer Ecke hab ich nämlich ein kleines Klümpchen gefunden. Unser Labor meint, dass es sich um Reste eines speziellen Klebstoffes handelt. Klebstoff, den man in Krankenhäusern zum Beispiel dazu verwendet, Elektroden an der Kopfhaut zu befestigen.«

Sibylles Herz begann zu rasen. »Das heißt, Sie glauben mir? Dass ich dort in einem Krankenhausbett aufgewacht bin und an einem Monitor –«

»Das heißt, ich halte es für möglich, dass in diesem Kellerraum noch kurz bevor wir dort ankamen, jemand lag, der an ein medizinisches Gerät angeschlossen war.«

»Aber Sie glauben noch immer nicht, dass ich Sibylle Aurich bin, oder?«

Zwei, drei Sekunden vergingen.

»Ich bin Polizist und habe gelernt, mich an Fakten zu halten. Keine Ahnung, was medizinisch innerhalb von zwei Monaten möglich ist, aber Sie sehen definitiv nicht aus wie die Sibylle Aurich, die ich auf verschiedenen Fotos gesehen habe.«

»Und wenn die Fotos gefälscht sind?«

»Hm … und was ist dann mit Ihrem Mann, der Sie nicht erkennt?«

»Vielleicht hat er selbst die Fotos manipuliert?«

»Ihr eigener Mann? Und Ihre Freundin Elke?«

»Ich … ich befürchte, dass sie, also Elke, dass Elke und Hannes unter einer Decke stecken.«

»Aber weswegen?«

Ihr fiel das Polizeiaufgebot vor dem Haus ein, in dem Elke wohnte.

»Eine Frage: Wer hat Sie darüber informiert, dass ich in Elkes Wohnung bin?«

»Das kann ich Ihnen nicht sagen«, antwortete er ohne Zögern, »anonymer Anruf – aber … es war eine Frauenstimme.«

»Elke?«

»Wir schließen aus, dass es Frau Berheimer war. Sie sagte, sie hätte uns nicht verständigt, und die Stimme am Telefon klang auch nicht wie die von Ihrer Freundin.«

Rosie? Rosie. Sibylle fühlte sich, als hätte man gerade ein Stück aus ihr herausgerissen. *Es kann nur Rosie gewesen sein.*

Rössler hatte also tatsächlich recht mit seinen Vermutungen.

»Hallo? Sind Sie noch dran?«

Sibylle fuhr zusammen. »Ja, ich … ich möchte nicht mehr weglaufen. Ich bin in einem kleinen Hotel, in der Altstadt, nicht weit vom Haidplatz entfernt, den Straßennamen weiß ich nicht. Hotel Krombusch.« Im gleichen Moment wurde ihr bewusst, dass sie jetzt auch Christian Rössler verraten hatte. Sie wollte noch etwas hinzufügen, aber Wittschorek kam ihr zuvor.

»Ich weiß, wo Sie sind«, sagte der Kommissar ruhig und verblüffte sie damit ein weiteres Mal.

»Aber Sie haben mich doch vorhin gefragt … ich meine, woher wissen Sie das?«

»Wie Sie selbst schon bemerkt haben, habe ich sie vorhin bewusst laufen lassen. Glauben Sie, das hätte ich getan, ohne dafür zu sorgen, dass ich weiß, wohin Sie gehen?«

»Ich … Herr Wittschorek, bitte, ich verstehe das alles nicht mehr, aber … aber ich möchte mit der Polizei zusammenarbeiten, weil ich alleine nichts ausrichten kann.«

»Sie sind doch gar nicht alleine.«

Natürlich! Wenn sie uns beobachtet haben, dann wissen sie auch … – und wenn Rösslers Schwester tatsächlich entführt worden ist, muss man ihn doch bei der Polizei kennen.

»Hören Sie«, wurden ihre Gedanken von Wittschorek unterbrochen, »was ich Ihnen jetzt sage, würde ich abstreiten, wenn Sie es jemandem erzählen. Ich denke, es ist besser, wenn Sie sich zum jetzigen Zeitpunkt nicht stellen.« *Was? Wie bitte?* »Mein Kollege ist ganz scharf darauf, Sie in die Finger zu bekommen. Haben Sie eine Vorstellung davon, was mit Ihnen passiert, wenn Sie sich stellen?«

»Nein, ich weiß es nicht, aber ich bin bereit, alles –«
»Sind Sie Sibylle Aurich?«
»Ich weiß ja mittlerweile, dass Sie –«
»Antworten Sie mir: Sind Sie Sibylle Aurich? Ja oder nein?« Er redete nun sehr laut, schrie sie fast an, so dass sie erschrocken antwortete: »Ich … ja, ich bin Sibylle Aurich.«
Sofort wurde seine Stimme wieder ruhig.
»Nach dieser Antwort wird mein Kollege den diensthabenden Staatsanwalt anrufen und ihm schildern, dass wir eine Frau auf der Dienststelle sitzen haben, die darauf besteht, die verschwundene Sibylle Aurich zu sein, obwohl sie ganz anders aussieht und obwohl der Ehemann und auch die beste Freundin der Vermissten bestreiten, dass es sich bei dieser Frau um Sibylle Aurich handelt. Dann wird er ihm berichten, dass Sie eindeutiges Täterwissen haben und um einen Unterbringungsbeschluss bitten, den er mit ziemlicher Sicherheit auch bekommen wird.«
»Einen was? Ist das ein Haftbefehl?«
»Nein, das ist kein Haftbefehl, sondern der richterliche Beschluss, die Person, um die es geht, in eine Einrichtung einzuweisen, die diese Person ohne fremde Hilfe nicht wieder verlassen kann – die geschlossene Abteilung des Bezirksklinikums.«
»Aber, das ist … ich meine, das kann er doch nicht so einfach tun.« Sibylle spürte, wie die Panik wieder näher kam, die seit ihrer Flucht am Vortag immer um sie zu kreisen schien, bereit, sie jederzeit anzufallen.
»Er kann das auch nicht einfach so tun, er muss es sich durch ein medizinisches Gutachten absichern lassen.«
Das beruhigte sie ein wenig. »Aber das wird er nicht

einfach so bekommen, oder? Schließlich muss mich dafür ein Arzt untersuchen, und der wird feststellen, dass ich kerngesund bin.«

»Nein, das wird er nicht«, entgegnete Wittschorek im gleichen ruhigen Tonfall. »Sie behaupten, eine Frau zu sein, die Sie allem äußeren Anschein nach nicht sind, was alleine schon für einen entsprechenden psychiatrischen Befund reichen dürfte. Anders als mein Kollege ziehe ich dabei sogar in Betracht, dass es stimmen könnte, was Sie sagen, auch wenn ich keine Ahnung habe, wie das möglich sein sollte. Aber das spielt keine Rolle. Zu allem Überfluss behaupten Sie aber auch, einen Sohn zu haben, den Sibylle Aurich auf gar keinen Fall hat. Das kann selbst ich Ihnen beim besten Willen nicht glauben. Verstehen Sie jetzt Ihre Situation?«

Sibylle hatte das Gefühl, plötzlich keine Wirbelsäule mehr zu haben, die sie stützte. Sie ließ sich auf das Bett neben Rösslers Tasche sinken und sagte leise: »Ich … ich bin mir nicht mehr so sicher, was den Jungen angeht. Ich …«

Die Tür wurde geöffnet, und Rössler betrat das Zimmer, eine prall gefüllte Tüte in der Hand.

Vor dem ersten Bett blieb er stehen und sah sie fragend an. Sibylle überlegte einen kurzen Moment, was sie tun sollte, dann sagte sie in den Hörer: »Mein Begleiter ist gerade zurückgekommen, Herr Kommissar.« Sie sah Rössler dabei an. War er zusammengezuckt oder hatte sie sich das nur eingebildet? Den Hörer weiterhin am Ohr sagte sie: »Es ist Kriminalkommissar Wittschorek, kennen Sie ihn?«

»Rössler kennt mich«, antwortete Wittschorek zur gleichen Zeit, in der Christian Rössler sagte: »Ja, ich glaube schon. Er war bei einigen Gesprächen dabei … wegen meiner Schwester.«

Er senkte die Stimme, flüsterte nur noch ganz leise. »Warum haben Sie ihn angerufen?«

»Denken Sie darüber nach, was ich Ihnen gesagt habe«, hörte sie Wittschoreks Stimme an ihrem Ohr. Dann klickte es. Der Polizist hatte aufgelegt.

Sibylle legte den Hörer ab, und Rössler wiederholte, nun wieder in normaler Lautstärke: »Warum haben Sie bei der Polizei angerufen? Was haben Sie dem Kommissar erzählt?«

Er stellte die Tüte ab und setzte sich wieder auf den Stuhl, dieses Mal jedoch richtig herum. Die Hände legte er in den Schoß und sah sie erwartungsvoll an.

So wie es aussah, hatte er ihr die Wahrheit gesagt und wollte ihr wirklich helfen. *Also hat er es auch verdient, dass ich ihm die Wahrheit sage.* »Ich glaube Ihnen, dass –«

»Dir«, unterbrach er sie, woraufhin sie ihn verwirrt ansah. Sie verstand nicht, was er wollte.

»Dir, nicht Ihnen«, erklärte er. »Wir sitzen im selben Boot. Ich denke, die Förmlichkeiten können wir weglassen.«

Es war ihr ziemlich egal, wie sie sich anredeten, und sie nickte.

»So, wie es aussieht, war es wirklich Rosie, die die Polizei angerufen hat. Und … ich denke auch, dass es vielleicht stimmen kann, was Sie … was du mir wegen Lukas gesagt hast.« Sie musste eine Pause machen und ein paarmal tief durchatmen, bevor sie weiterreden konnte. »Es fällt mir sehr schwer, und ich wehre mich noch immer dagegen, aber ich habe lange darüber nachgedacht. In keiner einzigen Erinnerung an Lukas taucht eine andere

Person auf. Es gibt keine Situation, in der ich ihn mit Hannes sehe oder mit Elke. Oder mit irgendjemandem sonst, den ich kenne.«

Rössler nickte verständnisvoll. »Wahrscheinlich haben sie gehofft, dass du so durcheinander und panisch sein wirst, dass dir das nicht auffällt.«

»Wie war das bei deiner Schwester?«

Er hob die Schultern. »Ich weiß es nicht. Wir haben darüber nicht geredet. Isabelle war vollkommen entsetzt darüber, als ich ihr gesagt habe, dass sie kein Kind hat. Sie hat mich beschimpft und mir schlimme Vorwürfe gemacht. Aber ich denke, das kannst du am besten verstehen.«

Sibylle nickte. *Und wie gut.*

»Jedenfalls habe ich darüber nachgedacht, was wir jetzt machen können, und ich habe an diesen Kommissar gedacht und dass er mir schon zweimal geholfen hat, und die Polizei hat doch ganz andere Möglichkeiten als wir, also habe ich ihn angerufen.« Sie holte tief Luft.

»Hast du ihm gesagt, wo wir sind, Sibylle?«

»Ja, wäre aber gar nicht nötig gewesen, das wusste er schon.«

»Wie hat er auf deinen Anruf reagiert?«

Sibylle schüttelte den Kopf. »Tja, er hat mir davon abgeraten, mich zu stellen. Kannst du dir das vorstellen?«

Sie wartete auf eine Reaktion und stellte verwundert fest, dass Christian offenbar nicht sonderlich überrascht war.

»Ich habe zwar nur ein paarmal mit Wittschorek zu tun gehabt«, erklärte er, »aber mir ist aufgefallen, dass er eher bereit zu sein scheint, auch Dinge zu akzeptieren, die auf den ersten Blick vielleicht ein bisschen verrückt erscheinen. Sein Kollege ist da anders. Für ihn ist erst mal jeder und alles verdächtig. Du hättest erleben müssen, was der mir alles unterstellt hat, als ich wieder wegen Isabelle da war, nachdem sie zum zweiten Mal verschwunden ist.«

Ein Gedanke drängte sich in Sibylles Bewusstsein. »Wann war das?«

»Das war vor vier Tagen.«

Sie spürte, dass Nervosität in ihr hochstieg.

»Hast du ihnen auch von dieser Sache mit ihrem Sohn erzählt?«

»Ja, natürlich. Das ist doch wichtig.«

Unruhig rutschte Sibylle auf der Bettkante ein Stück nach vorne und sah ihn eindringlich an. »Wieso haben die das mit keinem Wort erwähnt, als sie mich gestern mitgenommen haben?«

Rössler schien nicht zu verstehen, was sie meinte. »Überleg doch bitte mal, Christian: Du warst vor vier Tagen bei der Kriminalpolizei und hast Grohe und Wittschorek erzählt, dass deine Schwester – nachdem sie entführt worden war und fliehen konnte – sich plötzlich eingebildet hat, ein Kind zu haben, das es nicht gibt. Und gestern hab ich den gleichen Polizisten erzählt, dass *ich* entführt worden bin und fliehen konnte und auch meinen Sohn erwähnt, den es … –« Sie musste mehrmals schlucken, um den Kloß zu beseitigen, der ihr die Kehle zuschnüren wollte. »Den es angeblich auch nicht gibt«, fuhr sie fort. »Es liegt doch wohl auf der Hand, dass es da Gemeinsamkeiten gibt, oder? Und die beiden erwähnen das mit keinem Wort? Und dieser Grohe tut sogar so, als hätte er etwas so Verrücktes wie meine Geschichte noch nie gehört. Das ist doch nicht normal, oder?«

»Wittschorek war vor vier Tagen nicht dabei«, sagte

Rössler und sah dabei mit glasigem Blick an ihr vorbei. »Nur Oberkommissar Grohe.«

»Der wird doch Wittschorek davon erzählt haben, schließlich arbeiten die beiden zusammen.«

Rössler wiegte den Kopf hin und her. »Vielleicht ist Wittschorek deswegen eher bereit, dir zu glauben. Er sieht Zusammenhänge, die Grohe offensichtlich nicht erkennen kann.«

»Oder nicht erkennen will«, ergänzte Sibylle. Sie wurde sich wieder der Leere bewusst, die sie in den vergangenen 24 Stunden schon so oft in sich gespürt hatte. Als hätte man sie auf einem anderen Planeten abgesetzt, dessen Bewohner keinerlei menschliche Eigenschaften hatten. Wohin auch immer sie sich wendete, was sie auch tat, es gab kein kleinstes Stück in dieser Welt, das ein Gefühl der Sicherheit, der Geborgenheit in ihr erzeugte.

Sie sah Rössler in die Augen, aber obwohl sie ihm mittlerweile ein Stück weit vertraute, konnte sie auch darin keinen wirklichen Halt finden.

»Wie auch immer, ich weiß nicht, wie es jetzt weitergehen soll.«

Rössler lehnte sich zurück und fuhr sich mit den gespreizten Fingern durch die Haare. »Ich schlage vor, du erzählst mir einfach von dir. Alle wichtigen Dinge über deine Familie, Freunde, Arbeit. Einfach alles, was uns einen Hinweis darauf geben könnte, warum diese Typen ausgerechnet dich ausgesucht haben.«

Sibylle zögerte. *Wieso redet er nur von mir?*

»Aber es geht doch auch um deine Schwester, oder?«

»Ja, eben. Es muss eine Gemeinsamkeit geben, irgendetwas.«

»Hmm. Ja.«

Rössler stand auf und ging zu der Tasche, die neben Sibylle auf dem Bett stand. Er öffnete den Reißverschluss und kramte darin herum, bis er schließlich etwas herauszog, das Sibylle zuerst nicht erkennen konnte. Erst, als er es neben sie aufs Bett legte und einen Knopf drückte, erkannte sie das Diktiergerät.

»Was soll das?«, fragte sie irritiert.

»Ich möchte vermeiden, dass ich etwas überhöre. Meist erkennt man wichtige Dinge erst, wenn man sie mehrfach gehört hat.«

Ihr war nicht wohl bei dem Gedanken, dass alles, was sie sagte, in dem Gerät gespeichert wurde. Andererseits sah sie aber auch ein, dass es ihr nicht schaden konnte. Schließlich verriet sie keine Staatsgeheimnisse.

»Ich denke, was du erzählen wirst, ist einfach zu … –«, setzte Rössler zu einer weiteren Erklärung an, aber Sibylle winkte ab. »Schon gut. Ist ja auch in meinem Sinne.«

»Okay. Also, wann und wo bist du geboren?«

Sie überlegte, was ihr Geburtsdatum wohl mit ihrer Entführung zu tun haben sollte, sagte aber: »Elfter Dezember 1973 in Regensburg. Meine Mutter war Margarethe Selzer, geborene Zimmermann, mein Vater hieß Josef Selzer. Geschwister habe ich keine.« Sie stockte, denn sie empfand es als seltsam, keine Geschwister zu haben. Vielleicht zum ersten Mal in ihrem Leben empfand sie Traurigkeit bei dem Gedanken, keinen großen Bruder gehabt zu haben, der sie beschützte, und keine Schwester, der sie ihre Sorgen erzählen konnte. Aber es war mehr als Traurigkeit, viel mehr. Es war … Trauer. Als wären die Geschwister, die sie nie hatte, gerade gestorben.

Sibylle spürte, wie sich ihre Augen mit Tränen füllten. Wieder bohrte sich die Faust der Angst gnadenlos in sie hinein, die Angst davor, den Verstand zu verlieren, und mit einem Mal war es ihr nicht mehr länger möglich, sich zusammenzureißen. Sie verbarg das Gesicht in ihren Händen und konnte es nicht mehr länger unterdrücken, dass ihre Gefühle sich einen Weg aus ihr herausbahnten. Mit aller ihr zur Verfügung stehenden Kraft schrie sie ihre Verzweiflung gegen die Handflächen. Sie schrie und schrie und konnte einfach nicht damit aufhören. Fest drückte sie die Oberarme an den Körper, um auch noch das letzte Quäntchen Luft aus ihren Lungen in diesen Schrei zu pressen, der nun schon kein Schrei mehr war, sondern nur noch ein heiseres Röcheln, und sie machte weiter, sog gierig die Luft ein und schrie sie wieder gegen die vorgehaltenen Hände.

Erst als ein Arm sich um ihre Schultern legte und sie zur Seite zog, als eine Hand ihren Kopf an eine Brust drückte und dann immer wieder sanft über ihre Haare strich, während eine Stimme ruhig auf sie einredete und Worte zu ihr sagte, die sie nicht verstand, erst da konnte sie aufhören zu schreien. Auch Rösslers Stimme verstummte, und die plötzliche, absolute Stille legte sich über Sibylle wie eine dicke, weiche Decke.

Sie hielt die Augen geschlossen, spürte die Hand, die unermüdlich über ihren Hinterkopf streichelte, und ihr wurde bewusst, wie sehr sie auch die körperliche Nähe zu einem Menschen vermisste. Noch enger schmiegte sie sich an ihn heran und genoss dieses Gefühl.

Wie lange mochte sie so gelegen haben, als Rössler sie mit sanftem Druck ein wenig von sich wegschob, um sie ansehen zu können? Waren es nur Sekunden gewesen oder Minuten? In seinen Augen konnte sie Neugierde sehen, einen forschenden Blick, der wohl in ihr nach Antworten suchte. Zum ersten Mal nahm sie bewusst war, dass seine Augen graublau waren. Sie zog den Kopf noch ein Stück weiter zurück und betrachtete dieses schmale Gesicht, das nicht schön, sondern mit den deutlich hervortretenden Wangenknochen eher markant war.

So allein … Allein gelassen, verraten von allen, die mir mal was bedeutet haben. Und da saß dieser Mann, der ihr helfen wollte, neben ihr auf dem Bett und hielt sie im Arm. Im nächsten Augenblick kamen ihre Gesichter aufeinander zu, trafen sich ihre Lippen zu einem Kuss, erst zärtlich tastend, dann neugierig erforschend, und schließlich bestimmt und fordernd. Es fühlte sich gut an und richtig, Sekunden lang.

Dann nicht mehr.

Sie zog den Kopf zurück, sah seinen überraschten Blick und rückte ein Stück von ihm ab. »Nein, sorry, das … ist nicht richtig. Es fühlt sich … – es ist falsch. Ich bin verheiratet. Bitte, lass uns weitermachen mit dieser Aufnahme.« Sie zeigte auf das Diktiergerät.

Zu ihrer Erleichterung sagte er nichts dazu, er stand einfach nur wortlos auf und setzte sich wieder auf den Stuhl.

Sibylle dachte daran, dass auch ihr Gefühlsausbruch aufgezeichnet worden war, aber die Aufnahmen waren sowieso nur für Christian, und der hatte die Situation ja gerade in natura miterlebt.

»Christian, ich … ich weiß nicht, was ich erzählen soll«, sagte sie leise. »Vielleicht fragst du mich besser, was du wissen möchtest?«

»Geht es denn wieder?«, wollte er wissen.

»Ja, es geht wieder, ja.« Nach einer kurzen Pause fügte sie hinzu: »Danke.«

»Gut, also … dann erzähl mir doch, wann und wo du deinen Mann kennengelernt hast.«

Sibylle brauchte nicht lange nachzudenken, die Szene war ihr sofort präsent. »Er ist mir frontal ins Auto gefahren.« Sie musste kurz lächeln. »Ich stand auf einem Supermarktparkplatz und wartete auf einen freien Platz. Hannes kam mir entgegen und musste einem anderen Wagen ausweichen, der gerade rückwärts aus einer Parklücke herausfuhr. Auf einmal stand er direkt vor mir, und wir haben uns durch die Windschutzscheiben angesehen. Ich sehe ihn noch genau vor mir, diesen ungläubigen Blick. Dann hat sein Auto einen Satz gemacht und ist frontal auf meinen Wagen geknallt. Erst hat er behauptet, seine Schuhe müssten rutschig gewesen sein, sonst wäre er nie von der Kupplung abgerutscht. Später hat er mir aber gestanden, dass er die Kupplung einfach losgelassen hatte, ohne es zu merken, als er mich gesehen hat.«

»Aha.«

»Tja, war wohl so was wie Liebe auf den ersten Blick.«

»Und bei dir?«

»Bei mir hat es ein bisschen länger gedauert, aber nachdem wir uns ein paarmal gesehen hatten … – Hannes ist kein Schönling und auch kein feuriger Romanheld, aber man kann sich felsenfest auf ihn verlassen. Er ist absolut ehrlich und –« Sie zögerte, doch bevor sie den Gedanken weiterverfolgen konnte, der sich gerade in den Vordergrund drängen wollte, fragte Christian: »Und was machst du beruflich?«

Die Ehrlichkeit meines Mannes ist ein Thema, das ihm nicht gefällt …

»Ich bin bei einem Versicherungsmakler angestellt.«

Ihr fiel ein, dass sie noch nicht versucht hatte, ihren Chef Armin Braunsfeld anzurufen.

Christian erriet wohl ihre Gedanken, denn er schüttelte

den Kopf. »Ich an deiner Stelle würde mich da nicht melden. Dein Mann und deine beste Freundin haben dich nicht erkannt. Warum denkst du, dein Chef würde dich als Sibylle Aurich erkennen?«

»Vielleicht, weil er im Gegensatz zu Hannes und Elke nicht in die Sache verwickelt ist?«

Christian neigte den Kopf leicht zur Seite. »Und was glaubst du, wird dein Chef als Erstes tun, wenn du dort anrufst? Nachdem er mit ziemlicher Sicherheit entweder gestern oder heute einen Anruf von deinem Mann erhalten hat? Oder von der Polizei?«

Sibylle wusste, worauf er hinauswollte. *Hannes hat Braunsfeld bestimmt schon angerufen, er ist viel zu gewissenhaft. Also bleibt nur ein Weg.*

»Du hast recht«, sagte sie. »Ich werde ihn nicht anrufen. Ich gehe einfach unangemeldet zu ihm. Er muss mich sehen. Wenn er mich sieht, ist alles gut. Er wird mich erkennen, auch wenn die mein Aussehen auf irgendeine Art verändert haben.«

Mit einigen schnellen Bewegungen schlüpfte sie in die Mokassins und stand auf. Auch wenn es ihr im Moment sehr schwerfiel, mehrere Gedanken zu einem zusammenhängenden, logischen Gebilde zu verknüpfen, auch wenn sich über jedes gedankliche Fragment immer wieder das Bild eines kleinen Jungen schob, das vielleicht ein Trugbild war, gab ihr die kleine Chance, doch noch jemanden aus ihrer gewohnten Welt zu finden, der sie erkennen und ihr glauben würde, neue Energie.

Auch Christian erhob sich von seinem Platz. Sie standen sich gegenüber, Sibylle sah ihm an, dass er von ihrer Idee alles andere als begeistert war, aber sie konnte unmöglich in diesem Zimmer sitzen bleiben und in aller Ruhe ihr Leben erzählen, während am anderen Ende der Stadt ein Mensch in seinem Büro saß, der sie vielleicht wieder in ihr Leben zurückbringen konnte.

»Christian, ich kann jetzt nicht hierbleiben, verstehst du das nicht?« Sie legte ihm eine Hand auf den Oberarm. »Ich muss jetzt dahin und rausfinden, ob mein Chef mich auch verleugnet. Kommst du mit?«

24

»Am besten gehen wir bis zur nächsten größeren Straße und nehmen uns ein Taxi«, schlug Christian vor. »Es hat keinen Sinn, den ganzen Weg bis zu meinem Auto zurückzugehen. Und wer weiß, vielleicht würden wir dabei sogar noch diesem Grohe in die Arme laufen.«

Sibylle war einverstanden. Sie wäre in diesem Moment mit allem einverstanden gewesen, was sie schnellstmöglich zu ihrem Chef brachte. Ihre Gedanken kreisten um Armin Braunsfeld, und sie sah den großen, fast völlig grauhaarigen Mann vor sich, wie er hinter seinem modernen Schreibtisch saß, den Bauch gegen die Tischkante gedrückt. ›Kleiner Rettungsring‹ nannte er das selbst, allerdings nicht ohne ein verschämtes Lächeln. Er war ein Genussmensch, ihr Chef, er hatte fast immer gute Laune, und er mochte sie sehr, das wusste sie. Wenn es noch jemanden gab, der ihr beistehen würde, der ihr helfen würde, mit allem, was ihm zur Verfügung stand, dann war es Armin Braunsfeld.

Ohne Vorwarnung verschwand das Bild, glitt ab und machte Platz für die Erinnerung an zwei graublaue Augen, dicht vor ihrem Gesicht, die sie neugierig betrachteten. Es waren Christian Rösslers Augen. So hatte er sie angesehen, nachdem sie sich geküsst hatten. *Warum gerade jetzt dieser Kuss … als ob ich nicht wirklich schon genug Probleme hätte. Aber vielleicht gerade deshalb. Diese Nähe … wenigstens ein einziger Mensch, der nicht gegen mich ist, der Verständnis hat und zumindest ansatzweise weiß, dass mit mir irgendwas Unbegreifliches passiert ist.*

Sie überquerten den Bismarckplatz, gingen an der beeindruckenden Front des Theaters vorbei und stießen auf die Jakobstraße.

»Hier müssten wir relativ schnell ein Taxi bekommen«, sagte Christian.

»Ja«, antwortete sie, sonst nichts. Sie dachte an Rosemarie Wengler mit den feuerroten Haaren. Rosie, die ihr erst geholfen und sie dann an die Polizei verraten hatte. *Aber warum?*

»Was glaubst du, Christian, wieso hat Rosie die Polizei angerufen, nachdem sie mich bei Elke abgesetzt hat? Wenn sie tatsächlich zu denen gehört, die mir das angetan haben, kann sie doch unmöglich wirklich wollen, dass ich verhaftet und verhört werde. Sie müsste doch befürchten, dass ich den Polizisten etwas verraten könnte, vielleicht sogar, ohne es selbst zu wissen? Und selbst wenn ich nichts verraten kann – was macht es für einen Sinn?«

Christian sah sie überrascht an. »Gute Frage. Vielleicht wollte sie … oh, da kommt ein Taxi!«

Von links kam ein cremefarbener Mercedes mit einem Taxischild auf dem Dach angefahren. Christian setzte einen Fuß auf die Straße und hob den Arm, der Fahrer bemerkte ihn, lenkte den Wagen an den Straßenrand und bremste ab, so dass er direkt neben Christian zum Stehen kam.

Aus Lautsprechern, die sie nicht sehen konnte, dudelte leise ein deutscher Schlager. Der Taxifahrer drehte sich zu ihnen um und lächelte Sibylle an. Sie dachte, dass sie selten einen Menschen mit so vielen kleinen Falten um die Augen gesehen hatte. Er hatte volles, ergrautes Haar und mochte Anfang 60 sein, vielleicht auch 65. Ausgehend von den braunen Augen zogen sich strahlenförmig dicht nebeneinander unglaublich viele Fältchen zu den Schläfen hin.

»Na, junge Frau, wo genau in Prüfening soll es denn bitt schön hingehen?«

Sie nannte ihm die Adresse. Als der Mann losfuhr, sah sie Christian auffordernd an. »Also«, fragte sie leise, »was denkst du denn jetzt wegen Rosie? Ich meine, du warst dir doch gleich so sicher, dass sie es war, die angerufen hat, du musst dir doch auch überlegt haben, warum sie so etwas tut.«

Christian hob die Schultern. »Nein, das habe ich ehrlich gesagt noch nicht. Ich weiß nicht, warum sie das getan hat, aber du musst doch zugeben, dass sonst niemand in Frage kommt, oder? Wenn sogar die Po… –«, er warf einen schnellen Blick nach vorne, aber der Fahrer schien sich voll und ganz auf den Verkehr zu konzentrieren und hatte außerdem die Musik lauter gestellt, »also, wenn sogar Wittschorek sagt, dass Rosie es war … –«, fuhr er mit gesenkter Stimme fort.

»Aber das hat er ja gar nicht gesagt. Er meinte nur, es war eine Frau, die angerufen hat, und ihren Namen hat sie nicht genannt. Und er ist sich nur sicher, dass es nicht Elke war.«

»Und wer bleibt da sonst noch, außer dieser Frau?«

»Niemand«, antwortete sie und sah auf ihrer Seite aus dem Fenster, ohne wirklich wahrzunehmen, was dort draußen an ihr vorbeihuschte.

Niemand hallte es in ihr nach. Ein Wort, das die Antwort war auf all ihre Sehnsüchte, der Grund für ihre ganze Verzweiflung.

Wer war ihr noch geblieben aus ihrem gewohnten Leben? *Niemand.*

An wen konnte sie sich wenden, wen konnte sie um Hilfe bitten? *Niemanden.*

Wer in dieser fremden, albtraumartigen Wirklichkeit glaubte ihr, dass sie sie selbst war? *Niemand.*

Außer vielleicht Armin Braunsfeld.

Sie zwinkerte sich den feuchten Schleier vor den Augen weg und suchte an den Häuserzeilen nach etwas, das ihr bekannt vorkam, fand aber nichts.

Und was, wenn sogar die Polizei … – ›Ich habe Sie vorhin bewusst laufenlassen. Glauben Sie, das hätte ich getan, ohne dafür zu sorgen, dass ich weiß, wohin Sie gehen?‹ Sie wandte sich um und stellte fest, dass gleich mehrere Fahrzeuge hinter ihnen fuhren. Saßen in einem dieser Wagen die Polizisten, die Wittschorek laufend darüber informierten, wo sie sich gerade aufhielt? *Und wenn schon. Was hab ich für eine Wahl.*

Keiner von ihnen sagte etwas während des letzten Kilometers, und als das Taxi anhielt und sie die Acrylglastafel neben der Eingangstür zum Maklerbüro sah, atmete Sibylle auf. Christian reichte dem Fahrer einen Geldschein nach vorne und winkte ab, als der Mann begann, in seiner großen, schwarzen Geldtasche nach Wechselgeld zu suchen.

Sie stiegen aus, und Sibylle spürte, dass ihre Knie zitterten.

Was ist, wenn auch Braunsfeld mich nicht erkennt? Nichts! Er wird mich erkennen! Es ist doch nicht möglich, dass alle unter einer Decke stecken und sich gegen mich verschworen haben.

»Na dann mal los.« Christian legte ihr die Hand auf den Rücken, und Sibylle empfand die Berührung als nicht angenehm. Sie setzte sich in Bewegung, mit jedem Schritt beschleunigte sich ihr Herzschlag. Vor dem Eingang sah sie sich nach Christian um, der nicht neben ihr stand, sondern einige Schritte zur Seite gemacht hatte. Er lehnte gegen den Pfosten einer Straßenlaterne und sah sie an.

»Kommst du nicht mit rein?«, fragte sie erstaunt, woraufhin er den Kopf schüttelte.

»Ich warte hier draußen auf dich. Ich möchte den Mann durch meine Anwesenheit nicht noch zusätzlich verwirren.«

Und warum bist du dann überhaupt mitgefahren, Christian Rössler? Sibylle machte einen letzten Schritt und öffnete die Tür.

Armin Braunsfeld saß an seinem Schreibtisch, der im hinteren Teil des großen Raumes stand und optisch durch zwei hochgewachsene Ficus Benjamini vom Rest des Zimmers abgetrennt war. Er zauberte sofort das freundliche Lächeln auf sein Gesicht, das Sibylle so gut kannte, und erhob seinen massigen Körper. »Einen wunderschönen guten Tag«, sagte er fröhlich. »Bitte, kommen Sie ruhig näher, und keine Angst, ich habe schon gegessen. Hahaha …«

Sibylle blieb wie angewurzelt stehen. *Ruhig bleiben. Nicht verzweifeln. Bleib ruhig, Sibylle, bleib ruhig* … Offensichtlich war ja tatsächlich etwas mit ihrem Äußeren geschehen, es war also nicht weiter verwunderlich, wenn Braunsfeld sie nicht auf Anhieb erkannte. Langsam bewegte sie sich auf ihren Chef zu und sah ihm dabei unentwegt in die Augen. War da ein Flackern des Erkennens? Eine Regung, ein kleinstes Anzeichen dafür, dass ihr Anblick in ihm eine Erinnerung weckte?

Nein. Da war nichts außer dem typischen, Braunsfeld'schen Verkäufer-Lächeln. Sie spürte, wie die Leere der Verzweiflung sich wieder in ihr auszubreiten begann und ihr dabei alle noch verbliebene Kraft wie eine Pumpe entzog.

Am liebsten hätte sie sich einfach auf den Boden fallen lassen. Sie spürte, dass es ihr fast egal war, was aus ihr wurde. Unter Aufbietung ihrer ganzen Willenskraft lächelte sie und sah wie zufällig zur Seite, wo ein weiterer Schreibtisch stand. Ihr Schreibtisch. Der sonst so penibel aufgeräumte Arbeitsplatz war überladen mit Post. Nicht nur im Eingangsfach, auch auf der breiten, grauen Unterlage in der Mitte stapelten sich Briefe, Broschüren und Kataloge. Sie alle mussten an sie persönlich gerichtet sein, denn die geschäftliche Post würde Braunsfeld nicht ungeöffnet herumliegen lassen, dazu war er zu gewissenhaft. Während Sibylle noch überlegte, wie sie es anstellen konnte, an die Briefe heranzukommen, fing Braunsfeld ihren Blick auf: »Oh, das ist der Schreibtisch meiner Angestellten. Eine sehr gute Mitarbeiterin, leider schon längere Zeit … krank. Da türmt sich schon mal schnell die Post. Aber nun kommen Sie, setzen Sie sich doch und lassen Sie uns sehen, womit ich Ihnen helfen kann.«

Sie sah in das runde Gesicht ihres Chefs. *Es macht ihm zu schaffen, dass seine Mitarbeiterin verschwunden ist. Er erkennt mich nicht. Sibylle Aurich ist verschwunden. Nicht ich. Nicht ich. Es ist zwecklos, er erkennt mich nicht.*

»Ich … ähm, ich möchte mich über Lebensversicherungen informieren. Für später, zur Aufstockung der Rente. Das heißt, ich möchte mich nicht nur erkundigen, sondern auch etwas abschließen. Und da dachte ich mir, ein Versicherungsmakler kann mir das beste Preis-Leistungs-Verhältnis bieten. Weil Sie doch nicht an eine Gesellschaft gebunden sind.«

Sein Lächeln wurde breiter, was nicht weiter verwunderlich war. Sibylle wusste, dass er für die Vermittlung von Lebensversicherungen hohe Provisionen einstrich. Sie setzte sich auf einen der beiden Stühle vor seinem Schreibtisch.

»Ach so, und ich hätte eine Bitte an Sie: Wissen Sie, mein Lebensgefährte wartet draußen, ich konnte ihn nicht überreden, mit reinzukommen, er ist skeptisch bei solchen Sachen, aber ohne ihn möchte ich nichts unternehmen. Schließlich betrifft ihn das ja auch irgendwie. Vielleicht könnten Sie … Ich meine, wenn Sie mit ihm reden, also als Fachmann …«

Einen Moment lang sah Braunsfeld sie überrascht an, doch dann kehrte sein Lächeln zurück. Er hatte ihr einmal gesagt, man müsste als Verkäufer verrückt sein, wenn man nicht auf die Wünsche eines verrückten Kunden einging. »Aber natürlich. Wo finde ich ihn?« Er zeigte zur Tür. »Direkt vor dem Haus? Warten Sie, das haben wir gleich.«

Sibylle sah ihm nach, bis die Tür hinter ihm von dem hydraulischen Mechanismus wieder zugezogen wurde, dann sprang sie hastig auf und war mit ein paar schnellen Schritten an ihrem Schreibtisch. *Nur eine halbe Minute.* Mit zitternden Fingern versuchte sie, ob sich die oberste Schublade des Schreibtisches öffnen ließ, und atmete erleichtert auf, als sie tatsächlich herausfuhr. Im hintersten Teil der Schublade, die sich nicht ganz herausziehen ließ, war ein kleines, schmales Fach abgetrennt, so schmal und tief, dass man nicht hineinsehen konnte. Mit klopfendem Herzen steckte sie die Hand hinein und tastete den Schubladenboden ab. Dabei ließ sie die Tür nicht aus den Augen. Schon nach wenigen Sekunden berührten ihre Fingerspitzen, wonach sie gesucht hatte. Schnell zog sie ihren Ersatzschlüssel für das Büro heraus und steckte ihn in die Hosentasche. Dann schloss sie die Schublade und huschte an ihren Platz zurück, gerade noch rechtzeitig, bevor die Tür sich öffnete und Braunsfeld wieder hereinkam.

»Es tut mir leid«, sagte er, während er auf sie zukam, »ich konnte draußen niemanden sehen, wo genau wartet Ihr Lebensgefährte auf Sie?«

»Ach«, sagte sie ein wenig außer Atem und stand auf, »wartet er etwa nicht mehr vor der Tür? Vielleicht ist er mit dem Wagen … Moment, ich gehe selbst mal nachsehen!«

Bevor der mittlerweile doch etwas misstrauisch dreinblickende Armin Braunsfeld etwas erwidern konnte, war Sibylle schon an ihm vorbei und hatte das Büro verlassen. Draußen sah sie sich schnell nach beiden Seiten um, ohne jedoch Christian Rössler zu entdecken. *Wo ist er, verdammt, und vor allem, wovor versteckt er sich eigentlich?*

Sie wandte sich nach rechts und ging mit schnellen Schritten los, ohne zu wissen, wohin. Erst jetzt, wo sie zum ersten Mal seit ihrer Flucht tatsächlich allein war, merkte sie, wie gut es ihr doch getan hatte, als Christian in ihrer Nähe gewesen war.

Sie blieb stehen. *Was mache ich überhaupt? Was, wenn er mich nicht gesehen hat und jetzt in der entgegengesetzten Richtung irgendwo auf mich wartet?* Sie drehte sich um und stieß einen Schrei aus. Christian Rössler stand nur einen Meter hinter ihr und sah sie ernst an.

Als sie den ersten Schreck überwunden hatte, fuhr sie ihn an: »Mein Gott, musst du mich so erschrecken? Wo warst du überhaupt? Warum versteckst du dich? Was wäre gewesen, wenn ich dich da drinnen gebraucht hätte?«

»Ich wäre da gewesen«, antwortete er. »Ich war die ganze Zeit in deiner Nähe.«

»Aber warum hast du dich versteckt?«

»Das habe ich nicht. Als dieser dicke Mann rauskam, stand ich gerade auf der anderen Straßenseite. Und kurz danach kamst du zurück und bist gleich losgerannt. Ich wollte nicht quer über die Straße nach dir rufen, weil ich denke, wir können im Moment keine öffentliche Aufmerksamkeit brauchen.« Damit verzog er den Mund zu einem Lächeln, und obwohl sie wirklich wenig Grund dazu hatte, lächelte Sibylle zurück.

»Erzählst du mir, wie es war, während wir weitergehen?«

Nachdem sie ein paar Meter nebeneinander hergegangen waren, sagte sie so ruhig wie möglich: »Mein Chef hat mich nicht erkannt.«

»Und? Wie hat er reagiert, als du ihm gesagt hast, wer du bist?«

»Ich hab's ihm nicht gesagt.«

Er blieb stehen und hielt sie am Arm fest. »Und warum nicht? Ich dachte, deswegen sind wir hier?«

»Es hätte keinen Zweck gehabt.«

Sie machte sich los, ging weiter und wartete, bis er wieder neben ihr war. »Ich hab ihm angesehen, dass es nichts an mir gab, das ihm bekannt vorkam. Aber – ich habe mir den Ersatzschlüssel für die Eingangstür besorgt!«

»Was?«

»Ja, aus meinem Schreibtisch.«

»Und was willst du damit?«

»Wie spät ist es jetzt?«

Er hob sichtlich irritiert den Arm. »Gleich zwei.«

Sie nickte. »In einer halben Stunde wird Braunsfeld wahrscheinlich das Büro verlassen. Er legt sich seine Kundentermine immer auf den Nachmittag ab halb drei.

Dann werden wir zurückgehen. Ich muss in Ruhe meinen Schreibtisch durchsuchen.«

»Was versprichst du dir davon?«

»Weiß ich noch nicht. Aber ich bewahre da viele persönliche Dinge auf, unter anderem meinen Terminplaner. Vielleicht entdecke ich was, woran ich noch nicht gedacht habe.«

Er blieb eine Weile stumm, schien darüber nachzudenken. Dann sagte er: »Ich halte das für keine gute Idee. Warum möchtest du ein unnötiges Risiko eingehen, Sibylle? Was sollte in dem Terminplaner stehen, was du nicht sowieso schon weißt?«

»Ich habe keine Ahnung, aber schaden kann es auf keinen Fall. Außerdem lag da noch ein großer Stapel Post für mich. Vielleicht ist da irgendwas dabei, das uns weiterbringt. Und ein Risiko ist es auch nicht, schließlich habe ich einen Schlüssel.« Dieses Mal blieb sie stehen und sah ihn an. »Was ist denn los mit dir, Christian? Ich dachte, es liegt auch in deinem Interesse, dass wir etwas rausfinden.«

»Ja, schon. Aber nachdem meine Schwester wieder verschwunden ist, da … Ich hab einfach Angst, du könntest auch plötzlich wieder verschwinden. Aber du hast natürlich recht. Wir müssen jede Möglichkeit nützen.«

Etwas Warmes zog durch ihren Körper, kein Schauer, eher ein Hauch. Kaum stark genug, dass sie ihn neben dem gigantischen, schwarzen Monster der Verzweiflung, das in ihr wütete, wirklich spüren konnte, und doch war er da. Es war die Ahnung eines kurzen Glücksgefühls. *Christian macht sich Sorgen um mich.* Sie ging einen Schritt auf ihn zu und hauchte ihm einen Kuss auf die Wange. Und ganz anders als die Berührung seiner Hand nur Minuten zuvor fühlte sich das überhaupt nicht unangenehm an.

Sie liefen durch die Straßen von Prüfening, um die Zeit zu überbrücken, und sie erzählte ihm Dinge aus ihrem Leben. Nichts Weltbewegendes, denn weltbewegende Ereignisse hatte es in ihrem Leben noch keine gegeben, es waren kleine Geschichten von ihrer Hochzeit und von einem Urlaub in Andalusien, in dem Hannes sich in den Kopf gesetzt hatte, mit einem kleinen, spanischen Fischereikutter aufs Meer herauszufahren. Er hatte tatsächlich einen Fischer gefunden, der bereit war, ihn mitzunehmen, und um halb zwei morgens war er voller Tatendrang aufgebrochen. Als sie um sechs wieder im Hafen einliefen, war Hannes ganz grün im Gesicht gewesen und hatte todkrank ausgesehen.

Sie erzählte ihm auch alles, was sich seit ihrer Flucht am Vortag zugetragen hatte, die Einzelheiten ihrer Begegnung mit Hannes und von ihrem Besuch bei ihrer Schwiegermutter.

Während sie erzählte, hatte sie nicht darauf geachtet, wohin sie eigentlich gingen. Und als plötzlich ihre Straße vor ihnen lag, blieb sie erschrocken stehen. Christian drehte sich zu ihr um. »Was ist?«

»Das ist die Straße, ich meine, also, hier wohne ich … wohnen wir. Da hinten steht unser Haus.«

Er sah die Straße entlang, ließ seinen Blick über die freistehenden Einfamilienhäuser wandern. »Wolltest du hierher?«

»Nein, ganz bestimmt nicht.«

»Dann lass uns besser wieder gehen, bevor dich noch jemand sieht und die Polizei ruft.«

Sie wollte sich schon abwenden, doch dann zögerte sie. »Moment mal, wer sollte mich erkennen? Ich habe mich ja offensichtlich so sehr verändert, dass mich noch nicht einmal Menschen wiedererkennen, mit denen ich täglich zu tun hatte …«

Plötzlich begann die Welt sich zu drehen. Sie streckte den Arm aus und tastete nach Christian, der offenbar sofort begriff und sie stützte, bevor sie zu Boden fallen konnte. »Sibylle, was ist los?«, fragte er besorgt und hielt sie weiter am Arm fest, »geht's dir nicht gut?«

Sie schüttelte mehrmals den Kopf und sah sich um. Die Häuser standen wieder still, der Schwindelanfall war vorüber. »Mein Gott, ich … ich kann offenbar überhaupt nicht mehr klar denken. Bis gerade war ich der festen Überzeugung, dass Hannes und auch Elke in diese Sache verwickelt sein müssen, weil beide so konsequent behauptet hatten, dass ich nicht ich bin. Ich dachte, Hannes hätte Fotos manipuliert und …« Sie sah sich um und entdeckte wenige Meter entfernt ein etwa 60 bis 70 Zentimeter hohes Mäuerchen, das einen Vorgarten eingrenzte. Sie ging darauf zu und setzte sich. Als Christian zu ihr kam und vor ihr stehen blieb, sah sie ihn an und fuhr sich mit der Hand über die Stirn. »Hannes und Elke haben ja recht, Christian. Ich sehe tatsächlich nicht mehr aus wie ich selbst, das weiß ich spätestens nach meinem Besuch bei Braunsfeld. Das bedeutet aber … –«

»Das bedeutet, dass dein Verdacht wahrscheinlich unbegründet ist.«

»Ja«, sagte sie leise. »Das bedeutet es.«

Christian setzte sich neben sie und nahm ihre Hand. »Ich habe mir die ganze Zeit schon den Kopf darüber zerbrochen. Wäre es nur dein Mann gewesen, der sich dir gegenüber so seltsam benommen hätte, gut. Und von mir aus auch noch gemeinsam mit deiner Freundin Elke. Aber diese Fotos, von denen die Polizisten gesprochen haben, auf denen eine andere Frau zu sehen ist. Dann alle diese Menschen, denen du begegnet bist und die dich nicht erkannt haben, selbst die Pflegerin deiner Schwiegermutter … Das passte alles nicht zusammen.«

»Aber wie passt es jetzt zusammen? Was gibt es für eine Erklärung für all das? Du sagst, man hat mit irgendwelchem Hokuspokus zwei Monate lang an meinem Gehirn herummanipuliert, damit ich glaube, ich hätte ein Kind, das es in Wirklichkeit gar nicht gibt.« Sie spürte den seelischen Schmerz, der bei diesen Worten noch immer gierig nach ihrem Verstand griff, und es kostete sie einige Anstrengung weiterzureden. »Wie aber ist es möglich, dass ich nach diesen zwei Monaten völlig anders aussehe? So komplett anders, dass nicht einmal mein Mann mich erkennt?«

Als Christian nicht gleich antwortete, fuhr sie fort: »Und was ich überhaupt gar nicht begreife: Warum komme ich mir im Spiegel nicht selbst fremd vor?«

25

Hans stand seit einer halben Stunde an seinem neuen Beobachtungspunkt. Jane war noch nicht aufgetaucht. Trotzdem verschwendete er keinen Gedanken daran, der Doktor könne sich dieses Mal vielleicht getäuscht haben.

Er hatte ihn angerufen, nachdem er einige Zeit vor dem Haus in Stadtamhof gewartet hatte, und ihm gesagt, er brauche dort nicht mehr länger zu bleiben. Er solle etwas essen gehen und sich bereithalten, seine neuen Befehle kämen bald. Hans hatte sich zuerst vergewissert, dass an dem BMW noch kein Strafzettel hing, dann war er zu einer Pizzeria ganz in der Nähe gegangen und hatte sich im Freien an einen kleinen Tisch gesetzt, der unter einem roten Sonnenschirm mit dem Werbeaufdruck einer Getränkefirma stand.

Als er fast fertig gegessen hatte, war der Anruf gekommen und der Doktor hatte ihm seine neuen Befehle telefonisch durchgegeben.

Nun wartete Hans ein Stück von dem Versicherungsbüro entfernt auf Jane, die zweifellos bald auftauchen würde.

Keine fünf Minuten später kam sie. Zusammen mit ihrem Begleiter ging sie zielstrebig auf das Haus zu, in dessen Erdgeschoss sich das Büro befand. Sie blieben vor der Tür stehen und unterhielten sich kurz, dann wandte sie sich der Eingangstür zu, während er die Straßenseite wechselte und sich schräg gegenüber postierte.

Als Jane in dem Büro verschwunden war, suchte Hans die Umgebung ab. Man durfte die Umgebung seines

Standortes niemals unbeobachtet lassen, egal, wie sicher man sich auch fühlte.

Etwa 100 Meter von sich entfernt bemerkte er eine Frau, die intensiv das Schaufenster eines Fahrradgeschäftes betrachtete. Es war einer der seltenen Momente, in denen Hans' Mund sich zu einem Lächeln verzog.

Dort vor dem Fahrradladen stand Rosemarie Wengler.

26

Die Eingangstür war verschlossen, Braunsfeld war also tatsächlich unterwegs.

Ohne Zögern steckte Sibylle den Schlüssel ins Schloss, öffnete die Tür und betrat das Büro. Christian hatte es vorgezogen, sich wieder auf der gegenüberliegenden Straßenseite zu postieren, um sie warnen zu können, falls ihr Chef plötzlich doch wieder auftauchen würde.

An ihrem Schreibtisch setzte sie sich auf den komfortablen Drehstuhl. Bevor sie mit ihrer Suche nach etwas begann, von dem sie nicht wusste, was es sein sollte, lehnte sie sich einen Moment zurück und betrachtete die Dinge, die sie so gut kannte, die sie jahrelang täglich gesehen hatte. Das riesige, abstrakte Gemälde an der Wand gegenüber. Braunsfelds Frau hatte es ihm zur Eröffnung des neuen Büros geschenkt. Es hieß *Sonnenuntergang im Märchenwald* und war wohl sehr teuer gewesen, wie Braunsfeld schon mehrfach erwähnt hatte. *Einfach nur ein unerträgliches, psychedelisches Intermezzo aus grellen Farben.* Sie hatte lange Zeit gebraucht, sich an den Anblick zu gewöhnen.

Oder der Aktenschrank, der die Wand auf der anderen Seite fast in ihrer gesamten Breite einnahm. Die Schiebetüren bestanden aus schmalen, senkrecht angebrachten Lamellen, die silbrig schimmerten und im Inneren des Schrankes verschwanden, wenn man sie aufschob. Wie viele tausend Male hatte sie diese Türen wohl geöffnet und wieder geschlossen, Ordner herausgenommen und wieder hineingestellt. Früher.

Sie riss sich von dem Anblick los und konzentrierte sich auf ihren Schreibtisch.

Als Erstes sah sie die Post durch, die sich in den vergangenen zwei Monaten angesammelt hatte. Nachdem sie alles zur Seite gelegt hatte, wovon sie sicher wusste, dass es uninteressant war, blieben nur noch zwei Briefe übrig, die sich aber beide ebenfalls nur als Werbesendungen herausstellten, einer von einem Mobilfunkanbieter, der andere von einer Firma, die ihr als *›ausgesuchter Kundin‹* ein ganz außerordentlich günstiges Angebot für die Erstausgabe einer Reihe Silbermünzen machte. Mit nummeriertem Zertifikat.

Sie beugte sich ein Stück zur Seite und zog die mittlere der drei Schubladen auf. Unter einem Stapel A4-Briefumschläge war der Platz ihres in schwarzes Leder eingebundenen Terminplaners. Dort legte sie ihn immer ab, wenn sie im Büro war, und oft ließ sie ihn auch dort liegen, wenn sie nach Hause ging. Familiäre Termine trug sie genau wie auch Hannes zu Hause auf dem großen Wandkalender ein, der in der Küche hing.

Sibylle hob die braunen Umschläge an und stockte. Der Planer lag nicht an seinem Platz. Sie warf die Umschläge achtlos auf den Schreibtisch und ließ sich gegen die Rückenlehne fallen.

Hab ich den mitgenommen, als ich mit Elke zum Essen verabredet war? Nein, ganz sicher nicht. Sie zog die anderen Schreibtischschubladen auf. In der obersten lagen einige noch verpackte Blöcke selbstklebende Notizzettel, eine Packung Kugelschreiber, einige Rollen Klebeband und sonstiges neues Büromaterial. Die unterste Schublade war leer, bis auf … ihren Terminplaner. Erleichtert atmete sie auf, fragte sich aber, wie ihr Terminplaner in die unterste Schublade kam.

Noch nie hatte sie ihn dort abgelegt. Diese Schublade diente ihr dazu, ihre geliebten Streuselteilchen zu parken, die sie jeden Morgen für Braunsfeld und sich selbst vom Bäcker holte. Im Laufe des Morgens öffnete sie immer wieder zwischendurch die Schublade, biss ein Stück ab und legte den Rest wieder zurück. Nie wäre sie auf den Gedanken gekommen, ihren Terminplaner dort abzulegen, *völlig ausgeschlossen. Aber wer hat –? Ach so, natürlich, die Polizei wahrscheinlich. Die muss den Schreibtisch durchsucht und auch den Planer durchgesehen haben, oder vielleicht haben sie ihn sogar mitgenommen und irgendwann später an Braunsfeld zurückgegeben, und der hat ihn in die freie Schublade gelegt, ja, so muss es gewesen sein.*

Sie legte ihn vor sich auf dem Schreibtisch ab und schlug den ledernen Einband um. Auf dem Plastikstück, das etwa in der Mitte des Planers über die oberen Seitenränder herausragte, war in grauen Buchstaben *Heute* aufgedruckt.

Sibylles Hände zitterten, als sie die markierte Seite aufschlug, und ihr Herzschlag beschleunigte sich, als sie den Eintrag las: *20:00 h Santorini mit Elke.*

Sie blätterte zurück, bis vier Wochen vor diesem Termin. Von dort aus schlug sie dann Seite für Seite wieder vorwärts und las dabei jeden einzelnen Eintrag ganz genau.

17:00 Frisör.
Hr. Meisberg anrufen wegen Unterschrift Police.
Krankenkasse anrufen.

16:30 Shoppen mit Elke

Der Eintrag war durchgestrichen und stand dafür am darauffolgenden Tag wieder da. Elke hatte sie am Morgen angerufen und ihr mit weinerlicher Stimme erzählt, dass sie ihre Einkaufstour auf den nächsten Tag verschieben mussten, weil sie beim Frühstück eine Zahnfüllung verloren hatte und zum Zahnarzt musste.

Sibylle konnte sich an alle Ereignisse genau erinnern, die sich hinter den Einträgen verbargen, doch gleichzeitig mit dieser Erkenntnis sank auch ihre Hoffnung, etwas zu finden, das ihr vielleicht weiterhelfen konnte.

Zur Reinigung

18:00 Fa. Welsch wegen Waschmaschine
Finanzamt anrufen

15:15 Dr. O. Kuss.

Dr. O. Kuss? Sie sah auf und blickte nun direkt auf das Farbendurcheinander des Gemäldes. Das hatte sie ganz vergessen, aber jetzt erinnerte sie sich wieder. *Dr. Olaf Kuss.* Sie war ein paarmal bei ihm in der Praxis gewesen wegen ihrer Kopfschmerzen. Beim ersten Mal hatte er alle möglichen Untersuchungen an ihr durchgeführt und eine ganze Reihe von teilweise seltsamen Tests mit ihr gemacht, bei denen sie sich mehr als einmal die Frage gestellt hatte, was das wohl mit Kopfschmerzen zu tun haben sollte. Er hatte ihr in die Pupillen geleuchtet, und sie musste seinem ausgestreckten Zeigefinger mit den Augen folgen, ohne den Kopf dabei zu bewegen. Sie musste an Kaffeepulver riechen und sich dabei jeweils ein Nasenloch zuhalten, die Stirn runzeln und die Wangen aufblasen. Einen Holzspatel hatte er ihr gleich zweimal so weit in den Rachen gesteckt, dass sie sich fast übergeben hätte. Dann hatte er sie über ihre Blasen- und Darmaktivität ausgefragt, was ihr ein wenig peinlich gewesen war.

Wann war ich da zum ersten – Sie blätterte hastig wieder zurück, nach etlichen Seiten hatte sie den Eintrag gefunden: 27. Mai, ein Dienstag, der erste Termin.

Dr. Kuss hatte sie nach den seltsamen Untersuchungen zu einer Computertomographie in die Uniklinik überwiesen – wie die ganzen anderen Tests ohne Befund. Bei ihrem Termin am 10. Juni hatte Dr. Kuss keine Untersuchungen mehr an ihr durchgeführt, sondern nur eine ganze Reihe teilweise recht merkwürdiger Fragen gestellt, weil er angeblich herausfinden wollte, ob ihre Beschwerden vielleicht psychosomatischer Natur sein konnten: wie gut sie schlief, ob sie oft träumte und wie ihr Verhältnis zu ihrem Mann war.

Ihr Verhältnis zu Hannes. Ein guter und verständnisvoller Ehemann, er war zuverlässig und liebevoll, und es hatte während ihrer gesamten Ehe keine einzige Situation gegeben, in der er ihr gegenüber in irgendeiner Form aggressiv geworden wäre.

Nein, Hannes war ganz sicher nicht der Grund für ihre Kopfschmerzen gewesen.

›Und haben Sie Kinder?‹ Kinder … Der Schmerz war sofort wieder da, als hätte er auf sein Stichwort gelauert. Er griff mit seinen harten Klauen nach ihr, wollte sie wieder überwältigen, aber das durfte sie nicht zulassen. Sie konzentrierte sich. *Was hab ich dem Arzt auf diese Frage geantwortet?* Die Erinnerung war fast greifbar, noch nicht ganz da, aber sie spürte, dass nur noch ein kleines Stückchen fehlte. *Reiß dich zusammen, Sibylle Aurich,* du musst dich verdammt nochmal erinnern!

Sie stellte sich die Situation noch einmal genau vor, sah das große, modern eingerichtete Behandlungszimmer vor sich und das kompliziert aussehende Ultraschallgerät, das neben der Liege an der Wand stand. Den Arzt mit dem blonden Haarkranz und der randlosen Brille, wie er sie ansah und ihr diese einfache, kurze Frage stellte. »Haben Sie Kinder?«

»Nein.« Das war ihre Antwort.

Nein.

Ich habe tatsächlich nein gesagt.

So einfach ist das.

Ein Wort nur, und doch eine ganze Welt.

Eine ihrer Tränen landete mit einem patschenden Geräusch auf dem Papier ihres Terminplaners. Es kam ihr übermäßig laut vor. Sie betrachtete die Stelle und sah dabei zu, wie innerhalb weniger Sekunden ein kreisrunder, dunkler werdender Fleck auf dem Papier entstand, das sich dann ein wenig wellte.

Sie las den Eintrag wieder und wieder, betrachtete jeden einzelnen Buchstaben. Dieses große D in ›Dr.‹ mit seinem extrem geschwungenen Bauch, und in ›Kuss‹ das K mit dem weit herübergezogenen oberen Schrägstrich.

Ohne länger darüber nachzudenken schlug sie das hintere Register ihres Terminplaners auf, wo sie wichtige Adressen und Telefonnummern aufgeschrieben hatte.

Eine halbe Minute später wartete sie mit klopfendem Herzen darauf, dass abgehoben wurde. Sie ließ es mindestens zehnmal klingeln und wollte gerade auflegen, als doch noch abgehoben wurde und sich eine junge Frauenstimme meldete. »Praxis Dr. Olaf Kuss, Katrin Hengsberger, was kann ich für Sie tun?«

»Hallo? Guten Tag, mein Name ist Sibylle Aurich. Könnte ich bitte mit Herrn Dr. Kuss sprechen?«

»Das geht im Moment leider nicht, der Chef ist beschäftigt. Kann ich Ihnen vielleicht weiterhelfen?«

»Ich weiß nicht. Vielleicht …« *Was genau will ich eigentlich wissen?* »Könnte ich vielleicht vorbeikommen? Es ist wirklich sehr dringend.«

»Heute? Das geht leider nicht. Wir nehmen nachmittags nur Patienten mit Termin an.«

»Bitte«, sagte Sibylle und versuchte, ihre ganze Verzweiflung in ihre Stimme zu legen, aber Katrin Hengsberger schien für verzweifelte Patienten keine Antenne zu haben.

»Tut mir leid. Ich kann Ihnen einen Termin für nächste Woche Donnerstag anbieten, um 16 Uhr.«

»Nein, danke, ich … Ist nicht nötig.«

Sie legte auf und spürte, wie erneut das Gefühl des Verlorenseins in ihr hochsteigen wollte. Aber das würde sie nicht mehr zulassen.

Sie ergriff ihren Terminplaner, erhob sich und hielt mit einem Blick auf ihren Schreibtisch inne. *Soll ich alles wieder so herrichten, wie es vorhin war?*

Aber warum?

Als sie die Tür zugeschlossen hatte, verließ Christian seinen Platz auf der gegenüberliegenden Straßenseite, wo er gegen den Pfosten eines Straßenschildes gelehnt gestanden hatte, und kam auf sie zu.

»Na, hast du was Interessantes gefunden?«

Sibylle hielt den Terminplaner hoch. »Nein, nicht viel. Ich war einige Male bei einem Neurologen, wegen starker Kopfschmerzen. Das hatte ich ganz vergessen. Der letzte Termin war etwa zwei Wochen, bevor ich überfallen worden bin.«

Christian zog die Augenbrauen hoch. »Ich sehe da keinen Zusammenhang. Bei welchem Arzt war das?«

»Dr. Kuss, Olaf Kuss. Er hat seine Praxis in der Nähe des Donau-Einkaufszentrums.«

»Hm. Und was hast du nun vor?«

»Ich überlege, ob ich mich mit diesem Arzt unterhalten soll. Es hat wahrscheinlich nichts mit dem Ganzen zu tun, aber … Was denkst du?«

Er schien angestrengt zu überlegen.

»Sag mal, wie war das mit deiner Schwester? Kann es nicht vielleicht sein, dass sie auch … –«

»Bei diesem Arzt war? Nein, das wüsste ich.«

Sibylle nickte. »Ich dachte nur, das könnte vielleicht eine Gemeinsamkeit sein. Aber unterhalten möchte ich mich trotzdem mit ihm.«

Entschlossen ging sie los, in der Hoffnung, das gleiche Glück wie zuvor zu haben und schnell ein Taxi zu finden. Christian war nach ein paar Schritten neben ihr.

»Sibylle, mal ehrlich, das ist doch Zeitverschwendung. Was, glaubst du, kann dieser Arzt dir sagen, was dir weiterhelfen könnte?«

»Uns«, korrigierte sie ihn. »Vielleicht kann er uns weiterhelfen. Oder interessiert es dich nicht mehr, was mit deiner Schwester passiert ist?«

»Natürlich interessiert es mich noch.« Sofort klang seine Stimme wieder weicher. »Aber genau deshalb halte ich es für nicht sinnvoll, zu einem Arzt zu gehen, der dich vor Wochen wegen Kopfschmerzen behandelt hat. Ich befürchte, dass jede Stunde zählt, wenn ich Isabelle finden möchte, bevor die …« Er verstummte.

»Bevor die ihr das Gleiche angetan haben wie mir, wolltest du sagen, oder?«

»Kannst du nicht verstehen, dass ich mir große Sorgen mache?«

»Doch, das –« Sie blieb abrupt stehen und brachte keine Silbe mehr heraus.

Vor ihr hing, mit Draht auf Augenhöhe an einem Lampenmast befestigt, ein schon etwas verwittertes, buntes Plakat, dessen obere rechte Ecke ein wenig herabhing. Es war ein Plakat des Circus Krone in München, auf dem ein Konzert mit Peter Maffay am 4. September 2008 angekündigt wurde. Neben alten und bekannten Songs würde er sein neues Album *Ewig* vorstellen, hieß es.

Der 4. September … Das neue Album … Ewig.

›Ich gehör dir
wenn nicht für immer dann wenigstens ewig
eine Sekunde ohne dich geht nicht
wenn nicht für immer dann wenigstens ewig
denn durch dich lebe ich – ewig !‹

Ich stehe ganz nah an der Band, nur etwa drei Meter trennen mich von Carl Carlton. Ein paar Schritte weiter steht Maffay, die akustische Gitarre umgehängt. Er trägt ein weißes Hemd mit buntem Aufdruck, es hängt lässig über der Jeans. Die großflächigen Tätowierungen seiner Oberarme lugen unter den kurzen Hemdsärmeln hervor. Das neue Album ist sehr rockig, der Rahmen in dem verhältnismäßig kleinen Zirkusbau fast intim für ein Maffay-Konzert.

Es ist toll, so nah am Geschehen zu sein, so toll, dass mir die Atmosphäre einen Schauer über den Rücken jagt.

Etwas riss sie weg von dem Konzert, sie versuchte sich dagegen zu stemmen, wollte dieses Glücksgefühl weiterempfinden, doch unerbittlich wurde sie zurück in diese seltsame, unwirkliche Welt in Regensburg gezogen. Christians Stimme.

»Sibylle! Sag doch was, Sibylle. Was ist los mit dir?«

Sie sah ihn an, brauchte einige Sekunden, um das, was sie gerade erlebt hatte, zumindest grob einordnen zu können, und hatte im gleichen Moment, in dem ihr das gelang, das Gefühl, den Boden unter den Füßen zu verlieren. Sie musste sich an Christians Oberarm festhalten.

»Ich … war da«, brachte sie mit großer Mühe heraus.

Christian sah sie verständnislos an. »Du warst wo?«

Sie zeigte auf das Plakat vor sich, sah dabei aber unentwegt Christian an.

»In München, im Circus Krone. Ich war … Christian, ich war bei diesem Konzert dabei!«

Als sie es laut aussprach, schien das Gewicht der Erkenntnis noch schwerer zu werden. Es drückte ihr so sehr auf die Brust, dass ihr das Atmen zur Last wurde.

Christian betrachtete das Plakat näher, las den Text darauf und stutzte. »Das ist unmöglich, Sibylle. Hier, guck doch mal, das Konzert war am vierten September, also vor etwas mehr als zwei Wochen. Du bist aber Ende Juli entführt worden und gestern erst entkommen, richtig?«

»Ich weiß.«

»Na also.«

»Trotzdem – ich war da. Ganz sicher.«

Christian winkte ab. »Du warst wahrscheinlich früher mal auf einem Maffay-Konzert und verwechselst das jetzt. Ein Wunder ist es ja nicht bei dem Durcheinander, das in deinem Kopf herrschen muss.«

Sie schüttelte stoisch den Kopf. »Nein. Maffay hat sein neues Album vorgestellt, *Ewig.* Das ist erst Ende August auf den Markt gekommen! Da unten auf dem Plakat steht es.« Er las es nicht, sondern winkte wieder ab und sah in eine andere Richtung.

»Ich hab Maffay nie gemocht, aber mir fallen immer wieder Liedtexte von ihm ein.«

Nun sah er sie doch wieder an. »Vielleicht haben die dir das auch eingeimpft, wer weiß?«

»Ich kenne den Refrain seines neuen Songs.«

Christian senkte den Kopf und atmete geräuschvoll aus.

»Also gut. Wie auch immer das gegangen sein soll – nehmen wir an, du warst tatsächlich da – was würde das bedeuten?«

»Ich weiß es noch nicht, aber ich weiß sicher, dass ich auf diesem Konzert war und dass es mir gutging dabei. Verstehst du? Es ist nicht so, dass ich mich einfach nur an Einzelheiten des Konzertes erinnern kann, ich weiß auch, dass ich glücklich war, dass ich die Lieder mitgesungen habe.«

»Warst du alleine da?«

Sibylle dachte nach, aber als sie sich die Menschen in Erinnerung rufen wollte, die neben ihr gestanden hatten, waren da nur konturlose, helle Flächen.

»Weiß ich nicht«, musste sie schließlich zugeben.

Christian sah sie nur wortlos an, aber sie konnte in seinem Gesicht deutlich lesen, was er dachte. »Bitte, warum sollte man mir den Besuch eines Konzertes vorgaukeln? Das erst vor zwei Wochen stattgefunden hat? Kannst du mir das halbwegs plausibel erklären?« Als er nicht gleich antwortete, sagte sie: »Ich bin da gewesen, Christian, und damit habe ich endlich etwas, wo ich ansetzen kann, um herauszufinden, was mit mir in diesen zwei Monaten passiert ist.« *Und was kann ich schon noch verlieren?*

In seinem Blick glaubte sie Verzweiflung zu erkennen. »Und was heißt das?«

»Das heißt, ich werde nach München fahren.« Sie hoffte, dass er ihrer Stimme nicht anhörte, wie groß ihre Angst bei dem Gedanken daran war, und zum zweiten Mal an diesem Tag fragte sie Christian Rössler: »Kommst du mit?«

27

»Ich halte es noch immer für eine verrückte Idee.«

Sibylle reagierte nicht darauf. Sie löste am Automaten zwei Karten für die Strecke zum Regensburger Hauptbahnhof. Christian hatte in den fünfzehn Minuten, die sie für den Weg von Braunsfelds Büro bis zu dem kleinen Prüfeninger Bahnhof in der Schlossstraße gebraucht hatten, mehrmals versucht, ihr klarzumachen, dass sie im wahrsten Sinne des Wortes einem Hirngespinst nachlief.

Sie griff in ihre Hosentasche, zog eine Handvoll zerknitterter Geldscheine heraus und suchte nach einem kleinen Schein, um die zwei Euro achtzig zu zahlen, die im Display für die fünfminütige Fahrt angezeigt wurden.

»Wo hast du das viele Geld her?«, fragte Christian, und seine Stimme klang dabei so erstaunt, dass Sibylle innehielt und ihn ansah.

»Von zu Hause, das ist mein Erspartes. Warum fragst du?«

»Nur so. Ich hatte ganz vergessen, dass du zwischenzeitlich schon zu Hause gewesen bist. Du hattest das Geld wahrscheinlich an einem sicheren Ort aufbewahrt, oder?«

»Du stellst komische Fragen«, antwortete sie und wandte sich wieder dem Automaten zu. Vorsichtig schob sie einen 5-Euro-Schein in den dafür vorgesehenen Schlitz, nachdem sie ihn ein wenig glattgezogen hatte.

»Wenn ich mir das so vorstelle – dein Mann erklärt dir, dass er nicht dein Mann ist, und obendrein noch, dass es den Jungen nicht gibt, den du suchst, und du hast die

Nerven, dich in dieser Situation an ein Versteck zu erinnern und das Geld mitzunehmen? Das … das ist enorm.«

Sibylle hielt ihm eine der Fahrkarten entgegen und sagte: »Glaubst du mir etwa nicht?«

Christian lächelte für Sibylles Empfinden einen Tick zu viel. »Doch, natürlich glaube ich dir. Ich finde, dass du trotz dieser schrecklichen Situation sehr stark bist.«

»Lass uns gehen«, sagte sie und zeigte auf die große Uhr über einer Doppeltür, die hinaus zu den Gleisen führte, »noch vier Minuten.«

Sie kamen um 16 Uhr 08 nach einer kurzen, wortkargen Fahrt am Regensburger Hauptbahnhof an und standen fünf Minuten später am Schalter, wo sie erfuhren, dass die nächstmögliche Verbindung nach München ein Regionalexpress war, der um 16 Uhr 38 auf Gleis 9 abfahren und um 18 Uhr 11 am Münchener Hauptbahnhof ankommen sollte.

Sibylle zahlte auch die 46 Euro 60 für diese beiden Fahrkarten und reichte Christian eine davon. Er steckte sie ein und sagte: »Ich muss mal schnell zur Toilette.«

Sie deutete auf eine kleine Sitzgruppe aus gelben Plastikschalen, die zwar nicht sehr bequem aussahen, aber die einzige Sitzgelegenheit war, die sie entdecken konnte.

»Ich warte da vorne auf dich.«

Nur die äußere der sechs Schalen war besetzt. Ein kaugummikauendes Mädchen von vielleicht vierzehn Jahren saß darauf, einen pinkfarbenen Rucksack zu ihren Füßen und die Knöpfe eines Kopfhörers in den Ohren. Sie nickte mit dem Kopf zum Takt der Musik, die nur sie hören konnte.

Sibylle ließ einen Platz neben ihr frei und setzte sich, ohne dass das Mädchen Notiz von ihr nahm.

Sie ließ den Blick durch die Halle wandern, vorbei am Infopoint, der zentral in der Mitte der Halle lag, herüber zu der großen Verkaufshalle. Wie sehr beneidete sie diese Menschen, die kreuz und quer durch die Halle eilten oder vor den Regalen standen und die Dinge betrachteten, die sie zum Geldausgeben verführen sollten. Sie hatten ihre kleinen Sorgen, ärgerten sich über Nichtigkeiten und hatten dabei keine Ahnung davon, was es hieß, in wirklichen Schwierigkeiten zu stecken.

Hinter ihr fing ein Kind an zu brüllen, und sie wandte sich um. Eine junge Frau zog mit der einen Hand einen großen und offensichtlich schweren Koffer hinter sich her und mit der anderen einen schreienden Jungen, der sich immer wieder fallen ließ und mit Händen und Füßen versuchte, dem Griff seiner Mutter zu entkommen. Über ihrer Schulter lag der Riemen ihrer überdimensionalen Handtasche, der aber alle paar Sekunden über ihren Oberarm wieder herunterrutschte. Das Gesicht des Jungen war puterrot vom Schreien, und gerade versuchte er, seine Mutter dadurch zu beeindrucken, dass er sich in ihrem Griff hängen ließ und mit den Füßen auf den Boden schlug.

So hat sich Lukas noch nie aufgeführt.

Sofort bohrte sich eine unsichtbare Klinge in ihre Brust. *Lukas.* Ihr Verstand sagte ihr, dass Christian recht hatte. Es sprach ohne eine einzige Ausnahme alles dafür, dass man ihr ein Kind ins Gedächtnis gepflanzt hatte. Und doch pochte ihr Herz noch immer darauf, dass es diesen kleinen Menschen wirklich gab und dass er im Moment große Angst hatte und ihre Hilfe brauchte.

Sie riss sich von diesen Gedanken los, auch wenn es ihr sehr schwerfiel, und sah sich in der Halle um.

Von Christian war noch nichts zu entdecken. Die große Uhr über dem Infoschalter zeigte mittlerweile 16 Uhr 31. *Ich will diesen Zug auf keinen Fall verpassen.*

Sibylle folgte dem Hinweisschild zu den Toiletten und durchquerte die Halle. Sie entdeckte Christian neben dem Eingang der Toiletten mit seinem Handy am Ohr. Langsam ging sie auf ihn zu, während er mit ernster Miene seinem Gesprächspartner zuzuhören schien. Kurz bevor sie ihn erreicht hatte, bemerkte er sie. Sein Gesichtsausdruck änderte sich schlagartig.

»Ich melde mich dann später noch mal«, sagte er hastig und ließ die Hand mit dem Telefon sinken.

»Ich dachte, ich sehe mal nach, wo du bleibst«, sagte sie und bemühte sich dabei erst gar nicht, ihre Verwunderung zu verbergen. »Ich konnte ja nicht ahnen, dass du noch telefonieren musst. Es wird höchste Zeit, dass wir zum Bahnsteig gehen. Mit wem hast du telefoniert?«

»Ach, das …«, in einer sinnlosen Geste hielt er ihr das Telefon erst entgegen, bevor er es in die Brusttasche seines Hemdes steckte, »das war nur ein Bekannter, dem ich gesagt habe, dass ich kurzfristig nach München muss.«

Ein Bekannter? Den er extra informieren muss, wenn er nach München fährt? Egal … »Komm, Christian, wir haben's eilig!«

Nur zehn Minuten später saßen sie sich am Fenster in der 2. Klasse gegenüber und sahen durch die verschmierte Scheibe nach draußen, während der Zug aus dem Regensburger Bahnhof rollte.

Sibylle sah vorsichtig zu Christian herüber. Sie neigte dabei den Kopf nur ganz wenig, gerade so weit, dass sie ihn aus den Augenwinkeln sehen konnte. Er schien es nicht zu bemerken.

Warst du überhaupt auf dem Klo, Christian Rössler, oder brauchtest du nur eine Ausrede, um hinter meinem Rücken telefonieren zu können? Wenn dieser Bekannte so wichtig ist, warum hast du ihn bisher noch nicht erwähnt? Und warum hilft er dir nicht bei der Suche nach deiner Schwester?

»Liebst du sie sehr?«, fragte sie spontan und sah ihn offen an.

»Hm, was?« Er schien in Gedanken versunken gewesen zu sein, denn er zuckte zusammen.

»Deine Schwester.«

»Was? Ob ich meine … Ja, doch, natürlich liebe ich meine Schwester. Wie kommst du jetzt darauf?«

»Vielleicht … bin ich ja wirklich verrückt. Eigentlich sollte ich froh sein und nicht nachfragen, aber … weißt du, wir reden die ganze Zeit immer nur über mich. Du gehst dorthin, wo ich hingehe, du stellst mir viele Fragen, sprichst aber sehr wenig über Isabelle. Sie ist doch, nach dem, was du erzählt hast, wahrscheinlich in großer Gefahr.«

»Ich hoffe einfach darauf … also, wenn ich dir helfe, so gut ich kann, dann hilft mir das im Endeffekt vielleicht, Isabelle zu finden.«

Sibylle sah wieder nach draußen. Der Zug hatte mittlerweile Geschwindigkeit aufgenommen, gerade flogen Gärten und Hinterhöfe vorbei, die bis fast an die Gleise heranreichten.

»Und was ist mit eurer Familie? Es muss doch noch andere Menschen geben, die sich um sie sorgen.«

»Nein, es gibt keine Familie. Unsere Eltern sind tot, und verheiratet sind wir beide nicht. Wir haben nur uns.«

»Und deinen Bekannten.«

Er zögerte einen Moment und sagte dann: »Ja, aber

der … steht uns nicht so nah, dass ich ihn in diese Sache mit reinziehen würde.«

»Na ja, immerhin nah genug, dass du ihn vom Bahnhof aus extra angerufen hast.«

»Ja, aber … Ist doch auch egal, er ist eben ein Bekannter.«

Es klang ärgerlich.

Du lügst mich an, Christian. Aber warum? »Ja, du hast recht. Es ist egal.«

Sie lehnte sich zurück, schloss die Augen und dachte an München. *Das Konzert, Maffay … München … Klinikum rechts der Isar, Gynäkologie, Dr. Blesius, Lukas … – und was will ich unternehmen, sobald wir da angekommen sind?*

Sie öffnete die Augen. Auch Christian hatte sich bequem zurückgelehnt, er saß ganz ruhig und atmete gleichmäßig.

»Christian?«, sagte sie leise.

Er hatte die Augen geschlossen und reagierte nicht, sie wiederholte seinen Namen, dieses Mal aber ein wenig lauter.

Keine Reaktion. Er schien tatsächlich eingeschlafen zu sein.

Sie betrachtete ihn, ließ ihren Blick über sein Gesicht gleiten. Über die Wangen zog sich mittlerweile eine Fläche feiner Bartstoppeln, die dunklen, an den Seiten bis fast über die Ohren reichenden Haare waren im Nacken sanft gewellt und lugten links und rechts hinter seinem Hals hervor. Das Hemd stand weit offen, unter dem engen Shirt zeichnete sich seine gut ausgebildete Brustmuskulatur über einem flachen Bauch ab, aus der Brusttasche lugte die Stummelantenne seines Mobiltelefons heraus.

Sibylles Körper spannte sich. *Sein Handy.*

Christian schien zu schlafen. Sie bräuchte nur das Telefon aus der Tasche zu ziehen, die Wahlwiederholung zu drücken und wüsste, wer der Bekannte war, mit dem er vom Bahnhof aus telefoniert hatte. Oder die Liste der zuletzt eingegangenen Anrufe. *Aber wenn er was merkt?* Er würde wahrscheinlich ziemlich böse werden. Wahrscheinlich würde er ihr vorhalten, dass sie ihm nicht vertraute.

Vertraue ich ihm denn?

Sie beugte sich nach vorne und streckte die Hand aus, ganz langsam, immer weiter, bis ihre Fingerspitzen nur noch wenige Zentimeter von seinem Hemd entfernt waren.

Sie zögerte. *Was mach ich da? Immerhin will er mir helfen.*

Mit spitzen Fingern packte sie die kleine, gummiüberzogene Antenne und zog vorsichtig nach oben. Während das Telefon Zentimeter für Zentimeter aus der Hemdtasche herausschlüpfte, beobachtete sie sein Gesicht. Fast hatte sie es geschafft, als Christian leise aufstöhnte und sich ein wenig zur Seite drehte. Dabei berührte sie mit dem kleinen Finger seine Brust.

Sibylle hielt den Atem an, verharrte in der Position und wagte es nicht, sich auch nur einen Millimeter zu bewegen. Sekundenlang saß sie verkrampft und bewegungslos da, dann atmete sie erleichtert vorsichtig aus. Er hatte nichts bemerkt und schlief weiter.

Sie hatte Glück: Christians Telefon war ein Klapphandy, ohne Tastensperre.

Auf dem kleinen Farbdisplay leuchtete ihr ein schwarzer Porsche entgegen, in dem jemand saß. Man konnte ihn nicht deutlich sehen, aber sie glaubte, Christian zu erkennen.

Hm, so ein Luxusschlitten passt gar nicht zu ihm.

Sie drückte die Taste, auf der ein grüner Hörer abgebildet war, und im Display erschien eine Nummer, die ebenfalls zu einem Mobilanschluss zu gehören schien. Nach einem letzten, schnellen Blick zu Christian herüber drückte sie nochmals dieselbe Taste und hielt sich das Telefon dann ans Ohr.

Es fühlte sich an, als wolle ihr das Herz aus dem Hals springen, während sie dem Klingelzeichen zuhörte. Nach dem vierten Mal wurde abgehoben.

»Martin Wittschorek.«

Hastig nahm Sibylle das Telefon vom Ohr und beendete mit der roten Taste das Gespräch.

Das wilde Schlagen ihres Herzens wurde zum schmerzhaften Hämmern, schien aber schon im nächsten Augenblick gänzlich aufzuhören, als Christian fragte: »Und? Hast du rausgefunden, was du wissen wolltest?«

28

Schon kurz nachdem Jane wieder aus dem Büro herausgekommen war, benahm sie sich sehr merkwürdig.

Wenn Jane sich merkwürdig benahm, bedeutete das für Hans, dass es vielleicht nicht mehr lange dauern würde, bis sein Handeln gefragt war. Bald würde er eingreifen und damit eine geradezu unendliche Anzahl darauf folgender Ereignisse grundlegend verändern.

Er hatte etwas Großes, etwas Schöpferisches, dieser Prozess. Und doch erzeugte der Gedanke daran ein seltenes Durcheinander in seinem Kopf. Was war nur mit ihm los? Wie konnte es sein, dass er plötzlich Dinge in Frage stellte, die nicht in Frage zu stellen waren?

Nachdem ihr Begleiter seinen Posten verlassen hatte und zu ihr herübergegangen war, unterhielten sie sich erst eine Weile, dann gingen sie los, um nach nur wenigen Metern vor einem bunten Plakat wieder stehen zu bleiben, das offensichtlich Janes Aufmerksamkeit auf sich zog. Sie starrte es wie unter Schock stehend an, während er auf sie einredete.

Als sie ihren Blick endlich von dem bunten Wirrwarr losriss, von dem Hans auf die Entfernung keine Details erkennen konnte, und sich dabei so sehr schwankend an ihrem Begleiter festhielt, dass Hans dachte, sie würde gleich umfallen, setzte er sich in Bewegung. Er musste wissen, was sie so aus der Fassung gebracht hatte. Nach ein paar Schritten schon konnte er die ersten Worte lesen, die in großen, gelben Buchstaben das Plakat beherrschten. Während er auf die beiden und das Plakat zuging, konnte er immer mehr erkennen, und je mehr er lesen konnte, umso sicherer wurde er, dass seine Aufgabe nun wirklich bald zu ihrem Ende kommen würde. Er prägte sich alles genau ein und ging schließlich noch ein gutes Stück weiter, bevor er sich wie zufällig kurz umsah. Er entschied, dass er weit genug entfernt war, und zog sein Telefon hervor.

Der Doktor hörte sich seinen Bericht an, ohne ihn zu unterbrechen. Anschließend musste sich Hans das freie Ohr zuhalten, und mit jedem der kurzen, knappen Sätze, die er hörte, stieg die Beklemmung in ihm ein Stückchen mehr.

Als der Doktor das Gespräch beendete, steckte Hans das Telefon wieder weg. Die beiden hinter ihm standen noch immer vor dem Plakat und redeten miteinander.

Hans ließ seinen Blick über die Straße, die Gehwege und die Häuser streichen und suchte alles nach den feuerroten Haaren ab, aber er konnte sie nirgends entdecken.

29

Sie sahen sich lange an, minutenlang, wie es ihr schien. Die Gedanken rasten wie auf einer bizarren Achterbahn durch Sibylles Kopf. Alles ging drunter und drüber, Wörter sausten in grellbunten Farben kreuz und quer an ihr vorbei und brüllten sie übergroß an. Bilder blitzten auf und waren schon wieder verschwunden, ehe sie Details erkennen konnte. Nur ganz langsam legte sich etwas wie eine schwarze, kalte Schablone über ihr Inneres, die alles fest zusammenpresste, so lange, bis als Quintessenz dieses Gedankendurcheinanders ein riesiger, schwarzer Tropfen hervorquoll, der aus reiner Verzweiflung bestand.

Sibylle weinte. Zum ersten Mal seit … – sie wusste nicht mehr, seit wann, aber es musste Stunden her sein. Es war nicht das krampfende Weinen, von dem man durchgeschüttelt wurde, und auch nicht das laute, klagende Heulen einer plötzlichen Trauer. Sie weinte still, reglos. Da waren nur Tränen, die sich wie zwei feine Bachläufe über ihre Wangen zum Kinn schlängelten und sich dort zu mehreren wieder zusammenschlossen, um sich vereint von ihrem Gesicht zu lösen und auf ihre Jeans zu fallen. Tränen, die die Energie aus ihrem Körper herausspülten und sie immer schlaffer werden ließen.

Der ›Bekannte‹ … Kommissar Wittschorek.

Christian Rössler, der Mann, der mich so lange bearbeitet hat, bis ich geglaubt habe, was er mir erzählt, hat mich angelogen.

War alles andere auch gelogen? Zum ersten Mal in ihrem Leben – in dem Leben, an das sie sich erinnern konnte –

kam ihr der Gedanke, dass es eigentlich egal, dass es vielleicht sogar eine Erlösung wäre, wenn sie in diesem Moment sterben würde. Einfach so, an diesem Fensterplatz im Zweite-Klasse-Abteil eines Regionalexpresses.

Dann dachte sie nichts mehr, und sie wollte nichts mehr.

Die ewige Stimme in ihrem Kopf schwieg plötzlich. Ihr Mund aber öffnete sich und sagte: »Warum hast du mich angelogen?«, und sie war davon überzeugt, dass sie ihrem Mund das nicht aufgetragen hatte.

»Und du? Warum klaust du mir mein Telefon?«

»Warum hast du mich bloß angelogen?«, wiederholte sie stoisch und hielt ihm sein Telefon entgegen. Er nahm es mit unbewegter Miene und steckte es wieder zurück in die Hemdtasche. Sibylle wusste, dass sie ihm die gleiche Frage immer wieder stellen würde.

Er wiederholte seine Frage nicht. Er sah sie nur an.

»Also gut«, sagte er nach einer weiteren Pause. »Ich werde dir alles sagen, aber es wird lange nicht so spannend, wie du es dir vielleicht vorstellst.«

»Warum?«

Es war, als stünde sie neben sich und wäre nur Zuhörerin dessen, was sie sagte, ohne auch nur den geringsten Einfluss darauf zu haben.

»Ich habe keine Schwester, die entführt worden ist. Was ich dir über die Methoden dieser Organisation erzählt habe, darüber, was die mit dir gemacht haben, das … das sind nur Vermutungen von uns. Aber die Wahrscheinlichkeit ist groß, dass sie stimmen.«

»›Wir‹, wer ist das? Wer bist du?«

»Mein Name ist Christian Rössler, ich bin beim LKA und war früher bei der Kripo Regensburg. Martin Wittschorek ist ein ehemaliger Kollege und Freund. Er hat mich inoffiziell um Hilfe gebeten, weil er hofft, dass diese Typen versuchen werden, dich wieder aufzugreifen. Dann sind wir an ihnen dran.«

Sibylle sah wieder den Keller der Klinik vor sich, sie sah Grohe mit dem Hausmeister inmitten des Raumes stehen und Wittschorek, der etwas vom Boden aufhob. Ein Klümpchen von dem Zeug, mit dem die Kabel an ihrem Kopf befestigt gewesen waren.

Sein Gesicht, als sie sich davonmachte. Deshalb also hatte er sie absichtlich entkommen lassen.

»Wittschorek glaubt dir, dass du nichts mit der Sache zu tun hast. Aber das nützt ihm und auch dir reichlich wenig, Grohe hält dich nämlich für eine pathologische Lügnerin. Er weiß nichts davon, dass ich bei dir bin, und er darf es auch nicht erfahren, sonst wirft er Martin aus der SoKo raus und dich steckt er in die Geschlossene. Grohe ist eine Flasche, und wenn Martin nicht mehr dabei ist, sind die Chancen, diese Sache aufzuklären, gleich null. Ich habe Urlaub, und im Grunde genommen ist das, was ich hier tue, nicht nur inoffiziell, sondern sogar kriminell, verstehst du? Ich nehme eine dringend Tatverdächtige nicht fest, obwohl ich die Möglichkeit dazu hätte. Wenn das rauskommt, kann es sowohl Martin als auch mich den Job kosten. Deswegen die ganze Geheimniskrämerei.«

»Eine dringend Tatverdächtige? Ihr hofft, dass die versuchen werden, mich wieder aufzugreifen? Du … Ihr … ihr benutzt mich als Lockvogel?«

»Ja.«

Als ob das alles nicht schon wahnsinnig genug wäre!

»Warum soll ich dir diese Geschichte jetzt glauben, Christian Rössler?«

»Weil es die Wahrheit ist. Du kannst Martin Wittschorek nachher anrufen, er wird bestätigen, was ich dir gerade gesagt habe.«

»Und wieso sagst du mir das alles erst jetzt?«

»Das hab ich dir doch gerade versucht zu erklären. Wir wussten nicht, wie du reagieren würdest, wenn wir dir sagen, dass wir inoffiziell und hinter dem Rücken des SoKo-Chefs handeln. Wie gesagt – es kann nicht nur mich den Job kosten.«

Die jähe Verzweiflung, die sie gerade noch lähmen wollte, fiel immer mehr von ihr ab, und je mehr Christian ihr erklärte, umso einleuchtender wurde alles für sie.

Zwei Dinge fielen ihr gleichzeitig ein. »Ich hab dich schon in diesem Krankenhaus gesehen, woher konntest du vorher wissen, dass wir dort hinfahren würden?«

»Das konnte ich nicht«, antwortete Christian ruhig. »Ich bin hinter euch her gefahren. Schon als dein Mann angerufen hat, bin ich Martin und seinem Kollegen von der Dienststelle aus nachgefahren. Martin hat mich die ganze Zeit im Rückspiegel gehabt.«

»Und was ist mit Rosemarie Wengler?«

»Wir wollten sie raushaben, damit ich den Platz an deiner Seite einnehmen kann.«

»Hat sie angerufen, als sie mich zu Elke gebracht hat?«

»Nein.«

Sie nicht, nicht Rosie. Gott sei Dank. Sie musste sich eingestehen, dass nun einige Dinge zusammenpassten, die ihr vorher seltsam vorgekommen waren. Aber noch nicht alles.

»Aber wenn es nicht Rosie war, die die Polizei gerufen hat, wer war es denn dann?«

»Ich. Ich war immer in deiner Nähe und bin euch natürlich auch zur Wohnung deiner Freundin gefolgt. Ich hab Martin angerufen und ihm gesagt, wo du bist. Der hat Grohe dann die Geschichte von der anonymen Anruferin erzählt, und so konnte ich dafür sorgen, dass du diese Rosemarie fallenlässt und mich als deinen Helfer akzeptierst. Es war klar, dass du entkommen würdest, denn wo auch immer Martin gestanden hätte, es wäre unser Fluchtweg gewesen.«

»Also war das ganze Gerede davon, dass Rosie mit diesen Verbrechern gemeinsame Sache macht, auch nichts als Lüge?«

Er wiegte den Kopf hin und her. »Wir finden es schon sehr seltsam, dass sie immer sofort zur Stelle war, als du Hilfe brauchtest. Und auch sonst gibt es einige Anzeichen dafür, dass sie mit der ganzen Sache irgendwie zu tun hat.«

»Aber sie war doch die ganze Zeit über die Einzige, die mir geglaubt hat! Sie hat nie daran gezweifelt, dass ich einen Sohn habe. Sie wollte mir helfen, nach ihm zu suchen und … –«

Christians Gesicht hatte sich verändert. »Du meinst, genau das spricht dafür, dass sie mit denen unter einer Decke steckt, oder was?«

»Sei doch ehrlich zu dir selbst, Sibylle! Restlos alles hat von Anfang an gegen deine Geschichte und gegen dieses angebliche Kind gesprochen. Und dann kommt eine Frau daher, die du gerade einmal ein paar Stunden kennst, und glaubt dir nicht nur einfach so, nein, sie möchte dir sogar helfen, dieses Kind zu suchen?«

Sibylle dachte darüber nach. Aus seiner Sicht, aus der Sicht eines Polizisten, der unter allen Umständen diese Verbrecher erwischen wollte, hatte er wahrscheinlich sogar recht. Aber sie wollte trotzdem mit ihm nicht weiter über Rosie reden. »Und was ist mit Hannes? Und Elke? Was denkt ihr über sie?«

»Es steht außer Zweifel, dass du anders aussiehst als die Sibylle Aurich, die auf den ganzen Fotos zu sehen ist, die Martin mir gezeigt hat. Wir trauen diesen Leuten ohne weiteres zu, dass sie dich einer kosmetischen Operation unterzogen haben, bei der eine Technik angewendet wurde, die schon nach zwei Monaten zu solch einem Ergebnis führt. Aber versuch mal, das Ganze aus der Sicht deines Mannes zu sehen. Seine Frau verschwindet spurlos, es gibt zwei Monate lang weder ein Lebenszeichen von ihr noch irgendwelche Forderungen, die auf eine Entführung hinweisen. Die Polizei findet aber nicht den geringsten Anhaltspunkt. Nach dieser langen Zeit beginnt die Hoffnung bei ihm zu schwinden, seine Frau lebend wiederzusehen. Alle rechnen mit einem Gewaltverbrechen und damit, dass Sibylle Aurich nicht mehr am Leben ist.«

Nicht mehr am Leben …

»Und dann taucht plötzlich eine völlig fremde Frau auf, die zwar offenbar alle Details aus Sibylle Aurichs Leben kennt, bis ins Kleinste, aber sie sieht ganz anders aus und faselt etwas von einem Kind, das Sibylle Aurich definitiv nicht hat. Wie würdest du an seiner Stelle reagieren?«

Sibylle nickte bedächtig. »Ich verstehe, was du meinst. Auch wenn es als Fremde unmöglich wäre, sich dieses ganze Detailwissen in zwei Monaten anzueignen.«

»Ja, da hast du recht. Genau … genauso, wie es unmöglich ist, innerhalb von zwei Monaten ein sechsjähriges Kind zu bekommen.«

»Du hast gesagt, Kommissar Wittschorek glaubt mir. Was denkt er über mich? Glaubt *er* wirklich, dass ich Sibylle Aurich bin?«

Christian nickte, als habe er die Frage erwartet. »Ich glaube, ich sollte dir langsam mal erklären, warum ich überzeugt bin, dass du nicht auf diesem Konzert in München warst und warum ich's für eine Schnapsidee halte, dass wir jetzt in diesem Zug sitzen. Also, in letzter Zeit ist es einige Male vorgekommen, dass Menschen spurlos verschwinden, um dann nach ein paar Tagen wieder aufzutauchen und ziemlich wirres Zeug zu reden. Meistens irgendwelche Dinge, die sie ganz verbissen suchen, von denen aber ihre Angehörigen nichts wissen – mal war es ein Luxusauto, einmal eine Yacht, teure Dinge, die sich die Betroffenen wahrscheinlich nicht hätten leisten können. Ein junger Mann zum Beispiel, der anfangs noch verbissen seinen angeblich gestohlenen Porsche suchte, hat schnell selbst gemerkt, dass etwas nicht stimmt, und konnte sich sogar an Leute in weißen Kitteln erinnern, die ihn an einen Stuhl gefesselt und ihm etwas injiziert haben. Und an einen Film, der immer und immer wieder vor ihm abgespielt worden war. Es ging in diesem Film um einen Porsche. Also, was immer die ihren Opfern verabreichen – in diesem Fall hatten sie die Dosis zu klein gewählt.« Er blickte Sibylle in die Augen. »Ein paar Stunden nachdem er uns das erzählt hatte, war er tot. Ermordet. Wurde am Donauufer gefunden.«

»Ermordet? Weil … weil er sich erinnern konnte? Aber wie konnte jemand so schnell davon erfahren? Dann muss er die Geschichte noch jemand anderem erzählt haben.«

»Nicht unbedingt.«

»Du meinst, dass vielleicht jemand von der Polizei …?«

Rösslers Gesicht glich einer Maske, kein Muskel bewegte sich darin. »Warte … denkst du etwa, es war Grohe?«

Er antwortete nicht auf ihre Frage: »Wenn du wissen

möchtest, was Martin glaubt – er ist überzeugt davon, dass du Sibylle Aurich bist. Und dass es hier um eine äußerst effektive Gehirnmanipulation geht. Und um unglaublich viel Geld. Geld, das Geheimdienste mancher Länder sicher bereit wären, für eine solche Methode zu zahlen, wenn sie ausgereift ist. Tja, wenn das in die falschen Hände gerät …«

»So, wie ich die Sache sehe, ist es bereits in den falschen Händen«, warf Sibylle ein.

»Jedenfalls sieht es so aus, als ob die Entwicklungszeit beendet ist. Wir befürchten, dass du … dass du so was wie ihr Meisterstück bist, eine so perfekte Manipulation hat es bisher auch nicht annähernd gegeben. Und wenn wir damit recht haben, dann solltest du entkommen, damit sie sich von der Wirksamkeit der Methode im realen Leben überzeugen können.«

Das reale Leben. Real …

»Und jetzt kommt der Teil, den du eigentlich auf keinen Fall erfahren solltest, aber egal. Es wird dir nicht gefallen. Möchtest du das wirklich hören?«

Sie stieß ein Lachen aus, das nicht einmal ein entfernter Verwandter der Fröhlichkeit war.

»Natürlich möchte ich. Schlimmer kann's eh nicht mehr werden.«

Christian seufzte. »Also gut. Wir glauben, dass Rosemarie Wengler von jemandem sozusagen als Gutachterin auf dich angesetzt worden ist. Darum, und nur darum hat man dich entkommen lassen.« Sibylle sank in sich zusammen. Hörte das denn nie auf? Musste es immer noch schlimmer kommen?

»Rosie«, flüsterte sie, *Rosie*, und dann: »Entschuldige mich bitte.«

Sie erhob sich und sah sich nach einem Hinweisschild zur Toilette um. Über der gläsernen Durchgangstür vor ihr entdeckte sie es.

Sie hatte das Gefühl, zu schwanken wie auf einem Schiff bei mittlerem Seegang. In der Sitzgruppe hinter Christian saß ein Mann unbestimmbaren Alters mit extrem kurzen, blonden Haaren und hellgrauen Augen, die so kalt glänzten wie Glasperlen. Einen Moment lang hatte Sibylle das Gefühl, diese Augen schon einmal gesehen zu haben.

30

Hans sah Jane in die Augen und wartete gespannt darauf, wie sie reagieren würde. Wieder war sie ihm ganz nah, und es war, als hielte sie seine Augen mit Zauberkräften gefangen.

Einen kleinen Moment lang sah es so aus, als könne sie sich an ihn erinnern, doch dann war es schon wieder vorbei. Sie wandte sich von ihm ab und ging weiter, wahrscheinlich zur Toilette. Hans lehnte sich verwirrt zurück.

Er wollte jetzt nicht darüber nachdenken, was bald unabwendbar sein würde. Er fragte sich, wie es weitergehen würde, wenn sie in München ankamen. Er konnte nicht verstehen, wie es der Doktor schaffte, zu entscheiden, was als Nächstes zu tun war. Aber das war auch nicht Hans' Aufgabe. Die Gesamtlage zu überblicken und dann die richtigen Entscheidungen zu treffen war die Aufgabe der Offiziere. Sein Doktor-Offizier hatte die Entscheidung getroffen, Jane nach München fahren zu lassen und zu sehen, was sie dort tat und auch, was sie herausfand.

Es war nicht einfach gewesen, sich am Bahnhofsschalter so nah bei Jane aufzuhalten, dass er verstehen konnte, wohin sie wollten. Nun saß er eine Reihe hinter Jane und ihrem Begleiter und hatte der Unterhaltung der beiden zugehört. Nur wenn die anderen Fahrgäste zu laut wurden, konnte er sie nicht verstehen.

Jedes Mal, wenn Jane etwas sagte, sog er ihre Stimme in sich auf, und war enttäuscht, als sie das Gespräch unterbrach, um zur Toilette zu gehen.

Hans erhob sich und ging in die andere Richtung. Er wollte nachsehen, wer sich sonst noch unter den Fahrgästen befand. Als er an der nächsten Sitzgruppe vorbeikam, war sein Blick starr geradeaus gerichtet.

31

Sibylle saß vornübergebeugt auf dem geschlossenen Toilettendeckel, die Hände vorm Gesicht, und roch ihren eigenen, warmen Atem.

Ich möchte so gern weglaufen, irgendwohin, wo nicht nur ich nicht erkannt werde, sondern wo auch ich selbst keinen Menschen kenne. Gleiche Chancen für alle. Irgendwo. Vielleicht München?! Vielleicht kann ich da einfach alles hinter mir lassen und neu anfangen. Neu anfangen? Von der Polizei gesucht, ohne Ausweis, ohne sicher zu wissen, wer du bist und welche deiner Erinnerungen real sind und welche Fiktion?

Ohne Kind?

Ihr Verstand sagte ihr, dass Lukas nicht existierte. Nicht in der realen Welt. Und trotzdem schrie ihr verzweifeltes Herz noch immer nach ihrem Kind. Es gab diesen Schmerz, der schlimmer war als alles, was sie sich je hätte vorstellen können, denn er war nicht in der Realität geboren und konnte dadurch auch nicht in ihrem realen Leben vergehen.

Christian hatte sie also die ganze Zeit über belogen – ein Polizeibeamter, der sie als Lockvogel benutzte und sich gerade strafbar machte, weil er ihr half, anstatt sie zu verhaften.

Letztlich war ihr ein Polizist Christian Rössler eigentlich viel lieber als ein Christian Rössler, der verzweifelt seine Schwester suchte und dabei genauso ahnungslos war wie sie selbst. Auch wenn er inoffiziell handelte, so war es doch ein beruhigendes Gefühl für sie, einen Polizeibeamten an ihrer Seite zu haben, der mit Kommissar Wittschorek in ständiger Verbindung stand. Und es war ein gutes Gefühl zu wissen, dass dieser Wittschorek ihr glaubte. *Ein bisschen Sicherheit, wenigstens ein bisschen.*

Wenn Christian mich nicht wieder belogen hat.

Aber das herauszufinden, würde recht einfach sein. Sie würde sich sein Mobiltelefon geben lassen, Kommissar Wittschorek noch einmal anrufen und ihn fragen.

Sie nahm die Hände von den Augen weg, blinzelte einige Male, damit die Schlieren vor den Augen verschwanden, und starrte auf die dünne, holzfurnierte Tür direkt vor sich. *Aber … Rosie? Kann man sich in einem Menschen so sehr täuschen?* Sie bemerkte, dass sie versuchte, eine Rechtfertigung für sie zu finden, obwohl Rosie sie wahrscheinlich noch mehr belogen hatte als alle anderen. *Ihr Wohnzimmer, die fehlenden Fotos, ihre seltsamen Reaktionen, wenn es um ihren Mann oder um Kinder ging … Und welche Frau, die es gut mit einem meint, spioniert hinter einem her? Stellt sich hinter eine Hecke und …* Und sie musste sich eingestehen, dass sie diese Frau sehr gemocht hatte.

Sibylle schüttelte den Kopf und stand auf. Sie wusch sich die Hände über dem winzigen Waschbecken und rieb sie sich an der Jeans trocken, weil es keine Papierhandtücher mehr gab. Dann verließ sie die Toilette.

Christian sah nach draußen, und als Sibylle neben ihm stand, zuckte er zusammen. »Hallo«, sagte er lächelnd.

Sie setzte sich. »Christian, darf ich bitte noch mal dein Telefon haben?«

»Aber ja. Wen möchtest du anrufen? Martin Wittschorek?« Sie nahm das Telefon, das er ihr entgegenhielt. »Du musst nur die Wahlwiederholung drücken«, sagte er ruhig.

Sibylle drückte die grüne Taste und warf einen Blick auf das Display, wo eine Liste der zuletzt gewählten Nummern erschien. Die oberste der Nummern war dunkel hinterlegt. Dahinter stand:

Heute, 17:04 Uhr

Sie stutzte.

»Wie spät ist es jetzt?«, fragte sie Christian, ohne vom Display des Telefons aufzusehen.

»Gleich 17 Uhr zehn«, antwortete er und lachte dabei. »Ja, ich habe Martin gerade noch mal angerufen, während du auf der Toilette warst. Ich habe ihm erzählt, dass ich dir die Wahrheit gesagt habe. Du verstehst hoffentlich, dass er das wissen muss.«

»Ja, doch«, antwortete sie verlegen. »Entschuldige bitte.«

Er winkte mit einem schiefen Grinsen ab.

Wittschorek meldete sich nach zweimaligem Klingeln.

»Hallo«, sagte sie und empfand ihre eigene Stimme als dünn. »Sibylle Aurich hier.«

»Hallo, Frau Aurich. Christian hat mich schon darüber informiert, dass Sie sich wahrscheinlich bei mir melden werden. Es stimmt, was er Ihnen gesagt hat. Er ist auf meine persönliche Bitte hin bei Ihnen.«

»Eigentlich habe ich ihm schon geglaubt, aber … –«

»Wer einmal lügt – ich weiß. Allerdings muss ich Sie bitten, zu absolut niemandem ein Wort zu verlieren, die Sache ist höchst inoffiziell, und es könnte für ihn und für mich ernsthafte Konsequenzen haben, wenn das an entsprechender Stelle bekannt würde.«

»Ich verstehe«, sagte sie. »Aber … ich denke, Sie müssen sich keine Sorgen deswegen machen, mit wem sollte ich darüber reden?«

Wittschorek antwortete nichts darauf, und da auch Sibylle nicht wusste, was sie noch sagen sollte, entstand eine peinliche Stille.

»Ich lege dann mal auf«, sagte sie schließlich.

»Wiederhören, Frau Aurich.« Er legte auf.

Sibylle gab das Telefon wortlos an Christian zurück und schloss die Augen.

Ich möchte wissen, ob du Mut hast, der Angst in ihr Gesicht zu sehn;

Und wenn du hinfällst, wirst du aufsteh'n und einfach weitergeh'n;

Das Konzert im Circus Krone. Was will ich nur … in einer fremden Stadt einem Hirngespinst nachlaufen und nach etwas suchen, von dem ich nicht einmal weiß, was es ist. Wie soll ich bloß …? Alles ist dunkel … und – Schneerauschen.

Mit einem Mal veränderte sich ihre Wahrnehmung. Hatte sie gerade noch durch die geschlossenen Lider bestenfalls eine Ahnung vom Tageslicht gehabt, das in dem Abteil herrschte, so schien es nun, als wolle das Licht sich durch die dünne Haut hindurchbrennen. Erschrocken riss sie die Augen auf, um sie aber sofort wieder geblendet zu schließen, weil gleißende Helligkeit ihr schmerzhaft in den Augen brannte.

»Ist sie weggetreten?«, hörte sie eine dumpfe Männerstimme fragen.

»Warten Sie noch ein paar Minuten, dann können wir anfangen.« Eine andere Stimme, aber nicht minder dumpf.

Erneut versuchte sie, vorsichtig die Augen zu öffnen, und dieses Mal gelang es ihr, sie offen zu halten. Entweder, sie hatte sich an das Licht gewöhnt, oder aber es war nicht mehr so hell wie gerade noch. Sie schien schräg zu liegen, wie in einem zurückgeklappten Gartenstuhl. Unzählige Köpfe bildeten über ihr einen Kreis, und alle Augen in diesen Köpfen schauten auf sie herab. Die Münder grinsten sie diabolisch an, und aus einem der Münder troff ein Speichelfaden herab und verfehlte sie nur ganz knapp. Alle diese Köpfe hatten grüne Hauben auf, und als sie nun genauer hinsah, erkannte sie, dass sie alle auch einen grünen Mundschutz trugen wie Operateure im Krankenhaus. Aber wie hatte sie das Grinsen sehen können unter dem Mundschutz? Und wie konnte Speichel heraustropfen?

Noch während sie sich darüber Gedanken machte, verschwanden die Köpfe über ihr. Sie wurden nicht zurückgezogen, nein, sie waren im Bruchteil einer Sekunde einfach nicht mehr da. Und auch die Lampe über ihr war verschwunden. Es war wieder dunkel. »Vielleicht geht sie dabei drauf.« Wieder eine der dumpfen Stimmen. Dann jagte etwas durch ihren Kopf, das so unbeschreiblich grell und sengend heiß war, so unfassbar qualvoll, dass es sich nur um einen Blitz handeln konnte. Sie war ganz sicher, dass sie vom Blitz getroffen worden war. Obwohl sie in der folgenden Schwärze keinen Anhaltspunkt hatte, spürte sie ein starkes Schwindelgefühl. Es war, als würde der schräge Stuhl, auf dem sie saß, schneller und schneller um die eigene Achse gedreht. Sie musste sich übergeben und tat es einfach, ohne etwas von dem zu spüren, was aus ihrem Mund strömte. Mehrere der dumpfen Stimmen murmelten nun durcheinander, und es wurden immer noch mehr, es hörte sich furchtbar an und bereitete ihr Schmerzen, dann kristallisierte sich eine dieser Stimmen heraus, wurde klarer, verständlicher, jemand packte sie am Arm, die Stimme rief ihren Namen, wieder und wieder, lauter und lauter, sie hielt es nicht mehr aus, riss mit einem Schrei die Augen auf … und sah direkt in Christians besorgtes Gesicht.

»Sibylle! Geht es wieder?«

»Ja, doch.« Sie sah sich verwirrt um. Eine ältere Frau, die auf gleicher Höhe auf der anderen Seite des Abteils saß, gaffte sie ungeniert an.

Sie sah wieder zu Christian zurück und sagte: »Ich glaube, ich hatte einen Albtraum.«

»Was hast du geträumt?«

Es war so wirr, dass sie es nicht erzählen wollte. »Ich weiß nicht mehr genau, irgendwas von Männern, die mir was antun wollten. Und von cinem grellen Blitz, der mich getroffen hat.«

»Kannst du dich sonst noch an etwas erinnern?«

Sie schüttelte den Kopf. »Nein, an sonst nichts. Ich … ich weiß eigentlich nur noch, dass es schrecklich war.« Sie warf wieder einen Blick zu der Frau, die sie noch immer anstarrte, und fragte Christian: »Habe ich etwa … geschrien oder …?«

»Ja. Erst hast du aufgestöhnt, und als ich dich geweckt habe, hast du einen wirklich lauten Schrei von dir gegeben. Ich glaube, den hat der Zugführer auch gehört.«

Er deutete ein Grinsen an, und auch Sibylle verzog den Mund ein wenig.

Draußen vor dem Fenster bot sich das gewohnte Bild. Vorbeifliegende Bäume, hier und da ein Strommast, Kühe.

»Wie lange habe ich geschlafen?«

Christian sah auf seine Armbanduhr. »Eine Dreiviertelstunde, ungefähr.«

»Oh … Dann müssten wir ja bald da sein, oder?«

»Ja, noch etwa zwanzig Minuten.«

Sie wischte sich über die Stirn und stellte fest, dass sie verschwitzt war. Christian beugte sich nach vorne und legte ihr eine Hand auf den Unterarm. »Alles okay?«

»Ja, alles in Ordnung. Ich glaube, das letzte Mal, dass ich einen richtigen Albtraum hatte, war in meiner Kindheit.«

»Ist doch kein Wunder, dass du schlimme Träume hast, wenn man bedenkt, was du in den letzten beiden Tagen Fürchterliches erlebt hast.«

»Ja, das ist wohl wahr«, sagte sie und dachte: *Und was ich hoffentlich nicht noch Fürchterliches erleben muss.*

32

Das Gleis, auf dem sie in die Halle des Münchener Hauptbahnhofs einfuhren, war eine Sackgasse und endete an einem Prellbock. Gleich dahinter begann der weitläufige Bereich der Shops und Kioske, der Snack- und Getränkestände.

Als sie ausgestiegen waren und in Richtung der Ausgänge am Zug vorbeiliefen, kamen sie an einer Raucherinsel vorbei. Das war nichts anderes, als ein mit gelber Farbe auf den Boden gemalter Kreis mit einem Durchmesser von vier oder fünf Metern und einem hohen Tisch in der Mitte, in den ein großer Aschenbescher eingelassen war: *Smoking Area.*

Als Sibylle die Leute sah, die um den Aschenbecher herumstanden und gierig an den qualmenden Stängeln saugten, spürte sie das spontane Bedürfnis, eine Packung Zigaretten aus der Tasche zu ziehen und sich dazuzustellen.

Sie blieb stehen und starrte auf den Aschenbecher.

»Was ist los?«, fragte Christian, der schon ein paar Meter weitergegangen war und nun wieder zu ihr zurückkam.

»Ich … ich rauche.«

»Was?«

»Ich meine, ich bin … eigentlich eine ziemlich starke Raucherin«, sagte sie, den Blick wieder auf den Aschenbecher gerichtet.

Christian schüttelte den Kopf und fasste sie am Oberarm an, um sie weiterzuziehen. »Das ist eine dämliche Angewohnheit.«

Sie schüttelte ihn ab und blieb stehen.

»Das ist mir klar, aber darum geht es nicht. Ich habe seit gestern Morgen kein einziges Mal auch nur einen Gedanken an eine Zigarette verschwendet. Und auch jetzt – ich weiß, dass ich Raucherin bin, aber ich glaube, ich müsste mich beim ersten Zug übergeben. Ich hab einen starken Ekel davor, ist doch seltsam, oder?«

Christian winkte ab. »Dass du dich vor Zigaretten ekelst, finde ich nicht seltsam, sondern normal. Können wir jetzt gehen?« Widerwillig setzte sie sich in Bewegung. »Schon fast halb sieben, am besten besorgen wir uns erst mal ein Hotelzimmer.«

»Nein, zuerst muss ich zum Circus Krone. Ich brauche unbedingt von diesem Konzert eine Besucherliste. Danach sehen wir weiter.«

Mittlerweile hatten sie die Gleise hinter sich gelassen und gingen auf einen der seitlichen Ausgänge zu.

»Sibylle, ich möchte dich ja nicht entmutigen«, sagte Christian, »aber ich glaube nicht, dass du eine solche Liste bekommen wirst.«

»Ich möchte es trotzdem versuchen.«

»Woher sollen die Veranstalter des Circus Krone eine solche Liste haben? Selbst wenn man Karten über das Internet bestellt, wo man seinen Namen und die Adresse angeben muss, werden diese Daten mit großer Wahrscheinlichkeit nicht an den Veranstalter weitergeleitet.«

Christian hatte recht, das wusste sie, *aber wie bin ich an die Karten gekommen? Im Internet? Hab ich überhaupt schon mal was übers Internet gekauft?*

Sie hatten den Ausgang des Hauptbahnhofs erreicht

und traten ins Freie. Eine digitale Anzeigetafel auf der gegenüberliegenden Seite zeigte abwechselnd die Uhrzeit und die Temperatur. Noch waren es 21 Grad, aber Sibylle dachte daran, dass sie am Abend in ihrem T-Shirt und der dünnen Baumwolljacke vielleicht frieren würde.

In einer langen Reihe standen links von ihnen Taxis in einem markierten Bereich. Die Fahrer saßen bei meist geöffneten Fenstern hinterm Steuer und beschäftigten sich mit Zeitungen oder Büchern oder hatten ihre Fahrzeuge verlassen und standen zusammen, unterhielten sich angeregt, lachend.

Sibylle ging zielstrebig auf das erste Taxi der Reihe zu, öffnete die hintere Tür und setzte sich hinein. Der Fahrer faltete sorgfältig und ohne Eile seine *Süddeutsche* zusammen und legte sie auf dem Beifahrersitz ab, während Christian neben Sibylle Platz nahm.

»Zum Circus Krone bitte«, gab Sibylle an, noch bevor der Fahrer sie danach fragen konnte. Der drehte sich um und sah sie grinsend an. »Zum Circus Krone? Das ist einen knappen Kilometer entfernt, vielleicht zehn Minuten zu Fuß. Möchten Sie wirklich, dass ich sie da hinfahre?«

»Ja. Können wir jetzt losfahren, bitte?«

Der Mann machte eine Geste, als wolle er sagen: ›Bitte, wie Sie möchten, es ist Ihr Geld.‹

Nur drei oder vier Minuten später standen sie schon in der Circus-Krone-Straße direkt vor dem Haupteingang. Ein gewaltiges Vordach, das auf blau lackierten Metallsäulen ruhte, überspannte den Bereich vor dem Eingang, so dass man auch bei schlechtem Wetter anstehen konnte, ohne nass zu werden. Über dem vorderen Rand des Daches war an Metallverstrebungen in hohen, roten Buchstaben der Name des Circus angebracht. Sibylle gab dem Fahrer einen Zehneuroschein und hörte beim Aussteigen, wie Christian ihm sagte, er solle ein paar Minuten warten, es könne sein, dass sie gleich mit ihm weiterfahren würden.

Außer ihnen hielt sich kein Mensch im überdachten Bereich auf. Sibylle blieb stehen und sah sich um.

Sie kannte diesen Anblick, sie wusste sogar, wie dieser Bereich aussah, wenn viele Menschen sich hier aufhielten. Sie kannte das Gedränge vor einem Konzert, bis endlich die zweiflügelige Eingangstür geöffnet wurde. Und gleichzeitig kam sie sich vor wie eine Fremde, die zum allerersten Mal dort stand.

Eine flüchtige Berührung an ihrer Hand ließ sie zusammenzucken. Christian stand neben ihr und sah sie auffordernd an.

Die Tür war geschlossen, die Dunkelheit dahinter ließ vermuten, dass sie niemanden antreffen würden. Trotzdem ging Sibylle auf den Eingang zu und zog an dem großen Griff, der diagonal über die gesamte Breite der Tür verlief. Abgeschlossen.

»Schau mal hier«, sagte Christian und deutete auf ein Schild, das auf Augenhöhe an der Wand neben dem Eingang angebracht war. Dort war zu lesen, dass während der Reisezeit des Circus von April bis November der Krone-Bau täglich von 10 bis 17 Uhr und an den Abenden geöffnet war, an denen Veranstaltungen stattfanden.

Sibylle las und registrierte es, wollte sich aber einfach nicht damit abfinden, dass sie an diesem Tag nichts mehr würde tun können. Mit der flachen Hand schlug sie mehrmals gegen das Türglas und rief dabei laut: »Hallo«.

Christian entfernte sich ein paar Meter vom Eingang,

und nach einer Weile sah auch Sibylle ein, dass es wohl keinen Zweck hatte, aber als sie sich gerade abwenden wollte, wurde es hinter der Eingangstür hell. Jemand hatte im Inneren die Beleuchtung eingeschaltet, und nur Sekunden später tauchte die hagere Gestalt einer mürrisch dreinblickenden, alten Frau mit lila gefärbten Dauerwellen auf und fragte durch die geschlossene Tür, was dieser Krach zu bedeuten habe.

Sibylle war mit einem Mal so aufgeregt, dass sie fast kein Wort herausbrachte. »Bitte, ich muss … unbedingt mit Ihnen sprechen, bitte.«

Sie hatte wohl zu leise gesprochen, denn die Frau sah sie verständnislos an. Sie wiederholte ihre Worte, nun deutlich lauter, und fügte noch hinzu: »Es ist sehr wichtig.«

Die lilafarbenen Dauerwellen wurden hin und her geschüttelt.

»Morgen früh ab zehn«, klang es dumpf durch das Glas.

»Nein, bitte. Es ist wirklich wichtig! Es geht … hören Sie, mein Kind ist verschwunden und ich brauche Ihre Hilfe.«

Sibylle hatte es fast geschrien, so laut, dass man wohl noch hundert Meter weiter jedes Wort hätte verstehen können. Nun legte sie die Stirn gegen das kalte Glas und sah die alte Frau an, die abrupt stehen geblieben war. Sie spürte, dass ihr Tränen über die Wangen liefen. *Gut. Tränen sind gut.* Von schräg hinter ihr sagte Christian: »Aber was redest du da? Glaubst du etwa immer noch …« Er stockte, als die Frau sich innen an dem Türschloss zu schaffen machte.

Sibylle antwortete ihm nicht. Sie machte einen Schritt

zurück und wartete, bis die Tür geöffnet war und die Frau vor ihr stand.

»Was sagen Sie da?«, knurrte sie und runzelte die sowieso schon runzelige Haut ihrer Stirn so sehr, dass tiefe Gräben zwischen den Hautfalten entstanden.

»Danke, dass Sie mir zuhören!« Sibylle wischte sich die Tränen fort. »Ich brauche dringend eine Liste der Besucher, die vor zwei Wochen hier beim Maffay-Konzert waren.« Die Alte sah Sibylle an wie ein Wesen aus einer anderen Welt, und so schob sie hastig nach: »Es geht um meinen Sohn, Lukas. Er ist spurlos verschwunden, und diese Liste könnte mir vielleicht helfen, ihn zu finden. Verstehen Sie, wie wichtig das für mich ist?«

Der Blick der Frau wanderte zu Christian, der ihm mit unbewegter Miene begegnete, und wieder zurück zu Sibylle.

»Eine Namensliste? Von Konzertbesuchern? Ja, wo soll ich denn die Namen hernehmen? So was gibt es nicht.«

Sie schüttelte noch einmal ihr lila gefärbtes Haar, aber dieses Mal in einer Art, die ausdrücken sollte, was sie von Sibylles Anliegen hielt. Mit einem zischenden Laut wandte sie sich ab und schloss die Tür wieder hinter sich.

Sibylle sank in sich zusammen. Nicht körperlich, nicht etwa so, dass jemand etwas davon bemerkt hätte. Es war ihre schwache Hoffnung, zart und arg gebeutelt, die wieder einmal wie ein Kartenhaus in sich zusammenfiel.

Sie drehte sich zu Christian um, sie drückte wortlos das Gesicht an seine Schulter und schloss die Augen.

Es gab in diesem Moment nichts, was sie tun konnte. Nichts, worauf sie hoffen konnte.

Einfach nichts.

Sie war so unendlich müde.

Sie spürte, dass Christian ihr über das Haar strich, und drückte sich ein Stück von ihm ab. »Lass uns ein Hotel suchen. Ich möchte mich hinlegen und schlafen.«

Als sie in das wartende Taxi einstiegen, sagte Christian dem Fahrer etwas von einem Hotel, aber das registrierte Sibylle nur am Rande. Sie hatte wieder die Augen geschlossen und sich der Leere ergeben.

»Morgen fahren wir zurück nach Regensburg und statten deinem Mann einen Besuch ab. Ich bin sicher, es wird sich nach und nach alles aufklären.« Christian bedachte sie mit einem Lächeln, das wohl Zuversicht ausstrahlen sollte, aber sie sah ihm an, dass er selbst nicht daran glaubte.

»Ja«, sagte sie und spürte, dass es sich falsch anfühlte, dieses *Ja*.

Sie wusste, dass München irgendeine Rolle spielte und dass sie die Stadt noch nicht verlassen wollte, aber das sagte sie ihm nicht. Erst einmal musste sie schlafen.

Das Hotel, vor dem der Fahrer sie absetzte, machte einen gepflegten Eindruck. Als sie vor dem verhältnismäßig großen Rezeptionstresen standen, überließ sie Christian das Reden. Er lächelte die hübsche junge Frau dahinter an und sagte: »Guten Abend. Wir müssen unerwartet eine Nacht in München bleiben und sind auf der Suche nach einem Doppelzimmer. Haben Sie vielleicht noch etwas für uns frei?«

Von einer Sekunde auf die nächste war Sibylle hellwach. »Entschuldigung«, sagte sie, »aber wir möchten zwei Einzelzimmer.«

Für einen kurzen Augenblick konnte sie Verwirrung auf dem ebenmäßigen Gesicht der Rezeptionistin erkennen, doch dann hatte sie sich schon wieder gefangen und ihr professionell-freundliches Lächeln aufgelegt. »Selbstverständlich«, sagte sie. »Einen Moment bitte, ich sehe mal nach.«

Schlanke, gepflegte Finger mit rot lackierten Nägeln huschten über die Computertastatur, und nach wenigen Sekunden verkündete die Angestellte, dass noch zwei Einzelzimmer zu haben seien, die zwar auf dem gleichen Flur, nicht aber direkt nebeneinanderlägen.

»Das ist kein Problem, die nehmen wir«, sagte Sibylle. Christian war wortlos einen Schritt zurückgetreten.

»Schön. Wenn Sie dann bitte das hier ausfüllen?« Sie legte einen Kugelschreiber und ein Blatt auf den Tresen.

Sibylle füllte das Formular aus und übersah dabei geflissentlich das Kästchen, in dem die Ausweisnummer eingetragen werden sollte. Christian gab sie als Mitreisenden an und schob das Blatt ein Stück zurück. Sie hoffte, dass die junge Frau sich damit zufriedengeben würde: »Ich zahle die Zimmer gleich.«

Ohne auf eine Reaktion von Christian zu warten, beglich Sibylle die Rechnung und gab ein großzügiges Trinkgeld.

Zehn Minuten später ließ sie sich mit einem tiefen Seufzer rückwärts auf das Bett in ihrem Zimmer fallen und spürte sofort, wie die Müdigkeit versuchte, sie einzulullen und sanft in den Schlaf zu ziehen.

Noch wehrte sie sich dagegen, denn sie hatte mit Christian abgemacht, dass sie noch kurz zu ihm rüberkommen würde, bevor sie zu Bett gingen. Drei Türen lagen zwischen seinem Zimmer und ihrem.

Als der Schlaf nun immer fordernder nach ihr griff, riss sie die Augen auf und zwang sich unter Aufbietung großer Willenskraft dazu, sich aufzurichten.

Das geräumige Zimmer wirkte hell und freundlich. Die orange-gelben Vorhänge verliehen dem Raum zusammen mit den pastellgelben Wänden ein sommerliches, fast mediterranes Flair.

Mit einem tiefen Seufzen stand Sibylle auf.

Im Badezimmer warf sie einen Blick in den Spiegel und stellte erschrocken fest, dass sie sich mittlerweile selbst schon wie eine Fremde vorkam.

Ihr blasses, ungeschminktes Gesicht sah aus, als hätte sie seit mehreren Tagen nicht mehr geschlafen. Die Haare hingen ihr glanzlos wie zu dünn geratene Spaghetti vom Kopf, und selbst an ihrem Hals glaubte sie Falten zu sehen, die ihr vorher noch nie aufgefallen waren.

Sie drehte den Wasserhahn auf, beugte sich über das Waschbecken und spritzte sich etwas kaltes Wasser ins Gesicht. Es tat gut und weckte ihre Lebensgeister zumindest kurzzeitig wieder auf.

Es dauerte einige Sekunden, bis Christian auf ihr Klopfen hin öffnete. Wahrscheinlich war auch er im Badezimmer gewesen. Oder er hatte wieder telefoniert.

Er ging zur Seite und sagte: »Komm rein.«

Sie betrat das Zimmer, das ebenso geräumig war wie ihres, und setzte sich auf den bequemen Sessel, der schräg zwischen Bett und Fenster neben einem kleinen runden Tisch platziert war.

»Ich werde in München bleiben«, stellte sie ohne Umschweife fest, als Christian sich so auf den Rand seines Bettes gesetzt hatte, dass der Abstand zwischen ihnen nur einen halben Meter betrug.

»Aber warum? Was möchtest du noch hier?«

»Ich kann es dir nicht sagen, ich weiß es selbst nicht. Es ist … ein Gefühl, ich glaube, ich werde hier in München am ehesten etwas darüber rausfinden, was mit mir passiert ist.«

Christian beugte sich ein Stück nach vorne und stützte die Unterarme auf seinen Oberschenkeln ab.

»Und wo willst du suchen? Wonach willst du bitte suchen? Das ist doch verrückt.«

»Findest du? So verrückt wie die Tatsache, dass man mir ein Kind verpasst hat, das es nicht gibt? Dass mein eigener Mann mich von der Polizei abholen lässt? Dass ein Polizist, den ich überhaupt nicht kenne, mir glaubt und an seinem Kollegen vorbei ermittelt? Ist es verrückter als eine ausgeflippte alte Frau, die sich als Helferin eines Geheimdienstes oder was auch immer an mich hängt und mir weismachen möchte, dass sie mir hilft, ein Kind zu suchen, das es gar nicht gibt? Glaubst du wirklich, es ist verrückter als all das, ja? Glaubst du das?«

Christian richtete sich wieder auf, und sie konnte seinem Gesicht ansehen, dass ihm unwohl war bei dem Gedanken, dass sie in München bleiben würde.

»Und wo möchtest du anfangen zu suchen?«

Sie zuckte mit den Schultern. »Ich weiß es noch nicht, aber ich bin sicher, ich war auf diesem Konzert im Circus Krone. Und das bedeutet, ich war keine zwei Monate irgendwo eingesperrt, verstehst du?«

»Wie kommst du darauf, dass du dich morgen an etwas erinnern kannst, das dir jetzt nicht einfällt?«

»Was ist mit dem Plakat in Regensburg? Erst als ich es gesehen habe, ist mir eingefallen, dass ich überhaupt auf diesem Maffay-Konzert war.«

Er wand sich, bis er schließlich die Schultern hängen ließ und sich mit den gespreizten Fingern der rechten Hand die Stirn massierte.

»Also gut.« Er sah sie unter dem Handballen hindurch an. »Ich werde dich nicht alleine lassen. Bleiben wir also hier.«

»Danke.«

»Schon gut. Möchtest du was trinken? Die Minibar ist gut gefüllt.«

»Ja, gerne.«

Sibylle sah ihm dabei zu, wie er kleine Flaschen und winzige Cola-Dosen aus der Minibar nahm und den Inhalt in zwei Gläsern miteinander vermischte.

Dann kam er wieder zu ihr und reichte ihr eines der Gläser, sie nahm es und hielt es sich unter die Nase. Es roch stark nach Alkohol. »Was ist das?«

»Cola mit ein bisschen Cognac.«

Sibylle mochte keinen Alkohol. Sie verzog das Gesicht und hielt ihm das Glas wieder entgegen.

»Nein, danke. Ein Saft oder ein Wasser wäre mir lieber.«

Christian legte seine Hand an das Glas und drückte es wieder zu ihr zurück. »Du solltest trinken. Es ist nur ein Schluck Cognac drin. Der wird dir helfen, ein paar Stunden tief zu schlafen. Wir haben morgen bestimmt wieder einen anstrengenden Tag vor uns. Du brauchst den Schlaf dringend. Also trink.«

Sibylle betrachtete die dunkelbraune Flüssigkeit und versuchte, sich daran zu erinnern, wann sie das letzte Mal Alkohol getrunken hatte. *Der Abend beim Griechen, mit Elke … der Ouzo aufs Haus. Schneerauschen.*

Christian hatte noch immer seine Hand an dem Glas und nickte ihr aufmunternd zu, und schließlich gab sie nach. Wenn sie Alkohol trank, wurde sie tatsächlich schnell müde, und ein paar Stunden Tiefschlaf würden ihr sicherlich sehr guttun.

Christian lächelte und hob sein Glas. »Auf dass wir morgen etwas finden, das uns weiterbringt.«

Sibylle setzte das Glas an die Lippen und nahm einen großen Schluck. Der strenge Geschmack störte sie im ersten Moment, aber das Brennen, das der Alkohol auf seinem Weg durch die Speiseröhre hinterließ, tat ihr gut. Allerdings hatte sie das Gefühl, dass das Mixgetränk sie nicht müder machen, sondern im Gegenteil ihre Lebensgeister wecken würde.

Christian setzte sein Glas auf seinem Oberschenkel ab.

»Also, gibt es außer diesem Konzert noch etwas in München, an das du dich erinnerst?«

Sibylle betrachtete die winzig kleinen Bläschen, die an der Oberfläche des Getränks nach und nach zerplatzten.

»Ich weiß es nicht. Es wird mir nichts anderes übrigbleiben, als einfach loszulaufen. Vielleicht werde ich mich an etwas erinnern, wenn ich es vor mir sehe. Wie bei dem Plakat.«

»Du weißt, was ich von der Geschichte mit dem Konzert halte. Du warst nicht da, du bildest dir das nur ein.«

»Ich weiß aber, dass ich da war«, entgegnete sie und war sich bewusst, dass sie sich anhören musste wie eine trotzige Zehnjährige. Mit drei großen Schlucken trank sie das Glas leer und hielt es ihm entgegen, während das Brennen in der Kehle ihr die Tränen in die Augen trieb.

»Kannst du mir noch so was mixen? Um ganz sicher zu gehen, dass ich auch wirklich tief schlafe und nicht wieder irgendwelche eingebildete Erinnerungen habe?« Christian ging auf die Provokation nicht ein, sondern mixte zwei neue Drinks, setzte sich wieder und prostete Sibylle wortlos zu. Sie ignorierte es. »Vielleicht solltest du wirklich nach Regensburg zurückfahren. Da du ja davon ausgehst, dass ich mir alles nur einbilde und dass ich mit München nichts zu tun habe, wird hier auch nichts passieren können, das die Polizei – oh, entschuldige, ich meinte: das einen kleinen inoffiziellen Teil der Polizei – interessieren könnte.«

Sie setzte das Glas an und leerte es zur Hälfte. Es kostete sie kaum noch Überwindung, und sie spürte, wie der Alkohol sich an die Arbeit machte und damit begann, ihre Gedanken leichter und lockerer zu machen und sie dabei vom Korsett der zwingenden Logik zu befreien. Alles in allem war es nicht unangenehm, was da in ihrem Kopf passierte, denn es bewirkte, dass sogar die Last der Gewissheit um ihre verzweifelte Situation leichter zu ertragen war.

»Sibylle, ich kann ja verstehen, dass du enttäuscht bist, aber … –«

»Ich glaube nicht, dass du das wirklich verstehst«, schnitt Sibylle ihm das Wort ab, »du verstehst vielleicht etwas davon, wie man Menschen, die in großer Not sind, für seine eigenen Zwecke einspannt. Du und dieser Kommissar Wittschorek, ihr benutzt mich, für eure blöden Beamtenkarrieren. Und wie du gerade selbst eindrucksvoll beweist, interessiert es euch dabei reichlich wenig, was ich denke oder wie es mir geht.«

»Das ist unfair.«

»Unfair? Ausgerechnet du sprichst von Fairness? Wie fair seid ihr denn zu mir?« Ihre Stimme wurde lauter, es war ihr egal. »Du sprichst mich mit einer Lüge an, und als ich nicht darauf eingehe, inszenierst du zusammen mit deinem Kommissarfreund einen verlogenen Polizeieinsatz, und nachdem ich abhauen konnte, was natürlich auch getürkt war, tischst du mir die rührselige und von vorne bis hinten gelogene Story von deiner entführten

Schwester auf! *Du* wagst es, von Fairness zu reden? Danke, ich verzichte auf diese Art von Fairness, Herr Polizeibeamter.«

Mit einem Ruck stand sie wütend auf, und auch er erhob sich. Als sie sich an ihm vorbeidrücken wollte, hielt er sie am Arm fest. »Geh jetzt nicht, bitte. So wie du das darstellst, ist das alles nicht.«

Doch sie hatte sich in Rage geredet und war außer sich. Sie versuchte, seinen Arm abzuschütteln, und als ihr das nicht gelang, schlug sie nach ihm.

Der Griff um ihren Oberarm wurde schmerzhaft fester. Christian versuchte, den Schlag abzuwehren, doch ihre flache Hand landete mit einem lauten Klatschen auf seiner Wange. Er stieß einen überraschten Laut aus, griff dann auch mit der freien Hand nach ihr und zog sie mit einem wütenden Ruck an sich heran. Sibylle verlor für einen Moment die Orientierung, spürte, wie sie auf seinen Brustkorb prallte und wollte schreien, doch plötzlich waren da Lippen, die sich auf ihren Mund pressten, und eine Zunge drängte sich gegen ihre Zähne, hektisch und fordernd. Sie presste die Lippen fest zusammen und versuchte, ihre angewinkelten Arme zwischen sich und Christian zu schieben, aber er hielt sie so fest an sich gepresst, dass sie keine Chance hatte. Sein Mund löste sich von ihr, und er zog den Kopf ein Stück zurück, gerade so weit, dass sie sich in die Augen sehen konnten.

»Was soll das?«, fauchte sie ihn an. »Lass mich sofort los.«

Christian grinste, dann kam sein Mund wieder näher, dieses Mal jedoch vorsichtiger. Sibylle wollte zurückweichen, aber seine Arme hielten sie so unnachgiebig umschlossen, als wäre sie in einen Schraubstock eingespannt.

Nur wenige Zentimeter trennten seine Lippen noch von ihren, als Sibylle es schließlich aufgab, sich in seinem Griff zu winden, und als sich ihre Lippen wieder berührten, ergab sie sich und öffnete den Mund. Im nächsten Moment wusste sie nicht mehr, warum sie sich so gewehrt hatte.

Sie schloss die Augen, und für einen Moment waren Wut, Angst und Verzweiflung verflogen. Es war, als hätte es die letzten eineinhalb Tage nicht gegeben. Dieses Gefühl, einem Menschen so nahe zu sein, dass man für einen Augenblick mit ihm verschmolzen war, dieses sanfte Streicheln eines fremden, warmen Atems auf der Wange, es war in diesem Augenblick so stark, dass nicht für einen einzigen anderen Gedanken in ihr Platz gewesen wäre.

Sie spürte die Stärke seiner Arme, die sie so unerbittlich hielten, und wusste, es würde für diese Arme keinen Unterschied machen, wenn sie sich einfach fallen ließe. Sie würden sie weiterhin halten. Einer der Arme löste sich von ihrem Körper, während aus dem zarten Umgarnen ihrer Lippen und Zungen ein immer schneller werdender, wilder Tanz wurde. Eine Hand schob sich unter ihr Shirt, strich über ihren Bauch und tastete sich schnell höher. Fingerspitzen erreichten ihre Brust, glitten über die Wölbung bis an die Spitze, und plötzlich gab das eben noch so überwältigende Gefühl gerade so weit nach, dass in ihren Gedanken Platz genug war für … ein Bild – *Hannes …*

Mit einem wilden Ruck zog Sibylle den Kopf zurück und befreite sich aus Christians Griff. Er war von ihren schnellen Bewegungen offenbar so überrascht, dass er sie nicht halten konnte.

»Nein«, sagte sie atemlos, und gleich darauf noch einmal, »nein. Das ist … das geht nicht. Ich bin verheiratet.«

Christian sah sie ungläubig an. »Möchtest du für den Rest deines Lebens auf alles verzichten, weil du einen virtuellen Mann hast?«

Sibylle glaubte, sich verhört zu haben. Sie *hoffte*, sich verhört zu haben. »Was sagst du da? Einen virtuellen Mann? Was meinst du damit, Christian?«

Er wandte sich schnaufend ein wenig von ihr ab und stemmte die Hände in die Seiten. »Was soll ich damit schon meinen«, sagte er an ihr vorbei, gerade so, als stünde dort noch jemand anderes, zu dem er sprach. »Dein Mann möchte nichts mit dir zu tun haben, weil du nicht wie *seine* Sibylle aussiehst. Er hat die Polizei gerufen und würde dich am liebsten im Gefängnis oder in der Klapsmühle sehen.« Nun sah er sie wieder direkt an. »Und diesem Kerl fühlst du dich verpflichtet? Während hier jemand vor dir steht, der … der dich haben möchte?«

Sibylle wollte ihn anschreien, aber sie spürte, seine Antwort hatte ihr die Kraft geraubt, die sie zum Schreien gebraucht hätte. »So siehst du das also«, war alles, was sie leise herausbrachte.

Sie setzte sich in Bewegung, um an ihm vorbei das Zimmer zu verlassen und rechnete damit, dass er sie wieder festhalten würde, aber er machte keine Anstalten dazu. Erst kurz bevor sie die Tür erreicht hatte, sagte er hinter ihrem Rücken: »Tut mir leid, Sibylle. Kann ich morgen trotzdem bei dir bleiben?«

Einen Moment lang stand sie reglos da, dann wischte sie sich die Tränen ab.

Sie war so unendlich müde.

33

Hans hatte das letzte freie Zimmer bekommen. Es lag zwei Etagen höher als die Zimmer der beiden.

Dem jungen Ding an der Rezeption hatte er den Preis für das Zimmer gleich in bar auf den Tresen gelegt. Er hätte ihr erklären können, dass er frühmorgens schon wieder abreisen müsse und deshalb schon im Voraus bezahlte, aber Hans mochte keine Erklärungen. Es ging niemanden außer den Doktor etwas an, warum er die Dinge tat, wie er sie tat. Wenn er jedes Mal eine Erklärung hätte abgeben müssen, sobald er in Ereignisse eingriff …

Nun saß Hans mit dem Telefon am Ohr auf dem Stuhl in seinem Zimmer, den Oberkörper steif aufgerichtet, und lauschte den Instruktionen.

Anschließend zog er seine Schuhe aus und setzte sich auf das Bett. Er winkelte das rechte Bein an und zog sein Famas-Bajonett aus dem Lederholster, das er um seinen Unterschenkel gebunden hatte. Er legte es in seine Handfläche und betrachtete die glänzende Scheide, in der sich das Licht der Deckenlampe spiegelte.

Viele Jahre begleitete ihn dieses Messer schon. Auch damals in Sarajevo, aufgepflanzt auf seiner Famas. Selbst als alles über ihm zusammengebrochen war, hatte er sein Gewehr nicht losgelassen, so, wie man es ihnen eingetrichtert hatte.

Beim Hinfallen hatte sich die Waffe dann so verdreht, dass das Bajonett in der Lendengegend in ihn eingedrungen war. Während der ganzen Zeit, die er in der Dunkelheit eingeschlossen gewesen war, hatte sein Bajonett in ihm gesteckt, und von der Klinge, mit der er kurz zuvor noch zwei Feinde getötet hatte, war er schlimm verletzt worden. So schlimm, dass sein Körper seitdem nicht mehr in der Lage war, die Grundbedingungen zu erfüllen, die für das körperliche Zusammensein mit einer Frau Voraussetzung waren.

Und weil es sein Leben so sehr verändert hatte, benutzte er auch ausschließlich sein Famas-Bajonett, wenn er in das Leben anderer eingriff, um zukünftige Ereignisse zu verändern.

Ein Bild drängte sich in seine Gedanken. Es war Janes Gesicht. Es wirkte so … zerbrechlich. Hans sah sie so deutlich vor sich, als stände sie ihm gegenüber. Er sah ihr weiches Haar, ihre reine, porzellangleiche Haut.

Er dachte daran, dass sie mit diesem Kerl da unten war. Sie hatten zwei Zimmer genommen, aber wenn er …

Auf der Suche nach Graten an seiner Waffe zog Hans die Klingenflanke erst über den Handballen, dann schob er den Fingernagel seines Daumens über die Schneide. Mit dieser Methode konnte man auch kleinste Unebenheiten feststellen. Nachdem er sicher sein konnte, dass die Klinge absolut in Ordnung war, steckte er das Bajonett wieder in die Lederhülle an seinem Bein und legte sich auf den Rücken.

Der nächste Tag würde der letzte des Jane-Doe-Experiments sein, hatte der Doktor gesagt. Die Situation würde dann entscheiden, wie Hans eingreifen musste.

Nein, Jane selbst würde entscheiden, wie … sehr er eingreifen musste. Denn für den Doktor wurde sie nun mit jedem Tag gefährlicher.

34

Zum ersten Mal wurde sie kurz vor zwei von einem Geräusch wach, das sie im Nachhinein nicht mehr identifizieren konnte. Sie schlief zwar schnell wieder ein, schreckte aber in halbstündigen Abständen immer wieder hoch, meist schweißgebadet. Kurz vor sieben stand sie auf.

Als sie am Abend aus Christians Zimmer zurückgekommen war, hatte sie sich nur noch schnell die Zähne mit der einfachen Zahnbürste geputzt, die zusammen mit Miniaturausgaben von Zahnpasta, Seife und Shampoo sowie einem Briefchen mit Nähzeug in einem geflochtenen Körbchen auf der Ablage im Badezimmer gelegen hatte, und war dann gleich ins Bett gegangen, wo sie binnen Sekunden eingeschlafen sein musste.

Im Badezimmer stellte sie das kalte Wasser an, ließ es in die zu einer Schale geformten Hände laufen und tauchte das Gesicht hinein. Die Kälte schreckte ihre Lebensgeister auf, aber sie sah fürchterlich aus. Dunkle Ringe hatten sich unter den Augen gebildet und ließen sie in Verbindung mit der blassen Gesichtshaut nicht nur um Jahre älter, sondern fast schon krank aussehen. Außerdem hatte sie hämmernde Kopfschmerzen, was wohl mit dem Alkohol zusammenhing.

Sibylle wiederholte die Prozedur mit dem Wasser noch zweimal, ehe sie das Bad wieder verließ. Sie zog sich an und stellte fest, dass ihr ein frisches Shirt guttun würde.

Am Fenster schob sie den schweren Vorhang ein wenig zurück und sah nach draußen.

Der nahende Herbst schob die Nacht nun immer weiter in den anbrechenden Tag hinein, aber sie konnte schon erkennen, dass der Himmel an diesem Morgen bedeckt war. Unwirkliches Dämmerlicht überzog die Häuserfronten mit einem tristen Belag. Wie in einem surrealistischen Film fehlten in diesem Bild kräftige Farben ebenso wie klare Konturen, alles schien ineinanderzufließen in einem Brei aus schmutzigen Grautönen.

Es passte zu ihrer Stimmung, dieses Licht.

Also, was willst du jetzt unternehmen, Sibylle Aurich, was? Nichts?

Sie konnte nichts tun, als ziellos durch die Stadt zu laufen und zu hoffen, dass sie etwas sah, das eine Erinnerung in ihr auslöste, so wie das Maffay-Plakat in Regensburg. Aber wie groß war die Chance, dass so etwas passierte? Und wie groß war die Wahrscheinlichkeit, dass sie tatsächlich in diesem Konzert gewesen war? Sie war sich da längst nicht mehr so sicher wie am Vortag.

Vielleicht hatte Christian ja recht. Vielleicht musste sie wirklich zurück in ihre gewohnte Umgebung, zurück nach Regensburg, um überhaupt eine Chance zu haben.

Wenn sie Christian und Kommissar Wittschorek dazu bringen könnte, ihr dabei zu helfen, Hannes und Elke von ihrer Identität zu überzeugen, wären ihre Chancen wahrscheinlich am größten. *Herrgott, Hals über Kopf nach München, was für eine Schnapsidee!*

Ihr Entschluss stand fest, und Christian würde sicherlich sehr erleichtert darüber sein.

Sie wandte sich vom Fenster ab und sah auf die Uhr. Christian schlief mit Sicherheit noch.

Christian. Was hast du dir dabei gedacht, gestern Abend? Und wer bist du nun eigentlich wirklich, Christian Rössler?

Ihr Blick fiel auf den kleinen Fernseher, der über einen schwenkbaren Arm an der Wand befestigt war. Die Fernbedienung lag auf der Kommode, die gleich darunter stand, neben Prospekten und Hotelbriefpapier.

Sibylle schaltete das Gerät ein und zappte durch die Kanäle. Auf einem der Sender lief ein Morgenmagazin mit regionalen Nachrichten aus München. Mit der Fernbedienung in der Hand hockte sie sich so auf das Bett, dass sie sich mit dem Rücken gegen das Kopfteil lehnen und ihre Beine zudecken konnte.

Die Sprecherin berichtete von einem betrunkenen Münchner, der vor eine einfahrende U-Bahn gestürzt und dabei schwer verletzt worden war. Ob der 29-jährige Hilfsarbeiter von der Wiesn kam und in anderen Lokalitäten noch nachgefeiert hatte, könne die Polizei noch nicht sagen. Der Mann habe fast zwei Promille Alkohol im Blut gehabt, als er gegen 5.00 Uhr an der Haltestelle Fraunhoferstraße am Bahngleis gestanden und auf die U-Bahn gewartet hatte. Themenwechsel.

Im Hintergrund wurde das Bild eines glatzköpfigen Mannes eingeblendet, der ein Mikrophon mit beiden Händen umschloss und dabei das Gesicht verzog, als hätte er gerade in eine Zitrone gebissen. Laut der Sprecherin handelte es sich um Michael Stipe von R.E.M., die in der Olympiahalle ein Konzert gegeben hatten und als Huldigung an die Wiesn für die Zugabe im Trachtenlook auf die Bühne gekommen waren.

Sie richtete die Fernbedienung auf das Gerät und wollte gerade umschalten, als ein neues Foto eingeblendet wurde. Drei lachende Männer waren zu sehen, zwei davon trugen einen weißen Kittel. Der mittlere hatte ein rotes Poloshirt an. Er hatte silbergraue Haare und ein Gewinnerlächeln.

Das Foto trug die Überschrift:
Durchbruch in der Hirnforschung
Sibylle ließ die Fernbedienung wieder sinken und hörte gebannt der Sprecherin zu, die davon berichtete, dass dem Münchener Unternehmen CerebMed Microsystems, einem Hersteller von Hightech-Medizingeräten, ein Erfolg in der Behandlung psychischer Störungen gelungen sei, welche durch traumatische Erlebnisse hervorgerufen werden. Dem Team von Wissenschaftlern um Professor Dr. Gerhard Haas, in der Bildmitte, sei es geglückt, ein neuartiges Verfahren zu entwickeln, mit dem spezielle Erinnerungen ausgeschaltet werden konnten.

Bei einem traumatisierten Probanden, so las die Sprecherin vor, konnten die Forscher ganz gezielt die Erinnerung an einen fürchterlichen Unfall in der Kindheit eliminieren, bei dem seine Eltern auf grauenvolle Weise ums Leben gekommen waren. Nach der Behandlung durch Professor Dr. Haas in der Neurologischen Abteilung des Klinikums der Universität München, bei der er die von CerebMed Microsystems entwickelte Methode eingesetzt hatte, hatte der Patient erstmals seit fast zwanzig Jahren wieder ein paar Worte gesprochen und befand sich auf dem Wege der Besserung.

Ein Film wurde eingespielt, in dem eine Reporterin vor einer modernen Glasfront stand und davon berichtete, dass Wissenschaftler des von dem bekannten Neurologen Professor Dr. Haas gegründeten Unternehmens sich seit vielen Jahren in Zusammenarbeit mit dem Uniklinikum intensiv mit der Erforschung von Traumata und deren Behandlungsmöglichkeiten beschäftigten und nun mit dem neu entwickelten Verfahren einen großen Erfolg zu verzeichnen hätten.

Vereinfacht ausgedrückt würde bei diesem Verfahren ein ganz bestimmtes Enzym gehemmt, das für die Langzeitspeicherung von Gedächtnisinhalten verantwortlich ist. Mit einem von CerebMed entwickelten Gerät würden dann mit feinsten Stromstößen Synapsenverbindungen im Gehirn gelöst, womit gewisse Erinnerungen nicht mehr abgerufen werden konnten.

Mehrere Männer und Frauen gingen während der Aufzeichnung des Berichtes hinter der Reporterin vorbei auf den Eingang des Gebäudes zu, die meisten von ihnen sahen neugierig zu den Fernsehleuten herüber. Einer von ihnen, ein schmaler Mann, schien in diesem Moment Sibylle durch die Scheibe des Fernsehgerätes hindurch direkt anzusehen.

Sibylle erstarrte.

Sie hatte das Gefühl, ihr Herz müsse in genau diesem Moment endgültig aussetzen.

Dieser Mann, der gerade wieder aus dem Bild verschwand, war … Dr. Muhlhaus.

Wie kann das sein?

Mit einem Mal fiel die Starre von ihr ab. Mit hämmerndem Herzen rutschte sie vom Bett. Die Fernbedienung fiel polternd zu Boden, sie beachtete es nicht weiter. Ihre Hände zitterten so sehr, dass sie es nur mit Mühe schaffte, den Bleistift zu halten, der neben dem Hotelbriefpapier gelegen hatte. Mit krakeliger Kinderschrift schrieb sie *CerebMed, Prof. Haas* auf ein Blatt und sah dann schnell wieder zu dem Fernseher auf, aber der Bericht war zu Ende, die Moderatorin sprach nun über die Landtagswahlen.

Einen Moment lang blieb Sibylle unschlüssig stehen, während die Gedanken einen entfesselten Reigen in ihrem Kopf tanzten, dann stürmte sie aus dem Zimmer, legte die wenigen Meter zu Christians Zimmer im Laufschritt zurück, stand schwer atmend vor der Tür und schlug gleich mehrmals mit der flachen Hand dagegen. Das Geräusch, eine Art dumpfes Klatschen, war sehr laut, aber das war ihr egal. *Endlich … endlich eine echte Spur!* »Christian?«

Sie legte das Ohr an die Tür, aber in dem Zimmer regte sich nichts. Wieder schlug sie dagegen, nun aber mit geballten Fäusten, doch statt der Tür, vor der sie stand, öffnete sich die des angrenzenden Zimmers. Ein dicker Mann in Unterhemd und Anzughose stand mit Rasierschaum im Gesicht im Eingang seines Zimmers und knurrte sie an: »Was veranstalten Sie denn hier? Geht's ein bisschen leiser?«

Noch ehe sie etwas entgegnen konnte, hatte er die Tür schon wieder hinter sich geschlossen.

Sibylle war verzweifelt. *Soll der Kerl sich doch beschweren!*

Sie hatte Muhlhaus gesehen, Christian *musste* sofort aufwachen.

Wieder hämmerte sie gegen die Zimmertür und rief seinen Namen. Als sich noch immer nichts regte, drehte sie sich mit dem Rücken zur Tür und knallte mit der Ferse dagegen. Sie rechnete fest damit, dass der Dicke aus dem Nachbarzimmer jeden Moment wütend herausgestürmt käme, doch stattdessen kam von dort, wo die Treppe von unten in den Flur mündete, eine Frau auf sie zu. Sie war etwa in Sibylles Alter, trug einen grünen Rock und eine weiße Bluse, offensichtlich gehörte sie zum Hotelpersonal. Mit verständnislosem Blick blieb sie vor Sibylle stehen.

»Entschuldigen Sie den Lärm«, sagte Sibylle schnell, »aber ich befürchte, mit meinem Bekannten, Herrn Rössler, ist irgendwas nicht in Ordnung. Könnten Sie bitte die Tür aufschließen?«

Die Frau runzelte die Stirn und betrachtete die geschlossene Zimmertür, als könne sie erkennen, was dahinter vor sich ging.

»Sie können um diese Uhrzeit doch nicht einen solchen Lärm machen. Es gibt Gäste, die möchten noch schlafen. Wie kommen sie darauf, dass etwas mit Herrn Rössler nicht stimmt?«

»Er wird einfach nicht wach.«

»Er hat eben einen festen Schlaf«, antwortete die Frau ungehalten.

Oh … verdammt … verdammt!

»Aber … er ist krank«, log sie. »Er bekommt manchmal … Anfälle. Das ist sehr gefährlich. Bitte, ich muss sofort nach ihm sehen.«

Damit hatte sie ins Schwarze getroffen. Die Augen der Frau weiteten sich kurz, dann nickte sie, sagte: »Warten Sie einen Moment, bitte, ja?«, und eilte davon.

Mit einem einzelnen Schlüssel in der Hand, an dem eine gelbe Plastikkarte befestigt war, war die Angestellte nach wenigen Augenblicken zurück, und mit einem letzten fragenden Blick schloss sie schließlich Christians Zimmer auf und trat einen Schritt zur Seite.

Ohne Zögern betrat Sibylle das Zimmer und stutzte. Das Bett war zerwühlt, aber leer. Sie ging zurück zur Badezimmertür, die einen Spalt weit offen stand. Dahinter war es dunkel. »Christian?«, rief sie und betätigte den Lichtschalter. *Niemand da – aber wo kann er so früh am Morgen schon hingegangen sein?*

»Haben Sie sich gedacht, dass Ihr Bekannter nicht hier ist?«, wollte die Hotelangestellte überflüssigerweise wissen.

»Glauben Sie, ich hätte das halbe Hotel mit meinem Klopfen geweckt, wenn ich davon ausgegangen wäre, dass er nicht in seinem Zimmer ist?« Sie betrachtete das zerwühlte Bett. »Vielleicht konnte er nicht schlafen und macht einen Spaziergang.«

»Ja, vielleicht«, sagte die Frau. »Ich denke, wir können das Zimmer jetzt wieder verlassen.«

»Ich würde gerne hier auf Herrn Rössler warten.«

»Tut mir leid, aber das geht nicht. Ich habe überhaupt nur aufgeschlossen, weil Sie sagten … Das war quasi ein Notfall. Bitte kommen Sie.«

»Nur einen kleinen Moment noch, bitte«, sagte Sibylle, griff nach einem Stift und schrieb auf den Hotelbriefbogen:

Komm bitte sofort zu mir. Ich habe den Mann im Fernsehen gesehen, der mich eingesperrt hat. Firma CerebMed Microsystems. Sibylle

Zurück in ihrem Zimmer, rief Sibylle bei der Kriminalpolizei Regensburg an und verlangte Kommissar Wittschorek, musste aber erfahren, dass der wahrscheinlich erst zwischen acht und neun auf der Dienstselle erscheinen würde.

In der nächsten halben Stunde schaltete sie immer wieder zwischen den verschiedenen TV-Programmen hin und her in der Hoffnung, irgendwo noch einen Bericht über CerebMed Microsystems zu sehen.

Kurz nach halb acht schließlich nahm sie den Zimmerschlüssel von der Kommode und verließ nach einem Griff in die Hosentasche, mit dem sie die zerknüllten Geldscheine mit den Fingern berührte, ihr Zimmer.

An der Rezeption saß die Frau, die ihr Christians Zimmer aufgeschlossen hatte. Sie wirkte schon viel freundlicher. »Ist Ihr Begleiter wieder zurück?«

»Nein, noch nicht. Kann ich ihm eine Nachricht hinterlassen?«

»Selbstverständlich.«

Während sie eine Schublade öffnete und einen Notizblock herauszog, nahm Sibylle sich eines der Kärtchen mit Name und Adresse des Hotels, die in einem Korb seitlich auf dem Tresen lagen, und steckte es ein. Dann griff sie nach dem Block, den die Frau ihr zusammen mit einem Kugelschreiber und einem Umschlag über den Rezeptionstresen reichte, und sagte: »Eine Frage, wissen Sie zufällig, wo ich die Firma CerebMed Microsystems finde?«

»CerebMed?« Die Frau machte ein nachdenkliches Gesicht. »Hm, der Name sagt mir was. Ich suche Ihnen die Adresse gerne heraus.«

»Ich glaube, es ist in Aubing, in der Bodenseestraße. Rufen Sie mir doch bitte ein Taxi.«

Aubing? Bodenseestraße? Woher willst du das wissen? Der Fernsehbericht! Aber … da werden doch keine Adressen … – egal, ich muss dahin!

Sie setzte seufzend den Stift an und schrieb:

Christian, ich bin auf dem Weg zur Firma CerebMed Microsystems in Aubing. Dort habe ich diesen Kerl gesehen. Ich versuche später, Wittschorek zu erreichen. Bitte komm schnell nach.
Sibylle

Sie steckte das gefaltete Blatt in den Umschlag, klebte ihn zu und schrieb in großen Buchstaben *Christian Rössler* darauf. Als sie ihn der Hotelangestellten reichte, lächelte die und sagte: »Das Taxi wird in zwei Minuten hier sein. Und Sie haben recht: CerebMed ist in Aubing.«

Es dauerte sechs Minuten, und sie erschienen Sibylle wie eine kleine Ewigkeit.

Die Minuten verrinnen langsam, wenn sie vielleicht die letzte Barriere vor der Wahrheit sind.

35

Hans war froh, als er wieder alleine war. Er mochte dieses Zusammenhocken und *Besprechen* nicht, und schon gar nicht mit Kerlen, die glaubten, ihm sagen zu müssen, was er zu tun hatte. Aber der Doktor hatte gesagt, er müsse mit Rob zusammenarbeiten, also tat er es, auch wenn er diesen Kerl nicht ausstehen konnte, der Robert hieß, von allen aber nur Rob genannt wurde.

Um sieben Uhr hatte er schon vor seiner Zimmertür gestanden, um Dinge zu berichten, die Hans entweder schon wusste oder nicht zu wissen brauchte.

Hans wollte ihn fragen, ob er Jane angefasst hatte, hatte es aber doch nicht getan. Was, wenn er mit *Ja* geantwortet hätte?

Jetzt würde Rob in seinem Zimmer sitzen und mit dem Doktor telefonieren. Hans konnte nicht verstehen, dass der Doktor dem Kerl vertraute. Sicher, er wusste, *warum* – aber verstehen konnte er es trotzdem nicht.

Er sah auf seine Armbanduhr mit der LED-Anzeige. Achtzehn Minuten vor acht. Um acht Uhr wollte der Doktor ihn anrufen.

Erneut klopfte jemand an die Tür, dieses Mal aber gleich mehrmals hintereinander, laut und ungeduldig.

Als Hans öffnete, stand Rob schon wieder vor ihm. Er hielt ihm einen Zettel entgegen, und sein Gesicht verhieß dabei nichts Gutes.

»Sie war in meinem Zimmer. Weiß der Teufel, wie sie da reingekommen ist. Lies das.«

Hans nahm den Zettel und sah sich die handgeschriebenen Worte an.

Komm bitte sofort zu mir. Ich habe den Mann im Fernsehen gesehen, der mich eingesperrt hat. Firma CerebMed Microsystems. Sibylle

Als Hans wieder aufsah, sagte Rob: »Sie ist nicht in ihrem Zimmer. Ich kann mir schon denken, was sie jetzt vorhat.«

Hans gab ihm den Zettel zurück und fragte ruhig: »Hast du den Doktor informiert?«

»Ja. Ich hab ihn gleich angerufen, als ich gemerkt hab, dass sie nicht mehr in ihrem Zimmer ist.« Er fuhr sich mit den Fingern durch die langen Haare, und Hans stellte fest, dass der sonst so abgebrühte Rob sehr nervös war. Aber er hatte auch allen Grund dazu. Während er hier oben gehockt und sich mit ihm *besprochen* hatte, war Jane Doe ausgeflogen.

»Wenn sie irgendwo erkannt wird, gibt es Probleme, Rob. Was sagt der Doktor?«

»Wir sollen kommen und sie aufhalten. *Du* sollst sie aufhalten.«

Hans nickte. Es war an der Zeit.

36

Sie mussten quer durch die Münchener Innenstadt, im dichten Berufsverkehr eine zeitraubende Angelegenheit. Immer wieder standen sie minutenlang auf der Stelle, um dann nach fünfzig oder hundert Metern im Schritttempo schon wieder anhalten zu müssen. Mit jeder Minute stieg Sibylles Nervosität. Sie hatte nicht einmal ein Handy, mit dem sie hätte versuchen können, Wittschorek zu erreichen. Es blieb nur die Hoffnung, dass Christian mittlerweile ihre Nachricht gefunden hatte. *Es sei denn –*

»Entschuldigung«, sprach sie den Fahrer an, »ich habe eine Bitte. Ich müsste dringend einen Freund anrufen, hab aber leider mein Telefon vergessen. Würden Sie mir Ihres vielleicht für einen Anruf zur Verfügung stellen, wenn ich Ihnen zehn Euro dafür geben würde?«

Der Fahrer sah sie erst überrascht im Rückspiegel an, aber die zehn Euro schienen ihm wohl ein überzeugendes Argument zu sein.

»Freilich«, sagte er, »wenn es ein Gespräch in Deutschland ist und nicht zu lange dauert.« Er nahm sein Telefon aus der Mittelkonsole und reichte es ihr über die Schulter nach hinten. Sibylle bedankte sich und wand sich auf der Sitzbank, um den Zettel mit der Telefonnummer aus der Gesäßtasche fischen zu können.

Zwei Minuten später reichte sie das Telefon mitsamt einem zerknitterten Zehneuroschein frustriert wieder nach vorne, nachdem sie erfahren hatte, dass der Kommissar noch immer nicht auf der Dienststelle war.

Nach fast einer halben Stunde Fahrt bog das Taxi schließlich vor einem dunkelblauen Schild mit der Aufschrift *CerebMed Microsystems* in die Einfahrt zum Firmenparkplatz. Sibylle zahlte und stieg mit klopfendem Herzen aus.

Das Gebäude war ein länglicher, dreigeschossiger Bau, dessen Front bis auf wenige geschlossene Wandflächen komplett verglast war. Es war noch immer sehr bewölkt, so dass hinter den Scheiben nur einige wenige farbige Jalousien in Orange und Blau teilweise heruntergelassen waren.

Der Bau bot einen imposanten, auf subtile Art aber auch beängstigenden Anblick. Den Eingang bildete eine breite, automatisch öffnende Glastür, die Sibylle schon aus dem Fernsehbericht kannte. Sie schob sich in diesem Moment gerade in der Mitte wie zu einem breiten Lachen auseinander und ließ zwei Frauen heraus, die sich angeregt unterhielten.

Ein seltsames Gefühl machte sich in Sibylle breit, etwas Verwirrendes schwebte wie ein dünner Nebelfetzen durch ihre Empfindungen. *Wie gestern … wie – nach-Hause-Kommen.*

Sie rechnete fast damit, dass jeden Moment jemand aus der Tür kam, den sie gut kannte. *Elke vielleicht? Oder sogar Hannes? Gibt es vielleicht eine Verbindung zwischen Hannes und CerebMed?*

Blödsinn! Jetzt dreh nicht völlig durch.

Sie wandte sich um und sah über den Parkplatz hinweg gerade noch, wie das Heck des Taxis aus der Einfahrt verschwand. Sie hatte die irrsinnige Hoffnung, ein weiteres Taxi würde dort auftauchen, in dem Christian säße. Sollte sie auf ihn warten?

Aber woher wollte sie wissen, dass er überhaupt kam? *Was, wenn es noch Stunden dauert, bis er überhaupt wieder im Hotel ist und meine Nachricht findet? Nein. Nein, so lange kann ich nicht warten. Ich geh da jetzt ohne dich rein, Christian Rössler.*

Das Foyer wirkte groß, aber nicht überraschend für sie. Obwohl es von außen nicht zu sehen gewesen war, dass dieser mindestens 200 Quadratmeter große, mit goldgelbem Marmor ausgelegte Bereich sich bis unter das Dach ausdehnte, nahm sie es als selbstverständlich hin. Die beiden oberen Stockwerke endeten jeweils mit einer Galerie am Foyer. An den holzverkleideten Seiten dieser Galerien waren in einer verwirrenden Anordnung unzählige große Spiegelplatten angebracht, die das von oben einfallende Tageslicht mehrfach umlenkten und den großen Raum trotz des bewölkten Himmels in angenehmes Licht tauchten. Diese Holzverkleidung setzte sich unterhalb der unteren Galerie nahtlos als Wandverkleidung des Erdgeschosses fort, in die zwei Türen eingelassen waren.

Fünf-drei-sieben-neun-acht, dachte sie und fragte sich im nächsten Moment, ob ihr Verstand nun endgültig zu bröckeln begann. *Fünf-drei-sieben-neun-acht?*

Sie wandte sich ab und bemerkte, dass der Mann, der hinter der sehr großzügigen Empfangstheke saß, sie beobachtete, während er telefonierte. Er mochte Mitte oder Ende vierzig sein und trug ein weißes Hemd mit einer Krawatte im gleichen Blauton, wie Sibylle ihn schon auf den Firmenschildern von CerebMed gesehen hatte. Die gelblich-blonden Haare standen ihm wie kurze Igelstacheln vom schmalen Kopf ab. *Schlecht gefärbt.*

Die Art, wie er sie musterte, hatte nichts mit dem typisch freundlichen Was-kann-ich-für-Sie-tun?-Blick gemein, es war eher ein Taxieren, von dem Sibylle sich unangenehm berührt fühlte. Entschlossen ging sie dennoch auf den Mann zu und versuchte, ihn dabei freundlich anzulächeln. Kurz bevor sie ihn erreicht hatte, beendete er sein Telefonat. Als sie direkt vor ihm stand und die Einzelheiten seines Gesichtes genau sehen konnte, schaute er sie abwartend an. *Oder als ob er nicht sicher ist, ob er mich kennt – und abwartet, ob ich ihn kenne.*

»Kann ich Ihnen helfen?«, fragte er in diesem Moment zurückhaltend freundlich.

»Vielleicht.« Sie hoffte, dass er nichts von ihrer Anspannung merkte.

»Ich habe zufällig in einem Fernsehbericht über Cereb-Med jemanden wiedergesehen, der mir vor einiger Zeit in einer dummen Situation sehr geholfen hat. Ich hatte nie die Möglichkeit, ihm zu danken, und würde das wahnsinnig gern nachholen. Ich weiß blöderweise seinen Namen nicht. Er ist um die fünfzig, hat schwarze Haare und ist wahrscheinlich ein Mitarbeiter von Ihnen.« Sie überlegte, was ihr noch zu dem Kerl einfiel. »Ach ja, und er ist sehr … zierlich.«

»Hm«, machte der Blonde. »Das ist nicht einfach. Hier arbeiten sehr viele Leute, und es könnte ja auch ein Besu… –«

Er stockte und sah an ihr vorbei in Richtung des Eingangs. Noch bevor sie sich umdrehen konnte, um zu sehen, was den Mann abgelenkt hatte, rief hinter ihr jemand ihren Namen. Es war eine bekannte Stimme. Sibylle wirbelte herum und hätte am liebsten aufgeschrien vor Erleichterung, als sie sah, dass Christian mit schnellen Schritten auf sie zukam.

»Gott sei Dank, ich bin so froh, dass du da bist! Aber wo warst du denn?«

Christian sah zwischen ihr und dem Mann hinter der Rezeption hin und her, bevor er ihr beide Hände auf die Oberarme legte und sagte: »Wir haben uns wohl um ein paar Minuten verpasst. Lass uns nach draußen gehen.«

»Aber …«, setzte sie an, verstummte jedoch, als sie seinen beschwörenden Blick sah.

Er nickte dem Mann hinter der Rezeption zu, sagte: »Entschuldigen Sie bitte«, und zog Sibylle mit sich.

Sie musste sich sehr zusammenreißen, ruhig zu bleiben.

Die Schiebetüren öffneten sich schon, als sie noch einige Meter davon entfernt waren, den Kontakt hatte eine junge Frau ausgelöst, die ihnen entgegenkam und stockte, als sie Sibylle sah. »Danny? Danny, bist du das?«

Sibylle war verwirrt. Sie kannte die Frau nicht. *Und warum nennt sie mich Danny?* »Nein, mein Name ist Sibylle. Sibylle Aurich. Sorry, ich nehme an, Sie verwechseln –«

»Genau, Sie müssen jemand anderen meinen«, fiel Christian ihr ungeduldig ins Wort und drückte ihr mit der Hand gegen den Rücken, damit sie weiterging.

»Tut mir leid«, sagte Sibylle noch zu der jungen Frau und sah deren völlig entgeisterten Gesichtsausdruck.

Ohne ein weiteres Wort verließ sie mit Christian das Gebäude, aber kaum hatte sich die Eingangstür hinter ihnen mit einem saugenden Geräusch wieder geschlossen, sprudelte Sibylle los: »Mensch, wo warst du bloß heute morgen? Dieser Kerl arbeitet hier, da bin ich sicher. Ich hab ihn im Fernsehen erkannt! Wir müssen wieder da rein. Gut, dass du jetzt da bist, alleine hätte ich wahrscheinlich sowieso keine Chance. Hast du deinem Kollegen schon Bescheid gesagt? Ich hab's von unterwegs versucht, aber er war noch nicht im Büro. Rufst du ihn bitte direkt noch mal an? Christian?«

»Gleich. Lass uns noch ein Stück weitergehen.«

Ungeduldig folgte sie ihm, erst über den Parkplatz, dann lotste er sie an der Seite des Gebäudes vorbei. »Ich möchte sehen, wie die Rückseite aussieht«, erklärte er, »nur für alle Fälle.«

Die Rückseite? Mit jedem Schritt, den sie weitergingen, kam ihr die Situation seltsamer vor. »Christian, kannst du mir jetzt bitte endlich sagen, wo du heute Morgen warst?«

Christians Gesicht veränderte sich mit einem Mal auf eine Art, die Sibylle gar nicht gefiel. Er verzog den Mund zu einem unverschämten Grinsen und sagte: »Ich habe mich mit jemandem getroffen, der bald alle deine Probleme lösen wird.«

Sibylle verstand kein Wort von dem, was er da sagte, aber es stieg eine dunkle Ahnung in ihr auf, die ihr Angst einjagte.

»Aber wie … Ich meine, wer soll meine Probleme lösen können? Und woher –«

»Er war bei mir«, wurde sie von einer Stimme hinter ihrem Rücken unterbrochen, die ihr einen Schauer über den Körper trieb. Sie wirbelte herum und erstarrte, als sie in diese gefühllosen Augen sah, vor denen sie sich schon gestern im Regionalzug gefürchtet hatte. Der Abstand zwischen ihr und diesem Mann betrug höchstens einen Meter. Er war nur wenige Zentimeter größer als sie und starrte ihr mit unbewegter Miene in die Augen. Sibylle wollte schreien, aber sie schaffte es nicht einmal, den Mund zu öffnen. Der Drang, vor diesem fürchterlichen Menschen wegzulaufen, wurde übermächtig, aber die Verbindung zwischen ihrem Gehirn und den Muskeln war unterbrochen.

Der schmale Mund in diesem harten Gesicht bewegte

sich und sagte: »Guten Tag, mein Name ist Hans. Wir werden jetzt da reingehen, es wartet jemand auf dich. Und es wäre gut, wenn du keine Schwierigkeiten machst.«

Zur Unterstreichung seiner Worte hob er die rechte Hand und zeigte ihr ein Messer mit einer furchteinflößend langen Klinge. Der Anblick der Waffe löste endlich ihre Starre und ließ sie einen Schritt zurück machen. Dabei stieß sie gegen Christian und schnellte zu ihm herum. Er grinste noch immer. »Christian«, stieß sie hervor, und erst in dem Moment, als sie seinen Namen sagte, wurde ihr mit aller Macht bewusst, was diese Situation bedeutete.

»Du?« Ihre Beine gaben nach. Es war ihr egal.

Er griff ihr unter die Arme und fing sie auf, bevor sie zu Boden fallen konnte. Die Stimme des schrecklichen Kerls hinter ihr sagte etwas, das sie nicht verstand. Auch das war ihr egal. Alles war egal. Wie durch einen Schleier nahm sie wahr, dass die Männer sie in ihre Mitte nahmen und mit sich zogen.

Es war, als beobachte sie nur, hätte aber nichts direkt mit dieser Szene zu tun.

Irgendwann blieben sie stehen, und sie schloss die Augen.

Eine Hand legte sich unter ihr Kinn und hob ihren Kopf an.

»Wir werden dich jetzt loslassen«, sagte eine Stimme, von der sie glaubte, dass sie zu Christian gehörte.

Sie öffnete die Augen wieder, und es war wirklich Christians Gesicht, in das sie blickte.

»Du hast mich geküsst«, sagte sie. »Zweimal. Warum tust du mir das an? Wie kannst du mir das antun?«

»Ich hätte noch mehr getan, als dich nur zu küssen«,

antwortete er, »wenn du nicht so prüde wärst, meine ich.« Es schien ihn zu amüsieren.

»Ich bin … verheiratet«, sagte sie, als müsse sie sich in diesem Moment, in dieser unwirklichen Situation, vor diesem Kerl rechtfertigen.

»Blödsinn!«, sagte er lachend.

Sibylles Körper straffte sich. »Blödsinn? Was soll das heißen, Christian?«

»Der Doktor wartet«, sagte im Hintergrund der Kerl mit den toten Augen und packte sie am Oberarm. Er drückte dabei nicht fest zu, so dass sein Griff ihr nicht weh tat. Sibylle spürte, dass die Kraft wieder in ihren Körper zurückgekehrt war, und wehrte sich gegen den Griff, aber als Christian auch noch an ihr zog, hatte sie dem nichts entgegenzusetzen und gab schließlich auf.

Sie bogen um die Ecke des Gebäudes und gingen ein Stück an der Rückseite entlang. Sie passierten ein Tor, das groß genug war, dass ein LKW hindurchpasste, und hielten vor einer schmalen Tür. Christian steckte einen Schlüssel in das Schloss und stockte. Er ging noch dichter an die Tür heran und fingerte an dem Schlüssel herum. Dann ließ er ihn los und versuchte es noch einmal, aber die Tür ließ sich offenbar nicht öffnen.

»Was soll das denn?«, schnauzte er und schlug mit der flachen Hand mehrmals gegen die Tür. »Welcher Schwachkopf hat den Schlüssel von innen stecken lassen? Verdammter Mist, wo sind die alle?«

Er wandte sich an den Kerl mit den toten Augen. »Du musst nach vorne gehen und von innen aufmachen.«

»Warum ich? Geh du, ich passe so lange auf Jane auf.«

»Jane?«, fragte Sibylle und fühlte sich dem Wahnsinn so nahe wie noch nie. »Wieso Jane?« *Danny … Jane?*

Niemand beachtete sie.

»*Ich* passe auf sie auf«, blaffte Christian. »Ich möchte vermeiden, dass sie wieder unbemerkt einen kleinen Ausflug macht, so wie heute Morgen.«

Während seine Stimme immer gereizter klang, antwortete Hans noch immer völlig ruhig: »Du warst doch mit ihr auf einem Flur.«

»Aber ich sollte sie nur beobachten, während *du* dafür verantwortlich warst, dass sie keinen Unsinn macht, oder?!«

Sein Gesicht war jetzt gerötet. Mit hektischen Bewegungen griff er nach hinten und zog eine Pistole hervor.

Sibylle stieß einen spitzen Schrei aus, als er den Lauf der Waffe auf ihren Bauch richtete.

Sekundenlang sahen die beiden Männer sich in die Augen, dann sagte Hans: »Du weißt, der Doktor braucht sie. Wenn du ihr was antust, töte ich dich.«

Damit drehte er sich um und ging los. Beide sahen ihm nach. Als er hinter der Gebäudeecke verschwunden war, wandte Sibylle sich an Christian und sah die Fassungslosigkeit in dessen Gesicht. Offensichtlich nahm er die Drohung dieses Menschen ernst.

»Warum hat er mich Jane genannt?«

»Na, Jane Doe.« Er schien sich wieder gefangen zu haben, denn das widerwärtige Grinsen war binnen Sekunden zurückgekehrt. »Sag bloß, du kennst den Namen nicht? In Amerika nennen sie so die weiblichen Leichen, die sie nicht identifizieren können.«

Weibliche Leichen. Sibylle spürte, dass ihre Knie wieder weicher wurden, aber sie beachtete es nicht weiter. Wenn sie zusammenbrach, lag sie eben auf dem Boden. Na und?

»Ist eigentlich irgendetwas von dem wahr, was du mir

erzählt hast?« Wieder zeigte Christian sein höhnisches Grinsen. »Etwas Wahres, lass mich überlegen … Nun ja, was ich dir darüber erzählt habe, was wir mit dir gemacht haben, war wirklich maßlos untertrieben. Aber es ist wahr, dass wir dein Gehirn beeinflusst haben. Wie wir das genau –«

Von der Seite huschte ein Schatten heran und stoppte hinter Christian, der einen überraschten Schrei ausstieß, als eine Hand schräg hinter seinem Kopf auftauchte und etwas gegen seinen Hinterkopf drückte. »Nicht bewegen!«, sagte eine Stimme schneidend. »Ich drücke bei der kleinsten Bewegung ab, und es macht mir absolut nichts aus, Drecksack.« Eine *bekannte* Stimme. Sibylle wurde schwindlig. Von der Person selbst, die hinter Christian stand, konnte sie nur einen Teil der Kleidung und seitlich neben Christians Kopf ein Stück eines grünen Seidentuches mit weißem Muster sehen. *Rosie!*

Christian stand wie erstarrt und bewegte sich auch nicht, als eine sommersprossige Hand um ihn herumgriff und ihm langsam und vorsichtig die Pistole wegnahm.

Erst, als die Waffe nicht mehr auf Sibylle gerichtet war, wurde sie schnell zurückgezogen. Eine andere Hand tauchte auf. Sie hielt ein Aststück, das sie nun zur Seite schleuderte, während der Lauf der Pistole gegen Christians Kopf gedrückt wurde. Mit einer schnellen Bewegung zog die Person sich das Tuch vom Kopf. Darunter kamen Haare in einem Rot zum Vorschein, wie Sibylle sie nur einmal in ihrem Leben gesehen hatte.

»Rosie«, flüsterte sie. »Wie …?«

»Kindchen«, sagte Rosie, »hast du wirklich gedacht, ich lasse dich im Stich?«

»Aber … –«

Rosie winkte ab. »Später. Erst mal – was ist mit deinem Jungen?«

»Mit meinem … – Den gibt es nicht«, sagte Sibylle und spürte, dass ihr sofort die Tränen in die Augen schossen.

»Was?« Rosie riss die Augen weit auf. »Bist du dir sicher?«

Sibylle zögerte zwar kurz, nickte dann aber.

»Herrje! Das musst du mir alles haarklein erzählen, aber lass uns erst mal hier verschwinden, bevor dieser Zombie wiederauftaucht. Und diesen Herrn nehmen wir für alle Fälle mit.«

Sie zog die Pistole von Christians Kopf weg und drückte sie ihm in den Rücken. Dass sie dabei nicht sehr zimperlich war, konnte Sibylle an seinem schmerzverzerrten Gesicht sehen.

»Nimm sofort die Waffe weg, verdammte Scheiße! Ihr kommt keinen Kilometer weit! Hans wird dir mit Genuss die Kehle durchschneiden.«

»Weißt du, was mich wundert, Drecksack?«, sagte Rosie unbeeindruckt. »Dafür, dass du so große Töne spuckst, zitterst du gewaltig. Ist dir kalt?«

Sibylle hatte sich noch immer nicht wieder gefangen. Sie bekam den Sturm in ihrem Kopf einfach nicht gebändigt.

»Rosie, ich dachte, du wärst … Oh mein Gott. Rosie, es … Es tut mir so leid.«

Rosie schüttelte den Kopf, schlug Christian mit der freien Hand auf die Schulter und zeigte zum Rand des Parkplatzes, wo ein dunkler Renault Clio stand.

»Dahin! Los jetzt, Beeilung.«

Sibylle folgte den beiden wie in Trance. Als sie den Wagen erreicht hatten, hielt Rosie Christian den Schlüssel hin: »Du fährst. Ich setze mich hinter dich und halte den Lauf der Waffe auf deinen Nacken gerichtet. Und damit das klar ist: Ich habe die Nase voll von großkotzigen Feiglingen, die sich an Frauen vergreifen. Und ich habe keine Skrupel, dir eine Kugel in den Kopf zu jagen, denn du bist ein elender Verbrecher, und wenn ich einen elenden Verbrecher erschieße, dann ist das Notwehr. Alles klar?«

37

Hans war wütend.

Du hast mich geküsst, hatte Jane gesagt. Und Rob, er *hätte noch mehr getan, wenn du nicht so prüde gewesen wärst.* Sie hatte ihn abgewiesen.

Zerbrechlich. Mit diesem Gedanken flackerte etwas in Hans auf. Aber es war nur ein kurzes Zucken, dann musste er wieder an Rob denken.

Nicht nur, dass er versucht hatte, Jane zu beschmutzen, er hatte ihn vor ihr bloßgestellt.

Rob hatte ihm die Schuld für seine eigene Unfähigkeit gegeben. Jane hätte nie unbemerkt das Hotel verlassen, wenn Rob in seinem Zimmer gewesen wäre, anstatt bei ihm herumzusitzen.

Und er hatte ihn herumkommandiert, obwohl er nicht sein Vorgesetzter war.

Hans zeigte es niemandem, wenn er wütend war. Er ließ nicht einmal das innere Beben zu, das in ihm aufsteigen wollte. Wenn man auf jemanden wütend war, kam das meist daher, dass man denjenigen für sein dummes Verhalten nicht bestrafen konnte. Wenn man aber ganz konsequent jeden bestrafte, auf den man wütend sein musste, wühlte diese Wut einen nicht mehr auf. Man hatte ja die Gewissheit, die Genugtuung würde kommen.

So ging Hans mit schnellen Schritten an der Rezeption vorbei, er registrierte den Kerl mit den gelben Haaren, beachtete ihn aber nicht weiter, er wusste, der würde ihn nicht aufhalten. Beim Anblick dieses Kerls hätte er jedes

Mal am liebsten sein Famas-Bajonett aus dem Lederholster gezogen und ihm damit eigenhändig diese gelben Haare vom Kopf geschnitten.

Neben einer der Türen unterhalb der Galerien tippte Hans einen fünfstelligen Code ein, 5–3–7–9–8, woraufhin das Schloss mit leisem Summen entriegelt wurde.

Er betrat einen breiten Korridor, von dem zu beiden Seiten kleinere Gänge abzweigten, dahinter lagen die Büros der CerebMed-Verwaltung.

Das Geräusch seiner schnellen Schritte wurde von dem dicken dunkelblauen Teppichboden verschluckt, mit dem der gesamte Bürotrakt ausgelegt war. In einen der Gänge, der nach rechts und nach wenigen Metern zu einer Tür führte, bog Hans ein. Auch hier war ein Code nötig, aber anders als an der ersten Tür gab es noch ein weiteres Kästchen mit einer glatten, grauen Fläche neben dem Nummernblock. Er zog seine Brieftasche aus der Hose und nahm eine Plastikkarte heraus, die er vor die graue Fläche hielt, was die Elektronik mit einem hohen Piepton quittierte, dann gab er seine persönliche Geheimzahl ein, und nach einem weiteren Piepen ertönte endlich das gewohnte Summen des Schließmechanismus – die Tür war offen.

Gleich dahinter führte eine Betontreppe mit 17 Stufen nach unten. Hans zählte sie jedes Mal, wenn er zu den Labors hinunterging. Wenn er andere Treppen hinauf- oder hinunterging, interessierte es ihn keinen Deut, aus wie vielen Stufen die bestanden. Nur bei dieser einen, speziellen Treppe hatte er irgendwann ohne Grund die Stufen gezählt, und beim nächsten Mal wieder, weil er nicht mehr wusste, wie viele es waren. Und dann war es ihm zur Angewohnheit geworden. Aber nur bei dieser. Nur hier.

Er kam in einem mit einer Reihe von Neonröhren beleuchteten Gang an und wandte sich nach links. Er war nun nicht mehr wütend. Die Notwendigkeit der Bestrafung für diesen Kerl war gespeichert, und es gab keinen Grund, länger darüber nachzudenken. Interessant wäre es natürlich gewesen, nun die tausend möglichen Folgen durchzudenken, die Robs Bestrafung nach sich ziehen würde, aber dafür war jetzt nicht die Zeit.

Hans spürte, wie das erhabene Gefühl der Macht in ihm aufsteigen wollte, das er immer hatte, wenn er durch sein Handeln das Schicksal beeinflusste.

Ein Mann im weißen Kittel kam ihm entgegen und nickte ihm knapp zu. Hans nickte zurück, er kannte ihn, er gehörte zum Team des Doktors. Zu diesen Leuten hatte er nur wenig Kontakt, sah sie nur zufällig hin und wieder, im Büro des Doktors. Sie waren für die Spender verantwortlich. Womit sie sich genau beschäftigten, sah Hans meist erst, wenn er eingreifen musste. Wie nun bei Jane Doe.

Kurz vor der dicken Stahltür, durch die der Weißkittel gekommen war, musste er abbiegen. Diese Tür war noch stärker abgesichert als die anderen. Hier war neben einem persönlichen Zahlencode kein Ausweis, sondern der Daumenabdruck nötig.

Zu den Räumen dahinter hatte Hans keinen Zutritt. Jedenfalls nicht alleine. Zusammen mit dem Doktor war er aber schon öfter dort gewesen. Dort lagen die Labors der inoffiziellen Entwicklungsabteilung. Anders als im ersten Stock des CerebMed-Gebäudes, wo sich die meisten der Wissenschaftler mit den Dingen beschäftigten, über die immer wieder die Zeitungen und die Fernsehsender berichteten, arbeitete hier nur ein kleiner Kreis von engen Vertrauten des Doktors.

Hans dachte an die Regalwand, hinter der eine Treppe in ein weiteres Kellergeschoss führte.

In den Trakt.

Niemand, der nicht genau wusste, was er tun musste, würde den Zugang zum Trakt finden.

Die Zimmer der Spender lagen dort unten, wobei Hans sich fragte, wozu sie Zimmer brauchten. Außerdem gab es auch dort einige Laborräume und eine Art Saal, in dem diese komplizierte Maschine stand und die anderen Gerätschaften, die sie brauchten, wenn sie das taten, was der Doktor Abziehen nannte.

Hans vermied es nach Möglichkeit, an die Spender zu denken. Er wollte auf jeden Fall vermeiden, ihr Bild vor Augen zu haben.

Er hatte schon viele schlimme Dinge gesehen in seinem Leben. Dinge, die furchtbar, aber unvermeidbar waren. Der Anblick der Spender allerdings jagte ihm jedes Mal einen Schauer über den Rücken. Es gab nicht vieles, wovor Hans sich fürchtete, aber *sie* machten ihm wirklich Angst.

Zweimal bog er noch ab, ohne jemandem zu begegnen, dann hatte er den schmalen Ausgang erreicht, an dem die beiden auf ihn warten würden.

Der Schlüssel steckte tatsächlich von innen. Hans zog ihn ab, legte ihn auf das kleine Kästchen daneben und öffnete die Tür. Er blickte sich um, doch von den beiden war nichts zu sehen. Er hob einen kleinen Stein auf, legte ihn so an den Rahmen, dass die Tür nicht zufallen konnte, und ging nach draußen.

Nach etwa zwei Minuten kam Hans zurück ins Gebäude.

Er musste dem Doktor jetzt sagen, dass sie ein Problem hatten.

38

Rosie lotste Christian vom Parkplatz herunter und befahl ihm, in Richtung Hauptbahnhof zu fahren.

Inzwischen drückte sie ihm die Waffe nicht mehr von hinten gegen den Nacken, sondern lehnte sich zurück und legte den Unterarm auf ihrem Bein ab. Den Lauf der Pistole hielt sie dabei schräg nach oben gerichtet.

Rosies überraschendes Auftauchen hatte Sibylle wieder ein bisschen Kraft gegeben. Sie beugte sich ein Stück nach vorne und sah Christian von der Seite an. »Wer bist du?«, fragte sie, »und was habt ihr mit mir gemacht?«

»Von mir erfährst du kein Wort«, antwortete er düster. »Nachher, wenn Hans uns eingeholt hat, werde ich dir alles erzählen. Und es wird dir nicht gefallen.«

»Lass ihn«, sagte Rosie. »Er soll uns erst mal fahren. Alles andere werden wir sehen.«

Sibylle wollte etwas entgegnen, wollte sagen, dass sie jetzt endlich wissen musste, was man mit ihr gemacht hatte, aber Rosie sah es ihr wohl an. Sie schüttelte nur den Kopf und sagte noch einmal: »Später.«

Nach kurzem Schweigen fragte Sibylle: »Und wie hast du mich jetzt ausgerechnet hier gefunden, Rosie?«

Rosie stieß ein Lachen aus. »Das war schon ziemlich abenteuerlich. Aber wir haben ja noch ein bisschen Zeit, und das darf Herr Drecksack auch ruhig hören. Also, als du bei deiner Freundin warst, sind plötzlich eine Menge Polizisten vor dem Haus aufgetaucht. Ich dachte mir gleich, dass es dabei nur um dich gehen konnte. Ganz sicher war ich, als einer von ihnen an mein Auto kam und sich ausgerechnet als dieser Oberkommissar Grohe vorgestellt hat, von dem du mir erzählt hattest. Der wollte wissen, was ich dort zu suchen habe, und ich hab ihm erzählt, dass ich gerade telefonieren wollte und angehalten habe, weil ich ja als anständige Verkehrsteilnehmerin weiß, dass man während der Fahrt nicht telefonieren darf. Er meinte, ich soll mal bitte sofort weiterfahren, was ich auch gemacht hab – als anständige Verkehrsteilnehmerin.« Sie schmunzelte. »Ich hatte vor, einmal um den Block zu fahren, irgendwo zu parken und dann zu Fuß in die Nähe des Hauses zu kommen, um zu sehen, ob ich dich vielleicht irgendwie warnen könnte. Also bin ich rechts in die nächste Straße und musste erst mal warten, weil so ein blöder Paketdienst-Transporter mitten auf der Straße geparkt war, und als der Fahrer endlich wieder auftaucht – übrigens ein knackiges Kerlchen –, fahr ich noch mal rechts ab, und was glaubst du, sehe ich, als ich gerade mal zweihundert Meter in die Straße reingefahren bin? Da kommt doch dieser hässliche Kerl, der am Tag davor schon neben meinem Haus herumgelungert hat, mit meiner hübschen Sibylle zwischen den Häusern entlangspaziert.«

Christian warf einen schnellen, bösen Blick über die Schulter zurück, aber Rosie redete einfach weiter.

»Und schräg gegenüber steht ein anderer Typ, und zwar so gewollt unauffällig, dass es nur ein Polizist sein konnte. Ich dachte schon, Mist, jetzt haben sie dich, aber der Herr Polizist hat keinerlei Anstalten gemacht, dich aufzuhalten oder so – was ich eigentlich sehr seltsam fand, aber du hattest mir erzählt, dass einer von denen das schon mal gemacht hatte.«

»Ja, das war Kommissar Wittschorek«, erklärte Sibylle.

»Ich habe also meinen Wagen da, wo ich gerade war, am Straßenrand abgestellt und bin euch mit einigem Abstand gefolgt. Kindchen, ich kam mir vor wie Miss Marple!«

Sie warf einen Blick nach draußen und sagte dann nach vorne gerichtet: »Ich hoffe für dich, du nimmst den kürzesten Weg Richtung Bahnhof, Drecksack.« Dann wandte sie sich wieder Sibylle zu. »So, und als ihr zusammen in dieses kleine Hotel in Regensburg gegangen seid, da hab ich schon befürchtet, du machst jetzt irgendeinen Schweinkram mit dem Kerl. Als er dann alleine und mit dem Telefon am Ohr wieder herauskam, war ich beruhigt.«

Sibylle sah nach vorne. »Der Kommissar gehört auch zu euch, und du bist kein Polizist, oder?«

»Ich und Polizist?« Er lachte laut auf und sah sie durch den Rückspiegel an. »Das war Martins Idee. Der Witz des Jahrhunderts. Und wo wir schon dabei sind, ich heiße nicht Christian, sondern Robert. Aber du darfst Rob zu mir sagen.« Er schien den Schock, von Rosie überwältigt worden zu sein, überwunden zu haben. »Ja, du hast recht, der gute Kommissar Martin Wittschorek gehört zu uns. Wir haben ihn uns ehrlich gekauft.«

Wieder lachte er, während Sibylle hätte schreien können vor Enttäuschung und Verzweiflung. *Hört dieser Wahnsinn denn niemals auf?*

Rosie schüttelte verwirrt den Kopf. »Was ist mit diesem Wittschorek?«

Sibylle atmete tief durch. »Also, der Kerl da vorne, Christian oder Robert oder wie auch immer, hat ein paarmal mit Wittschorek telefoniert. Als ich's bemerkt habe, hat er mir vorgelogen, er wäre ebenfalls Polizist und wollte die Sache mit Wittschorek zusammen hinter dem Rücken von Grohe aufklären, weil der wahrscheinlich mit den Verbrechern unter einer Decke steckt. Wittschorek hat mir das alles am Telefon auch bestätigt.« Sie senkte den Kopf. »Alles gelogen, alles bloß Lügen. Wozu das alles?«

Rosie sah noch einmal nach vorne und schüttelte den Kopf. »Das ist doch total verrückt.«

»Ja, das denke ich seit vorgestern andauernd«, antwortete Sibylle.

»Und was ist mit Oberkommissar Grohe?«, wollte Rosie wissen, und die Art, wie sie das fragte, erzeugte ein ungutes Gefühl in Sibylle. »Ich weiß es nicht«, erklärte sie. »Warum?«

Rosie sah sie an wie ein Kind, das eine teure Vase zerbrochen hat. »Sag ich dir gleich, wenn wir da sind.« Sibylle verstand und nickte.

»Da vorne, vor dem Bahnhof, rechts abbiegen.« Zur Unterstreichung ihres Befehls schlug Rosie zweimal mit der Handfläche fest gegen die Rückenlehne des Fahrersitzes, bevor sie sich wieder an Sibylle wandte. »So, wo war ich? Ach so, ja, ich bin euch erst quer durch Regensburg gefolgt, wobei ich großes Glück hatte, dass ich einen jungen Kerl in einer klapprigen Kiste mit fünfzig Euro überreden konnte, dem Taxi zu folgen, in das ihr eingestiegen seid. Als ihr wieder zu dem Versicherungsbüro zurückgegangen seid, ist mir zum ersten Mal dieser Zombie aufgefallen, der euch verfolgt hat. Ich glaube, er hat mich auch gesehen, später ist er nämlich kreuz und quer durch den Zug gelaufen, und ich hatte ziemliche Probleme, mich vor ihm zu verstecken. Am Bahnhof hatte ich mir das Kopftuch gekauft. Meine Haare, na ja, die Farbe ist vielleicht nicht ganz alltäglich. Hier in München war es relativ einfach, an euch dranzubleiben, und der Taxifahrer fand es sehr spannend, als ich ihm erzählt habe, dass ich als Privatdetektivin unterwegs bin, im Auftrag der betrogenen Frau von Herrn Drecksack, der mit seiner Sekretärin, also mit dir, eine Affäre hat.« Sibylle wusste nicht, wie oft sie in der letzten Viertelstunde ungläubig über Rosemarie Wengler den Kopf geschüttelt hatte. »Na ja, ich hab mich nicht getraut, in das gleiche Hotel zu gehen wie ihr und der Zombie, also hab ich mir ein Zimmer in der Nähe gesucht und mir einen Mietwagen kommen lassen. Und heute Morgen hätte ich fast alles vermasselt, weil ich zu spät zu eurem Hotel zurückgekommen bin. Hatte nicht damit gerechnet, dass du dich so früh schon auf den Weg machst.«

»Ich hab einen Bericht über diese Firma gesehen, über CerebMed«, erklärte Sibylle, »im Lokalfernsehen, und da ist dieser Kerl aufgetaucht, der mich in Regensburg eingesperrt hatte.«

Rosie nickte verstehend. »Ich war jedenfalls gerade erst ein paar Minuten vor eurem Hotel, als der Drecksack und der Zombie ganz aufgeregt in ein Taxi gestiegen sind. Da dachte ich mir, dass du schon weg sein musst, bin den beiden also hinterher und hab auf dem Parkplatz gesehen, dass der Zombie sich draußen versteckt, während der Drecksack ins Gebäude gegangen ist. Den Rest kennst du. Na ja, bis auf die Kleinigkeit, die ich dir gleich noch erzähle.«

»Ey, hörst du vielleicht endlich mal auf, mich so zu nennen«, maulte Robert, woraufhin Rosie grinsend zurückfragte: »Wie sollte ich einen Drecksack denn sonst nennen? Sibylle, du hast doch nicht etwa mit dem da in einem Bett geschlafen?«

Sibylle schüttelte heftig den Kopf. »Nein, hab ich nicht.« *Nein, Gott sei Dank nicht.*

Sichtlich beruhigt dirigierte Rosie ihn in den nächsten Minuten durch vier, fünf Straßen bis zu einem großen Hotel.

Als er den Renault hinter dem hohen Gebäude abgestellt hatte, beugte sie sich zu ihm nach vorne und sagte: »Damit du die Lage nicht falsch einschätzt, *Rob.* Ich habe wirklich nicht die geringsten Hemmungen, dich mitten in der Lobby zu erschießen, wenn du Blödsinn machst. Ich bin mein halbes Leben lang von einem elenden Säufer verprügelt worden und hab in dieser Zeit dummerweise eine Art Psychose gegen gewalttätige Kerle entwickelt, die ich kaum im Zaum halten kann. Ich werde den Rest meines Lebens singend und pfeifend im Gefängnis verbringen, wenn das der Preis dafür ist, ein Schwein wie dich abgeknallt zu haben. Alles klar – *Rob*?«

Sibylle starrte Rosie an. *Keine Fotos, keine Fotos von ihrem Mann.*

»Nimmst du bitte meine Handtasche vom Beifahrersitz mit?«, sagte Rosie an Sibylle gewandt. »Aber warte, bis wir draußen sind.« Sie tippte Robert mit dem Zeigefinger auf die Schulter. »Los jetzt, aussteigen.«

Sibylle wartete, bis er das Auto verlassen hatte, und griff sich dann Rosies Tasche vom Vordersitz. Sie war aus dunklem Leder und hatte die Form eines kleinen Rucksacks.

Beim Gang durch die große Hotellobby hielt sich Rosie dicht hinter Robert. Sie hatte sich das Kopftuch so über den am Körper angewinkelten Arm und die Hand gelegt, dass die Pistole davon verdeckt wurde.

Sibylle sah Rosie immer wieder an. *Verprügelt, jahrelang?*

Sie rätselte, ob Rosie tatsächlich schießen würde, wenn Robert versuchen würde zu fliehen. *Oh Gott.* Sie wusste es nicht, und es gab Gott sei Dank auch keine Situation, in der Rosie sich dafür oder dagegen hätte entscheiden müssen.

Das Zimmer befand sich im sechsten Stock, den sie mit einem der vier Hotelaufzüge erreichten. Es war modern eingerichtet und mit zwei zusammenstehenden Einzelbetten ausgestattet. Im schmalen Eingangsbereich gleich neben der Tür hing ein Kästchen, in das Rosie eine Plastikkarte hineinsteckte, woraufhin in dem Raum alle Lampen angingen und aus dem Flachbildfernseher eine leise Musik dudelte.

Rosie zog das Kopftuch von ihrem Arm und schob Robert vor sich her in das Zimmer. Sie bugsierte ihn zu einem Stuhl und drückte ihn an der Schulter nach unten. Als er saß, machte sie einen Schritt zurück und sagte: »Sibylle, schau mal, ob du irgendwo was findest, womit wir Herrn Drecksack verschnüren können.«

Sibylle sah sich in dem Zimmer um. Als sie dort nichts Brauchbares finden konnte, ging sie in das überraschend große Badezimmer, aber auch dort gab es nichts Geeignetes.

Direkt gegenüber der Badezimmertür war ein Wandschrank mit zwei Türen eingelassen, wo sie schließlich fündig wurde.

Auf einem der Regalbretter lag ein weißer Wäschesack, in dem man Kleidungsstücke zur Reinigung geben konnte. Dieser Sack konnte mit einem langen, gedrehten Strick am oberen Rand zugezogen werden.

»Hast du zufällig eine Schere?«, fragte sie und griff sich den Beutel. Rosie hatte tatsächlich eine Nagelschere in ihrer Handtasche, und eine Minute später reichte Sibylle ihr den Strick. Rosie betrachtete ihn: »Sehr gut. Traust du dir zu, ihn so zu fesseln, dass er sich nicht befreien kann?«

Sibylle zögerte. »Ich hab so was noch nie gemacht.«

»Ich auch nicht – egal, gib her. Hier, du passt so lange auf ihn auf.«

Sie hielt ihr die Waffe entgegen, und Sibylle hob erschrocken die Hände. »Nein, das –«

»Sibylle, hast du vergessen, was dieser Dreckskerl dir angetan hat? Wie er dich belogen und benutzt hat?«

Ohne weiteres Zögern nahm Sibylle die Pistole und richtete sie auf Roberts Brust. Ihre Hände zitterten dabei.

Einige Minuten und einige Schmerzensschreie später waren Roberts Hände hinter seinem Rücken miteinander und mit der Stuhllehne verschnürt. Rosie nahm die Waffe wieder an sich und sicherte sie, indem sie mit dem Daumen einen kleinen Bügel umlegte. *Wieso kann diese Frau mit einer Waffe umgehen?*

»So, Kindchen, und jetzt erzähl mir mal, wie das mit deinem Jungen ist, den es nun plötzlich doch nicht geben soll.«

»Du hast mir das Blut abgeschnürt«, maulte Robert dazwischen. »Mir sterben die Hände ab. Du musst das Seil lockern.«

»Nichts muss ich«, sagte Rosie ruhig, »und wenn du jetzt nicht den Mund hältst, ziehe ich's noch ein bisschen strammer.«

Sibylle sah Robert an und hätte ihm am liebsten ins Gesicht geschlagen. »Ich weiß mittlerweile, dass die Gedanken an Lukas mir künstlich eingepflanzt wurden, Rosie. Aber es tut noch immer so weh, als ob man mir wirklich mein Kind weggenommen hätte, verstehst du? Die haben mir wohl mit einer speziellen Art von Hypnose die Erinnerungen an das komplette Leben eines Kindes eingesetzt.«

Rosie sah sie erstaunt an. »Hypnose?«

»Ja«, sagte Sibylle und erzählte ihr in Kurzform alles, was sie wusste. Rosie sah dabei immer wieder zu Robert herüber, und ihr Blick schien ihm nichts Gutes zu verheißen, denn er sagte während der ganzen Zeit kein Wort.

Als sie fertig war, stand Sibylle auf und ging ins Badezimmer. Dort setzte sie sich auf den geschlossenen Toilettendeckel, beugte sich nach vorne und weinte hemmungslos.

Es dauerte nicht lange, und Rosie kam zu ihr. Sie stellte sich neben Sibylle, drückte ihren Kopf sanft gegen ihren weichen Bauch und stich ihr über die Haare.

»He, Kindchen. Das ist eine schlimme Geschichte, aber du bist jetzt nicht mehr alleine. Die alte Rosie wird dir helfen. Ich bin schon mit ganz anderen Dingen fertig geworden.«

Langsam ließ Sibylle die Hände sinken und sah zu ihr hoch. Ein Schleier aus Tränen lag noch auf ihren Augen, so dass sie für ein paar Sekunden lang nur eine verwaschene helle Fläche mit einer feuerroten Wolke darüber sah.

»Du wolltest mir noch was erzählen, Rosie.«

»Ja, stimmt. Ich weiß nicht, ob es ein Fehler war, aber … Als ich vor dem Gebäude gesehen habe, wie dich diese Kerle bedrohen, da hab ich Grohe angerufen. Ich wusste nicht, was ich tun sollte, ich meine, wenn ich nun die Münchener Polizei angerufen hätte, wer weiß, ob die überhaupt etwas unternommen hätten! Ich dachte, wenn ich Grohe informiere, dann wird der schon alles Nötige in die Wege leiten. Hoffentlich war das kein Fehler.«

Sibylle dachte darüber nach. »Ich weiß es nicht, aber eigentlich kann es nicht verkehrt gewesen sein. Gott sei Dank hast du ja mit Grohe gesprochen und nicht mit Wittschorek. Wenn der Oberkommissar die Münchener Polizei informiert, ist das umso besser. Wittschorek weiß sowieso, dass ich hier bin, also mach dir keine Sorgen, du hast nichts falsch gemacht.«

Sie konnte die Erleichterung in dem rundlichen Gesicht förmlich sehen.

»Und was … was war das mit deinem Mann, Rosie?«

»Ach, das ist doch jetzt nicht wichtig. Wir müssen uns jetzt überlegen, was wir mit dem Kerl da anstellen.«

»Bitte«, sagte Sibylle.

Rosie warf einen schnellen Blick in das Zimmer und lehnte die Tür an, als sie zurückkam. Sie setzte sich auf den Rand der Badewanne und sah Sibylle unschlüssig an.

»Wir haben einige Jahre versucht, ein Kind zu bekommen, erfolglos. Die Ärzte behaupteten, wir wären beide gesund und sollten uns keinen Stress machen, dann würde es schon werden. Aber es klappte einfach nicht. Irgendwann haben wir die Hoffnung aufgegeben. Gerhard hatte schon immer gerne ein Glas Bier getrunken, aber mit den Jahren wurde ein regelmäßiges Besäufnis daraus. Er hat angefangen, mich zu beschimpfen, wenn er aus der Kneipe nach Hause kam, und eines Abends hat er mir ins Gesicht geschlagen, als ich mich beschwert hab, dass er schon wieder betrunken war. Und dann … Ich wollte mich von ihm trennen, aber genau zu diesem Zeitpunkt war ich plötzlich schwanger. Ich dachte, das könnte unsere Ehe retten und ihn dazu bringen, mit der Trinkerei aufzuhören, aber das war leider nicht so. Anstatt sich darüber zu freuen, hat er wortlos das Haus verlassen und war erst zwei Tage später wieder da – sturzbesoffen, hat Streit angefangen, hat behauptet, das Kind wäre nicht von ihm, er könnte keine Kinder zeugen. Ich hab ihm natürlich gesagt, dass das Blödsinn ist, aber er war in seinem Suff nicht davon abzubringen. Hure hat er mich genannt und untreue Schlampe, und geschlagen hat er mich auch wieder. Ich war furchtbar wütend über seine Ungerechtigkeit und konnte mich nicht gegen ihn wehren. Und irgendwann, als er einfach nicht aufhörte, wollte ich ihm nur noch weh tun. Ich habe in sein verquollenes, versoffenes Gesicht gesehen und gesagt, er hätte recht, ich hätte mit einer ganzen Horde von Kerlen geschlafen, während er nachts grölend durch die Kneipen getorkelt war, mit so vielen, dass ich gar nicht mehr wüsste, wer alles als Vater in Frage kam.« Rosie holte mit geschlossenen Augen sekundenlang tief Luft. »Da hat er mir in den Bauch getreten. Nicht nur einmal, sondern mehrmals, als ich schon auf dem Boden lag. Er hat mir das, was erst gerade im Begriff war, zu unserem Kind zu werden, aus dem Bauch getreten.« Sie stockte und senkte den Kopf.

»Oh mein Gott«, sagte Sibylle, und in diesem Moment hatte sie ihre eigene Situation ganz vergessen. *Oh mein Gott.*

»Im Krankenhaus haben sie mir gesagt, ich werde kein Kind mehr bekommen können. Als sie mich gefragt haben, was passiert ist, hab ich das Gleiche erzählt, wie wahrscheinlich schon tausende Frauen vor mir, die Geschichte von der Treppe, die ich runtergefallen bin.«

»Aber warum? Warum hast du das Schwein nicht angezeigt?«

Sibylle sah die Tränen, die in Rosies Augen standen. Es war ein erschütternder Anblick, diese Frau so zu sehen.

»Weil es meine Schuld war«, sagte sie mit brüchiger Stimme. »Hätte ich nicht diesen Blödsinn von den vielen Männern erzählt, wäre es nie dazu gekommen. Ich habe das Leben meines Kindes leichtfertig aufs Spiel gesetzt. Und mein Kind hat dieses Spiel verloren.«

»Aber das ist doch …« Sibylle sah ihr an, dass es keinen Zweck hatte, etwas dagegen zu sagen. »Und … du bist bei ihm geblieben?«

Rosie nickte. »Ja, noch dreiundzwanzig lange Jahre.«

»Und hat er dich … wieder geschlagen?«

»Ja. Dreiundzwanzig lange Jahre. So lange habe ich für den Tod meines Kindes gebüßt. Bis er sich die Leber so zerstört hatte, dass er krepiert ist.«

Sibylle wusste nicht, was sie noch sagen sollte.

Sie schrak heftig zusammen, als Rosie sich auf die Schenkel schlug und sich erhob. »So, genug davon. Jetzt weißt du zumindest einen Grund, warum ich dir von Anfang an helfen wollte, dein Kind zu finden. Jetzt müssen wir uns aber überlegen, was wir unternehmen. Eine Möglichkeit wäre, dass wir den Kerl der Polizei übergeben und denen die ganze Geschichte erzählen. Auch die Sache mit dem korrupten Kommissar Wisso … wie heißt er noch?«

»Martin Wittschorek«, sagte Sibylle. »Ich weiß nicht, Rosie. Was sollen wir der Polizei erzählen? Dass ich in Regensburg entführt wurde, wo mich kein Mensch mehr kennen will? Wo mich sogar die Polizei als mögliche Komplizin der Entführer sucht? Und das mit Wittschorek – wie soll man das beweisen? Mir glaubt doch sowieso niemand mehr irgendwas. Dann dieser falsche Dr. Muhlhaus. Selbst wenn ich ihn unter den Mitarbeitern finden würde – wie soll ich beweisen, was er getan hat? Nein, Rosie, ich glaube, das hat keinen Zweck.«

Jane Doe, hatte Robert sie genannt. *Hat er nicht recht gehabt? Bin ich nicht so gut wie tot? Jane Doe. Unbekannte Leiche, weiblich.*

»Gut, dass du das so siehst«, meinte Rosie, »ich denke das eigentlich auch. Die Polizei wird wahrscheinlich wenig tun können, und der Typ da drin ist mit einem guten Rechtsanwalt in zwei Stunden wieder auf freiem Fuß. Wir haben meiner Meinung nach nur eine Möglichkeit: Wir müssen versuchen, selbst rauszufinden, was es mit dieser Firma auf sich hat.«

Sie legte eine Hand auf Sibylles Schulter. »Was denkst du?«

Als Sibylle nicht gleich reagierte, klatschte Rosie in die Hände. »Nun komm schon! Diese Leute haben dich entführt und misshandelt, die haben dir dein ganzes Leben weggenommen, Sibylle! Sollen die damit etwa durchkommen? Und der nächsten Frau vielleicht wieder so was antun? Sibylle?«

Sibylle sah diese Frau an, die selbst schon so viele schreckliche Dinge erlebt hatte. So viele Schmerzen, körperliche und vor allem seelische. Die ihr Kind verloren hatte.

Die ihr Kind verloren hat …

»Okay«, sagte sie, und sie spürte, dass es richtig war.

»Dann los. Immerhin haben wir doch da nebenan jemanden sitzen, den wir vielleicht als Pfand benützen können. Lass uns mal nach der Kanaille sehen.« Sie wandte sich ab und verließ das Badezimmer. Sibylle folgte ihr.

Robert saß zwar unverändert mit den Händen hinter dem Rücken auf dem Stuhl, aber Rosie ging trotzdem um ihn herum und kontrollierte, ob der Strick noch saß. Sibylle setzte sich auf die Bettkante und sah ihn an.

»Erklär mir, warum habt ihr mein ganzes Leben kaputtgemacht? Was habe ich euch denn getan? Ihr habt mir doch nicht nur die Erinnerung an Lukas eingepflanzt. Was soll das mit Johannes und Elke? Warum sehe ich anders aus? Bin ich … – bin ich überhaupt Sibylle Aurich, hm?«

Er schüttelte den Kopf und lachte dabei meckernd. Es wirkte in seiner Situation irre und jagte Sibylle einen eiskalten Schauer über den Rücken. Im nächsten Moment war der Spuk vorbei, und er sah sie grinsend an. »Wenn du wüsstest. Ich würd's dir wirklich gerne erzählen, aber leider …«, er schnalzte mit der Zunge, wie man es tat, wenn man die Aufmerksamkeit eines Hundes auf sich ziehen möchte, »leider geht das nicht.«

»Vergiss es, Sibylle«, mischte sich Rosie ein, »ich glaube sowieso nicht, dass Herr Drecksack viel weiß. Der ist ein kleiner Handlanger, der nur die nötigsten Informationen hat. Sein Intellekt reicht gerade eben aus, um Frauen anzulügen. Siehst du nicht, was für ein Waschlappen das ist?«

Das Grinsen verschwand aus Roberts Gesicht. Er zerrte so heftig an seinen Fesseln herum, dass er fast mit dem Stuhl umgekippt wäre.

»Um dich werde ich mich persönlich kümmern, wenn es so weit ist, du rote Hexe«, zischte er und zog noch ein paarmal an den Fesseln, bevor er schwer atmend wieder stillsaß.

Rosie sah Sibylle an. »Sag ich doch.«

Sie überprüfte ein letztes Mal den Sitz des Strickes und zog dann wie ein Filmkiller die Pistole aus dem hinteren Hosenbund. Sie packte sie am Lauf und hielt sie Sibylle entgegen. »Nimm die und pass auf, dass er keinen Blödsinn macht. Ich werde unten im Foyer mal ein bisschen im Internet stöbern und sehen, was ich über diese seltsame Firma rausfinden kann.«

Sibylle wollte gerade nach der Pistole greifen, als Rosie sie zurückzog und sagte: »Übrigens, wenn er gemein wird, kannst du ihn ganz einfach zur Ruhe bringen. Du musst dafür nicht gleich schießen, siehst du, so …« Sie holte ein kleines Stück aus und ließ den Griff der Pistole auf seinen Hinterkopf niedersausen. Mit einem Stöhnen sank sein Kopf erst nach hinten und dann zur Seite, wo er mit dem Ohr auf der Schulter liegen blieb. Sibylle stieß ohne zu wollen einen überraschten Laut aus, und Rosie legte sich theatralisch eine Hand vor den Mund. »Oh je«, sagte sie. »Ich wollte nur leicht … – Das war wohl doch ein bisschen fester, als ich gedacht habe.«

Sie streckte die Hand nach der Stelle aus, wo sie ihn getroffen hatte, doch bevor sie ihn berührte, stöhnte er auf und öffnete schon wieder die Augen. Er schüttelte den Kopf und verzog das Gesicht. »Du elendes Aas.«

Rosie gab Sibylle die Pistole.

»Mach's so, wie ich's dir gezeigt hab. Nur ein bisschen fester.«

39

»Dieser Schwachkopf!«, stieß der Doktor aus, nachdem Hans ihm die Situation geschildert hatte. Er schlug mit der Hand auf die Schreibtischplatte. »Ich kann manchmal nicht glauben, dass er wirklich …« Er stockte und schüttelte den Kopf.

Er bringt den Satz nicht zu Ende, weil ich vor ihm stehe, dachte Hans. Es war das erste Mal überhaupt, dass der Doktor in seiner Gegenwart etwas gegen Rob gesagt hatte, und Hans stellte fest, dass es ihm eine Genugtuung war.

Das war neben anderen Dummheiten nun schon der zweite große Fehler, den Rob gemacht hatte. Der erste hatte dazu geführt, dass Jane Doe schon ins Leben gerufen werden musste. Eigentlich war es noch zu früh dafür gewesen.

»Finde sie, Hans. Du musst sie schnell finden.« Der Doktor sah ihn mit steinerner Miene an. »Und denk daran: Du darfst Jane kein Haar krümmen. Ich brauche sie bei Verstand und unverletzt, um sie genau analysieren zu können. Danach …« Er winkte ab.

»Jawohl«, antwortete Hans.

»Was glaubst du, was passiert ist?«

»Ich glaube nicht, dass Rob freiwillig verschwunden ist. Dass Jane ihn allein überwältigt hat, halte ich auch für unmöglich.«

Der Doktor nickte. »Rosemarie Wengler?«

»Ich habe sie im Zug nicht mehr gesehen, aber vielleicht hatte sie sich doch irgendwo versteckt.«

»Und wenn, dann hat sie Rob überwältigt, und sie gehen vielleicht zur Polizei. Oder sie sind ganz mutig. So oder so müssen wir nur warten.«

Hans nickte.

»Ich bin gespannt auf Jane«, sagte der Doktor, und Hans merkte, dass das nicht an ihn gerichtet war. »Sehr gespannt.«

40

Es dauerte etwa 20 Minuten, bis Rosie zurückkam.

In den ersten Minuten, die sie und Robert alleine im Zimmer waren, versuchte er mit Engelszungen, sie dazu zu bringen, seine Fesseln zu lösen. Als Sibylle darauf partout nicht reagierte, begann er ihr zu drohen. Sie stand auf, ging ins Badezimmer zur Toilette, wusch sich die Hände sehr lange und sprenkelte sich dann etwas Wasser ins Gesicht. Die Pistole hatte sie die ganze Zeit über dabei.

Als sie zurückkam, fing er sofort wieder an. »Es wird nicht lange dauern, bis Hans uns gefunden hat. Der war jahrelang in einer Eliteeinheit der Fremdenlegion, hat da einen Knacks abbekommen. Der fackelt nicht lange, das sag ich dir. Es wird ihm einen Riesenspaß machen, euch beiden langsam die Kehlen aufzuschlitzen. Mach mich los, dann passiert dir nichts. Ich verschwinde hier einfach. Hey, ich hab dir doch nichts getan. Hans war der, der dir weh tun wollte. Also, was denkst du?«

»Ich denke, ich werde gleich mal ausprobieren, was Rosie mir eben gezeigt hat. Was denkst du?«

Danach war er ruhig.

Als Rosie das Zimmer wieder betrat, wedelte sie mit einigen Papierseiten herum und grinste. »Was glaubst du, was ich gefunden habe? Das Glück ist ausnahmsweise mal auf unserer Seite.«

Sie ließ sich auf das Bett fallen, zwinkerte Robert provozierend zu und klopfte mit der freien Hand auf die Bettdecke neben sich.

»Setz dich zu mir, Sibylle. Das musst du dir ansehen.«

Sibylle legte als Erstes Rosie die Pistole in den Schoß. Sie war froh, das Ding los zu sein. Neugierig betrachtete sie die ausgedruckten Seiten.

»Also, hier steht, dass CerebMed Microsystems im Jahr 1996 gegründet worden ist. Alleiniger Firmeninhaber ist Professor Dr. Gerhard Haas. Gibt jede Menge Artikel und Bilder im Netz. Du glaubst gar nicht, mit wem der schon alles zusammen fotografiert worden ist, der Kerl scheint mir prominenter zu sein als der Oberbürgermeister. Und nebenbei hat er noch einen Lehrstuhl an der Uni und ist irgendein hohes Tier an der Uniklinik. Jedenfalls entwickelt CerebMed Geräte für Hirnchirurgie und Hirnforschung, außerdem haben sie noch eine medizinische Forschungsabteilung, die nach Verfahren sucht, Hirnschädigungen zu reparieren, um es mal mit meiner unqualifizierten Ausdrucksweise zu beschreiben. Sie haben auch schon einige Erfolge … –«

»Entschuldige, Rosie, aber das weiß ich doch schon alles. Was meintest du, wieso das Glück auf unserer Seite ist?«

Rosie strahlte, als würde sie ihr gleich ein großes Geschenk überreichen. Sie zog das unterste Blatt unter den anderen hervor und legte es obenauf. Es war ein Text darauf, in den drei farbige Fotos mit Untertiteln eingefügt waren. Eine Menge Leute waren darauf abgebildet, sie standen teils in Gruppen zusammen, die meisten von ihnen hatten Gläser in der Hand.

»Das ist ein Artikel über die Feier zum zehnjährigen Bestehen der Firma«, erklärte Rosie, »haufenweise Prominenz war da, klar, aber jetzt wirf mal einen Blick auf diese Gruppe.« Sie zeigte auf das unterste Foto. Sibylle beugte den Kopf ein wenig, um die Einzelheiten besser erkennen zu können, und kniff die Augen zusammen. Der Text unter dem Foto, auf dem vier lachende Männer zusammenstanden, lautete:

Prof. G. Haas, U. Schilling, Landrat Dr. Klein und R. Haas (v.l.n.r.)

R. Haas? Als Sibylle sich das Gesicht des Mannes am rechten Rand betrachtete, wusste sie, was Rosie gemeint hatte. Der Mann, der dort abgebildet war, saß neben ihr gefesselt auf dem Stuhl.

»Na, was sagst du jetzt, Kindchen? Unser Herr Drecksack scheint der Sohn des Chefs zu sein. Ist das nun ein Glücksfall oder nicht?«

Sibylle nickte noch immer ganz überrascht. »Ja, das kann man wohl sagen.«

Sie schaute sich das Bild noch einmal an. Robert stand darauf nicht ganz am rechten Rand. Neben ihm war ein weiterer Mann teilweise zu sehen, und als Sibylle genau hinsah, erkannte sie auch ihn: Es war zweifellos der Kerl mit den angsteinflößenden Augen, dieser Hans. Er hatte ein kurzärmeliges Shirt an, und sein rechter Arm hing lässig herab. Etwas war auf seinem Unterarm, als wäre beim Ausdruck die Farbe an der Stelle verwischt. *Oder als ob …*

Sibylle nahm Rosie das Blatt aus der Hand und hielt es sich dichter vor die Augen. Ihre Hand begann plötzlich zu zittern, so dass sie sich sehr konzentrieren musste. Und trotz des Zitterns erkannte sie nun, dass es keine verwischte Farbe war, was Hans auf dem Unterarm trug. Es war eine blaue Tätowierung. Sie reichte über den gesamten Unterarm bis auf den Handrücken.

Sibylle starrte ein paar Sekunden bewegungslos darauf, Sekunden, in denen sich in ihrem Kopf ein Vakuum bildete, das ihre Schädeldecke nach innen saugen wollte. Alles um sie herum begann sich zu drehen, der saugende Schmerz in ihrem Kopf drohte sie umzubringen, bis … bis er sich in einem kurzen, gurgelnden Schrei entlud.

Das Papier fiel ihr aus der Hand. Sie starrte einfach nur geradeaus, bis Rosies besorgtes Gesicht vor ihr auftauchte.

»… sag mir doch, was mit dir los ist!«, hörte sie.

»Die blaue Tätowierung.« Sie schluckte, um den plötzlichen Hustenreiz zu beruhigen. »Rosie, es ist … dieser Hans … Er hat meinen Sohn entführt.«

Ihr Blick richtete sich auf den Mann, der gefesselt schräg vor ihr saß, etwas furchtbar Heißes raste durch ihren Körper, rote Schleier begannen vor ihren Augen einen wilden Tanz.

Rosie sagte oder rief etwas, das sie nicht verstand. Es war egal. Das Zimmer bestand mit einem Mal aus einem wilden Durcheinander und drehte sich um sie herum, als sie aufsprang und mit sich überschlagender Stimme schrie: »Du Schwein!«

Sie wusste nicht, ob sie einen Zwischenschritt machte oder sich mit einem einzigen Satz auf ihn warf. Sie spürte auch keinen Schmerz, als sie mit solchem Schwung gegen ihn prallte, dass sie beide mitsamt dem Stuhl nach hinten kippten. Robert schrie auf, und sein Mund war so nah an ihrem Ohr, dass dieser schmerzhaft laute Schrei sie wieder ein Stück zur Besinnung kommen ließ.

Sie stützte sich irgendwo auf seinem Körper ab und richtete sich auf, bis sie auf seiner Brust saß und mit dem Rücken gegen seine Beine stieß, die auf dem liegenden Stuhl wie ein auf dem Kopf stehendes L nach oben standen. Als sie die Arme frei hatte, sah sie sein Gesicht vor sich und konnte nicht anders, als ihre Hände zu Fäusten zu ballen und hineinzuschlagen in diese Teufelsfratze.

»Du elendes, dreckiges Schwein!«, brüllte sie und schlug erneut zu, »was habt ihr mit meinem Kind gemacht?«

Der nächste Schlag landete auf seinem Mund. »Du hast es die ganze Zeit gewusst, du verdammtes Dreckstück!«

Und dann sagte sie nichts mehr. Sie keuchte nur noch und weinte und schrie und schlug. Wieder und wieder. Er blutete. *Egal. Soll er verrecken.*

Sie wusste nicht, wie oft sie auf ihn eingeschlagen hatte, als ihre Faust sich nicht mehr zu seinem Gesicht bewegen ließ. Der erhobene Arm war blockiert.

»Hör auf«, hörte sie Rosies Stimme direkt neben sich. »Wir brauchen ihn noch.«

Sibylle sah nach unten, in dieses Gesicht, und spürte, dass alle Kraft sie verlassen hatte und sie ihren Oberkörper kaum noch aufrecht halten konnte. Voller Abscheu wälzte sie sich von Roberts Oberkörper, verharrte einen Moment auf allen vieren keuchend neben ihm und stand dann auf. Sie machte einen Schritt auf Rosie zu ließ sich einfach gegen sie sinken.

Lukas, dachte sie immer wieder. *Lukas Lukas Lukas!*

»Mein Kind …«, sagte sie. »Rosie, mein Sohn ist real! Ich habe es die ganze Zeit gespürt. Diese Schweine haben mein Kind entführt.«

Ihr Körper wurde von einem hemmungslosen Weinkrampf geschüttelt. Sie drückte das Gesicht gegen Rosies Schulter und ergab sich dem Schmerz. Rosie legte ihr die Hand auf den Kopf und schwieg. So verharrte sie eine Weile, atmete den Geruch von Rosies Pullover mit einem verblassenden Hauch von Parfum ein und hinderte ihre Gedanken nicht daran, immer wieder diese Szene abzuspielen, in der der tätowierte Arm ihren Jungen in das Auto zerrte und die Tür zuschlug. In der sie versuchte, hinter dem Auto herzurennen und irgendwann aufgeben musste. *Aber was ist dann passiert? Ich … ich bin stehen geblieben, als der Wagen abgebogen ist, aber* über das, was dann geschah, hatte sich ein dunkler Schleier gelegt, und sie schaffte es einfach nicht, ihn wegzuziehen.

Der Kerl hinter ihr bewegte sich fluchend auf dem Boden. Als sie daran dachte, dass Robert mitverantwortlich für die Entführung ihres Kindes war und wissen musste, wo ihr Sohn war und ob es ihm gutging, spürte Sibylle, dass sich etwas veränderte. Sie spürte eine Wut von solcher Kälte und Intensität in sich aufsteigen, wie sie es nie für möglich gehalten hatte. Es begann sich in ihr zu drehen wie ein Spiralnebel, dieses Gefühl einer kalten Wut, und in seinem Zentrum stand das Gesicht ihres Sohnes, das sie um Hilfe anflehte. Sie sah die panische Angst in seinen Augen und eine blau tätowierte Hand, die ihm den Mund zuhielt.

Für einen Moment schloss sie die Augen und ließ dieses Gefühl bis in den letzten Winkel ihres Bewusstseins vordringen. Als sie sie wieder öffnete, entdeckte sie auf dem Bett, was sie suchte. Sie nahm die Pistole und wandte sich dem noch immer auf dem Rücken liegenden Robert zu. Mit dem Daumen schob sie den Sicherungshebel zurück, wie sie es bei Rosie gesehen hatte, und richtete den Lauf auf den Kopf von Robert Haas. Die Spitze zitterte leicht. *Aber treffen würde ich trotzdem.*

»Wo ist mein Sohn?«, fragte sie mit rauer Stimme. »Bei drei bist du tot.« Sie meinte es ernst, und sowohl Robert als auch Rosie schienen das zu spüren.

»Sibylle«, sagte Rosie leise, aber sie reagierte nicht darauf.

»Sibylle, bitte.«

»Eins«, sagte Sibylle tonlos.

Robert starrte stumm und mit geweiteten Augen auf die Pistole vor seinem Gesicht.

»Du wirst ins Gefängnis kommen, Sibylle, das ist dieser Dreckskerl nicht wert«, beschwor Rosie sie.

»Zwei.«

Rosie seufzte. »Lass mich das machen, ich bringe ihn zum Reden. Bitte.«

»Und dr… –«

»Nein, nicht!«, schrie Robert. »Nicht schießen. Er ist bei CerebMed, im Firmengebäude. Es geht ihm gut. Wirklich.«

»Was habt ihr mit ihm gemacht?« Der Lauf der Pistole zeigte noch immer auf Roberts Gesicht.

»Nichts, wirklich. Es geht ihm gut«, sagte er schnell. »Nimm doch dieses verdammte Ding von meinem Kopf weg.«

»Warum habt ihr ihn entführt?« Die Hand, die die Waffe hielt, bewegte sich nicht.

»Das … – mein Gott, weil er … er hat Dinge gesehen, die er nicht sehen sollte.«

»Was hat er gesehen?«

Er wand sich. »Dinge, die … na, die mit der Forschung … des Doktors zu tun haben.«

»Des Doktors? Welcher Doktor?«

»Der Doktor, das … das ist mein Vater.«

Sibylle bewegte die Pistole noch ein Stück näher auf sein Gesicht zu. Die Spitze des Laufs war jetzt nur noch wenige Zentimeter von seiner Stirn entfernt.

»Was hat Lukas mit den Machenschaften deines Vaters zu tun? Hm? Jetzt rede endlich!«

Robert atmete zwei-, dreimal schnell hintereinander schnaufend ein und aus, dann schrie er Sibylle an: »Du hast dort gearbeitet, du blöde Kuh!«

Sie starrte ihn an und versuchte zu verstehen, was sie gerade gehört hatte. *Bei CerebMed gearbeitet? Ich?* »Was soll der Quatsch?«, sagte sie und drückte ihm den Lauf gegen die Stirn. *Ich in München? Ich war seit einer Ewigkeit nicht mehr in München.* »Sag mir jetzt die Wahrheit, du Scheißkerl. Ich will zu meinem Sohn, und ich schwöre dir, ich bringe dich auf der Stelle um, wenn du mich anlügst.«

»Verdammte Scheiße, du hast bis vor einer Woche bei uns gearbeitet, und dein Sohn hat in der Firma was gesehen, das er nicht hätte sehen dürfen. Ende. Und jetzt erschieß mich von mir aus. Wenn ich dir auch nur ein Wort mehr sage, bringt der Doktor mich sowieso um.«

Sibylle ließ die Pistole sinken und richtete sich auf.

»Sagtest du gerade, bis vor einer Woche, du Deckskerl?«, fragte Rosie.

Robert antwortete nicht darauf. Er drehte den Kopf zur Seite und schloss die Augen.

»Vor einer Woche«, wiederholte Sibylle und ließ sich auf das Bett sinken. »Die haben Lukas erst vor einer Woche entführt? Und mich auch.«

»Ja, aber … Ich dachte, vor zwei Monaten bist du überfallen worden?«

Johannes, Elke, Regensburg … Wie Blitzlichter tauchten die Worte vor ihr auf.

Sibylle nickte. »Dachte ich auch, Rosie. Darum können wir uns später kümmern. Jetzt muss ich zu Lukas.«

»Sollen wir die Polizei rufen?«

»Ja, tut das, dann ist der Junge tot«, sagte Robert. »Sobald der erste Polizist bei CerebMed auftaucht, weiß Hans, was er zu tun hat.«

Wenn Lukas wirklich etwas gesehen hat, wofür es sich lohnte, ihn zu entführen, dann ist das wahrscheinlich keine leere Drohung. Denk nach, dir muss irgendwas einfallen, verdammt!

»Warum machen wir keinen Gefangenenaustausch?«, fragte Rosie, und als Sibylle sie daraufhin verständnislos ansah, deutete sie auf Robert. »Die haben deinen Sohn, wir haben den Sohn vom Chef. Tauschen wir sie aus.«

Robert stieß ein irres Lachen aus. »Wenn ihr glaubt, der würde mich eintauschen … – Ihr habt ja keine Ahnung, um was es hier geht! Ruft ruhig an und macht ihm den Vorschlag. Fünf Minuten später beschäftigt Hans sich mit deinem Sohn.«

Rosie sah Sibylle fragend an. »Was denkst du?«

»Ich denke, dass mich dieser Mistkerl schon so oft angelogen hat, dass ich ihm nichts mehr glauben sollte. Aber was er sagt, klingt logisch.«

»Hm.«

Sibylle erhob sich vom Bettrand und sah wieder auf Robert herab. »Ich mache dir einen Vorschlag: Du hilfst uns, meinen Sohn zu befreien, und wir lassen dich laufen. Dann kannst du deinem komischen Doktor-Vater erzählen, was immer du willst.«

»Und wenn nicht?«

Sibylle kniete sich neben ihn und ging mit ihrem Gesicht ganz nah an ihn heran. »Ihr habt mein Leben sowieso schon zerstört. Wenn jetzt meinem Kind noch was zustößt, werde ich dich töten, das schwöre ich bei Gott. Und ich werde dich nicht erschießen, sondern dich langsam und elendig verrecken lassen. Also?«

41

Robert sagte während der ganzen Fahrt nichts, er reagierte nicht einmal mehr auf Rosies Beleidigungen.

Sie hatten ihn mit vorgehaltener Pistole ins Badezimmer gehen lassen, damit er sich das Gesicht abwischen konnte. Der Rand seines Shirts hatte zwar ein bisschen Blut aufgesogen, das nicht mehr ganz herauszubekommen war, aber das würde niemand merken. Auffälliger war die dick geschwollene Oberlippe, die deutlich hervorstand.

Der Verkehr hatte nachgelassen, sie brauchten nur etwas mehr als 20 Minuten, bis sie das Gelände von CerebMed erreicht hatten. Sie fuhren über den Parkplatz und dann seitlich am Gebäude vorbei. Dort war niemand zu sehen.

»Na, dann wollen wir mal«, sagte Rosie. Robert verzog das Gesicht, drückte ruckartig den Bauch heraus und zog die Schultern zurück. Offenbar hatte Rosie ihm die Pistole unsanft in den Rücken gerammt.

Wenn der Schlüssel noch immer von innen steckt, haben wir ein Problem, dachte Sibylle, als sie auf die Tür zugingen.

Sie hielten an, und Robert fingerte den Schlüssel aus der Hosentasche. Die Tür ließ sich öffnen.

Sie betraten einen langen, schmalen Raum, an dessen Wänden links und rechts Regale standen, vollgestopft mit Kisten, auf denen weiße Aufkleber angebracht waren.

»Wo müssen wir hin?«, fragte Sibylle.

Robert deutete geradeaus. »Da vorne geht es links ab«,

sagte er. Sie betrachtete ihn genau und versuchte, in seinem Gesicht Anzeichen dafür zu finden, was sie erwarten könnte, aber es gelang ihr nicht.

Sie kamen noch in den nächsten Gang und von dort bis zu einer Tür, an der Robert einen Code auf dem Ziffernfeld daneben eingeben musste. Dann war Schluss.

Als Robert die Tür aufzog, stand zwei Meter dahinter der Kerl mit den toten Augen in einem weiß gekachelten Raum und sah ihnen entgegen.

Damit hatten sie rechnen müssen.

Rosie hob sofort die Waffe und hielt sie an Roberts Kopf.

»Mach keinen Quatsch«, sagte sie zu Hans, der sich noch keinen Millimeter bewegt hatte.

Er starrte Sibylle unentwegt an. Beim Anblick seiner Augen stellten sich die Härchen an ihren Armen aufrecht. Sie dachte an Lukas und an die schreckliche Angst, die ihr Junge vor diesem Kerl haben musste.

»Ich will sofort zu meinem Sohn«, sagte sie. »Wo ist er?«

»Er ist in der Nähe«, antwortete Hans und wandte seinen Blick endlich von ihr ab. Er betrachtete Rosie und die Pistole und sagte: »Steck die Waffe weg.«

Rosie stieß ein Lachen aus. »Den Teufel werd ich tun! Los, führ uns zu dem Jungen, sonst muss ich den Sohn deines Chefs erschießen. Ich weiß nicht, ob das dem Herrn Gehirnprofessor gefallen würde.«

»Ihr werdet den Doktor bald kennenlernen«, entgegnete Hans und zeigte sich noch immer unbeeindruckt. »Kommt.« Damit drehte er sich um und ging los. Sie folgten ihm, erst Sibylle, dann Robert und hinter ihm Rosie.

»Waffe fallen lassen!«, hörte Sibylle in diesem Moment

eine Stimme hinter sich und wirbelte herum. Hinter Rosie stand ein Mann im weißen Kittel und hielt ihr eine Pistole an den Kopf. Er war ein Stück größer als Rosie, vielleicht 50 und hager. Er trug eine goldgeränderte Brille und sah mit seinen akkurat in der Mitte gescheitelten, blonden Haaren ziemlich dämlich aus.

»Lass du die Waffe fallen, sonst muss ich den Juniorchef erschießen«, erwiderte Rosie mit bemerkenswert fester Stimme.

Sibylle hielt den Atem an. Sie wurde von einer Bewegung abgelenkt, die sie aus den Augenwinkeln wahrnahm. Hinter Hans war ein Schatten aufgetaucht, und eine Stimme, die Sibylle mitten ins Herz traf, rief: »Mami, Mami!«

Lukas! Nur ein paar Meter von ihr entfernt, gleich hinter dem Kerl mit den toten Augen, sah sie den blonden Haarschopf ihres Sohnes. Tränen schossen ihr in die Augen, *Lukas!, Lukas!,* ganze Gefühlswelten explodierten, sie wollte laut schreien und zärtlich flüstern, von Herzen lachen und hysterisch weinen, sie wollte auf ihn zu rennen – und stockte in der Bewegung, als ihr Verstand das ganze Bild erfasste.

Hinter Lukas stand der Mann mit den silbergrauen Haaren, den sie von den Fotos als Professor Gerhard Haas kannte. Er hatte eine Hand auf der Schulter ihres Jungen liegen. Die andere hing lässig herab. Sie hielt einen kleinen Revolver.

»Mami!«, rief Lukas in diesem Moment wieder und wand sich im Griff des Professors. »Lass mich los, ich möchte zu meiner Mami!«

Haas sah herüber zu Robert, Rosie und dem Kerl, der ihr noch immer die Pistole an den Kopf hielt. Sein Gesicht zeigte keine Regung. »Lassen Sie Robert los.«

Demonstrativ hob er die Hand mit der Waffe ein Stück an und sah auf Lukas herab.

Rosie zögerte. Es war offensichtlich, dass sie nicht wusste, was sie tun sollte.

»Lass ihn bitte«, sagte Sibylle, die diesen Leuten alles zutraute. Sie wusste nicht, wie es weitergehen würde, aber im Moment überwog die Angst um ihren Sohn.

»Sicher?«, fragte Rosie. Sibylle nickte, und sie ließ die Waffe sinken.

Mit einem großen Schritt befreite sich Robert von ihr und ging ohne Zögern mit ausgestreckter Hand auf Hans zu. »Gib mir dein Messer«, sagte er aufgeregt. »Ich werde dieser roten Hexe persönlich die Kehle durchschneiden. Los!«

Statt der Aufforderung nachzukommen sah Hans zu dem Professor herüber, der den Kopf schüttelte. Robert stieß einen unverständlichen Fluch aus und ließ die Schultern hängen.

»Du hast dich verletzt«, sagte Haas zu ihm. »Mir scheint, du bist zu unvorsichtig.«

Sibylles Blick heftete sich wieder auf ihren Sohn. »Herr Professor«, sprach sie den großen Mann direkt an, »ich weiß nicht, was Lukas … gesehen hat, aber ich weiß ganz sicher, er wird keinem Menschen ein Sterbenswörtchen darüber sagen. Stimmt's, Lukas?«

Der Junge nickte.

»Bitte, lassen Sie doch wenigstens ihn gehen. Ich weiß nicht, was mit mir ist und warum ich vergessen habe, wer ich bin. Wenn Sie Experimente machen wollen, stelle ich mich freiwillig zur Verfügung, egal, was es ist. Wenn Sie nur meinen Jungen gehen lassen. Tun Sie das? Bitte?«

Sekundenlang sah er ihr über die Entfernung von vielleicht fünf Metern in die Augen, und sie hatte die Hoffnung, er würde über ihren Vorschlag nachdenken. Noch immer war seine Miene unverändert. »Experimente, sagen Sie? Ich habe an Ihnen einen schöpfungsgleichen Akt vollbracht. Das als Experiment abzutun grenzt an Ignoranz. Sie werden mir alles bis ins kleinste Detail erzählen.«

»Bitte«, sagte Sibylle. »Lassen Sie meinen Sohn gehen.«

»Sie hätten besser auf Ihren Jungen aufpassen sollen. Jetzt ist es zu spät. Aber es hat auch sein Gutes. Sie sind der lebende Beweis für das Wunder, das ich mit Synapsia vollbracht habe.«

»Synapsia?«, fragte Rosie. »Was zum Teufel ist das?«

Haas betrachtete sie wie ein Insekt. »Synapsia ist das Wunderwerk, das die Welt verändern wird. Verbrecher werden binnen Stunden zu gütigen Menschenfreunden, aus einem Dummkopf wird ein Mathematikgenie und aus einem Geisteskranken ein normaler Mensch. Alle Möglichkeiten hier aufzuzählen wäre angesichts Ihrer beschränkten geistigen Kapazität unangebracht. Kommen Sie, ich werde Ihnen Synapsia zeigen.«

Er wandte sich um und zog Lukas mit sich.

»Beschränkte geistige Kapazität?«, schnaufte Rosie.

Hans wartete, bis Sibylle ihn erreicht hatte, und ging neben ihr hinter Haas und dem Jungen aus dem Raum. Das Bedürfnis, Lukas schützend in den Arm zu nehmen, war übermächtig in ihr.

Als sie in einen breiteren Flur einbogen, sah sie sich um. Rosie und Robert gingen gleich hinter ihnen. Sein Gesicht wirkte wie versteinert, und man sah ihm deutlich an, dass er an seinem Hass auf Rosie fast erstickte. *Oder an seinem Hass auf mich,* dachte sie.

Haas hielt vor einer Stahltür an, ließ die Finger über

einen kleinen Kasten huschen und drückte seinen Daumen einige Sekunden lang auf eine quadratische, graue Fläche daneben. Mit einem langen, summenden Geräusch sprang die Tür auf. Haas streckte die Hand aus, stockte aber in der Bewegung und wandte sich schnell um. Auch Sibylle hatte den Grund für sein Zögern gehört.

Von irgendwo hinter ihnen kam ein dumpfes Geräusch, das sich anhörte wie Donnergrollen. Haas nickte Hans und Robert zu, die sich sofort auf den Weg machten.

Ein Gedanke schoss Sibylle durch den Kopf, doch als sie sich schnell nach Lukas umsah, musste sie erkennen, dass sie keine Chance hatte. Haas hatte seine Waffe von hinten gegen den Kopf des Jungen gerichtet.

Es dauerte eine Weile, dann hörte sie aus dem Flur das Geräusch schnell näher kommender Schritte. Sekunden später kam Oberkommissar Grohe um die Ecke, und Sibylles Herz machte einen Sprung. Grohes Gesicht wirkte sehr angespannt. Der Grund dafür war Martin Wittschorek, der nur einen Meter hinter ihm ging und eine Pistole auf seinen Rücken gerichtet hatte. Hinter ihm kamen Hans und Robert. Sibylle und Rosie tauschten einen schnellen, verzweifelten Blick.

»Was machen Sie hier?«, wandte Haas sich barsch an Wittschorek. »Und warum haben Sie den mitgebracht?«

Mit dem Kopf deutete er auf den Oberkommissar.

»Tut mir leid, Herr Professor«, antwortete Wittschorek und drückte den Oberkommissar ein Stück zur Seite, »die liebe Frau Wengler hat leider meinen Kollegen angerufen und ihm erzählt, ihre Freundin Sibylle Aurich wäre schon wieder entführt worden und in Lebensgefahr. Er hat daraufhin die Münchener Kollegen alarmiert und darauf bestanden, dass wir sofort hierherfahren. Es blieb mir nichts übrig, als mit ihm hierherzukommen, sonst hätte er jemand anderen mitgenommen. Ich gehe davon aus, Sie hatten schon Besuch?«

Haas nickte. »Sie waren da. Ich musste den Polizeipräsidenten anrufen, um die Sache zu klären. Sehr lästig. Ich erwarte, dass solche Pannen vermieden werden.«

Sibylle hätte losheulen können. Sie sah ein, dass es ein Fehler gewesen war, so kopflos bei CerebMed einzudringen. *Egal. Nicht aufgeben, nur das nicht!* Nach den ganzen Wirren der letzten Tage, nachdem sie es zwischenzeitlich tatsächlich sogar für möglich gehalten hatte, dass Lukas nur in ihrer Phantasie existierte, würde sie jetzt, wo sie ihn wiederhatte, nicht aufgeben, solange sie noch einen Finger bewegen konnte.

»Wenn Sie schon da sind, sollen Sie auch sehen, wofür Sie sich haben kaufen lassen. Folgen Sie mir jetzt.«

Haas wiederholte die Prozedur mit Code und Daumen an der Tür.

Der Raum, den sie betraten, war etwa 100 Quadratmeter groß. Die Wände in sterilem Weiß strahlten Krankenhausatmosphäre aus, der Boden war mit grauem Linoleum ausgelegt. Es gab drei Tischgruppen mit jeweils vier Stühlen und eine Fernsehecke. Deckenhohe, ebenfalls weiße und fast leere Regale nahmen die gesamte Wand zu ihrer Linken ein.

»Unsere Patienten befinden sich eine Etage tiefer«, erklärte Haas knapp. »Wir nennen diesen Bereich den Trakt. Wenn Sie mir also folgen wollen.«

Mit zwei Schritten stand er vor dem Regal und schob eine der Kisten in einem Fach in Brusthöhe ein Stück zur Seite. Dahinter lag etwas, das eine altmodische Rechenmaschine sein konnte. Haas langte in das Fach und tippte auf dem Gerät herum, bis das gleiche Summen zu hören war, wie Sibylle es schon an der Stahltür gehört hatte. Ein Teil des Regals schob sich fast geräuschlos ein Stück nach hinten, stoppte kurz, glitt dann zur Seite weg und gab eine türgroße Öffnung frei.

Ohne Zögern ging Haas hindurch, Sibylle folgte ihm. Über eine schmale, mit Neonröhren beleuchtete Treppe gelangten sie ein Stockwerk tiefer wieder in einen breiten, langen Flur mit mehreren Türen auf beiden Seiten.

Etwa in der Mitte des Ganges blieb Haas vor einer Doppeltür stehen. Er wandte sich an Robert und sagte: »Bring Frau Aurich jetzt rüber.«

Sibylle sah zu ihrem Sohn und spannte ihre Muskeln an. Wenn der Kerl versuchen würde, sie wegzubringen, würde sie sich mit Händen und Füßen zur Wehr setzen. Aber anstatt zu ihr zu kommen, nickte Robert und verschwand durch eine Tür auf der rechten Seite. Haas stieß die unverschlossenen Türflügel vor sich auf und ging mit Lukas hindurch.

Als Sibylle verwirrt und nur zögerlich den Raum betrat, legte sich eine Hand auf ihren Rücken und schob sie mit leichtem Druck weiter. Sibylle fuhr herum und sah direkt in die leblosen Augen von Hans. »Bitte«, sagte er, und es klang seltsam unbeholfen. Sibylle ignorierte das Frösteln, das ihr über die Haut lief, und ging weiter.

Die Wände dieses Raumes waren mit dunklem Holz vertäfelt. Nach ein paar Metern blieb Sibylle erstaunt stehen. Kleine Nischen mit verdeckten Lampen sorgten in gleichmäßigen Abständen für eine sanfte, indirekte Beleuchtung, Deckenlampen gab es keine bis auf einen Strahler, der ein Objekt in der Raummitte anleuchtete: Es bestand aus einer leicht geschwungenen, schwarzen

Liegefläche auf einem dicken Sockel, die ein hypermoderner Zahnarztstuhl hätte sein können. Um das Kopfteil herum waren in einem Halbkreis kompliziert aussehende Apparaturen und Monitore aufgebaut. Etwa zwei Meter weiter im Hintergrund stand ein schwarz glänzender Schrank. Ein armdicker Kabelstrang verlief auf dem Boden zwischen den Gerätschaften und diesem Schrank. *Wie im Science-Fiction-Film.* Am erschreckendsten fand Sibylle allerdings das netzartige Gebilde in Form eines Helmes, das an einer Art Galgen über der Liegefläche hing.

»Das – ist Synapsia!«, verkündete Professor Haas, und zum ersten Mal glaubte Sibylle Emotionen in seiner Stimme zu hören. Sie klang stolz.

»In Anbetracht der Tatsache, dass wir zwei neue Probanden haben, ist es wohl gerechtfertigt, Ihnen vorher zu erklären, an welch wegweisender wissenschaftlicher Arbeit Sie sich beteiligen werden.«

Hinter ihnen war ein Geräusch zu hören, und der Professor sah an ihnen vorbei. »Da ist sie ja. Jane, darf ich Ihnen Sibylle Aurich vorstellen?«

Sie fühlte sich zuerst nicht angesprochen, aber als Rosie hinter ihr einen Schrei ausstieß, wirbelte sie herum, und ihr stockte der Atem.

Wenige Meter vor ihr stand ein Wesen, das aussah wie eine für einen Horrorfilm zurechtgemachte Leiche. Die Frau war sehr abgemagert, ein weißer Morgenmantel hing schlaff über ihren knochigen Schultern. Das Gesicht war wächsern, kein Muskel darin bewegte sich. Der Mund stand einen Spalt weit offen, ein Speichelfaden hing aus einem Mundwinkel herab. Es schien, als seien alle Muskeln in diesem Gesicht gelähmt. Die Wangenknochen stachen gegen ihre blassgraue Haut, als würden sie sie jeden

Moment durchstoßen. Einzelne Strähnen ihrer ungekämmten, aschblonden Haare hingen ihr ins Gesicht.

Der Anblick war fürchterlich, aber am schlimmsten waren diese Augen. Unnatürlich weit aufgerissen waren sie und starr geradeaus gerichtet. Die Pupillen bewegten sich keinen Millimeter. Es sah aus, als hätten diese Augen etwas unmenschlich Schreckliches gesehen und seien in genau diesem Moment erstarrt.

»Was sind Sie nur für ein Irrer«, hörte Sibylle Grohes Stimme.

Ein Stöhnen hörte sie auch, und sie ahnte mehr als dass sie wusste, dass sie selbst es ausgestoßen hatte. Sie erkannte dieses Gesicht, auch wenn es nun so entsetzlich entstellt war. Dieses Gesicht war ihr vertraut.

Vor ihr stand die Frau, die sie neben Hannes auf dem Foto von ihrer Hochzeitsreise gesehen hatte.

42

Der Anblick der echten Sibylle Aurich war schlimm, aber trotzdem fiel es ihr schwer, sich von dem Bild loszureißen. Es gelang ihr schließlich doch.

Als sie zu Haas herübersah, verschwammen seine Konturen hinter den Tränen, die in ihren Augen überliefen.

»Was sind Sie nur für ein Unmensch?!«, stieß sie aus, »was haben Sie dieser armen Frau angetan?«

»Ich habe eine Technik erschaffen, die den Menschen neue Perspektiven in der Heilung von Geisteskrankheiten eröffnet. Und das ist nur ein winziger Teil der Möglichkeiten, die Synapsia bietet. Dass man dafür gerade in der Anfangszeit auch Opfer bringen muss, dürfte jedem einleuchten. Vielleicht schaffen wir es bald auch, die Spender ohne diese … Nebenwirkungen abzuziehen.«

»Spender? Abzuziehen? Was bedeutet das?«

Er winkte ab. »Augenblick, Jane. Ich werde es erklären.«

»Nennen Sie mich nicht Jane. Sagen Sie mir, wie ich wirklich heiße? Wer bin ich wirklich?«

»Aber Mami, du heißt doch Daniela!« Lukas stieß sich an den Beinen des Professors ab und kam zu ihr herübergelaufen.

Sibylle beugte sich schnell herunter und schloss ihn fest in die Arme. Das Gefühl, ihr Kind endlich zu spüren, den Geruch seiner Haut einatmen zu können, trieb ihr wieder die Tränen in die Augen.

Sie befürchtete, dass gleich jemand den Jungen von ihr

wegziehen würde, und drückte ihn so fest an sich, dass er aufstöhnte.

Eine Hand legte sich auf ihre Schulter, die Finger drückten zweimal zu, um ihre Aufmerksamkeit zu bekommen. Sie ließ von Lukas ab und hob den Kopf.

Hans sah sie an und deutete mit dem Kopf zu dem Professor hin. Sie richtete sich auf, drückte ihren Jungen aber weiter an sich.

Daniela? Die Frau im Foyer von CerebMed hat mich ... mit Danny angesprochen.

»Ihr Name war Daniela Randstatt, Sie haben bei uns gearbeitet. Alles Weitere ist nicht wichtig.«

Ihre Gedanken überschlugen sich. *Daniela. Daniela Randstatt.* Sie kannte den Namen gut. Es war, als sei es der Name einer früheren, ganz intimen Freundin, an die sie lange nicht mehr gedacht hatte. *Lukas Randstatt. Mein Junge!*

»Sagen Sie mir, hab ich von alldem gewusst? Hatte ich mit diesem ... Synapsia irgendwas zu tun?«

»Nein. Sie waren in der Verwaltung beschäftigt. Dieser Bereich hier unten ist nur einem ausgewählten Kreis bekannt, zu dem Daniela Randstatt ganz gewiss nicht gezählt hat.«

Sie fühlte sich erleichtert, aber gleichzeitig drängten sich ihr tausend Fragen auf. »Aber warum ... –«

»Stopp«, sagte Haas und hob die Hand wie ein Verkehrspolizist.

»Keine weiteren Fragen. Sibylle Aurich ist das, was wir einen Spender nennen. Sie hingegen waren ein Empfänger, genau so, wie es auch die beiden Herrschaften hier bald sein werden.«

Er sah erst zu Grohe, dann zu Rosie herüber, bevor er

sich ihr wieder zuwandte. »Als Spender taugen sie leider nicht mehr, nach dem, was sie schon alles wissen. Unschwer zu erkennen, welche Rolle die erstrebenswertere ist. Ich habe Ihnen Frau Aurich vorgestellt, um Ihre Bereitschaft zu stimulieren, mit mir zusammenzuarbeiten und mir in den nächsten Tagen bis ins kleinste Detail alle meine Fragen zu beantworten. Wir haben noch nie versucht, aus einem Empfänger nachträglich einen Spender zu machen, aber interessant wäre es allemal.«

Haas nickte seinem Sohn zu, der noch immer hinter dem armen Wesen stand, das von Sibylle Aurich übrig geblieben war, woraufhin der die Frau an der Schulter umdrehte und vor sich herschob. Wie eine seelenlose Hülle reagierte ihr Körper und gehorchte Roberts Händen.

»Sie hören nun einen kurzen Vortrag über die Fähigkeiten von Synapsia«, zog Haas die Aufmerksamkeit wieder auf sich. »Das Verfahren, für das Synapsia entwickelt wurde, ist bahnbrechend. Auch wenn zwei von Ihnen bald nichts mehr davon wissen werden, so wird es doch zumindest für Sie, Jane, interessant sein zu erfahren, wie Sie zu Jane Doe geworden sind.« Er stockte und sah Wittschorek an. »Und auch für Sie, Kommissar. Ich hoffe, Sie werden sich als würdig erweisen.«

Ohne eine Reaktion Wittschoreks abzuwarten, heftete sich sein Blick wieder auf Daniela.

»Wenn Sie sehen, was ich an Ihnen vollbracht habe, werden Sie verstehen, warum ich jeden Ihrer Gedanken der letzten beiden Tage kennen muss. Kommen Sie jetzt alle ein Stück näher.«

Daniela, die bis vor wenigen Augenblicken geglaubt hatte, Sibylle zu heißen, machte zwei Schritte auf ihn zu und zog Lukas mit sich. »Mami, ich möchte nicht mehr hierbleiben«, jammerte er, und es brach ihr fast das Herz. Beruhigend streichelte sie ihm über den Kopf und drückte sein Gesicht sanft gegen sich.

»Ich werde versuchen, meine Ausführungen in einfache Worte zu fassen«, begann Haas. »Solange die Humanmedizin existiert, versuchen die Menschen herauszufinden, wie unser Gehirn und im Besonderen unser Gedächtnis funktioniert. ›Was ist das, womit wir uns erinnern, welche Kraft hat es und woher hat es sein Wesen?‹, fragte Cicero schon im ersten Jahrhundert. Man hat sich vorgestellt, wenn man weiß, wie und wo Erlerntes abgespeichert wird, kann man dem Menschen das Wissen quasi in das Gehirn einpflanzen. Schon seit vielen Jahren ist man den Synapsen auf der Spur, und die Wissenschaftler haben mittlerweile eine vage Vorstellung davon, wie unser Gedächtnis genau arbeitet. Aber eben nur vage. Ich hingegen habe das Geheimnis des menschlichen Gehirns entschlüsselt.«

Haas machte eine kurze Pause und blickte in die Runde.

»Wenn wir uns an einen Hund erinnern, dann existiert in unserem Kopf nicht etwa das Bild eines Hundes. Nein, ein Hund ist in einem ganzen Netzwerk von Nervenzellen gespeichert, die zusammen Dinge ergeben wie *Tier*, *Fell*, *Bellen*, *Gassi gehen*, *Apportieren*, *Knochen* und so weiter. An den Kontaktstellen dieser Nervenzellen sitzen an unglaublich filigranen Verästelungen die Synapsen. Eine einzige Nervenzelle hat etwa 10 000 dieser Synapsen. Wenn wir nun etwas Neues erleben, lernen, oder sehen – bleiben wir bei dem Bild eines Hundes –, wird das von unserem Gehirn in seine Eigenschaften zerlegt, die in einem bestimmten Muster an synaptischen Verbindungen abgespeichert werden. Je öfter wir nun einen Hund sehen, umso fester wird diese Konstellation von Verbindungen zusammengeschweißt. Das flüchtige Merken wird zu einer dauerhaften Erinnerung.

Wenn Sie mir bis hierhin folgen konnten, wird Ihnen gleich auch klar sein, wie Synapsia funktioniert.«

Er hielt erneut inne, als müsse er die Spannung erhöhen.

»Wir schicken einen feinen Strom durch das gesamte neuronale Netzwerk des Gehirns. Wo immer eine Brücke zwischen den Synapsen besteht, kann der Strom fließen, überall, wo es keine Brücke gibt, endet er. Und genau in diesem Moment, in diesem winzigen Bruchteil einer Sekunde, wenn gleichzeitig alle feinsten Brücken von unserem Strom durchflossen sind, benutzt Synapsia den fließenden Strom wie ein Kontrastmittel und fertigt eine Schablone dieser Milliarden und Abermilliarden von Brücken an. Es ist eine absolut präzise Eins-zu-eins-Kopie des Originals. Ein Wunderwerk.«

Wieder machte er eine Pause und sah seine Zuhörer der Reihe nach an, als erwarte er ihren Beifall.

»Diese Schablone können wir abspeichern und einem Probanden wie einen Helm überstülpen. Wir benutzen das Gehirn eines anderen als Rohling, wenn Sie so wollen, indem wir alle synaptischen Verbindungen und damit auch die Erinnerungen überschreiben. Das heißt im Klartext, ich kann das Gehirn eines Priesters abziehen und es einem Schwerverbrecher als Empfänger aufsetzen. Oder aber, um praxisnah zu bleiben, ich ziehe das Gehirn einer unauffälligen Frau – nennen wir sie Sibylle Aurich – ab, um einer anderen Frau die Schablone aufzusetzen, zum Beispiel Daniela Randstatt.«

Eine Weile herrschte Stille in dem Raum. Daniela starrte auf die Konstruktion und hatte das Gefühl, sich übergeben zu müssen. Nur mit Mühe konnte sie das Würgen unterdrücken.

»Das ist pervers!«, spuckte Grohe regelrecht aus. »Sie sollten als Erstes Ihr eigenes krankes Hirn überschreiben lassen.«

»Warum wird dabei so was aus den Menschen wie aus Sibylle Aurich?«, fragte Daniela voller Grauen.

Haas' Miene blieb unverändert. »Wir sind noch nicht am Ende unserer Arbeit. Es muss noch Feinarbeit geleistet werden. Leider muss der Stromstoß, den Synapsia durch die Nervenzellen des Spenders schickt, eine gewisse Intensität haben, damit die Schablone angefertigt werden kann. Diese Intensität führt dazu, dass die Enden der Nervenzellen, an denen synaptische Verbindungen bestehen, verbrennen. Sie sind danach unbrauchbar, in etwa als würde man die Festplatte eines Computers so löschen, dass sie nicht mehr beschrieben werden kann.«

Sibylle war fassungslos, mit welcher Eiseskälte dieser Mann davon erzählte, wie er Menschen auf grauenvollste Weise verstümmelte.

»Und wie kann es sein, dass sich Daniela als Sibylle nicht gewundert hat, dass ihr plötzlich ein anderes Gesicht im Spiegel entgegengesehen hat, Herr Wunderdoktor?«, fragte Rosie, die von allen Beteiligten offenbar noch am wenigsten geschockt war.

»Einer der genialsten Schachzüge des menschlichen Gehirns«, erklärte Haas, als sei auch das sein Verdienst: »Wie ich eben schon ausführte, gleicht eine Erinnerung eher einem Puzzlespiel als einem starren Bild. In diesem Puzzlespiel gibt es häufig Lücken, die unser Gehirn dadurch ausfüllt, dass es die erfahrungsgemäß wahrscheinlichste Möglichkeit unserem Bewusstsein als Fakt präsentiert. Übrigens ist das auch die Erklärung für das Phänomen, dass vier Zeugen eines Autounfalls vier verschiedene Beschreibungen abgeben und alle davon überzeugt sind, dass ihre die richtige ist. Ebenso achtet das Gehirn darauf, dass nichts völlig Unmögliches an unseren Verstand herangelassen wird. Tja, als Jane zum ersten Mal in den Spiegel gesehen und im Unterbewusstsein registriert hat, dass dieses Gesicht nicht mit ihrer Erinnerung übereinstimmt, da hat ihr Hirn sofort reagiert und die logischste Erklärung als gegeben gesetzt. Da das Gesicht in der realen Gegenwart so aussah, wie Jane eben aussieht, und da weder eine Operation noch ein Unfall dafür als Erklärung in Frage kam, gab es nur eine logische Wahrheit: Die Erinnerung war falsch. Also hat ihr Gehirn sie gelöscht und durch das andere Gesicht ersetzt. In allen ähnlichen Situ… –«

Hinter ihnen fiel eine Tür ins Schloss. Plötzlich stand Robert neben Daniela und packte Lukas am Arm. »Lass los«, sagte er hart und versuchte, den Jungen von ihr wegzuziehen, doch sie hielt ihren Sohn, der zu brüllen begann, mit beiden Armen umschlungen. »Lass meinen Jungen in Ruhe!« Sie beugte sich über ihr Kind und bildete mit ihrem ganzen Körper einen Schutzwall um ihn herum.

Als Robert es nicht schaffte, Lukas aus ihren Armen zu ziehen, ließ er ihn los, wühlte seine Hand in Danielas Haare und zog ihren Kopf schmerzhaft nach oben. »Lass los! Sofort!«, brüllte er sie an. Die Schmerzen an der Kopfhaut waren so heftig, dass sie schreien musste, aber sie hielt Lukas weiter mit den Armen umklammert. »Du dämliche Kuh«, keuchte Robert. Sie registrierte seine Bewegung und wusste, was kommen würde, ohne es in Worten zu denken.

Seine Faust war plötzlich riesengroß vor ihr und traf sie auf der Wange und am rechten Auge. Etwas explodierte in ihrem Kopf wie ein Feuerwerk, alles drehte sich um sie herum, ihre Arme und Beine gaben nach, und während sie wahrnahm, dass sie der Länge nach auf dem Boden aufschlug, schrie sie den Namen ihres Jungen.

43

Als Rob auf Jane zuging, ahnte Hans, dass es Schwierigkeiten geben würde. Er hatte eine Antenne für die Entstehung von schwierigen Situationen, und Robs Körperhaltung sprach eine eindeutige Sprache.

Als Rob den Jungen am Arm packte, sah Hans zum Doktor herüber. Er wartete darauf, dass der seinem dummen Sohn befahl, Jane in Ruhe zu lassen, aber der Doktor, unterbrochen bei seinem Vortrag, sah dem Treiben nur ungerührt zu. Hans war irritiert. Er beobachtete, wie Jane um ihren Jungen kämpfte und dass es Rob offenbar nicht gelang, ihr das Kind zu entreißen.

Aber als Rob dann von dem Kind abließ und Janes Kopf an den Haaren hochzog, spannte sich Hans' Körper bis aufs Äußerste. Er warf noch einen erneuten Blick zu dem Doktor, aber der rührte sich nicht. Dann sah Hans aus dem Augenwinkel, wie Robert ausholte. Seine Hand war zur Faust geballt.

Jane!

Hans spürte noch bewusst die rasend schnell in ihm aufsteigende Hitze und nahm noch wahr, dass ein Schatten vor Rob vorbeiflog und den Jungen mit sich riss. Sein weiteres Handeln erlebte er nur noch wie ein Unbeteiligter.

Mit drei großen Schritten war er bei Rob, aber er kam eine Sekunde zu spät. In allen Einzelheiten sah er, wie Roberts Faust dieses zerbrechliche Gesicht traf.

Er hat sie geküsst.

Hans sah, wie Jane zu Boden fiel, sie schrie, sie brauchte Hilfe. *Zerbrechlich.*

Er hätte noch mehr gemacht, wenn sie nicht so prüde gewesen wäre.

Hans machte einen seitlichen Ausfallschritt und kam dabei so weit nach unten, dass er mit fließenden Bewegungen der Hände das Hosenbein hochschieben und sein Bajonett aus dem Lederholster ziehen konnte. Noch im Aufrichten beschrieb sein Arm einen schräg von unten nach oben geführten großen Bogen, auf dessen Bahn die Klinge tief in Roberts Hals eindrang, wo sie den Kehlkopf glatt durchschnitt. Robert riss die Augen so weit auf, dass die Augäpfel kugelrund hervortraten. Er legte beide Hände auf die Stelle an seinem Hals, aus der jetzt sein Blut quoll. Sein Mund öffnete sich weit, aber Hans wusste, er würde keinen Ton herausbekommen. Niemand würde nach diesem Schnitt noch einen Ton von sich geben.

Während Robert schwankte und ihn ungläubig aus seinen kugelrunden Augäpfeln anstarrte, passierte etwas ganz Seltsames mit Hans.

Etwas schlug fest gegen seinen Rücken, und mit einem lauten Knall stand die ganze Welt still. Fast die ganze Welt. Nur Jane bewegte sich. Sie hob den Kopf und lächelte ihm zu. Von den Verletzungen, die Rob ihr beigebracht hatte, war nichts mehr zu sehen. Ihre ganze Gestalt war von einem Leuchten umgeben, nein, sie war nicht davon umgeben, sie selbst strahlte dieses Leuchten aus. Janes Körper richtete sich auf, ohne sich dabei zu bewegen, ihr Gesicht war jetzt auf gleicher Höhe mit seinem, ihre Augen nur Zentimeter von seinen Augen entfernt. So zerbrechlich und so schön war sie, dass Hans es nicht ertragen konnte und die Augen schließen musste.

Und selbst da nahm er Janes Leuchten noch wahr, es war jetzt in ihm, und es wurde immer heller, fast grell jetzt, er war ganz erfüllt von dem Jane-Leuchten und gab sich ihm bedingungslos hin.

Als das Leuchten dann verblasste, als er Jane nicht mehr spüren konnte, als es kalt wurde, da nahm Hans etwas mit, das er nicht gefühlt hatte, so weit er sich zurückerinnern konnte.

Er war glücklich.

44

Es dauerte einige Sekunden, bis Daniela ihre Umgebung wieder wahrnahm, aber sie verlor nicht die Besinnung. Von ihrer rechten Gesichtshälfte ausgehend verteilte sich explosionsartig der Schmerz über den ganzen Kopf. Sie stützte sich mit dem angewinkelten Unterarm auf dem Boden ab und richtete den Oberkörper ein Stück auf, was ihr sofort wieder neue Wellen des Schmerzes durch den Schädel jagte. Sie versuchte sie zu ignorieren, und dann passierten so viele Dinge fast gleichzeitig, dass sie die einzelnen Situationen wie eine rasend schnelle Abfolge einzelner Bilder wahrnahm.

Sie sah, wie sich links von ihr Rosie zu Lukas heruntergebeugte und ihn auf den Arm nahm.

Direkt vor ihr richtete sich Hans aus einer seltsamen Grätsche auf, während gleichzeitig sein Arm durch die Luft sauste. Es gab dabei ein ekelhaft schmatzendes Geräusch, das sie nicht einordnen konnte.

Roberts Körper verrenkte sich eigenartig, er riss die Arme hoch und legte die Hände auf seinen Hals.

Schräg hinter Robert und Hans riss Wittschorek etwas aus seiner Jacke und warf es Grohe zu. Als der Oberkommissar es gefangen hatte und auf Hans und Robert richtete, während er ein Stück in den Knien einknickte, erkannte sie, dass es eine Waffe war. Es folgte ein unglaublich lauter Knall, der die Zeit verrückt spielen ließ. Sie sah in Zeitlupe, wie Hans starr wurde. Er schwankte einmal vor und zurück und fiel dann mit einer halben, seitlichen Drehung zu Boden, und zwar so, dass sein Kopf direkt vor ihr ungebremst auf dem Boden aufschlug, wo er noch einmal nachfederte, als wäre er aus einem gummiartigen Material. Dann lag er still, unmittelbar vor ihr.

Diese toten Augen.

Diese toten Augen waren nun vielleicht wirklich tot. Und starrten sie an.

Daniela konnte nichts anderes mehr tun, als zu schreien. Sie schrie und schrie und schrie, sie brüllte diesen Kopf weg und diese fürchterlichen Augen und alles um sie herum, sogar das Licht.

Als es dunkel war, hörte Daniela auf zu schreien.

45

Zuerst sah sie nur ein verwaschenes, grauweißes Bild. Sie zwinkerte mehrmals, und es bildeten sich langsam Konturen heraus. Schräg über ihr hob sich eine helle Fläche gegen den Hintergrund ab. Die Fläche bewegte sich ein wenig, dann kamen Worte direkt aus ihr heraus.

Sie hatte die Worte nicht verstanden, aber … *diese Stimme …*

Mit gespreizten Daumen und Mittelfinger rieb sie sich über die Augen, zwinkerte nochmals, und sah … *Wittschorek.*

Er saß schräg vor ihr. Mit einem Schlag war die Erinnerung da. Sie schrie auf und drückte sich mit den Füßen strampelnd auf dem weichen Untergrund ab, auf dem sie lag, um von diesem Kerl wegzukommen. Wittschorek beugte sich über sie und hielt sie fest. Wieder sagte er etwas, und seine Stimme klang dabei ruhig. Sie konzentrierte sich trotz ihrer Panik auf die Worte.

»Ruhig«, sagte er. »Ganz ruhig, Daniela. Es ist alles gut. Alles ist vorbei. Ihrem Sohn geht es auch gut. Sie müssen keine Angst mehr haben.«

Lukas!

»Wo ist mein Kind?«, schrie sie ihn an. »Was habt ihr mit ihm gemacht, ihr Schweine?«

»Ihr Sohn ist draußen auf dem Flur. Frau Wengler passt auf ihn auf.«

Frau Wengler passt auf ihn auf?

Daniela verstand nicht. Sie blickte an Wittschorek vorbei. Ein Krankenhauszimmer. Mit nur einem Bett, ihrem Bett. *Schon wieder?*

»Wo bin ich? Und was machen Sie hier, Sie … –?«

Er lächelte. Tatsächlich. Er lächelte sie an, und es war nicht das hämische, gemeine Lächeln, wie sie es von diesem Robert kannte.

Robert. Sie tastete instinktiv nach ihrer Wange, auf der etwas Weiches befestigt war. Eine Mullbinde vielleicht.

»Sie sind in der Münchener Uniklinik, wo Sie mit medizinischer Unterstützung über zwanzig Stunden geschlafen haben. Das hatten Sie auch nötig nach allem, was Sie erlebt haben.«

»Aber Sie haben …«

Wittschorek schüttelte den Kopf und deutete mit dem Kinn an ihr vorbei. Sie wandte sich widerwillig ab und verstand gar nichts mehr. Dort, auf der anderen Seite ihres Bettes, saß Oberkommissar Grohe und lächelte sie ebenfalls an. *Den Mann hab ich noch nie lächeln gesehen.*

»Es ist wirklich alles in Ordnung, Frau Randstatt«, sagte er. »Wir … wir gehören tatsächlich zu den Guten. Beide.«

Sie starrte ihn noch immer verwirrt an: »Wo ist mein Sohn?«

Neben ihr stand Wittschorek auf und ging zur Tür. Sekunden später stürmte Lukas laut »Mami, Mami!« rufend ins Zimmer und warf sich halb über sie.

»He, langsam, junger Mann. Du musst deine Mutter ein bisschen schonen«, sagte Grohe und lächelte dabei schon wieder.

Daniela zog den kleinen Körper ein Stück zu sich hoch und küsste ihn immer wieder. Sie konnte gar nicht mehr damit aufhören, diesen kleinen Menschen zu drücken und zu riechen und zu spüren. Niemand störte sie dabei.

Irgendwann schob sie ihn ein Stück zurück, damit sie ihn ansehen konnte, und sagte: »Geht es dir gut, mein Sohn?«

Er strahlte. »Ja, Mami. Tante Rosie hat gesagt, wenn ich möchte, darf ich ruhig Oma Rosie zu ihr sagen. Darf ich?«

Daniela musste lachen, zuckte aber gleich von einem heftigen Stich in der rechten Wange zusammen. Lukas sah sie an und grinste. »Du siehst lustig aus, Mami.«

»Ja? Na, ich hab mir da an der Wange wohl ein bisschen weh getan.«

»Nein, das meine ich nicht«, entgegnete er verschmitzt. »Ich meine dein blaues Auge.«

Erschrocken sah sie zu Grohe herüber, der schmunzelnd nickte.

Sie gab Lukas einen Klaps auf den Hintern und sagte: »Nun geh mal nach draußen und hol mir Oma Rosie rein.«

»Was denkst du? Oma Rosie ist schon lange da, Kindchen«, sagte die bekannte Stimme vom Eingang her. Daniela hob den Kopf, registrierte den Schmerz und sah Rosie auf sich zukommen.

Sie umarmten sich stumm, dann sagte Rosie leise: »Du kannst ihnen vertrauen, Kindchen. Es ist eine total durchgedrehte Geschichte, aber die Kommissare hier haben uns tatsächlich da rausgeholt.«

Dann drückte sie ihr einen schmatzenden Kuss auf die Stirn und wandte sich an Lukas. »Nun komm mal wieder mit Oma Rosie nach draußen, deine Mama hat noch was mit den netten Polizisten zu besprechen.«

Als sie wieder allein waren, setzten Wittschorek und Grohe sich nebeneinander an Danielas Bett.

»Ähm, meinen Sie, Sie können schon die ganze Geschichte verkraften?«

Sie nickte: »Was ist mit Robert und diesem Hans? Sind sie tot?«

Die beiden Polizisten sahen sich kurz an, dann atmete Wittschorek tief durch.

»Ja, sie sind beide tot. Hans hat den Sohn von Professor Haas getötet. Er stand direkt neben Ihnen, und es war zu befürchten, dass er auch Ihnen was antut. Kollege Grohe musste ihn erschießen.«

Daniela hielt inne. »Ich hatte große Angst vor ihm, aber … irgendwie glaube ich, er hätte mir nichts getan.«

»Das Risiko konnte ich nicht eingehen«, sagte Grohe.

Daniela hatte wieder die schreckliche Szene vor Augen, *diese toten Augen,* während der Kopf auf dem Boden aufschlug. Sie riss sich davon los. »Und was ist mit den anderen?«

»Wir haben Haas und seine Helfer verhaftet. Alleine das, was er uns da unten erzählt hat, reicht aus, sie sehr lange aus dem Verkehr zu ziehen.«

»Und … was haben Sie rausgef… –« Sie stockte. »*Das Schneerauschen.* Also, was wissen Sie über Dan… – über mich?«

Er nahm eine Seite einer Zeitung vom Beistelltisch und legte sie wortlos vor sie auf das Bett. »Fangen wir damit an.«

Zwei unscharfe Schwarzweißfotos zeigten Lukas und sie. Die Überschrift darüber lautete: ›Mutter und Sohn vermisst‹.

Daniela sah von Wittschorek zu Grohe und las dann den Artikel.

Dort stand, dass ihre Vermieterin sich gewundert hatte,

dass sie Daniela und Lukas Randstatt ein paar Tage lang nicht gesehen hatte. Normalerweise liefen sie sich täglich über den Weg. Sie hatte die Polizei alarmiert, die bei Frau Randstatts Arbeitsgeber, in der Verwaltung der Firma CerebMed Microsystems, erfuhr, dass die Mitarbeiterin schon mehrere Tage nicht an ihrem Arbeitsplatz erschienen war.

Daniela Randstatt war nicht verheiratet. Von dem Vater des Jungen hatte sie sich drei Jahre zuvor getrennt. Er lebte irgendwo im Ausland und war nicht auffindbar.

Die Bevölkerung wurde um Mithilfe gebeten.

Sie faltete die Zeitung zusammen und legte sie zurück auf das Tischchen.

»Ich kann mich an den Vater von Lukas nicht erinnern. Ich weiß, da gab es jemanden, aber …« Sie wischte sich über die Augen und sagte, an Wittschorek gewandt: »Erzählen Sie mir doch jetzt bitte, was Sie wissen.«

»Also gut«, sagte er. »Was Sie bisher nicht wissen, ist, dass ich eigentlich zum Landeskriminalamt gehöre und nicht zur Regensburger Polizei. Vor etwas mehr als einem Jahr hat der BND uns darüber informiert, dass die Münchener Firma CerebMed Microsystems versucht, mit verschiedenen ausländischen Geheimdiensten in Kontakt zu treten. Die Sache war hochbrisant, denn CerebMed hat wohl eine revolutionäre Technik zur Manipulation der Persönlichkeit angeboten. Nach Informationen des BND haben auch mindestens zwei östliche Länder Interesse bekundet, so dass reagiert werden musste. Ich hätte normalerweise niemals etwas mit der Sache zu tun gehabt, aber zufällig kannte ich den Sohn des Firmeninhabers, Robert Haas, aus unserer gemeinsamen Zeit in einem Münchener Internat.

Wir hatten lange Zeit nichts mehr voneinander gehört, und eines Abends hab ich ihn, natürlich ganz zufällig, in einem Club in der Innenstadt getroffen. Wir haben unser Wiedersehen mit viel Alkohol gefeiert, irgendwann hat er erzählt, dass er natürlich in die Firma seines Vaters eingestiegen war, aber größere Pläne hatte als sein alter Herr. Und ich hab ihm im Gegenzug anvertraut, dass ich bei der Polizei zwar gut verdiene, aber in Schwierigkeiten stecke, weil ich beim Spielen sehr viel Geld verloren hätte. Er wollte wissen, wo meine Dienststelle ist, und da ich in Regensburg einige Kollegen sehr gut kenne und wir wussten, dass Haas wiederum gute Beziehungen bis in die höchsten Kreise der Münchner Polizei hatte, hab ich ihm eben Regensburg genannt. Na ja, und als wir uns verabschiedet haben, wollte Robert wissen, ob ich vielleicht an einem Nebenjob interessiert wäre, um meine Schulden bezahlen zu können. Ich hab pro forma gezögert, aber nicht grundsätzlich abgelehnt.«

Wittschorek legte den Kopf ein wenig schräg und sagte: »Geht's noch? Oder sind Sie müde, soll ich später weitererzählen?«

»Auf keinen Fall«, protestierte Daniela. »Erzählen Sie weiter.«

»Also gut. Es hat nur zwei Tage gedauert, bis Robert mich anrief – ob ich mir sein Jobangebot überlegt hätte. Wir haben uns also getroffen, und dieser Hans war schon mit dabei. Der war sehr wortkarg, hat mir nur ein paar Fragen gestellt. Mittlerweile hatte man mir den entsprechenden Background aufgebaut, und ich hab ihnen über mich verraten, was sie erfahren sollten. Robert zeigte sich sehr hilfsbereit, als ich schließlich zugegeben habe, dass ich schnellstmöglich 50 000 Euro bräuchte. ›Kannst dich sicher irgendwann revanchieren‹, hat er gemeint. Und ein paar Monate später hat er mir dann von einer revolutionären chirurgischen Technik erzählt, die sein Vater entwickelt hätte. Er kam ziemlich ins Schwärmen und hat immer mehr ausgeplaudert.«

»Aber warum haben Sie nicht da schon was unternommen?«, unterbrach Daniela ihn. »Damit hätten Sie Schlimmes verhindern können.«

»Leider war das sehr schwierig. Wenn man gegen einen Mann wie Gerhard Haas vorgeht, ohne absolut hieb- und stichfeste Beweise zu haben, riskiert man nämlich seinen Job. In München jedenfalls konnten wir ganz wenig tun, weil schon vorsichtige Anfragen in Bezug auf CerebMed bei den Münchener Kollegen sofort zur Chefsache erklärt und irgendwann einfach verschleppt wurden. An Haas war nicht ranzukommen. Aber vor acht Tagen hat Robert mich angerufen, weil sein Vater mich dringend sprechen wollte. Diese Ehre hatte ich bis dahin noch nicht gehabt und hab mir schon Hoffnungen gemacht, jetzt endlich mal hinter die Kulissen blicken zu können. Dem war dann natürlich nicht so, aber Professor Haas hat mir ungeschminkt zu verstehen gegeben, was er von mir erwartet. Er hatte nämlich in einigen Städten Arztkollegen sitzen, die ihm zugearbeitet haben, unter anderem auch in Regensburg.«

»Doktor Olaf Kuss?«, fragte Daniela, und Wittschorek sah sie erstaunt an. »Woher wissen Sie das?«

»Es stand ein Termin in mei… – im Terminkalender von Sibylle Aurich.«

Für einen Moment schwiegen alle, dann sagte Daniela: »Bitte, erzählen Sie weiter.«

»Haas hat mir erklärt, es ginge um einen ersten umfassenden Test für seine Methode, Persönlichkeitsstörungen zu heilen. Wobei diese Experimente nicht erlaubt wären, weil die Methode für Tests am Menschen noch nicht zugelassen war, aber es würde natürlich dabei niemand ernsthaft zu Schaden kommen. Er brauchte meine Hilfe, um sicherzustellen, dass seine Testperson keine Schwierigkeiten mit der Polizei bekommt.

Als Dankeschön würde er mir bei der Aufklärung eines Entführungsfalls helfen. Indirekt hat er zugegeben, dass seine Leute Sibylle Aurich ›überredet‹ hatten, sich als Testperson zur Verfügung zu stellen, weil sie nach einem eingehenden Check durch Dr. Kuss eine optimale Kandidatin war. Dieses ›Überreden‹ war die Entführung der Frau, wie ich kurz darauf von Oliver erfahren habe, der den Fall auf dem Schreibtisch hatte.«

Wittschorek seufzte. »Klar, ich hätte diesen Kerl am liebsten gleich hochgehen lassen, aber ohne Beweise? Wir hatten ja nichts als seine Andeutung, wir wussten weder, wo Sibylle Aurich ist, noch, was genau Haas eigentlich mit ihr vorhatte.«

Er betrachtete mit ernstem Gesicht seine Hände. »Vielleicht hätten wir einiges verhindern können, wenn wir gleich eingegriffen hätten, ja – vielleicht wäre es aber auch noch schlimmer gekommen, ich weiß es nicht.«

Er sah sie wieder an, und Daniela erkannte, wie sehr ihn diese Gedanken quälen mussten.

»Als Sie dann plötzlich aufgetaucht sind, Frau Randstatt, da hab ich so langsam begriffen, zu was dieser Professor Haas fähig war.«

»Aber warum haben Sie mich nicht gewarnt? Warum haben Sie mir nicht gesagt, dass ich nicht Sibylle Aurich bin? Ich … ich bin doch fast verrückt geworden vor Angst um meinen Sohn! Und weil ich nicht wusste, ob ich nicht tatsächlich den Verstand verliere.«

»Ich habe Ihnen bei unserer ersten Begegnung schon gesagt, dass Sie nicht Sibylle Aurich sind. Mehr konnten wir nicht tun, das wäre zu gefährlich gewesen. Sie hätten nicht mehr authentisch gewirkt, wenn Sie alles gewusst hätten. Wir mussten befürchten, dass die Ihnen etwas antun.«

Daniela starrte auf ihre Bettdecke. Sie wusste, dass er wahrscheinlich recht hatte.

»Was hat es mit der Klinik in Regensburg auf sich, mit diesem Keller, wo ich … aufgewacht bin?«

Wittschorek nickte. »Glücklicherweise haben zwei von Haas' Mitarbeitern ein umfassendes Geständnis abgelegt, um ihre Haut zu retten, so dass wir zwar noch nicht alles, aber doch schon einiges wissen. Das mit der Regensburger Klinik erkläre ich Ihnen gleich, aber erst mal, wie Sie in diese Geschichte überhaupt reingerutscht sind. Also, offenbar hatten Sie Ihren Sohn öfter am Nachmittag mit ins Büro genommen, weil Sie niemanden hatten, der auf ihn hätte aufpassen können.«

Er sah Daniela fragend an, und tatsächlich war da grau und verschwommen eine Erinnerung.

Sie nickte. »Ich glaube, das stimmt.«

»An einem Nachmittag Anfang letzter Woche ist Lukas wohl auf Erkundungstour gegangen, und die Tür, die in den Keller führt, war offen, weil Robert Haas sie kurz zuvor nicht richtig geschlossen hatte. Lukas ist runter in den Keller, hat ein bisschen rumgestöbert, niemand weiß, ob er wirklich etwas gesehen hat, aber eine Überwachungskamera hat ihn gefilmt. Sie hatten wohl gerade Feierabend, als jemand die Aufnahmen gesehen hat. Der Professor hat Ihnen direkt Hans hinterhergeschickt, um den Jungen aus dem Verkehr zu ziehen, und weil keiner wusste, ob er Ihnen schon von dem Kellertrakt erzählt hatte, wurden Sie gleich mit entführt.«

Daniela sah die Szene wieder vor sich. *Der Arm mit der blauen Tätowierung,* der ihren Jungen in das Auto zog …

»Ich habe gedacht, das wäre ein Traum gewesen. Wie kann es sein, dass ich mich daran erinnert habe?«

»Das ist genau der Punkt, mit dem Haas nicht gerechnet hatte«, hakte Wittschorek wieder ein, »damit Sie als sogenannter Empfänger nicht die gleichen Hirnschäden erleiden wie die Spender, musste er die neuen Verbindungen in Ihrem Gehirn vorsichtiger erzeugen. Das hat zum einen zur Folge, dass die eingepflanzten Erinnerungen nur die Qualität des Kurzzeitgedächtnisses haben und nach ein paar Tagen mehr und mehr verblassen, wenn sie nicht aufgefrischt werden, und außerdem ist es offenbar nicht möglich, Gefühle und Erinnerungen zu überschreiben, die von so ausgeprägter Intensität sind wie die, die eine Mutter an ihr Kind hat. Sie sind einfach zu stark.«

Mein Junge … Sie haben keinen Sohn … Mein Lukas … Sie hatten nie ein Kind …

»Jedenfalls hatte Haas schon seit Wochen Sibylle Aurichs Gedächtnisschablone in Synapsia abgespeichert. Es fehlte ihm nur noch jemand, dem er sie aufsetzen konnte. Und als er glaubte, Sie sowieso aus dem Weg räumen zu müssen, hat er sich entschieden, zwei Fliegen mit einer Klappe zu schlagen.

Haas hat im Vorfeld ganz bewusst seine Spender aus verschiedenen Städten ausgesucht, damit niemand die wahre Identität des Empfängers erkennt, wenn der die Erinnerung des Spenders übernommen hat.«

Daniela schüttelte den Kopf. »Das verstehe ich nicht.«

»Das kann ich Ihnen nicht verübeln, Frau Randstatt. Wie sich jetzt leider herausgestellt hat, hat Haas nicht nur Sibylle Aurich entführen lassen, sondern auch eine Frau aus Stuttgart, eine aus Augsburg und einen Mann aus Karlsruhe.«

»Oh Gott, hat er die etwa auch …«

Wittschorek nickte, und Daniela schlug die Hände vor das Gesicht.

»Werden die jemals wieder gesund? Diese arme Frau …«

Wittschorek machte ein betretendes Gesicht. »Ich weiß es nicht.«

»Und haben Sie dieses schreckliche Synapsia-Ding wenigstens zerstört?«

»Nein. Es könnte nämlich sein, dass gerade dieses Ding die einzige Möglichkeit ist, diesen armen Menschen zu helfen.«

Der Gedanke an die unheimliche Apparatur ließ Daniela frösteln. Sie versuchte zu verdrängen, dass Haas mit der Maschine auch in ihrem Kopf herumexperimentiert hatte.

»Wie war das jetzt mit den verschiedenen Städten?«, fragte sie.

»Es ist eigentlich ziemlich einfach: Da Sie aus München stammen und Sibylle Aurich aus Regensburg, war abzusehen, dass Sie dort niemand als Daniela Randstatt erkennen würde.«

»Aber in diesem Krankenhauskeller … –«

»Die haben den Hausmeister bestochen, damit er ihnen diesen Kellerraum für ein paar Tage zur Verfügung stellt und darauf achtet, dass niemand da reinkommt. Haas konnte nicht wissen, wie Sie reagieren, wenn Sie nach der Prozedur aufwachen. Man hat sich darauf eingerichtet, Sie entweder entkommen zu lassen oder aber Sie sofort wieder zu betäuben, wenn … wenn Ihre Erinnerungen nicht passend gewesen wären. Als Sie diesem Kerl von Ihrem Sohn erzählt haben, wollten die zuerst alles abblasen, aber Haas wollte unbedingt sehen, wie Sie als Sibylle Aurich reagieren würden, und hat entschieden, dass Sie fliehen können. Ab diesem Moment hatten Sie diesen Hans als Schatten, und Robert und ich waren immer auf dem Laufenden, wo Sie gerade sind und was Sie machen. Und natürlich wussten auch Oberkommissar Grohe und meine Kollegen vom LKA Bescheid, aber das haben Haas und Robert natürlich nicht geahnt.«

»Sie haben mich also tatsächlich als Lockvogel benutzt, Herr Kommissar?«

Er zögerte. »Wenn Sie so wollen, ja. Aber ich war wie gesagt über jeden Ihrer Schritte informiert und … Sie haben doch gesehen, was diese Irren mit Frau Aurich getan haben. Stellen Sie sich vor, es wäre Haas gelungen, dieses Synapsia an ein Land zu verkaufen, das es mit den Menschenrechten nicht so genau nimmt. Wir mussten sie stoppen.«

Sie dachte darüber nach und nickte schließlich. »Ja. Ja, Sie haben recht.«

Eine Weile sahen sie sich an. »Frau Randstatt, Sie werden das schaffen«, sagte der Kommissar schließlich.

Bevor sie etwas erwidern konnte, erhob sich Oberkommissar Grohe und sagte: »Ich werde mal draußen nach Frau Wengler und Ihrem Sohn sehen.«

Sie wartete, bis er die Tür hinter sich geschlossen hatte, und sagte dann: »Ich glaube, allmählich spüre ich, dass immer mehr Erinnerungen an Lukas auftauchen und auch an München. Und mit einem Mal sind da Gesichter, die ich sehe, aber nicht einordnen kann. Ich würde gern irgendwann … ich meine, ich muss doch wissen, welche meiner Erinnerungen wirklich zu mir gehören!«

Wittschoreks Miene war ernst. »Die Ärzte, die mit dieser Sache zu tun hatten, gehen davon aus, dass Frau Aurichs Erinnerungen mehr und mehr verblassen und Ihre eigenen immer stärker durchkommen werden. Aber Sie müssen Geduld haben, das kann einige Zeit dauern.«

Lange sahen sie sich an, und Daniela spürte, wie dieser Blick eine sanfte Wärme in ihr erzeugte.

»Tja, ein paar Tage werden Sie wohl noch hierbleiben müssen.« Wittschorek betrachtete wieder seine Hände. »Aber … wenn Sie hier raus sind, würde ich gerne sehen, wie's Ihnen und Ihrem Jungen geht – wenn ich darf.«

»Sie dürfen«, antwortete sie und legte ihre Hand auf seine.

Martin Wittschorek drückte sanft ihre Hand und erhob sich. »Ich schicke jetzt mal Lukas rein.«

Kurz, bevor er die Tür erreicht hatte, sagte sie: »Herr Wittschorek?«

Er drehte sich zu ihr um. »Würden Sie mir den Gefallen tun, und mich noch ein paarmal besuchen? Damit Sie in meinem Langzeitgedächtnis gespeichert werden.«

Er nickte und lächelte sie an. »Das tue ich. Sogar sehr gerne, Frau Randstatt.«

Sekunden später schlang ein kleiner Junge seine Arme so fest um seine Mutter, als wollte er sie nie wieder loslassen. *Niemals.*

Ich danke allen, die direkt oder indirekt zur Entstehung dieses Romans beigetragen haben. Mein besonderer Dank gilt

meiner Frau Heike, die mir viele Dinge abnimmt und mir so Raum für das Schreiben schafft und die mich immer wieder auf allzu männliche Gedanken meiner weiblichen Hauptfigur aufmerksam gemacht hat;

Laura, Christine und Alexander für den nicht immer ganz freiwilligen Verzicht auf Spiel- und Freizeit mit ihrem Papa, wenn der am Schreibtisch saß;

Dr. med. Christian Glöckner für die wirklich interessanten Gespräche über medizinisch Machbares und Denkbares sowie für eine sehr aufschlussreiche Stadtführung durch das schöne Regensburg;

Silke Frohn für ihren wie immer hilfreichen Blick auf das Manuskript;

meinem Agenten Joachim Jessen von der Literaturagentur Schlück, bei dem ich mich sehr gut aufgehoben und betreut fühle;

meinem Lektor Volker Jarck für das knackige und sehr lehrreiche Lektorat und seine von mir sehr geschätzte Meinung zu allen aufkommenden Fragen;

dem gesamten Team der Fischerverlage, das sich mit großem Engagement um »Der Trakt« gekümmert hat;

und Ihnen, liebe Leserin, lieber Leser, für Ihr Interesse an meinen Romanen.

Leseprobe
aus dem neuen Psychothriller von Arno Strobel:

DAS WESEN

Prolog

7. April 2007

Er machte fünf, sechs Schritte, dann blieb er stehen. Sekundenlang verharrte er, den Blick auf die gelbe Häuserfront gegenüber gerichtet, ohne sie wahrzunehmen. Die Sonne war schon kräftig, er spürte die Wärme auf seinem Gesicht. Mehrmals setzte er an, sich umzudrehen, doch der Befehl aus den Synapsen seines Gehirns verpuffte auf dem Weg zu den Muskeln im Nichts. Er kannte diese Vorgänge genau, wusste, was ihn blockierte, und konnte doch nichts dagegen tun. Erst, als ihn das Monster hinter seinem Rücken zu verbrennen drohte, löste sich die Starre, und er stellte sich dem Anblick.

Das vierstöckige, weiße Gebäude mit den roten Dachziegeln sah gar nicht so aus, wie er das aus Filmen kannte. Zumindest nicht von vorne. Kein großes, schmutziggraues Eisentor, das auf quietschenden Rollen langsam von einem Motor zur Seite gezogen wurde, wenn sie einen rausließen. Die Kunststofftür mit dem bogenförmigen Überdach aus grünlichem Glas hätte auch der Eingang zu einem Elektrogroßhandel sein können. Nur der Schriftzug über den Fenstern daneben passte nicht dazu: JUSTIZVOLLZUGSANSTALT.

Zwölf Jahre, drei Monate und sieben Tage. Er las ihn zum letzten Mal. Vorbei.

Mehrmals schon hatte er die JVA Hagen in den letzten Monaten verlassen. Als Freigänger, um sich langsam wieder an das Leben ohne Gitter zu gewöhnen. Und spätestens um 19:00 Uhr wieder einzufahren. Vorbei.

Jetzt.

Er wandte sich ab und ging los. Weg vom Knast, raus aus der

Gerichtsstraße, auf die Bülowstraße zu. Dort würde er in einen Bus steigen und zum Bahnhof fahren. Dann mit dem Zug zwei Stunden bis Aachen. Er hatte den Freigang genutzt, hatte eine Wohnung gefunden. Die Stadt hatte sich kaum verändert in den letzten zwölf Jahren. Er schon.

Tief sog er die Luft in seine Lungen, horchte in sich hinein. Frei. Müsste er jetzt nicht glücklich sein? Er stieß ein freudloses Lachen aus. Er wusste genau, dass das, was er empfand, ihm selbst am meisten schadete. Er wusste, wie er hätte dagegen ankämpfen können, das war schließlich sein Job gewesen, vor langer Zeit. Und doch – er war nicht glücklich, wollte nicht glücklich sein.

Zwölf Jahre.

Und die Wut war wieder da.

1

22. Juli 2009

Kriminalhauptkommissar Bernd Menkhoffs Handy klingelte, als wir nur noch wenige Meter von der Garagenauffahrt seines Einfamilienhauses im Aachener Stadtteil Brand entfernt waren. Während er umständlich sein Telefon aus der Hosentasche fingerte, lenkte ich den A6 an den Straßenrand. Seit 16 Jahren waren wir Partner, und die meiste Zeit davon setzte ich ihn abends zu Hause ab und nahm ihn am nächsten Morgen wieder mit.

»Ja«, meldete sich Menkhoff knapp und senkte den Kopf ein wenig, während er dem Anrufer zuhörte. Ich warf einen Blick auf die Uhr. Kurz nach sieben, hoffentlich nichts Dienstliches mehr. Den Motor des Audi ließ ich laufen, die Klimaanlage blies angenehm kühle Luft in den Innenraum. Draußen war es drückend.

»Ja, der bin ich«, sagte Menkhoff neben mir mürrisch. »Woher haben Sie diese Nummer?« Er hörte wieder eine Zeitlang zu, dann kniff er die Augen zusammen. »Was?«

Es *war* etwas Dienstliches.

»Aha. Und wie kommen Sie darauf?« Menkhoffs Stimme hatte einen unpersönlichen Klang angenommen. »Sagen Sie mir bitte erst mal Ihren Namen.« Es vergingen weitere Sekunden, dann ließ er das Handy sinken. »Aufgelegt.«

»Anonym?«

»Ja. Eine Männerstimme. Hat was erzählt von einem

kleinen Mädchen, das angeblich seit mehreren Tagen verschwunden ist. In der Zeppelin-Straße.«

»Nicht gerade die feinste Gegend. Und?«

»Was und? Sonst nichts.«

Er öffnete die Beifahrertür und sagte beim Aussteigen: »Bin gleich wieder da.«

Ich sah ihm nach, wie er über die Auffahrt zur Haustür ging, aufschloss und im Inneren verschwand.

Schon nach sieben. Melanie wartete zu Hause auf mich. Ich sah die herrlichen Rinderhüftsteaks vor mir, die ich an diesem Abend für uns beide zubereiten wollte. Es sollte ein romantisches Essen werden, mit Rotwein und Kerzen, eine kleine Entschädigung dafür, dass es in letzter Zeit oft sehr spät geworden war. Seit meiner Beförderung zum Oberkommissar ein paar Monate zuvor … –

Die Beifahrertür wurde geöffnet, und Menkhoff ließ sich wieder in den Sitz fallen. »Alles in Ordnung, Frau Christ bleibt da und passt weiter auf Luisa auf.« Er deutete mit dem Kopf nach vorne. »Nun fahr schon los.«

Ich dachte an die Steaks und legte mit einem Seufzer den Gang ein. Vielleicht war der Anrufer ja nur ein Spinner, das kam öfter vor. Vielleicht wären wir in zwanzig Minuten wieder zurück.

Als ich vor einer Ampel an der Trierer Straße anhalten musste, sah ich zu Menkhoff herüber, der sein Handy in das Ablagefach der Mittelkonsole warf. »Keine Nummer, klar.« Er strich sich eine Strähne seiner von silbernen Fäden durchsetzten schwarzen Haare aus der Stirn. »Unterdrückt.«

Zehn Minuten später standen wir vor einem Mehrfamilienhaus, dessen Außenfassade dringend einen Anstrich nötig gehabt hätte.

»Im ersten Stock links, hat der Kerl gesagt«, erklärte Menkhoff. Ich betrachtete die Reihe verwitterter Holzfenster, die zur ersten Etage gehören musste, und stieg aus.

Die Haustür hatte kein Schloss, das Treppenhaus war ähnlich heruntergekommen wie die Fassade. Die meisten Kanten der ausgetretenen Betonstufen waren abgebrochen, hingekritzelte Klosprüche und Fäkalausdrücke bedeckten die Wände. Die wenigen nackten Glühbirnen ließen ihr diffuses, abweisendes Licht auf uns fallen.

Die Wohnungstür im ersten Stock links war an mehreren Stellen beschädigt und sah aus, als hätte vor langer Zeit jemand versucht, sie einzutreten. Ein Namensschild gab es weder auf dem braunen Holz noch an dem schmutzigen Klingelknopf daneben. Mit angewidertem Gesicht drückte Menkhoff auf die Klingel, woraufhin hinter der Tür ein schrilles Läuten zu hören war.

Eine Zeitlang geschah nichts, und mein Partner hatte schon die Hand gehoben, um noch mal zu klingeln, als Schritte zu hören waren und das Schloss klackte.

Das Gesicht eines Mannes tauchte in der nur ein Stück weit geöffneten Tür auf, und mir stockte der Atem.

2

28. Januar 1994

Juliane wohnte mit ihren Eltern am Ende einer Sackgasse, gleich neben einem kleinen Spielplatz. Petra Körprich hatte sich nichts dabei gedacht, ihre vierjährige Tochter draußen spielen zu lassen, während sie das Mittagessen zubereitete. Die kurze Straße wurde fast ausschließlich von den wenigen Anwohnern benutzt, außerdem konnte sie den Spielplatz vom Küchenfenster aus einsehen. Als sie die Spülmaschine eingeräumt hatte und wieder einen Blick nach draußen warf, war Juliane verschwunden. Nach zehn Minuten rief sie ihren Mann im Büro an, eine Stunde später informierte der die Polizei.

Drei Tage lang suchten wir mit Hundertschaften der Bereitschaftspolizei die gesamte Umgebung ab, bis der schreckliche Verdacht zur Gewissheit wurde. Die Kollegen fanden das Mädchen in einem Gebüsch im Aachener Wald, nicht weit von der Monschauer Straße und nur ein paar hundert Meter von ihrem Elternhaus entfernt. Jemand hatte Juliane erwürgt, den kleinen Körper dann in einen blauen Plastiksack gesteckt und ihn im Wald entsorgt wie Müll, den man irgendwo unbeobachtet loswerden wollte.

Seit einem knappen halben Jahr war ich bei der Kripo, und es war der erste Mordfall, an dem ich als Junior-Partner von Kommissar Bernd Menkhoff mitarbeitete. Bis zu diesem Zeitpunkt war mir der Anblick eines Mordopfers noch erspart geblieben. Als ich dann dieses weiße Gesichtchen im Dreck liegen sah mit den dunklen Flecken auf den eingefallenen Wangen, eingerahmt von einer Flut aus blonden, schmutzverklebten Locken, als ich meinen Blick nicht von den hässlichen, blauschwarzen Würgemalen an ihrem zarten Kinderhals abwenden konnte, da hätte ich weinen können vor Schmerz und gleichzeitig schreien vor Wut. »Reißen Sie sich zusammen«, raunte Kommissar Menkhoff mir zu, der mir angesehen haben musste, wie sehr ich gegen einen Gefühlsausbruch ankämpfte.

Als ich später den Wagen über den schmalen Pfad aus dem Wald herauslenkte, fragte er: »Wie alt sind Sie noch mal, Herr Seifert? Vierundzwanzig?«

»Dreiundzwanzig«, antwortete ich kleinlaut.

»Das ist alt genug, um sich etwas hinter die Ohren zu schreiben, Herr Kriminalobermeister: Niemals, hören Sie, absolut niemals dürfen Sie bei einem Mordfall Gefühle an sich heranlassen. Wenn so ein kleines Mädchen von einem Dreckschwein getötet wird, dann ist das entsetzlich, aber auch wenn es unmenschlich klingt – die Kleine ist tot, und sie ist ein Fall, den wir aufklären müssen, kapiert? Wir können dem Kind nicht mehr helfen, aber wir können dafür sorgen, dass dieser Abschaum so was nicht noch mal tun kann.« Menkhoff schlug kurz mit der flachen Hand gegen das Handschuhfach. »Verdammt, Herr Kollege, wenn Sie Gefühle zulassen, verlieren Sie den neutralen Blick, Sie übersehen Details, weil Ihre Sinne betäubt sind. Sie müssen lernen, einen kühlen Kopf zu bewahren. Darauf will ich mich verlassen können, verstanden?«

Ich verstand, musste in den folgenden Tagen aber immer wieder feststellen, dass Verstehen und Umsetzen zwei grundsätzlich unterschiedliche Dinge waren. Jedes Mal, wenn sich wieder ein Hinweis als wertlos herausstellte, überkam mich eine tiefe Niedergeschlagenheit, weil wir dieses Monster vielleicht nie fassen würden, und Wut und Angst, weil vielleicht noch ein Kind sterben würde, während wir vollkommen ahnungslos waren.

Niemals dürfen Sie bei einem Mordfall Gefühle an sich heranlassen.

Damals konnte ich nicht ahnen, dass ich Kommissar Menkhoff schon sehr bald sehr eindringlich an seine eigenen Worte erinnern würde.

3

22. Juli 2009

Ich hatte ihn sofort erkannt, und doch dauerte es einen Moment, bis ich in der Lage war, zu realisieren, dass es tatsächlich Dr. Joachim Lichner war, der da vor uns stand. Älter, mit schmalerem Gesicht, und auch der Ansatz der kurzgeschnittenen, blonden Haare war ein Stück nach hinten gerutscht, aber mit denselben klugen, wachen Augen, wie ich ihn in Erinnerung hatte. Augen, die uns nun ohne erkennbare Überraschung musterten. Mit einem Blick zur Seite erkannte ich, dass es Menkhoff ähnlich ergehen musste wie mir. Selten hatte ich meinen Kollegen so verblüfft dreinschauen sehen wie in diesem Moment.

»Herr Menkhoff und Herr Seifert, welch eine unangenehme Überraschung«, begrüßte Lichner uns in einem Tonfall, als hätte er gesagt: ›Wie schön, Sie zu sehen.‹

»Lichner.« Menkhoffs Stimme klang heiser. »Was zum Teufel tun Sie hier?«

Der Psychiater hob eine Braue. »Eine merkwürdige Frage, Herr Hauptkommissar, wenn man bedenkt, dass *Sie* vor *meiner* Tür stehen.«

Mein Partner war offensichtlich vollkommen durcheinander, er schien nach Worten zu suchen, und ich hatte das Gefühl, ihm helfen zu müssen. »Wir haben einen anonymen Anruf erhalten«, sagte ich so sachlich wie möglich. »Angeblich soll aus dieser Wohnung ein kleines Mädchen verschwunden sein.«

Innerhalb eines Sekundenbruchteils veränderte sich Lichners Gesichtsausdruck.

»Ach, ein kleines Mädchen? Und da dachten Sie, schauen wir doch präventiv mal beim guten, alten Dr. Lichner vorbei. Falls wir wieder mal vollkommen erfolglos herumermitteln, können wir ihm ja noch mal was anhängen. Was einmal funktioniert hat, wird doch bestimmt wieder klappen, oder wie?«

»Der Anrufer hat konkret diese Adresse genannt, Herr Lichner«, schaltete sich Menkhoff ein, der sich offenbar wieder gefangen hatte. »Wir müssen dem nun mal nachgehen. Also, wohnt hier ein kleines Kind?«

»Welches Kind soll denn hier wohnen, Herr Hauptkommissar? Hier wohne ich und sonst niemand. Außerdem … –«, er zeigte mit ausgestrecktem Daumen über die Schulter, »meinen Sie, man könnte einem Kind einen solchen Schweinestall zumuten? Hm?«

»Herr Dr. Lichner«, schaltete ich mich ein, »uns geht es nur um diesen Hinweis, und Ihre persönliche Wohnsitu… –«

»Leider kann ich mir momentan nichts anderes leisten«, fiel er mir ins Wort. »Es ist nicht ganz leicht für einen verurteilten Kindermörder, einen Job als Psychiater zu bekommen, wissen Sie?«

»Das ist mir … –«, setzte Menkhoff an, wurde aber ebenfalls von Lichner unterbrochen: »Ich habe gehört, sie hat Sie verlassen?«

Sekundenlang starrten die beiden Männer sich an, und während Lichner dabei fast teilnahmslos wirkte, sah Menkhoff aus, als wolle er dem Psychiater an den Hals springen. Ich wusste, dass Lichner Salz in eine Wunde streute, die noch lange nicht verheilt war.

»Das geht Sie einen Dreck an, Lichner«, zischte Menkhoff. »Ich möchte einen Blick in Ihre Wohnung werfen. Lassen Sie uns jetzt sofort rein oder erst in einer halben Stunde mit Durchsuchungsbefehl?«

Dr. Lichner machte einen Schritt zur Seite und zeigte mit einer großzügigen Geste ins Innere der Wohnung. »Nein, bitte, treten Sie doch ein. Aber ich werde Sie im Auge behalten, Herr Hauptkommissar. Wenn Sie belastendes Material in meiner Wohnung verstecken, dann werde ich das bemerken.«

Ohne darauf einzugehen betrat Menkhoff an ihm vorbei die Wohnung. Als ich an Lichner vorbeiging, sagte er leise: »Ich hoffe, Sie lassen das nicht wieder zu, Herr Seifert.«

»Reden Sie keinen Blödsinn«, sagte ich und folgte Menkhoff. Die Wohnung war wirklich ein Schweinestall, und ich fragte mich, wie es möglich war, dass ein gebildeter Mensch so hausen konnte. Andererseits – gebildete Menschen taten manchmal die unfassbarsten Dinge.

Das Zimmer, vor dem wir standen, mochte 15 Quadratmeter groß sein, vielleicht auch weniger, und es roch darin nach Feuchtigkeit und Schimmel wie in einem alten Kellerraum. Die Wand links neben der Tür wurde in ihrer ganzen Länge von einem wackelig aussehenden, vergammelten Holzregal eingenommen, auf dem sich jede Menge verstaubter Plunder stapelte. Als Unterschrank für den verkratzten Fernseher an der Wand gegenüber diente eine Obstkiste, davor standen zwei ausgefranste, braune Sessel, die vom Sperrmüll stammen mussten, und eine speckige Holzplatte auf einer Bierkiste diente als Tisch, in einer aufgeklappten Pappschachtel darauf lag der Rest einer Pizza. Die geblümte Tapete war ebenso fleckig wie der braune Teppich, an manchen Stellen waren lange Fetzen herausgerissen.

»Scheiße«, sagte Menkhoff und ließ den Blick weiter durch das Zimmer wandern.

»Wenn ich gewusst hätte, dass ich noch hohen Besuch bekomme, hätte ich die Putzfrau kommen lassen.« Lichners Stimme hinter mir troff geradezu vor Sarkasmus. Menkhoff sah an mir vorbei. »Ihre Zelle im Knast war bestimmt sauberer.«

»Ja, vielleicht. Aber sie roch stark nach … Korruption.«

Einmal mehr überging Menkhoff Lichners Anspielung und wandte sich mir zu. »Los, schauen wir uns die anderen Räume an, damit wir schnell wieder hier rauskommen.«

Die Küche, sofern man das so bezeichnen konnte, war dem Wohnzimmer in jeder Beziehung ebenbürtig und wurde nur noch durch das winzige Bad übertroffen. Umso überraschter waren wir, als wir die Tür zum letzten Zimmer öffneten. Der ebenfalls kleine Raum war leer und sauber, die pastellgelben Wände offenbar frisch gestrichen.

Menkhoff drehte sich zu Lichner um. »Was ist das für ein Zimmer?«

»Ein neu gestrichenes, Herr Kriminalhauptkommissar.«

»Haben Sie es gestrichen?«

»Würden Sie mich verhaften, wenn es so wäre?«

Wieder starrten Sie sich an, und der Hass schien eine Brücke zwischen ihren Augen zu schlagen, über die sie schwerbewaffnete Gedanken in den Kopf des anderen einmarschieren ließen.

»Gehen wir.« Menkhoff riss sich von Lichners Augen

los. Als wir schon im Treppenhaus standen, drehte er sich noch einmal um. »Halten Sie sich zu unserer Verfügung, Herr Lichner, falls wir noch Fragen haben.«

»Sie verbringen zu viel Zeit vor dem Fernseher mit schlechten Krimis, Herr Hauptkommissar«, erwiderte Lichner und ließ uns in dem heruntergekommenen Treppenhaus stehen.

Menkhoff stieß den Atem geräuschvoll aus und warf mir einen Blick zu, der mir deutlich sagte, dass es besser war, den Mund zu halten. Als wir aus dem Gebäude traten, blieb er plötzlich stehen und zog sein Handy hervor. »Warte mal kurz.«

4

12. Februar 1994

»Seifert!«

Ich stand am Kopierer, als Kommissar Menkhoff quer durch das große Büro nach mir rief.

»Hier!«, antwortete ich und setzte mich sofort in Bewegung. Menkhoff stand schon neben seinem Schreibtisch und steckte einen Zettel in die Hosentasche. »Kommen Sie, wir müssen los. Wir haben einen Hinweis aus der Nachbarschaft erhalten, der uns vielleicht endlich weiterbringt. Ein Kerl hat der Kleinen angeblich öfter Süßigkeiten gegeben.«

Ich schnappte mir im Vorbeigehen meine dicke Jacke von der Garderobe und eilte Menkhoff aufgeregt nach.

Die Kleine, das war Juliane Körprich. Zwei Wochen war es schon her, seit wir ihren kleinen Körper gefunden hatten, doch bisher hatten unsere Ermittlungen noch nicht viel ergeben. Genau genommen tappten wir noch absolut im Dunkeln.

Während ich mit Menkhoff quer über den Parkplatz ging und auf unseren Dienstwagen zusteuerte, spürte ich erwartungsvolle Erregung in mir aufsteigen und gleichzeitig die Angst davor, wieder nur dem Hirngespinst eines Wichtigtuers nachzurennen. Ein neuer Hinweis. »Was hat der Anrufer denn genau gesagt, Herr Menkhoff?«, fragte ich vorsichtig.

»Es war eine Anruferin, Marlies Soundso. Sie wohnt in

der Nachbarschaft der Familie Körprich, auf der anderen Seite des Spielplatzes.«

Wir hatten den Wagen erreicht, und ich setzte mich hinter das Steuer. Als der Jüngere war ich automatisch der Fahrer. Menkhoff schnallte sich an. »Sie sagt, sie hat ein paarmal beobachtet, wie ein Mann auf dem Spielplatz dem Mädchen Schokolade oder so was gegeben hat.«

»Und kennt sie den Mann?«, fragte ich, obwohl ich mir über die Antwort keine Illusionen machte. Umso überraschter war ich, als Menkhoff sagte: »Ja, und er wohnt sogar ganz in der Nähe.« Obwohl ich nach vorn schaute, bemerkte ich aus den Augenwinkeln, dass er mich ansah. »Na, was fällt Ihnen dazu ein, Herr Seifert?«

Ich wusste, was er meinte. »Bei Tötungsdelikten an Kindern kommt der Täter in fast der Hälfte der Fälle aus der Familie, bei weiteren 35 Prozent aus dem näheren Umfeld.« Er nickte, offenbar zufrieden.

Als ich kurze Zeit später vor dem Haus anhielt, war ich so aufgeregt, dass meine Hände zitterten.

Menkhoff blieb neben dem Wagen stehen und zog den Zettel aus der Tasche, den er im Büro eingesteckt hatte. »Bertels«, las er ab. »Sie heißt Marlies Bertels.«

Die alte Frau öffnete die Tür, als Menkhoff gerade den Fuß auf die unterste der fünf Treppenstufen setzte. Sie war klein und sehr schmal, die kurzen, sorgsam gelegten Haare hatten einen Farbton irgendwo zwischen Lila und Blau.

»Sie müssen die Herren von der Polizei sein«, sagte sie mit dünner Stimme. »Bitte, kommen Sie doch herein.«

Im schmalen Flur roch es muffig, was ich dem alten Teppichboden zuschrieb. Zu beiden Seiten gingen Türen ab, Marlies Bertels dirigierte uns in das zweite Zimmer auf der rechten Seite. Meine Großeltern hatten in ihrem Häuschen in Richterich auch so einen Raum gehabt, der nur betreten werden durfte, wenn Besuch im Haus war. Die gute Stube. Sie war peinlichst aufgeräumt, und hinter den Glaseinsätzen der Eichenvitrine war Omas bestes Geschirr aufgestellt.

Als wir an dem Esstisch aus dunklem Holz saßen, blieb Frau Bertels stehen und lächelte uns an. »Darf ich den Herren Polizisten einen Aufgesetzten anbieten? Himbeere, selbst gemacht.«

Menkhoff winkte ab. »Nein, danke, wir sind im Dienst. Frau Bertels, was können Sie uns über diesen Mann sagen, den Sie gesehen haben, als er der kleinen Juliane Süßigkeiten gegeben hat? Wie heißt er? Wo wohnt er?«

5

22. Juli 2009

»Ja, ich bin's, Bernd. Bernd Menkhoff. Sag mal, kannst du kurz was für mich rausfinden?« Ich schaute meinen Kollegen fragend an, der erwiderte meinen Blick nur flüchtig und drehte sich dann mit seinem Handy so von mir weg, dass ich ihn nicht verstehen konnte.

Seit wir Dr. Joachim Lichners schäbige Wohnung verlassen hatten, überlegte ich, wer der anonyme Anrufer gewesen sein mochte, dem wir diese seltsame Begegnung kurz vor Schichtende zu verdanken hatten. Jemand, der Lichner eins auswischen wollte? Aber woher hatte derjenige die Handynummer eines Hauptkommissars? Und was versprach sich jemand davon, dass die Polizei bei Lichner anrückt? Oder ging es nur um Lichner und Menkhoff? War es am Ende vielleicht sogar Dr. Lichner selbst gewesen, der … –

Menkhoff beendete sein Telefonat, und sein Gesicht veränderte sich auf eine Art, die nichts Gutes verhieß. Er nahm das Handy vom Ohr und sagte: »So eine Scheiße. Los, Alex, komm mit!«

»Aber … Was ist los?« Ohne mir eine Antwort zu geben, verschwand mein Partner wieder in dem düsteren Hausflur der Zeppelinstraße 23a. Während ich hinter ihm die Treppe hochstieg und dabei immer zwei Stufen auf einmal nahm, versuchte ich es noch einmal: »Bernd, jetzt sag schon, wen hast du angerufen? Und was ist los? Warum gehen wir wieder zurück?«

»Das Schwein hat uns angelogen, Alex«, stieß er keuchend hervor. »Verarscht hat der uns!« Vor Lichners Wohnungstür zog Menkhoff seine Waffe, klingelte und hämmerte gleich darauf mit der freien Faust gegen die Tür. »Machen sie sofort auf.« Ich ging zwei Schritte zurück und zog ebenfalls meine Walther, hielt sie aber auf den Boden gerichtet. Adrenalin jagte durch meinen Körper, als ich das kalte Metall in meiner Hand spürte. Schneller als beim ersten Mal wurde die Tür geöffnet. Als Lichner die Waffe sah, die Menkhoff gegen seinen Bauch richtete, zuckte er zurück. »Was … –«

»Sie haben uns angelogen, Lichner, sagen Sie mir sofort, wo das Mädchen ist!«, schrie Menkhoff ihn an. »Sofort!«

»Welches Mädchen? Ich hab Ihnen doch schon … – ich weiß nicht …«

»Johanna Lichner«, sagte Menkhoff. Er schrie nun nicht mehr, seine Stimme klang kalt. »Laut Einwohnermeldeamt geboren am 18. Juni 2007, wohnhaft hier, in diesem Dreckstall. Ich frage Sie jetzt noch mal: Wo verdammt ist Ihre Tochter, Dr. Lichner?«

Ich ließ den Psychiater nicht aus den Augen und versuchte zu verstehen, was Menkhoff gerade gesagt hatte. Lichners Tochter? Mit versteinertem Gesicht sah Lichner von Menkhoff zu mir und wieder zurück. »Meine … Tochter? Sind Sie jetzt total verrückt geworden? Ich habe keine Tochter.«

... DAS WESEN – ab November 2010 überall, wo's spannende Bücher gibt!

Arno Strobel
Das Wesen
Psychothriller
Band 18632

Wie gefährlich ist Gerechtigkeit?

Die Aachener Kripo erhält einen anonymen Hinweis: Ein Mädchen soll verschwunden sein. Bei ihren Recherchen erleben die Kommissare Seifert und Menkhoff eine große Überraschung: Der Vater des angeblich verschwundenen Kindes ist Dr. Joachim Lichner, ein Psychiater, den sie viele Jahre zuvor wegen Mordes an einem kleinen Mädchen verhaftet haben und der in einem spektakulären Indizienprozess zu einer langjährigen Haftstrafe verurteilt worden ist. Als die Beamten ihn mit erneuten Verdächtigungen konfrontieren, leugnet Dr. Lichner, überhaupt ein Kind zu haben. Er sei unschuldig, genau wie damals. Will ihn jemand zum zweiten Mal hinter Gitter bringen – für ein Verbrechen, das er nicht begangen hat? Warum setzt Kommissar Menkhoff nach all den Jahren alles daran, Lichner ein weiteres Gewaltverbrechen nachzuweisen? Und warum verstrickt sich der Psychiater bei jedem Verhör in immer stärkere Widersprüche, als es um seine frühere Lebensgefährtin geht? Ein erbittertes Psychoduell nimmt seinen schrecklichen Lauf …

Fischer Taschenbuch Verlag

fi 18632 / 1

Tana French
Totengleich
Kriminalroman
Band 17543

Dem Tod wie aus dem Gesicht geschnitten

Als die junge Polizistin Cassie Maddox in ein verfallenes Cottage außerhalb von Dublin gerufen wird, schaut sie ins Gesicht des Todes wie in einen Spiegel: Die Ermordete gleicht ihr bis aufs Haar. Wer ist diese Frau? Wer hat sie niedergestochen? Und hätte eigentlich Cassie selbst sterben sollen? Keine Spuren und Hinweise sind zu finden, und bald bleibt nur eine Möglichkeit: Cassie Maddox muss in die Haut der Toten schlüpfen, um den Mörder zu finden. Ein ungeheuerliches Spiel beginnt.

»Mit Tana French ist die Erbfolge unter den Crime-Königinnen gesichert.«
Der Tagesspiegel

»Voller fataler Volten, reich an Höchstspannung – und geadelt durch einen Plot, der individuelle Schuld in den Exzess sowie die Hauptfiguren beinahe in den Wahnsinn treibt.«
Die Welt

Fischer Taschenbuch Verlag

fi 17543 / 1

Linda Castillo
Die Zahlen der Toten
Thriller
Aus dem Amerikanischen von Helga Augustin
Band 18440

»Nervenaufreibend … so atmosphärisch,
man könnte schwören, dass man den Schnee unter
den Füßen knirschen hört.«
Alex Kava

Die verstümmelte Leiche der jungen Frau liegt auf einem schneebedeckten Feld. Ihr Mörder hat sie regelrecht abgeschlachtet und ihr eine römische Zahl in den Bauch geritzt. Fassungslos steht Kate Burkholder, die neue Polizeichefin im verschlafenen Painters Mill, Ohio, vor der grausig anmutenden Szenerie.

Kann es wahr sein? Ist der, den sie damals den »Schlächter« nannten, und der vor 16 Jahren mehrere junge Frauen auf bestialische Weise tötete, wieder zurück?

Für Kate steht jetzt alles auf dem Spiel: Sie muss den Mörder so schnell wie möglich finden. Doch dann muss sie auch ein Geheimnis preisgeben, das sie ihre Familie und ihren Job kosten könnte.

Fischer Taschenbuch Verlag

fi 18440 / 1

Adam Creed

Niemand kennt den Tod

Thriller

Aus dem Englischen von

Andrea von Struve und Petra Post

Band 18340

»Creed zeigt die ungeschminkte Wahrheit,
die einen nicht loslässt. Sie hält dich bis zum bitteren
Ende gefangen.«

Simon Beckett

Niemand kennt den Tod so gut wie Inspector Will Wagstaffe. Doch der Anblick des toten Karl Colquhoun ist sogar für Detective Inspector Will Wagstaffe zu viel. Der Mörder muss einen unmenschlichen Hass verspürt haben, als er ihn ins Jenseits beförderte. Niemand sollte so sterben, denkt Staffe, und nimmt die Ermittlungen auf.

Doch da geschieht schon das nächste Verbrechen. In der brodelnden Hitze des Londoner Sommers kreist Staffe den Täter ein, doch der stellt ihm eine heimtückische Falle.

Fischer Taschenbuch Verlag

fi 18340 / 1

Yrsa Sigurðardóttir

Die eisblaue Spur

Island-Krimi

Übersetzt von Tina Flecken

Band 18343

»Ein kriminalistisches Naturtalent«

Spiegel online

Dóra Guðmundsdóttirs vierter Fall führt die Reykjavíker Anwältin ins eisige Grönland: In einem entlegenen Forschungscamp sind zwei isländische Arbeiter verschwunden, der Rest des Teams weigert sich, ins Camp zurückzukehren. Dóra muss der Sache auf den Grund gehen. Warum verhalten sich die Einheimischen so ungewöhnlich feindselig? Offenbar ermittelt die Anwältin an einem verbotenen, heiligen Ort. Als sie bei einem heftigen Schneesturm im Camp festsitzt, entdeckt sie alte Kultgegenstände und menschliche Knochen. Doch nachdem der Sturm sich gelegt hat, macht die grönländische Polizei einen viel grausigeren Fund ...

»Sigurðardóttir gehört in die erste Riege nordischer Krimi-Autoren.«

The Times

fi 18343 / 1

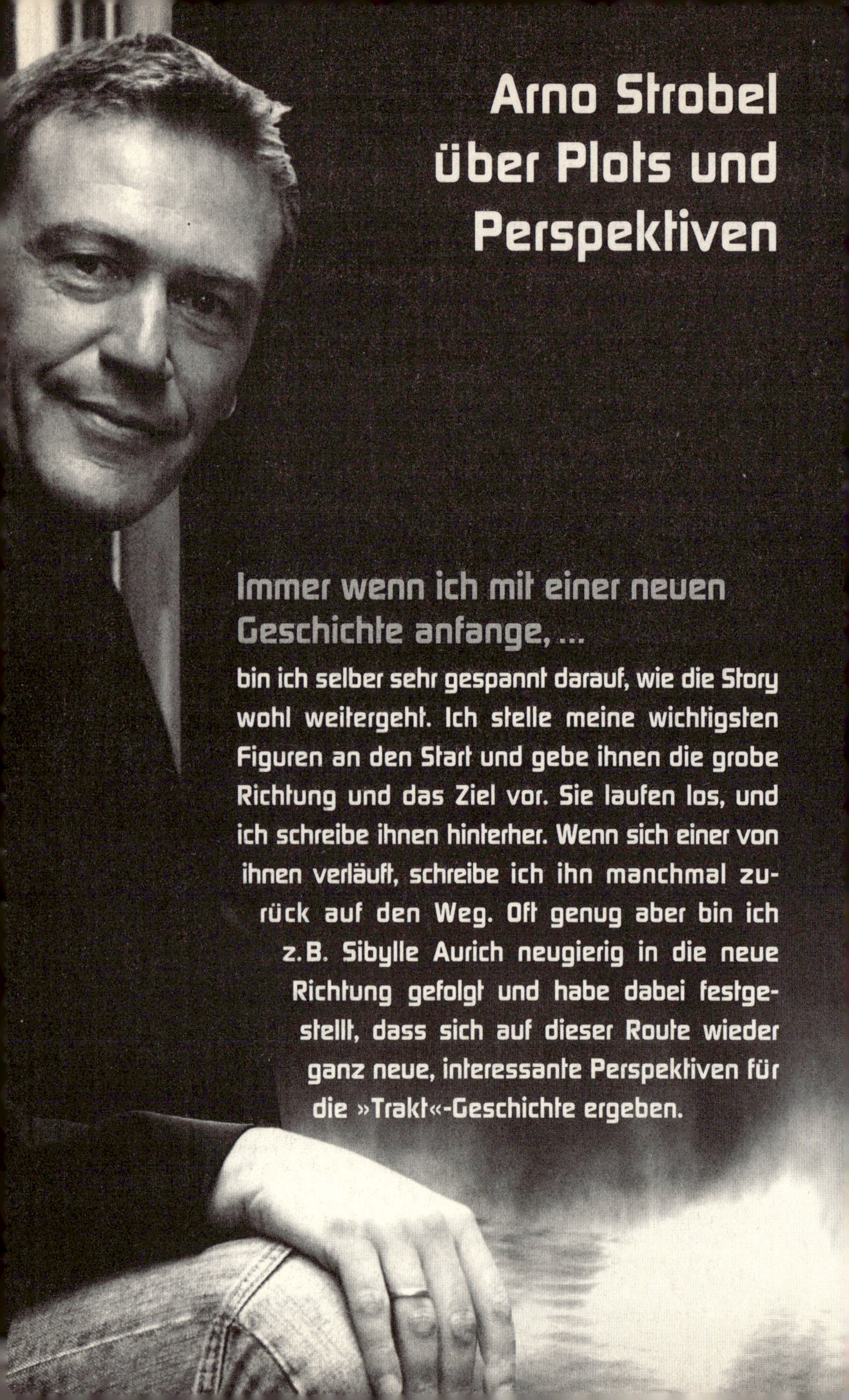

Arno Strobel über Plots und Perspektiven

Immer wenn ich mit einer neuen Geschichte anfange, …

bin ich selber sehr gespannt darauf, wie die Story wohl weitergeht. Ich stelle meine wichtigsten Figuren an den Start und gebe ihnen die grobe Richtung und das Ziel vor. Sie laufen los, und ich schreibe ihnen hinterher. Wenn sich einer von ihnen verläuft, schreibe ich ihn manchmal zurück auf den Weg. Oft genug aber bin ich z. B. Sibylle Aurich neugierig in die neue Richtung gefolgt und habe dabei festgestellt, dass sich auf dieser Route wieder ganz neue, interessante Perspektiven für die »Trakt«-Geschichte ergeben.